FOLIO POLICIER

Jo Nesbø

L'homme chauve-souris

Une enquête de l'inspecteur Harry Hole

Traduit du norvégien
par Élisabeth Tangen et Alexis Fouillet

Gallimard

Titre original :

FLAGGERMUSMANNEN

Né en 1960, d'abord journaliste économique, musicien, auteur interprète et leader de l'un des groupes pop les plus célèbres de Norvège, Jo Nesbø a été propulsé sur la scène littéraire en 1997 avec la sortie de *L'homme chauve-souris*, récompensé en 1998 par le Glass Key Prize attribué au meilleur roman policier nordique de l'année. Il a depuis confirmé son talent en poursuivant les enquêtes de Harry Hole, personnage sensible, parfois cynique, profondément blessé, toujours entier et incapable de plier. On lui doit notamment *Rouge-Gorge*, *Rue Sans-Souci* ou *Les cafards* initialement publiés par Gaïa Éditions, mais aussi *Le sauveur*, *Le bonhomme de neige*, *Chasseurs de têtes* et *Le léopard* disponibles au catalogue de la Série Noire.

WALLA

1

Sydney, Monsieur Kensington et trois étoiles

Quelque chose clochait.

La préposée au contrôle des passeports avait d'abord souri de toutes ses dents :

« Comment ça va, mon pote ?

— Bien », avait menti Harry Hole. Cela faisait plus de trente heures qu'il était parti d'Oslo via Londres, il avait passé tout le voyage depuis le transfert à Bahrein assis dans ce satané fauteuil, juste devant l'issue de secours. Pour des raisons de sécurité, il ne pouvait s'incliner que partiellement, et la colonne vertébrale de son occupant avait commencé à se tasser avant l'arrivée à Singapour.

Et à présent, pour ne rien arranger, la fille derrière son comptoir ne souriait plus.

Elle avait parcouru le passeport avec un intérêt stupéfiant. Il était difficile de dire si c'était la photo ou la façon dont s'écrivait le nom de son possesseur qui l'avait mise de si bonne humeur.[1]

« Boulot ? »

Harry Hole avait conscience que dans d'autres pays les préposés au contrôle des passeports auraient

1. « Hole » signifie « trou » en anglais.

ajouté « Monsieur », mais à ce qu'il avait lu, les formules de politesse de ce type n'étaient pas très usitées en Australie. Peu importait d'ailleurs, Harry n'étant ni un grand voyageur ni un snob impénitent ; tout ce qu'il désirait pour l'heure, c'était une chambre d'hôtel et un lit, et ce le plus rapidement possible.

« Oui », avait-il répondu en laissant ses doigts tambouriner sur le comptoir.

Et c'est à ce moment-là que la bouche de la fille s'était crispée, avait perdu son charme, et demandé d'une voix désagréable :

« Pourquoi n'y a-t-il pas de visa dans votre passeport, Monsieur ? »

Le cœur de Harry avait fait un bond dans sa poitrine, comme il le fait fatalement au pressentiment d'une catastrophe imminente. On n'employait peut-être « Monsieur » qu'à partir du moment où la situation se gâtait ?

« Désolé, j'ai oublié », murmura Harry tout en cherchant fébrilement dans sa poche intérieure. Pourquoi n'avaient-ils pas fixé son visa spécial dans son passeport, comme ils le font avec les visas classiques ? Il entendit juste derrière lui le faible grésillement d'un baladeur, et sut que c'était celui de son voisin dans l'avion. Il avait écouté la même cassette tout au long du voyage. Et pourquoi Diable n'était-il jamais fichu de se souvenir dans quelle poche il mettait les choses ? La chaleur l'importunait aussi, même s'il n'était pas loin de vingt-deux heures. Harry sentit une démangeaison naître à la base de son crâne.

Il finit par trouver le document qu'il cherchait et le déposa, soulagé, sur le comptoir.

« Officier de police, n'est-ce pas ? »

La préposée abandonna le visa spécial et leva des yeux scrutateurs vers son détenteur, mais la bouche n'était plus pincée.

« J'espère qu'aucune blonde Norvégienne ne s'est fait tuer ? »

Elle partit d'un grand rire et apposa joyeusement son cachet sur le visa spécial.

« Eh bien, juste une », répondit Harry Hole.

Le hall d'arrivée était plein de représentants de tour operators et de chauffeurs de limousines tenant chacun un panneau sur lequel était inscrit un nom, mais aucun Hole. Il était sur le point d'aller se chercher un taxi lorsqu'un Noir au nez étonnamment épaté, aux cheveux sombres et frisés, vêtu d'un jean bleu clair et d'une chemise hawaiienne, se fraya un chemin entre les pancartes et approcha de lui d'un pas alerte.

« Monsieur Hau-li,[1] je suppose ! » déclara-t-il, triomphant.

Harry Hole pesa le pour et le contre. Il s'attendait à devoir passer ses premiers temps en Australie à corriger la prononciation de son nom de famille pour éviter la confusion avec un trou. Monsieur Lesaint était à tout prendre préférable.

« Andrew Kensington, comment va ? » dit l'individu avec un bon sourire, en tendant une grosse patte.

Un vrai petit étau.

« Bienvenue à Sydney — j'espère que vous avez fait bon voyage », dit chaleureusement l'inconnu,

1. La prononciation pour laquelle opte l'interlocuteur australien rapproche le patronyme de l'anglais *holy*, soit « saint, sacré ».

comme un écho de l'annonce qu'avait faite l'hôtesse de l'air une petite vingtaine de minutes auparavant. Il s'empara de la valise de Hole, valise toujours en bon état bien qu'elle ne fût pas neuve, et partit vers la sortie sans se retourner. Harry lui emboîta immédiatement le pas.

« Vous êtes de la Police de Sydney ? demanda-t-il.

— Bien sûr, mon pote. Fais gaffe ! »

La porte tournante atteignit Harry au visage, en plein sur le renifloir, ce qui fit jaillir des larmes. Une mauvaise comédie burlesque n'aurait pas pu démarrer de pire manière. Il se frotta le nez et jura en norvégien. Kensington le regarda avec compassion.

« Satanées [1] portes, hein ? » fit-il.

Harry ne répondit pas. Il ne savait pas ce qu'il fallait répondre à ça, dans ce pays.

Une fois sur le parking, Kensington ouvrit le coffre d'une petite Toyota fatiguée et s'y débarrassa de la valise.

« Tu veux conduire, mon pote ? » demanda-t-il, surpris.

Harry se rendit compte qu'il allait monter côté conducteur. Et merde, c'est vrai qu'ils conduisent à gauche, en Australie. Mais en voyant l'énorme quantité de papiers, cassettes et détritus qui occupaient le siège passager, Harry se dit qu'il valait mieux grimper à l'arrière.

« Tu dois être aborigène, demanda-t-il tandis qu'ils entraient sur l'autoroute.

— On ne peut rien te cacher, poulet, répondit Kensington en lui jetant un coup d'œil dans le rétroviseur.

1. Il y a ici un jeu de mot, *bloody* voulant dire au sens propre « sanglant », ou « ensanglanté ».

— En Norvège, on vous appelle “australneger” — Noirs-Australiens. »

Kensington ne le lâchait pas du regard.

« Vraiment ? »

Harry commençait à se sentir mal à l’aise.

« Euh... Je veux juste dire que vos ancêtres ne devaient pas faire partie des condamnés que l’Angleterre a envoyés ici il y a deux cents ans », dit Harry en guise d’excuse, pour montrer malgré tout qu’il avait un tant soit peu de culture concernant l’histoire du pays.

« Tout juste, Hau-li, mes ancêtres étaient là un petit peu avant. Quarante mille ans, pour être précis. »

Kensington lui adressa un sourire à travers le rétroviseur. Harry se promit de la boucler un instant.

« Je vois. Vous pouvez m’appeler Harry.

— O.K., Harry ; moi, c’est Andrew. »

Andrew se chargea de faire la conversation le restant du trajet. Il conduisit Harry à King’s Cross sans cesser de discourir : ce quartier était celui des putes et le pôle principal du trafic de drogue et de pratiquement toutes les autres activités louches de la ville. Un scandale avéré sur deux semblait mettre en cause l’un des hôtels ou des peep-shows installés dans cette zone d’un kilomètre carré.

« Nous y sommes », dit soudain Andrew. Il se rangea près du trottoir, sauta de la voiture et sortit la valise du coffre.

« À demain », dit Andrew. Un instant plus tard, ils avaient disparu, la voiture et lui. Le dos raide et ressentant les premiers effets du décalage horaire, Harry se retrouva brusquement seul avec sa valise sur un trottoir, dans une ville dont la population avoisinait celle de la Norvège, devant l'impressionnant Crescent Hotel. Trois étoiles jouxtaient son nom, sur la porte. Le chef de la police d'Oslo n'avait pas la réputation d'être généreux en ce qui concernait les frais d'hébergement de ses subordonnés. Mais les choses ne seraient peut-être pas si terribles qu'il le craignait. On doit faire des remises aux fonctionnaires, pour la plus petite chambre de l'hôtel, se dit Harry.

Et c'était le cas.

2

Un diable de Tasmanie, un clown et une Suédoise

Harry frappa doucement à la porte du chef de la police de Sydney South Dist.

« Entrez », tonna une voix de l'autre côté de la porte.

Un grand type baraqué, dont le ventre était fait pour impressionner, se tenait près de la fenêtre, derrière un bureau de chêne. Des sourcils gris et broussailleux pointaient de sous une chevelure usée jusqu'à la corde, mais les pattes d'oie de part et d'autre des yeux souriaient.

« Harry Holy, d'Oslo, en Norvège, *Sir*.

— Assieds-toi, Holy. Tu as l'air foutrement en forme à cette heure si matinale. À propos : tu n'es pas passé voir l'un des gars des stup, j'espère... » Neil McCormack rit de bon cœur.

« Décalage horaire. Je n'ai pas fermé l'œil depuis la nuit dernière, quatre heures, *Sir*, expliqua Harry.

— Bien sûr. Juste une blague, dans la maison. On a eu une affaire de corruption qui n'était pas mineure, il y a quelques années, vois-tu. Dix policiers ont été condamnés, entre autres pour vente de schnouf — les uns aux autres. On s'est douté de quelque chose parce que certains d'entre eux avaient les idées étonnamment claires, vingt-quatre heures sur vingt-quatre. Pas de quoi rire, en fait... » conclut-il avec un petit rire bon enfant, avant de mettre ses lunettes et de passer en revue les papiers qu'il avait devant lui.

« On t'a donc envoyé ici pour nous servir d'assistant dans l'enquête sur le meurtre d'Inger Holter, citoyenne norvégienne qui possédait un permis de travail en Australie. Une jolie blonde, d'après les photos. Vingt-trois ans, c'est bien ça ? »

Harry acquiesça. McCormack s'assombrit :

« Découverte par des pêcheurs au large de Watson's Bay, plus précisément The Gap Park. À demi-nue, portant des marques qui indiqueraient qu'elle a d'abord été violée avant d'être étranglée, mais on n'a relevé aucune trace de sperme. Puis on a profité de la nuit pour la transporter dans le parc, et le cadavre a été balancé du haut de la falaise. »

Il fit la grimace.

« Si le temps avait été un peu plus agité, les vagues l'auraient sans doute emportée, mais au lieu de ça, elle est restée entre les rochers où on l'a retrouvée le lendemain matin. Comme j'ai dit, on n'a pas retrouvé de traces de sperme, pour la simple et bonne raison qu'on lui a ouvert le vagin comme quand on lève les filets d'un poisson, et que l'eau de mer l'a soigneusement nettoyée. C'est aussi pour ça que l'on n'a aucune empreinte digitale, mais l'heure du décès est relativement sûre... » McCormack ôta ses lunettes et se frotta le visage. « ... et il nous manque un meurtrier. Et comment tu vas te dépatouiller avec ça, Mister Holy ? »

Harry s'apprêtait à répondre, mais il fut interrompu :

« Je vais te dire : ce que tu penses faire, c'est ne pas en perdre une miette quand on mettra la main sur cet enfoiré, raconter d'ici-là à la presse norvégienne quel travail irréprochable on fait ensemble — t'assurer qu'on ne heurte pas quelqu'un de l'ambassade de Norvège ou l'un des proches, et en dehors de ça envisager le tout comme des vacances, en envoyant une ou deux cartes postales à ta chef bienaimée.. Comment va-t-elle, à ce propos ?

— Bien, à ma connaissance.

— Une sacrée nana. Elle a bien dû te dire ce qu'on attend de toi...

— Vaguement. Je suis censé participer à l'enq...

— Bien. Oublie tout ça. Voici les nouvelles règles. Primo : à partir de maintenant, tu vas m'écouter moi, moi et rien que moi. Deuxio : tu ne participes à rien sans que je te l'aie clairement indiqué. Et tertio : un seul faux pas, et c'est le premier vol pour la maison. »

Il le dit avec le sourire, mais le message était sans ambiguïté : bas les pattes, Harry n'était là qu'en tant qu'observateur. Il aurait aussi bien pu apporter son maillot de bain et son appareil photo.

« Si j'ai bien saisi, Inger Holter était une sorte de vedette de la télé, en Norvège ?

— Demi-vedette, *Sir*. Elle animait avec d'autres une émission pour les jeunes que la télé a diffusée il y a deux ou trois ans. Elle sombrait pour ainsi dire dans l'oubli quand elle a été tuée.

— Oui, on m'a dit que ce meurtre fait la une de vos quotidiens. Quelques-uns d'entre eux ont déjà dépêché des équipes sur place. On leur a donné ce qu'on avait, c'est-à-dire pas grand-chose, et ils vont bientôt en avoir marre et faire le voyage en sens inverse. Ils ne savent pas que tu es ici, on a nos propres gardechiourmes pour s'occuper d'eux, alors ne te bile pas pour ça.

— Je vous en sais gré, *Sir* », dit Harry sincèrement.

L'idée d'avoir des journalistes norvégiens hyperzélés sur les talons ne le séduisait en rien.

« O.K., Holy, je vais être honnête et te dire où nous en sommes. Mon patron m'a expliqué en long, en large et en travers que certains représentants de la municipalité de Sydney ont à cœur de voir cette affaire élucidée le plus rapidement possible. Il s'agit comme d'habitude de politique et d'économie.

— D'économie ?

— Eh bien, on prévoit que le taux de chômage à Sydney va dépasser les dix pour cent cette année, et la ville ne peut pas se priver du moindre sou venant du tourisme. Les JO 2000 sont tout proches, le nombre de touristes scandinaves est en forte augmentation. Des meurtres — en particulier non-élucidés — sont une mauvaise publicité pour la ville. Alors on fait ce qu'on peut, on a une équipe de quatre enquêteurs sur l'affaire, sans oublier un accès prioritaire à toutes les ressources de la maison — toutes les bases de données, tout le personnel médico-légal, toute la police scientifique. Et ainsi de suite. »

McCormack choisit une feuille qu'il regarda en fronçant les sourcils.

« En fait, tu devais travailler avec Watkins, mais comme tu as expressément demandé à avoir Kensington, je ne vois aucune raison de m'y opposer.

— *Sir*, à ma connaissance, je n'ai pas...

— Kensington est un type bien. Peu d'indigènes arrivent au niveau qu'il a atteint.

— Ah ? »

McCormack haussa les épaules.

« Je ne fais que dire ce qui est. Eh bien, Holy, s'il y a quoi que ce soit, tu sais où me trouver. Questions ?

— Juste un petit détail, *Sir*. Je me demande si *Sir*

est une façon adéquate de s'adresser à un supérieur, dans ce pays, ou bien si c'est un peu trop... ?

— Formel ? Rigide ? Oui, on peut le dire. Mais j'aime bien. Ça me rappelle que c'est bien moi qui suis le chef de cette boutique. » McCormack hurla de rire et mit un terme à l'entrevue avec une énergique poignée de main de bienvenue.

« Janvier, c'est la saison touristique, en Australie », expliqua Andrew tandis qu'ils peinaient dans la circulation qui contournait Circular Quay.

« Tout le monde vient voir l'Opéra, faire des promenades en bateau dans le Port et regarder les minettes à Bondi Beach. Dommage qu'il te faille bosser. »

Harry haussa les épaules.

« Ce n'est pas plus mal. De toute façon, les attrape-touristes ne font que me filer des sueurs froides, et l'envie de cogner. »

Ils arrivèrent sur New South Head Road, où la Toyota prit de la vitesse en direction de l'est, vers Watson's Bay.

« L'est de Sydney n'a pas grand-chose de comparable avec l'est de Londres », expliqua Andrew tandis qu'ils longeaient des maisons plus belles les unes que les autres. « Ce quartier s'appelle Double Bay. On l'appelle Double Pay.

— Où Inger Holter habitait-elle ?

— Elle a habité avec son petit ami, à Newtown, pendant un moment, avant que ça ne foire et qu'elle n'emménage dans un petit studio à Glebe.

— Son petit ami ? »

Andrew haussa les épaules.

« Il est australien, ingénieur en informatique, et l'a rencontrée il y a deux ans, alors qu'elle était en vacances. Il a un alibi pour le soir du meurtre, et il ne correspond pas exactement à ce que qu'on peut appeler un prototype de meurtrier. Mais on ne peut jamais savoir, pas vrai ? »

Ils se garèrent devant The Gap Park, l'un des nombreux poumons verts de Sydney. De raides escaliers de pierre montaient vers le parc battu par les vents qui surplombait Watson's Bay au nord, et le Pacifique à l'est. La chaleur les assaillit lorsqu'ils ouvrirent les portières. Andrew mit une paire de grosses lunettes de soleil qui rappelèrent à Harry un roi du porno norvégien. Pour une raison indéterminée, son collègue australien avait passé un costume étroit, et Harry trouva que la baraque noire qui se dandinait en gravissant le sentier qui menait au point de vue était un tantinet comique.

« D'ici, tu vois l'Océan Pacifique, Harry. Prochain arrêt : la Nouvelle-Zélande, à quelque deux mille humides kilomètres d'ici. »

Harry regarda autour de lui. Il vit vers l'ouest le centre-ville et le Harbour Bridge, vers le nord la plage et les voiliers sur Watson's Bay, et Manly, la banlieue verte qui occupait l'autre côté de la baie. L'horizon se courbait à l'est en un spectre de divers bleus. Les falaises plongeaient à leurs pieds, et loin en dessous, la houle achevait son long voyage entre les rochers, en un crescendo assourdissant.

« O.K., Harry, tu te trouves à présent sur un sol riche en Histoire, dit Andrew. En 1788, les Anglais ont envoyé vers l'Australie leur premier bateau de condamnés. Il a été décidé qu'ils devaient s'installer à Botany Bay, à quelques dizaines de kilomètres plus au sud, mais une fois arrivés, le bon capitaine Phillip a trouvé que le paysage était franchement dégueulasse, et il a envoyé un petit bateau remonter le long de la côte, vers le nord, pour chercher quelque chose de mieux. Il a contourné le cap sur lequel on se trouve et a trouvé le port le plus délicieux qui soit. Peu après, le capitaine Phillip est arrivé avec le reste de sa flotte ; 11 navires, 750 condamnés, hommes et femmes, 400 marins, quatre compagnies de marine, et des provisions pour deux ans. Mais ce pays est moins facile à vivre qu'il n'en a l'air, et les Anglais ne savaient pas exploiter la nature comme les Aborigènes l'avaient appris. Lorsque le premier bateau de ravitaillement est arrivé, deux ans et demi plus tard, les Anglais étaient en train de mourir de faim.

— On dirait que les choses se sont arrangées, par la suite. » Harry fit un mouvement de tête vers les vertes collines de Sydney, et sentit une goutte de sueur couler entre ses omoplates. Cette chaleur lui donnait la chair de poule.

« Pour les Anglais, on peut le dire », acquiesça Andrew en expédiant un gros glaviot au pied de la falaise. Ils suivirent un instant le crachat des yeux avant que celui-ci ne fut dispersé par le vent.

« Elle peut se réjouir de ne pas avoir été vivante au moment de sa chute, dit-il. Elle a dû râper la falaise en dégringolant, il lui manquait de grands lambeaux de chair, quand ils l'ont retrouvée.

— Elle était morte depuis combien de temps, à ce moment-là ? »

Andrew fit la grimace.

« Le médecin-légiste a dit quarante-huit heures. Mais il... »

Il leva le poing devant sa bouche, en pointant le pouce vers ses lèvres. Harry hocha la tête. Le médecin-légiste était donc une âme assoiffée.

« Et ça te met la puce à l'oreille, les chiffres trop ronds ?

— On l'a retrouvée vendredi matin, alors disons qu'elle est décédée dans la nuit de mardi à mercredi.

— Vous avez trouvé quelque chose, ici ?

— Comme tu le vois, les voitures peuvent se garer juste en dessous, la zone n'est pas éclairée pendant la nuit, et il y a rarement du monde. Nous n'avons pas eu de témoignages, et de toute façon, on ne compte pas dessus, pour être franc.

— Alors qu'est-ce qu'on fait, maintenant ?

— On va faire ce que le chef m'a imposé : on va aller au restaurant et dépenser un peu des frais de représentation de la Police. L'air de rien, tu es le plus haut représentant de la police norvégienne dans un périmètre de deux mille kilomètres. Au bas mot. »

Andrew et Harry avaient pris place à une table recouverte d'une nappe blanche. Le restaurant de poissons Doyle's se trouvait au creux de Watson's Bay, juste séparé de la mer par une mince bande de sable.

« Ridiculement beau, n'est-ce pas ? demanda Andrew.

— Comme une carte postale pompier. » Un petit garçon et une petite fille construisaient un château de sable, juste devant eux, sur fond de mer azur et de collines vertes et luxuriantes, le fier horizon urbain de Sydney composant l'arrière-plan.

Harry choisit une coquille Saint-Jacques et de la truite de Tasmanie, Andrew une plie australienne dont Harry n'avait naturellement jamais entendu parler. Andrew commanda une bouteille de Chardonnay Rosemount, « absolument déconseillé avec cette nourriture, mais c'est un blanc, il est bon et il est juste en deçà du plafond budgétaire », et prit un air légèrement étonné lorsque Harry lui révéla ne pas boire d'alcool.

« Quaker ? demanda-t-il.

— Rien de tel. »

Doyle's était un vieux restaurant de famille, réputé pour être l'un des meilleurs de Sydney, expliqua Andrew. La saison battait son plein, le restaurant était complet, et Harry estima que cela justifiait la difficulté à entrer en contact avec un serveur.

« Les serveurs, ici, sont à l'instar de Pluton, s'emporta Andrew. Ils gravitent aux confins de l'espace, n'apparaissent que tous les vingt ans et même à ce moment-là, ils sont invisibles à l'œil nu. »

Harry, pour sa part, était incapable de démontrer une quelconque indignation, et se rejeta en arrière sur sa chaise, avec un soupir satisfait.

« Mais ils ont de la chouette boustifaille, dit-il. Alors, c'est ce qui explique le costume.

— Oui et non. Comme tu vois, ce n'est pas très formel, ici. Mais l'expérience m'a appris à ne pas me pointer en jean et T-shirt dans des endroits comme celui-ci. Compte tenu de mon apparence, il faut que je compense.

— C'est-à-dire ? »

Andrew regarda Harry.

« Les Aborigènes ne jouissent pas d'un statut particulièrement élevé, dans ce pays, comme tu as pu t'en rendre compte. Très tôt, les Anglais ont écrit dans leurs lettres que les autochtones avaient un penchant pour la dive bouteille et les escroqueries en tous genres. »

Harry l'écoutait, intéressé.

« Selon eux, c'était inscrit dans les gènes. « Tout ce dont ils sont capables, c'est de jouer une musique infernale en soufflant dans de longs bouts de bois creux qu'ils nomment *didgeridoo* » ; c'est ce qu'a écrit l'un d'entre eux. Eh bien, l'Australie est un pays où l'on frime volontiers pour avoir rassemblé plusieurs cultures en une société opérationnelle. Mais opérationnelle pour qui ? Le problème — ou l'avantage, selon le point de vue — c'est que les indigènes ne sont plus visibles.

« Les Aborigènes sont presque totalement absents de la vie sociale en Australie, exception faite de quelques affaires politiques qui touchent les intérêts particuliers et la culture aborigènes. Les Australiens se dédouanent en affichant de l'art aborigène sur les murs de leurs maisons. En revanche, les Aborigènes sont bien représentés parmi les bénéficiaires d'aides sociales, dans les statistiques de suicides et les prisons. Si tu es aborigène, la probabilité pour que tu te retrouves en prison est vingt-six fois plus importante que pour un Australien lambda. Penses-y un peu, Harry Holy. »

Andrew but le restant de vin pendant que Harry y pensait un peu. À cela et au fait qu'il venait probablement de manger le meilleur repas de poissons de sa vie longue de trente-deux années.

« Et pourtant, l'Australie n'est pas un pays plus raciste que d'autres, c'est une nation multiculturelle et des gens du monde entier vivent ici. Ça veut juste dire qu'il vaut mieux mettre un costume quand tu vas au restaurant. »

Harry acquiesça de nouveau. Il n'y avait rien à ajouter à cela.

« Inger Holter bossait dans un bar ?

— Oui. The Albury, dans Oxford Street, à Paddington. Je m'étais dit qu'on pourrait y aller ce soir.

— Pourquoi pas tout de suite ? » Harry prit

conscience qu'il perdait patience devant tant d'indolence.

« Parce qu'il faut d'abord qu'on dise bonjour au patron. »

Pluton surgit sans crier gare sur le ciel étoilé.

Glebe Point Road se révéla être une rue agréable et pas trop animée, où de petits restaurants simples, proposant pour la plupart des cuisines de différentes régions du monde, se jouxtaient les uns les autres.

« Ce quartier était connu comme le quartier bohème de Sydney, expliqua Andrew. J'ai habité dans le coin, quand j'étais étudiant, dans les années 70. On y trouve toujours ces restaurants végétariens typiques dont la clientèle se compose de fanatiques d'écologie au mode de vie alternatif, des librairies pour lesbiennes et ce genre de choses. Mais les vieux hippies et les accros à l'acid ont disparu. Au fur et à mesure que Glebe est devenu un endroit branché, les loyers ont augmenté, de sorte que je n'aurais même pas pu y habiter avec ma paie de policier, si ça se trouve. »

Ils prirent à droite en montant Hereford Street, et entrèrent sous le porche du 54. Un petit animal noir poilu vint vers eux en jappant, et exhiba une rangée de petites dents acérées. Le petit monstre avait l'air littéralement hors de lui, et ressemblait de façon criante à l'animal présenté par la photographie de la brochure touristique comme « le diable de Tasmanie ». Agressif et de façon générale peu agréable à porter en cravate, à ce qui était écrit. L'espèce était pratiquement éteinte, information que Harry espérait du fond du cœur vraie. Au moment où ce spécimen lui bondissait dessus la gueule grande ouverte,

Andrew leva le pied et reprit à la volée l'animal qui voltigea en criant jusqu'aux buissons, le long de la clôture.

Un gros type qui semblait avoir été tiré de son sommeil les accueillit au sommet de l'escalier avec un regard mauvais :

« Où est passé le clébard ?

— Il admire les rosiers, l'informa Andrew avec un sourire. Nous sommes de la police, brigade criminelle. M. Robertson ?

— Ouais ouais. Qu'est-ce que vous voulez, encore ? Je vous ai déjà dit que je vous ai dit tout ce que je sais.

— Et à présent, vous avez dit que vous avez dit que vous avez dit... »

Une longue pause survint, pendant laquelle Andrew continua à sourire et Harry changea de pied d'appui, du gauche au droit.

« Désolé, M. Robertson, nous n'allons pas essayer de vous faire pleurer, mais voici le frère d'Inger Holter ; il aurait voulu voir sa chambre, si ça ne vous dérange pas trop. »

L'attitude de Robertson changea du tout au tout.

« Désolé, je ne savais pas... Entrez ! » Il ouvrit la porte et commença à monter devant eux.

« Oui, en fait, je ne savais même pas qu'Inger avait un frère. Mais maintenant que vous le dites, je vois bien le lien de parenté. »

Derrière lui, Harry se tourna à demi vers Andrew et leva les yeux au ciel.

On n'avait pas fait de gros efforts pour ranger la chambre d'Inger. Elle débordait de vêtements, de magazines, de cendriers pleins et de litrons vides.

« Euh... la police m'a demandé de ne rien toucher, pour l'instant.

— Il n'y a pas de problème.

— Un soir, elle n'est tout simplement pas revenue. Évaporée.

— Merci, M. Robertson, mais nous avons déjà lu votre déposition.

— Je lui avais dit de ne pas passer par Bridge Road et le marché aux poissons quand elle rentrait le soir. Il fait sombre, et il y a tout un tas de Noirs et de Jaunes... » Il jeta un regard affolé à Andrew Kensington : « Je suis désolé, je ne voulais pas...

— Pas de mal. Vous pouvez vous en aller, à présent, M. Robertson. »

Robertson redescendit lentement l'escalier et ils entendirent peu après des tintements de bouteilles en provenance de la cuisine.

La pièce comprenait un lit, quelques étagères et un bureau. Harry regarda autour de lui et tenta de se faire une idée d'Inger Holter. Victimologie : se mettre à la place de la victime. Il se souvenait vaguement de la fille un rien chipie qu'il avait vue sur le petit écran, de son implication juvénile bien intentionnée, et de son regard bleu et innocent.

Elle n'était en tout cas pas du genre casanier qui utilise cent pour cent de son temps libre à jouer les fées du logis. Il n'y avait pas grand-chose aux murs, hormis une affiche du film *Braveheart*, avec Mel Gibson — dont Harry ne se souvenait que parce qu'il avait remporté, pour des raisons incompréhensibles, l'oscar du meilleur film. Bien, se dit-il. Donc, elle avait mauvais goût en ce qui concerne le cinéma. Et les hommes. Il appartenait pour sa part à ceux qui s'étaient sentis trahis lorsque Mad Max s'était changé en star hollywoodienne.

Une photo d'Inger avait en outre été épinglée au mur ; elle la représentait assise sur un banc, devant quelques façades colorées dignes d'un western, en compagnie d'un groupe de jeunes gens chevelus et barbus. Elle portait une ample robe violette. Ses cheveux blonds sans vie pendaient de part et d'autre de son visage pâle et grave. Le jeune homme qu'elle tenait par la main avait un bébé sur les genoux.

Une blague de tabac et quelques livres sur l'astrologie occupaient l'une des étagères, ainsi qu'un masque grossièrement taillé dont le nez pendait à la façon d'un bec de rapace. Harry retourna le masque. *Made in Papua New Guinea*, lisait-on sur l'étiquette.

Les vêtements qui ne traînaient pas sur le lit ou par terre étaient suspendus dans une petite penderie. Il n'y avait pas grand-chose. Quelques chemises en coton, un manteau usé et un grand chapeau de paille, sur l'étagère du dessus.

Andrew sortit un paquet de feuilles à rouler du tiroir du bureau.

« King Size Smoking Slim. Elle se roulait de sacrées cigarettes.

— Est-ce que vous avez trouvé des stupéfiants, ici ? » demanda Harry.

Andrew secoua la tête et désigna le paquet de feuilles.

« Mais si nous avions passé en revue ce que contiennent les cendriers, je parie qu'on aurait trouvé des traces de cannabis.

— Pourquoi est-ce que ça n'a pas été fait ? L'équipe technique n'est pas venue ?

— Premièrement : on n'a aucune raison de penser que c'est ici, le lieu du crime. Deuxièmement : la consommation de marijuana n'est pas quelque chose d'exceptionnel ici ; dans le New South Wales, nous sommes plus pragmatiques concernant la marijuana que dans d'autres États australiens. Je n'exclurais pas que le meurtre puisse être lié à la toxicomanie, mais un joint ou deux, ça ne veut pas dire grand-chose, dans ce contexte. Et on ne peut pas être sûr à cent pour cent qu'elle prenait d'autres drogues. On trouve pas mal de coke et de drogues synthétiques à l'Albury, mais aucun de ceux avec qui on a pu parler n'a dit quoi que ce soit, et les analyses sanguines n'ont rien révélé. En tout cas, elle ne touchait pas aux drogues dures. Elle n'avait aucune trace d'injections, et on connaît en gros les plus atteints. »

Harry le regarda. Andrew se racla la gorge.

« C'est en tout cas la version officielle. Voici d'ailleurs un truc sur lequel ils pensent que tu pourras être utile. »

C'était une lettre. Elle commençait par « *Chère Elisabeth* », et était manifestement inachevée.

Harry la lut en diagonale :

Ouais, ouais, je vais bien, et encore plus important : je suis amoureuse ! Il est bien entendu beau comme un dieu grec, il a de longs cheveux bruns et bouclés, un beau petit cul, et un regard qui te confirme ce qu'il t'a déjà chuchoté : qu'il te veut maintenant, tout de suite, derrière le mur le plus proche, dans les toilettes, sur la table, par terre, n'importe où. Il s'appelle Evans, il a trente-deux ans, a déjà été marié (tiens, tiens), et il a un beau petit garçon d'un an et demi, qui s'appelle Tom-Tom. Pour l'instant, il n'a pas de boulot réglo, mais il bricole dans son coin.

Et, oui, je sais que tu sens les embrouilles, et je te promets que je ne me laisserai pas démolir. En tout cas pas pour l'instant.

Basta avec Evans. Je bosse toujours pour The Albury. « *Mister Bean* » *ne me fait plus d'avances depuis qu'Evans est passé au bar, un soir, et ça, en tout cas, c'est un progrès. Mais il me suit toujours de son regard gluant. Beurk ! En fait, je commence à en avoir légèrement ma claque, de ce boulot, mais il faut que je me cramponne jusqu'à ce que mon permis de séjour soit prolongé. J'ai parlé avec la* NRK[1]*, ils prévoient de poursuivre les émissions à l'automne prochain, et je pourrai participer si ça me chante. Décisions, décisions !*

La lettre s'achevait là, sans signature ni date.

Harry remercia Robertson et lui serra la main en repartant, et Robertson lui présenta ses condoléances en baissant la tête et en disant qu'Inger avait été une chouette fille et une locataire merveilleuse, oui, purement et simplement un honneur pour la maison et peut-être même le voisinage, qu'en savait-il ? Il sentait la bière et son élocution s'était déjà dégradée. Au moment où ils passèrent le porche, ils entendirent un couinement qui provenait du parterre de rosiers. Deux yeux terrifiés apparurent.

Ils s'installèrent à une table à l'intérieur d'un étroit restaurant vietnamien, à Darling Harbour. La clientèle ne se composait pratiquement que d'Asiatiques, et il était évident que la plupart d'entre eux étaient des habitués — ils conversaient de façon incompréhensible avec le serveur, et leur intonation ne cessait de monter et de descendre sans rime ni raison.

« On dirait qu'ils inhalent de l'hélium à l'envi, et ça leur fait des voix à la Donald Duck, remarqua Harry.

— Tu n'aimes pas les Asiatiques ? » demanda Andrew.

1. *Norsk Rikskringkastning*, service public de télévision en Norvège.

Harry haussa les épaules :

« Bof... Je n'en connais aucun. Je n'ai pas de raison de ne pas les aimer, en fait... Ils ont l'air d'être des gens honnêtes et travailleurs. Et toi ?

— Il y a beaucoup d'Asiatiques qui veulent venir s'installer en Australie, et ils sont loin de faire l'unanimité. Moi, je n'ai rien contre qui que ce soit. Qu'ils viennent, que je dis. »

Entre les lignes, Harry eut l'impression d'entendre un « de toute façon, il est trop tard, mon peuple a déjà perdu cette terre ».

« Il y a quelques années, il était pour ainsi dire impossible pour un Asiatique de décrocher un permis de séjour en Australie, les autorités voulaient que le pays reste le plus blanc possible. Le prétexte, c'était que l'on voulait éviter les grands conflits interculturels, les tentatives pour "intégrer" les Aborigènes "dans la société" n'ayant pas été une véritable réussite, c'est le moins que l'on puisse dire. Mais par la suite, les Japonais ont proposé d'injecter des capitaux en Australie, et ça a tout de suite été un autre son de cloche. Il fallait tout à coup veiller à ne pas s'isoler, mais prendre en compte que les Asiatiques étaient nos voisins les plus proches, et que les échanges commerciaux avec des pays comme le Japon s'étaient progressivement intensifiés pour surpasser ceux qu'on avait avec l'Europe et les États-Unis. Les chaînes japonaises ont donc obtenu l'autorisation de construire des hôtels à touristes le long de Gold Coast, vers Brisbane, et d'y installer des gérants, des cuisiniers et des réceptionnistes japonais, tandis que les Australiens récoltaient les postes de femmes de chambre et de grooms. Tôt ou tard, les gens réagissent à ça. Personne n'apprécie d'être cireur de pompes dans son propre pays.

— Ton peuple non plus, j'imagine ? »

Andrew lui répondit par un sourire amer.

« Les Européens n'ont jamais demandé aux Aborigènes que ceux-ci leur accordent des permis de séjour. »

Harry regarda l'heure. Il restait quelques heures avant l'ouverture de l'Albury, où Inger Holter avait travaillé.

« Tu veux peut-être passer faire un tour chez toi, avant ? » demanda-t-il.

Andrew secoua la tête.

« Là-bas, en ce moment, je n'y croise guère que moi.

— En ce moment ?

— Ouais, ces dix dernières années. Je suis divorcé. Ma femme habite à Newcastle, avec les gamines. J'essaie d'aller les voir aussi souvent que je peux, mais ça fait une petite trotte, et mes filles ont bientôt l'âge de pouvoir décider elles-mêmes de ce qu'elles vont faire le week-end. Et bientôt, je vais sûrement me rendre compte que je ne suis plus le seul homme dans leur vie. Ce sont de jolis petits démons, vois-tu. Quatorze et quinze ans. Putain, je virerais tous les soupirants qui approcheraient de la porte. »

Andrew fit un grand sourire. Harry ne put s'empêcher d'apprécier l'étrange phénomène qui lui tenait lieu de collègue.

« Eh bien, c'est comme ça.

— Pas faux, mon pote. Mais et toi ?

— Eh bien, pas de femme. Pas d'enfant. Pas de chien... Tout ce que j'ai, c'est un chef, un père et une bande de types que j'appelle toujours des copains, même s'il s'écoule à chaque fois plusieurs années entre leurs coups de fil. Ou les miens.

— Dans cet ordre ?

— Dans cet ordre. » Ils éclatèrent de rire, et restèrent un moment à regarder au dehors les prémices de la période de pointe. Andrew commanda un Victoria Bitter supplémentaire. Ils déferlaient des magasins et des banques : des Grecs chenus, au nez en bec d'aigle, des Asiatiques à lunettes, vêtus de costumes sombres, des Hollandais et des rouquines au grand nez, sans doute d'origine britannique. Tous trottinaient pour attraper le bus de Paramatta ou le métro qui les mènerait à Bondi Junction. Des commerciaux en bermudas — un phénomène typiquement australien, expliqua Andrew — descendaient vers les quais pour prendre l'un des bacs à destination des banlieues situées au nord de la baie de Port Jackson.

« Et maintenant, que fait-on ? demanda Harry.

— On va au cirque ! Il est juste à côté, et j'ai promis à un ami que je passerais le voir, un jour. Et aujourd'hui, c'est un jour, pas vrai ? »

À la Powerhouse, une petite troupe d'artistes venait tout juste d'entamer la représentation gratuite de l'après-midi devant un public clairsemé, mais jeune et enthousiaste. Le bâtiment avait été une centrale électrique à l'époque où Sydney comptait des tramways, expliqua Andrew. À présent il tenait lieu en quelque sorte de musée contemporain des Arts et Métiers. Deux jeunes femmes solides venaient de clore un numéro peu passionnant de trapèze, mais avaient récolté des applaudissements nourris de la part d'un public acquis.

Une énorme guillotine fit son entrée sur scène en même temps qu'un clown. Celui-ci portait un costume bigarré et un bonnet rayé, manifestement d'inspiration révolutionnaire. Il trébucha et fit quelques singeries sous le regard émerveillé des enfants.

Arriva alors un second clown qui portait une longue perruque blanche, et Harry comprit petit à petit qu'il s'agissait d'un pastiche de Louis XVI.

« Condamné à mort avec une voix d'avance », déclara le clown qui portait le bonnet rayé.

Le condamné fut bientôt conduit à l'échafaud, où on lui fit mettre la tête en place sous le couperet, malgré ses nombreux cris et pleurs — toujours sous le regard émerveillé des enfants. Un bref roulement de tambour retentit, la lame tomba, et à la surprise générale — celle de Harry comprise — trancha la tête du monarque en produisant un son qui rappelait celui d'une lame de hache dans une forêt, par un clair matin d'hiver. La tête sauta en tournoyant, toujours coiffée de sa perruque, et atterrit dans un panier. La lumière s'éteignit, et quand on la ralluma, le roi décapité apparut dans le faisceau du projecteur, tenant sa propre tête sous le bras. L'exaltation des enfants semblait devoir ne pas s'arrêter. Puis on éteignit à nouveau, et lorsque la lumière revint pour la seconde fois, toute la troupe salua, marquant la fin du spectacle.

Harry et Andrew passèrent derrière la scène tandis que le public affluait vers la sortie. Dans les vestiaires provisoires, les artistes étaient déjà occupés à se changer et à se démaquiller.

« Otto, je te présente un ami qui vient de Norvège ! » cria Andrew.

Un visage se tourna. Louis XVI était moins majestueux sans sa perruque et à moitié démaquillé :

« Tuka l'Indien !

— Harry, voici Otto Rechtnagel. »

Otto tendit la main en cassant un peu le poignet, en un geste hautement distingué, et prit l'air indigné lorsque Harry, légèrement déstabilisé, se contenta de la serrer sans insister.

« Pas de baise-main, beau gosse ?

— Otto pense qu'il est une femme. Une femme de souche noble, expliqua Andrew.

— Foutaises, Tuka. Otto sait fort bien qu'elle est un homme. Tu as l'air paumé, jeune homme ? Tu veux peut-être vérifier toi-même ? »

Otto partit d'un grand rire en cascade qui démarra haut dans les aigus.

Harry sentit que les lobes de ses oreilles commençaient à chauffer. Une paire de faux cils accusateurs battirent vers Andrew :

« Il parle, de temps en temps, ton ami ?

— Excusez-moi. Je m'appelle Harry... euh... Holy. Chouette numéro que le vôtre. Beaux costumes. Très... réaliste. Et inhabituel.

— Celui de Louis XVI ? Inhabituel ? Bien au contraire. C'est un vieux classique. Sa première représentation, effectuée par la famille Jandaschewsky, date de deux semaines après la véritable exécution, en janvier 1793. Le public a adoré. Les gens ont toujours adoré les exécutions publiques. Tu sais combien de rediffusions de l'assassinat de Kennedy passent chaque année sur les chaînes américaines ? »

Harry secoua la tête.

Otto fixa le plafond et se mit à réfléchir.

« Un bon paquet.

— Otto se considère comme le successeur du grand Jandy Jandaschewsky, expliqua Andrew.

— Ah oui ? » Les familles de clown réputés n'étaient pas le terrain de prédilection de Harry.

« Ton ami n'a pas l'air très au courant, Tuka. La famille Jandaschewsky était donc une troupe itinérante de clowns musiciens, arrivée en Australie au tout début du siècle pour s'y établir. Ils ont dirigé un cirque jusqu'à la mort de Jandy, en 1971. J'avais six ans quand j'ai vu Jandy pour la première fois. J'ai immédiatement su ce que je voulais devenir. Et maintenant, je le suis. »

Otto fit un triste sourire de clown à travers son maquillage.

« Comment vous êtes-vous connus ? » demanda Harry.

Andrew et Otto échangèrent un regard. Harry vit frémir les commissures de leurs lèvres et comprit qu'il avait gaffé.

« Je veux juste dire... un policier et un clown... ce n'est pas vraiment...

— C'est une longue histoire, commença Andrew. Tu peux considérer que nous avons grandi ensemble. Otto aurait bien sûr vendu sa mère pour pouvoir goûter à mon derche, mais j'ai remarqué dès mon plus jeune âge une étonnante attirance pour les filles et toutes ces cochonneries qui touchaient à l'hétérosexualité. Ça doit être fonction de l'atavisme et du milieu, qu'est-ce que tu en dis, Otto ? »

Andrew gloussa et se baissa pour éviter le coup d'éventail que Otto tentait de lui filer.

« Tu n'as ni classe ni argent, et ton cul est surfait », grinça Otto. Harry jeta un coup d'œil aux autres membres de la troupe, que l'incident semblait laisser parfaitement indifférents. L'une des solides trapézistes lui fit un clin d'œil encourageant.

« Harry et moi allons faire un tour à l'Albury, ce soir. Ça te dit ?

— Tu sais bien que je n'y vais plus, Tuka, répondit Otto d'un ton grognon.

— Tu devrais t'en être remis, à présent, Otto. La vie continue, tu sais bien.

— La vie de tous les autres continue, tu veux dire. La mienne s'arrête ici, à ce point précis. Quand l'amour meurt, je fais de même. » Otto plaqua le dos de sa main contre son front, en un geste joliment théâtral.

« Comme tu veux.

— En plus, il faut que je rentre d'abord donner à manger à Waldorf. Allez-y, et je vous rejoindrai peut-être un peu plus tard.

— À bientôt, dit Harry avant de poser docilement ses lèvres sur la main que Otto lui tendait.

— Le plus tôt possible, mon bel Harry. »

Le soleil s'était couché lorsqu'ils montèrent jusqu'à Oxford Street, à Paddington, où ils trouvèrent à se garer près d'un petit parc. Un panneau indiquait *Green Park*, mais l'herbe était grillée, et la seule chose verte, c'était le kiosque qui se trouvait au milieu du parc. Un homme aux origines aborigènes était étendu dans l'herbe, entre les arbres. Ses vêtements étaient en loques, et il était sale au point d'être davantage gris que noir. Il leva la main en une sorte de salut lorsqu'il aperçut Andrew, mais ce dernier l'ignora.

Il y avait tant de monde à l'intérieur de l'Albury qu'ils durent forcer légèrement pour en passer les portes vitrées. Harry s'arrêta là quelques secondes et observa la scène qui s'offrait à lui. Un mélange haut en couleur tenait lieu de clientèle, dans laquelle se côtoyaient tous les genres, mais qui était en majorité composée de jeunes hommes : des rockers en jean délavé, des yuppies en costume et aux cheveux gominés, des « artistes » barbichus tenant leurs coupes de potion de vernissage, de beaux petits surfers blonds au sourire étincelant, et des motards — ou « *the bikies* », comme disait Andrew — vêtus de cuir noir. Au milieu de la pièce, dans le bar proprement dit, un spectacle mettant en scène des femmes à moitié nues et aux grandes jambes, portant des hauts pourpres au décolleté profond, battait son plein. Elles se trémoussaient sur place tandis que leurs grandes bouches rouges articulaient les paroles de « I Will Survive » de Gloria Gaynor. Les filles se relayaient, de telle sorte que celles qui ne participaient pas au numéro pouvaient servir les clients tout en flirtant et en faisant des clins d'œil sans la moindre vergogne.

Harry joua des coudes jusqu'au comptoir et passa commande.

« Ça arrive tout de suite, blondinet ! fit d'une voix de contre-basse la serveuse qui portait un casque romain, en adressant un sourire espiègle à Harry.

— Dis-moi, est-ce qu'on est les deux seuls hétéros de cette ville ? demanda Harry lorsqu'il revint avec une bière et un jus de fruit.

— Sydney a la plus importante communauté homosexuelle au monde, juste après San Francisco, expliqua Andrew. Les Australiens qui vivent à la campagne n'ont pas pour principale caractéristique une grande tolérance à l'égard des déviances sexuelles. Et dès qu'on commence à comprendre où se trouve le plus grand choix, il n'est pas étonnant que toutes les tapettes campagnardes veuillent venir à Sydney. Et pas seulement de toute l'Australie, d'ailleurs ; il débarque tous les jours tout un tas de tapioles en provenance des quatre coins du monde. »

Ils allèrent vers un autre comptoir, plus au fond, où Andrew cria pour attirer l'attention d'une serveuse. Elle avait le dos tourné, et jamais Harry n'avait vu une chevelure d'un roux aussi vif, elle descendait jusqu'aux poches arrière de son jean moulant, mais sans toutefois dissimuler la cambrure de son dos, ni les courbes harmonieuses de ses hanches. Elle se retourna et son beau visage allongé et constellé de taches de rousseur se fendit d'un sourire qui révélait une rangée de dents blanches comme des perles, sous des yeux d'azur. Quel gaspillage éhonté si ceci n'est pas une femme, se dit Harry.

« Vous vous souvenez de moi ? cria Andrew en tentant de couvrir le martèlement du disco échappé des années '70. C'est moi qui suis venu poser des questions à propos d'Inger. Vous avez trente secondes ? »

La rouquine prit un air grave. Elle hocha la tête, dit quelques mots à l'une de ses collègues et fit signe de la suivre jusqu'à un petit fumoir, derrière la cuisine.

« Des nouvelles, sur ce qui s'est passé ? » demanda-t-elle, et Harry n'eut pas besoin d'en entendre plus pour constater qu'elle parlait probablement mieux suédois qu'anglais.

« J'ai jadis croisé un vieil homme... » [1] commença Harry en norvégien.

Elle le regarda, étonnée.

« Il était capitaine d'un bateau sur le fleuve Amazone. Quand il a eu dit trois mots en portugais, j'ai compris qu'il était suédois. Ça faisait trente ans qu'il vivait là. Et je ne connais pas un seul mot de portugais. »

La rouquine prit tout d'abord l'air perplexe, mais

1. Allusion à une comptine norvégienne, *Jeg gikk meg over sjø og land*, dans laquelle le narrateur passe en revue tout une série de pays imaginaires, en réponse à la question récurrente posée au vieil homme : d'où viens-tu ?

elle se mit bientôt à rire. Un rire joyeux, en cascades, qui rappela à Harry le chant d'un oiseau qu'on n'entend que rarement, au fond d'un sous-bois.

« Est-ce que ça se remarque tant que ça ? demanda-t-elle en suédois, d'une voix profonde et calme, en grasseyant légèrement ses r.

— L'intonation, répondit Harry. Vous n'arrivez jamais à vous débarrasser de votre intonation.

— Vous vous connaissez, les jeunes ? » Andrew leur jeta un coup d'œil sceptique.

Harry regarda la rouquine.

« Nan », répondit-elle.

Et c'est bien dommage, se dit Harry.

Elle s'appelait Birgitta Enquist, vivait en Australie depuis quatre ans et travaillait à l'Albury depuis un an.

« On discutait bien sûr en bossant, mais je n'étais pas particulièrement proche d'Inger, elle restait le plus souvent dans son coin. Avec quelques autres du bar, on sort de temps en temps, et il est arrivé qu'elle se pointe, mais elle ne faisait pas partie des plus zélées. Elle venait juste de quitter un mec avec qui elle habitait à Newtown, quand elle a commencé à bosser ici. Ce que je sais de plus personnel sur elle, c'est que cette relation avait fini par lui peser. Il lui fallait sans doute du neuf.

— Est-ce que tu sais qui elle fréquentait ? demanda Andrew.

— Pas vraiment. Je l'ai dit, on discutait, mais elle ne m'a jamais brossé un tableau complet de sa vie. Il faut dire que je ne le lui ai jamais demandé. En octobre, elle est partie faire un tour vers le nord, dans le Queensland, et m'a dit y avoir rencontré un groupe de jeunes de Sydney avec qui elle avait gardé le contact depuis. Je crois qu'elle avait rencontré un type, là-bas, il est passé ici, un soir. Mais tout ça, je te l'ai déjà raconté, dit-elle sur un ton interrogateur.

— Je sais, chère mademoiselle Enquist, je voulais simplement que mon collègue norvégien ici présent puisse l'entendre de votre bouche, et voir par la même occasion l'endroit où Inger bossait. Après tout, Harry Holy est considéré comme le meilleur enquêteur de Norvège, et il peut exister certains éléments sur lesquels est passée la police de Sydney, mais sur lesquels *lui* mettra le doigt. »

Harry fut victime d'une violente quinte de toux.

« Qui est Mr Bean ? demanda-t-il d'une drôle de voix crispée.

— Mr Bean ? » Birgitta les regarda sans comprendre.

« Ou quelqu'un qui ressemble à ce comique anglais... euh... Rowan Atkinson, ce n'est pas comme ça qu'il s'appelle ?

— Oh, tu veux dire Mr Bean ! » fit Birgitta en éclatant à nouveau de son rire d'oiseau. Ne t'arrête surtout pas, se dit Harry.

« C'est Alex, le responsable du bar. Il arrivera plus tard.

— Nous avons des raisons de penser qu'il s'intéressait à Inger...

— Alex louchait sur Inger, oui. Et pas seulement sur elle, la plupart des filles qui travaillent ici ont été les cibles de ses tentatives assez désespérées, à un moment ou à un autre. Ou Fiddler Ray, comme on l'appelle entre nous. C'était Inger qui avait trouvé le surnom de Mr Bean. Ce n'est pas si facile pour lui, le pauvre. Plus de trente ans, il habite chez sa mère, et n'arrive tout bonnement pas à avancer. Mais comme supérieur, pas de problème. Et il est tout à fait inoffensif, si c'est ce à quoi vous pensez.

— Comment le savez-vous ? »

Birgitta plissa le nez.

« Ce n'est pas dans sa nature. »

Harry fit mine de prendre des notes sur un bloc.

« Est-ce que vous savez si elle connaissait ou si elle avait rencontré quelqu'un qui... euh... dont "c'était dans la nature" ?

— Eh bien... Il y a toutes sortes de gonzes qui traînent ici. Ils ne sont pas tous pédés, et il y en a plusieurs qui ont flashé sur Inger, jolie comme elle est. Était. Mais je ne vois rien de spécial. Il y avait...

— Oui ?

— Non, rien.

— J'ai lu dans le rapport qu'Inger a travaillé ici le soir où on suppose qu'elle a été tuée. Est-ce que vous savez si elle a eu des rendez-vous après le travail ou si elle avait prévu de rentrer directement chez elle ?

— Elle a pris quelques restes qui traînaient à la cuisine, en disant que c'était pour cette saloperie de clébard. Je savais qu'elle n'avait pas de chien, et je lui ai demandé où elle allait. Elle m'a dit qu'elle rentrait chez elle. C'est tout ce que je sais.

— Le diable de Tasmanie », murmura Harry. Elle le regarda d'un air interrogateur. « Son logeur a un clebs, expliqua-t-il. Il faut le soudoyer pour pouvoir passer sain et sauf. »

Harry remercia pour les renseignements. Au moment de s'en aller, ils entendirent Birgitta, derrière eux :

« À l'Albury, nous sommes tous vraiment navrés de ce qui s'est passé. Comment le prennent ses parents ?

— Ils l'encaissent plutôt mal, j'ai bien peur, répondit Harry. Ils sont tous les deux sous le choc, comme on peut s'y attendre. Et ils se reprochent de l'avoir laissée venir ici. Le cercueil sera expédié en Norvège demain. Je peux vous trouver leur adresse à Oslo, si vous voulez envoyer quelques fleurs pour la cérémonie.

— Merci, ce serait très sympa de votre part. »

Harry avait envie de lui demander encore autre chose, mais n'y arrivait pas en plein milieu de toutes ces références à la mort et aux enterrements. Au moment de sortir, il avait toujours son sourire sur la rétine. Il savait qu'il y resterait un moment.

« Et merde, se dit-il tout bas. Pile ou face. »

Tous les travestis, plus une bonne poignée de clients, dansaient sur le comptoir en mimant Katrina & The Waves. Les enceintes martelaient *Walking On Sunshine*.

« Un endroit comme l'Albury ne laisse pas beaucoup de place au deuil et au recueillement, dit Andrew.

— C'est la règle, j'imagine, répondit Harry. La vie continue. »

Il demanda à Andrew d'attendre un peu, retourna au bar et fit signe à Birgitta.

« Excusez-moi, une toute dernière question.

— Oui ? »

Harry inspira profondément. Il le regrettait déjà, mais c'était trop tard.

« Connaissez-vous un bon restaurant thaï dans ce patelin ? »

Birgitta réfléchit un instant.

« Mmm... oui, il y en a un dans Bent Street, dans la City. Vous savez où c'est ? Il paraît qu'il est très bien, à ce qu'on dit.

— Au point que vous voudriez bien m'y accompagner ? »

Ça, ça ne sonnait pas bien du tout, se dit Harry. De plus, ce n'était pas professionnel. Vraiment pas, à y réfléchir. Birgitta poussa un soupir désabusé, mais pas assez désabusé pour que Harry n'y voie pas une ouverture. Et son sourire était toujours aux aguets.

« Tu procèdes souvent comme ça, monsieur l'agent ?

— Assez, oui.

— Et ça marche ?

— Statistiquement parlant ? Pas trop. »

Elle se mit à rire, pencha la tête sur le côté et jeta un regard curieux à Harry. Puis elle haussa les épaules.

« Pourquoi pas ? Je ne travaille pas mercredi. Neuf heures. Et tu casques, flicaillon. »

3

Un évêque, un boxeur et une méduse

Il n'était que quatre heures du matin quand Harry ouvrit les yeux. Il essaya de se rendormir, mais le meurtrier inconnu d'Inger Holter et le décalage horaire — il était vingt heures à Oslo — le tinrent éveillé. En outre, ce visage couvert de taches de rousseur avec qui il n'avait discuté que deux minutes, mais qui l'avait fait se comporter de façon particulièrement idiote, revenait sans cesse.

« Inélégant, Hole », murmura-t-il dans l'obscurité de sa chambre d'hôtel tout en se maudissant.

À six heures, il estima qu'il était temps de se lever. Après une douche rafraîchissante, il sortit sous un ciel bleu pâle et un soleil matinal paresseux, et chercha un endroit où déjeuner. La City bourdonnait en contrebas, mais l'agitation matinale n'était pas encore arrivée jusqu'au quartier des lampes rouges et des yeux surmaquillés. King's Cross avait un certain charme mal dégrossi, une beauté qui avait vécu, et Harry se prit à fredonner tout en marchant. Exception faite de quelques retardataires noctambules éméchés, d'un couple endormi sous une couverture, dans un escalier, et d'une pute pâle et court-vêtue en pleine garde matinale, les rues étaient encore vides.

Un propriétaire de restaurant nettoyait son bout de trottoir, et Harry put décrocher à force de sourires un petit déjeuner anticipé. Tandis qu'il mangeait son toast au bacon, une brise taquine tenta de lui subtiliser sa serviette.

« Tu démarres tôt, Holy, dit McCormack. C'est bien, le cerveau fonctionne mieux entre six heures trente et onze heures. Après, tout se met à déconner, si tu veux mon avis. Et puis, c'est calme, ici, le matin. C'est tout juste si j'arrive à être logique au milieu du raffut qu'il y a ici passé neuf heures. Et toi ? Mon gosse prétend qu'il lui faut de la musique quand il fait ses devoirs, qu'il est complètement déstabilisé quand il n'y a pas de bruit. Tu t'imagines ?

— ...

— En tout cas, hier, j'en ai eu ma claque, et je suis entré chez lui pour faire taire cette machine infernale. “J'ai besoin de ces trucs-là pour réfléchir !” a-t-il crié. Je lui ai dit qu'il n'avait qu'à travailler comme les gens normaux. “Les gens ne sont pas tous pareils, papa”, m'a-t-il rétorqué en faisant la tronche. Oui, il a l'âge, tu sais... »

McCormack s'arrêta et regarda une photo qu'il avait sur son bureau.

« Tu as des gamins, Holy ? Non ? Parfois, je me demande ce qui a bien pu me prendre. Dans quel trou à rat t'ont-ils réservé une chambre, à part ça ?

— Crescent, dans King's Cross, *Sir*.

— King's Cross, ouais. Tu n'es pas le premier Norvégien à y avoir ses quartiers. Il y a quelques années, on a eu la visite officielle de l'évêque de Norvège, ou quelque chose dans le genre, je ne me rappelle plus son nom. Quoi qu'il en soit, ses subordonnés lui avaient réservé une chambre au King's Cross Hotel.

Ils pensaient que le nom de l'hôtel avait une quelconque signification biblique. Quand l'évêque et sa suite sont arrivés à l'hôtel, le soir, une des vieilles putes invétérées a aperçu son col ecclésiastique et lui a fait quelques vigoureuses propositions. J'ai la putain d'impression que l'évêque a dû quitter l'hôtel avant même qu'ils n'aient eu le temps de monter ses valises... »

McCormack en rit aux larmes.

« Oui, oui, Holy. Qu'est-ce que tu veux savoir, aujourd'hui ?

— Je me demandais si je pouvais voir le corps d'Inger Holter avant qu'il soit expédié en Norvège, *Sir*.

— Kensington peut t'emmener à la morgue, dès qu'il sera arrivé. Mais tu as bien eu une copie du rapport d'autopsie, non ?

— Bien sûr, *Sir*, c'est juste que...

— Que ?

— Je réfléchis mieux devant le cadavre, *Sir*. »

McCormack se tourna vers la fenêtre et murmura quelque chose dont Harry déduisit qu'il avait le feu vert.

La température au sous-sol de la South Sydney Morgue était de huit degrés, contre vingt-huit à l'extérieur.

« Ça t'apprend quelque chose ? » demanda Andrew. Il frissonna et serra les pans de sa veste.

« Pas vraiment, non », répondit Harry en regardant la dépouille d'Inger Holter. Le visage avait été relativement épargné dans la chute. Il est vrai qu'une narine avait été déchirée, et une des pommettes bien enfoncée, mais il n'y avait aucun doute : ce visage cireux appartenait bien à la fille dont le sourire éclatant ornait les photos du rapport de police. Des traces noires entouraient son cou. Le reste du corps était couvert de bleus, de plaies et de quelques profondes entailles. L'une d'entre elles révélait la blancheur d'un os.

« Les parents voulaient voir les photos. L'Ambassade de Norvège a dit que ce n'était pas recommandé, mais l'avocat a insisté. Il ne devrait pas être donné à une mère de voir sa fille dans un tel état. » Andrew secoua la tête.

Harry étudia à l'aide d'une loupe les bleus qu'elle avait au cou.

« Celui qui l'a étranglée ne s'est servi que de ses mains. C'est difficile, de tuer quelqu'un comme ça. Ou bien le meurtrier était foutrement costaud, ou bien il ne manquait vraiment pas de motivation.

— Ou bien ce n'est pas la première fois qu'il le fait. »

Harry se tourna vers Andrew.

« Qu'est-ce que tu veux dire par là ?

— Il n'y a aucun reste de peau sous ses ongles, aucun cheveu du meurtrier n'a été trouvé sur ses vêtements, et ses phalanges montrent qu'elle n'a pas donné de coups. Elle a été tuée de façon si rapide et efficace qu'elle n'a eu ni le temps ni la possibilité d'opposer une véritable résistance.

— Est-ce que ça vous fait penser à quelque chose que vous avez déjà vu ? »

Andrew haussa les épaules.

« Quand tu travailles depuis suffisamment longtemps, chaque meurtre te fait penser à un autre sur lequel tu as déjà planché. »

Non, se dit Harry. C'est le contraire. Quand on travaille suffisamment longtemps, on apprend à voir les petites nuances propres à chaque meurtre, les détails qui le distinguent d'un autre et le rendent unique.

Andrew regarda l'heure.

« La réunion du matin commence dans une demi-heure. Il faut qu'on se grouille. »

Le chef de l'équipe d'investigation était Larry Wadkins, un enquêteur de formation juridique qui gravissait rapidement tous les échelons. Ses lèvres étaient minces, ses cheveux clairsemés, et il parlait d'une voix monocorde et sans adjectif superflu.

« Un véritable autiste, à côté de ça, dit Andrew sans détour. Un enquêteur hors-pair, mais ce n'est pas à lui qu'il faut demander de téléphoner à des parents pour leur dire que leur fille a été retrouvée morte. Et il jure sans arrêt, quand il est en proie au stress », ajouta-t-il.

Le bras droit de Wadkins était Sergueï Lebie, un Yougoslave chauve, bien mis, dont le bouc noir en faisait un Méphisto en costume. Andrew exprima son scepticisme général envers les hommes qui se préoccupaient trop de leur apparence :

« Mais Lebie n'est pas ce qu'on peut appeler un paon, il est juste du genre *tatillon*. Il a entre autres pour habitude d'étudier ses ongles quand quelqu'un lui parle, mais ce n'est pas fait avec arrogance. Et puis, il cire ses chaussures après chaque pause déjeuner. Et il ne faut pas que tu t'attendes à ce qu'il dise grand-chose, que ce soit sur lui-même ou sur quoi que ce soit d'autre. »

Le benjamin de l'équipe était Yong Sue, un petit gars rachitique, sympathique, qui arborait toujours un sourire au sommet de son maigre cou d'oiseau. Sa famille était arrivée de Chine trente ans auparavant. Dix ans en arrière, quand Sue en avait dix-neuf, ses parents étaient retournés en Chine pour aller y voir la famille. On n'avait plus jamais entendu parler d'eux. Le grand-père était d'avis que son fils était impliqué dans « quelque chose de politique », mais il ne voulait pas s'en mêler personnellement. Sue ne découvrit jamais ce qui s'était passé. Il s'occupait à présent de ses grands-parents et de ses deux sœurs cadettes, travaillait douze heures par jour dont au moins dix avec le sourire. « Si tu connais une blague merdique, va la raconter à Sue. Il rigole de tout, sans aucune exception », avait dit Andrew, un jour. Tous étaient à présent réunis dans une pièce minuscule qui sentait le renfermé, où un ventilateur plaintif était censé assurer une circulation minimale à l'air contenu dans la pièce. Wadkins, près du tableau qu'ils avaient devant eux, leur présenta Harry.

« Notre collègue norvégien a traduit la lettre trouvée dans l'appartement d'Inger. As-tu quelque chose d'intéressant à nous en dire, Hole ?

— Hou-li.

— Désolé. Holy.

— Eh bien, elle venait apparemment tout juste d'amorcer une relation avec un dénommé Evans. Selon ce qui est écrit, il y a des raisons de penser que c'est lui qu'elle tient par la main sur la photo qui était au-dessus de son bureau.

— On a vérifié, dit Lebie. Nous pensons qu'il s'agit d'un certain Evans White.

— Ah oui ? fit Wadkins en haussant un mince sourcil.

— On n'a pas grand-chose sur lui. Ses parents sont arrivés des États-Unis à la fin des années soixante, et ont décroché leur permis de séjour. Ça ne posait pas de problème, à cette époque, ajouta Lebie en guise d'explication.

— Quoi qu'il en soit... ils ont parcouru tout le pays

dans un mini-bus, vraisemblablement en carburant à la bouffe végétarienne, à la marijuana et au LSD, comme c'était l'usage à l'époque. Ils ont eu un enfant, ont divorcé et quand Evans a eu dix-huit ans, son père est rentré aux États-Unis. Sa mère est branchée *healing*, scientologie et mysticisme astral tous azimuts. Elle dirige un endroit du nom de Crystal Palace, dans un ranch de la Gold Coast. Elle y vend des pierres à karma et des saloperies qu'elle fait venir de Thaïlande à des touristes ou des âmes égarées. Quand Evans a eu dix-huit ans, il a décidé de faire ce que font de plus en plus de jeunes Australiens, dit-il, à nouveau à l'intention de Harry : rien. »

Andrew se pencha en arrière :

« L'Australie est l'endroit rêvé pour ceux qui veulent voyager, faire un peu de surf et profiter de la vie aux frais du contribuable, murmura-t-il tout bas. Un réseau social optimum et un climat à l'avenant. On vit dans un pays merveilleux. » Il reprit sa position initiale.

« Actuellement, il n'a pas d'adresse fixe, poursuivit Lebie, mais on pense qu'il habitait il y a encore peu dans une baraque à la périphérie de la ville, où on trouve le *white trash*[1] de Sydney. Ceux avec qui on a parlé là-bas nous ont dit ne pas l'avoir vu depuis un moment. Il n'a jamais été arrêté. Donc, la seule photo qu'on ait d'Evans date malheureusement de ses treize ans, quand il a eu son passeport.

— Je suis impressionné, dit Harry, sincèrement. Comment avez-vous réussi à trouver un type avec un casier judiciaire vierge, rien qu'avec une photo et un

1. Catégorie sociale représentée par les Blancs pauvres et peu scolarisés vivant dans des logements de fortune (litt. *déchets blancs*).

prénom, en si peu de temps, au milieu de dix-huit millions d'habitants ? »

Lebie fit un signe de tête à Andrew.

« Andrew a reconnu la ville, sur la photo. On a faxé une copie de la photo au commissariat local, et ils ont retrouvé le nom. Ils disent qu'il a “un rôle dans le milieu”, là-bas. En clair, ça veut dire qu'il est l'un des rois de la marijuana.

— Ça doit être une ville minuscule, dit Harry.

— Nimbin, un tout petit peu plus de mille habitants, informa Andrew. Ils ne vivaient presque que de l'industrie laitière jusqu'à ce que l'Association Nationale des Étudiants Australiens ait la bonne idée d'y organiser ce qu'ils ont appelé le festival Aquarius en 1973. »

Il y eut des rires autour de la table.

« Le festival véhiculait des thèmes comme l'idéalisme, le mode de vie alternatif, le retour à la nature et ce genre de trucs. Les journaux se sont focalisés sur les jeunes qui se droguaient, et qui pratiquaient le libéralisme sexuel. La fête a duré plus de dix jours, et pour certains, elle se poursuit encore. Les alentours de Nimbin offrent des conditions propices. Pour tout ce que vous voulez. Mais si je puis me permettre, je doute que l'industrie laitière y soit encore la principale activité. Dans la rue principale, à cinquante mètres du commissariat local, se trouve le marché de marijuana le moins secret d'Australie. Et de LSD, je le crains.

— En tout cas, dit Lebie, on l'a vu dernièrement à Nimbin, d'après la police.

— En fait, le gouverneur de New South Wales a déclenché là-bas une vaste campagne, intervint Wadkins. À ce qu'on dit, le gouvernement, à Canberra, l'a contraint à agir face à l'expansion que connaît le commerce de stupéfiants.

— C'est exact, dit Lebie. La police se sert de petits coucous et d'hélicoptères pour prendre des photos des champs où ils cultivent le chanvre.

— D'accord, dit Wadkins. On va rechercher ce type. Kensington, on dirait que le coin ne t'est pas inconnu, et toi, Holy, tu n'as certainement rien contre le fait de découvrir d'autres coins d'Australie. Je vais demander à McCormack de passer un coup de fil à Nimbin, pour les informer de votre arrivée. Yong, toi, tu continues à tapoter sur ton engin et à regarder ce qui en sort. Essayons de faire du bon boulot !

— Allons casser la croûte », dit Andrew.

Ils se mêlèrent aux touristes dans un train qui circulait sur la voie unique ralliant Darling Harbour, descendirent à Harbourside où ils s'installèrent à une table, à l'extérieur, d'où ils pouvaient voir le port.

Une paire de longues jambes passèrent comme des échasses terminées par des talons aiguilles. Andrew s'anima et siffla de manière on ne peut plus politiquement incorrecte. Dans le restaurant, quelques têtes se tournèrent et leur jetèrent des regards agacés. Harry secoua la tête.

« Et ton pote Otto, comment va-t-il ?

— Bof. Il est au trente-sixième dessous. Il s'est fait plaquer pour une femme. Si leurs amants sont à la base à voile et à vapeur, ils finissent toujours par se maquer avec une femme, à ce qu'il dit. Mais il survivra sans doute, ce coup-ci aussi. »

Harry fut surpris de sentir tomber quelques gouttes, et pour cause : une grosse couche de nuages était arrivée presque imperceptiblement du nord-ouest.

« Comment as-tu fait pour reconnaître cette Nimbin rien que par la photo d'une façade ?

— Nimbin ? J'ai oublié de te dire que je suis un ancien hippie ? fit Andrew avec un grand sourire. On dit que ceux qui prétendent se souvenir du festival Aquarius n'y étaient pas. Eh bien, je me souviens en tout cas des maisons de la rue principale. Qu'elle faisait penser à une ville hors-la-loi dans un western médiocre, peinte à la mode psychédélique, en violet et jaune. En fait, pour être honnête, je pensais que le violet et le jaune n'étaient qu'un effet d'optique dû à l'influence des stupéfiants sur l'appareil sensoriel. Jusqu'à ce que, donc, je voie cette photo, dans l'appartement d'Inger. »

Quand ils revinrent de la pause déjeuner, Wadkins appela à une autre réunion dans le bureau de coordination. Yong Sue avait dégotté quelques informations intéressantes sur son PC.

« J'ai passé en revue tous les meurtres non-élucidés dans le New South Wales sur ces dix dernières années, et j'en ai trouvé quatre qui font penser à celui qui nous occupe. Les corps des femmes ont été trouvés dans des endroits reculés, deux dans des décharges, un en bordure de forêt, le long d'une route, et un autre flottant dans la Darling River. Toutes ont vraisemblablement été tuées et violées ailleurs avant qu'on se débarrasse des corps. Et il y a mieux : toutes ont été étranglées, et portaient des marques de doigts au cou. »

Yong Sue exhiba un sourire radieux.

Wadkins s'éclaircit la voix :

« Allons-y mollo ; après tout, la strangulation n'est

pas une méthode si inédite lorsqu'il s'agit aussi de viol. Qu'en est-il du regroupement géographique, Sue ? Darling River se trouve foutrement loin, au milieu de nulle part, à plus de mille bornes de Sydney.

— Rien trouvé, Monsieur. Je n'ai pas réussi à trouver de cohérence géographique. »

Yong avait l'air sincèrement désolé.

« Eh bien, quatre personnes mortes par strangulation dispersées un peu partout sur le territoire sur une période de dix ans, c'est un peu court pour...

— Il y a autre chose, *Sir*. Toutes les femmes avaient les cheveux clairs. Attention, je n'ai pas dit "blonds". J'ai dit "clairs", presque blancs. »

Lebie émit un sifflement silencieux. Le silence se fit autour de la table.

Wadkins ne s'était pas départi de son air sceptique :

« Tu ne peux pas être un peu plus systématique, Yong ? Regarder si les statistiques sont pertinentes et ce genre de trucs, si les probabilités sont dans les limites du raisonnable, avant que l'on se mette à crier au loup ? Par sécurité, tu devrais peut-être vérifier sur l'ensemble du territoire. Et y ajouter les viols non élucidés, par la même occasion. Il se peut qu'on trouve quelque chose.

— Ça va peut-être prendre un peu de temps. Mais je vais essayer, *Sir*. » Yong sourit à nouveau.

« O.K. Kensington et Holy, pourquoi n'êtes-vous pas en route pour Nimbin ?

— Nous partons demain matin, *Sir*, dit Andrew. Il y a une récente affaire de viol à Lithgow sur laquelle j'aimerais faire quelques recherches, d'abord. J'ai le sentiment qu'il peut y avoir un rapport entre les deux. Nous étions sur le point de partir. »

Wadkins plissa le front.

« Lithgow ? On essaie de travailler en équipe, ici, Kensington. Ça signifie qu'on discute et qu'on coordonne, et qu'on ne folâtre pas selon son bon vouloir. Que je sache, on n'a jamais évoqué un quelconque viol à Lithgow.

— Juste un pressentiment. »

Wadkins soupira.

« Eh bien, McCormack semble penser que tu as une sorte de sixième sens...

— Nous autres Aborigènes sommes plus proches du monde des esprits que vous, les visages pâles, tu sais bien, *Sir*.

— Dans mon service, le travail d'investigation ne peut pas se baser sur ce genre de choses, Kensington.

— Je plaisantais, *Sir*. J'ai plus que ça, sur cette affaire. »

Wadkins secoua la tête.

« Tâchez de prendre l'avion, demain matin, O.K. ? »

Ils quittèrent Sydney par l'autoroute. Lithgow est une ville industrielle de dix-douze mille habitants, mais elle rappelait plutôt à Harry un village de taille moyenne. Un gyrophare bleu clignotait en haut d'un poteau devant le poste de police.

Le chef les accueillit chaleureusement. C'était un homme jovial, dont la pile de doubles mentons dénonçait une bonne surcharge pondérale et qui s'appelait Larsen. Larsen avait de lointains cousins en Norvège.

« Tu connais des Larsen, en Norvège, mon pote ? demanda-t-il.

— Tu sais, il y en a un bon paquet, répondit Harry.

— Oui, j'ai entendu ma grand-mère dire que l'on a une grande famille, là-haut.

— Tu peux le dire. »

Larsen se souvenait bien de cette histoire de viol.

« Heureusement, ce genre de choses n'arrive pas très souvent ici, à Lithgow. C'était au début novembre. On l'a passée à tabac dans une petite rue, alors qu'elle rentrait chez elle après le changement d'équipe de nuit, avant de la mettre dans une voiture et de l'emmener. Il l'a menacée d'un gros couteau, a quitté la route pour s'enfoncer sur un chemin forestier, au pied des Blue Mountains, où il s'est arrêté pour la violer sur la banquette arrière. Le violeur avait déjà mis les mains autour de son cou et commencé à serrer, quand une voiture a klaxonné derrière eux. Le conducteur se rendait dans sa maison de campagne et pensait avoir surpris un couple en pleine séance de jambes en l'air, sur le chemin désert, il n'a donc pas voulu descendre de voiture. Quand le violeur s'est installé au volant pour déplacer la voiture, la femme a réussi à se tirer par la porte arrière et a couru vers l'autre voiture. Le violeur a compris que les carottes étaient cuites, alors il a écrasé le champignon et a foutu le camp.

— Est-ce que quelqu'un a pu noter le numéro de la plaque ?

— Nan, il faisait trop sombre, et ça s'est passé trop vite.

— Est-ce que la femme a pu voir cet homme en détail ? Vous avez un signalement ?

— Bien sûr. En quelque sorte. Je vous ai dit : il faisait sombre.

— On a apporté une photo. Est-ce que vous avez une adresse où on peut joindre cette femme ? »

Larsen alla jusqu'à une armoire à archives et commença à chercher. Il respirait avec peine.

« D'ailleurs, commença Harry, est-ce que vous savez si elle est blonde ?

— Blonde ?

— Oui, est-ce qu'elle a les cheveux clairs, presque blancs ? »

Les mentons de Larsen se mirent à trembloter, tandis que son souffle se raccourcissait encore. Harry comprit qu'il riait.

« Non, je ne crois pas, mon pote. C'est une *koori*. »

Harry interrogea Andrew du regard.

Andrew leva les yeux au plafond. « Elle est noire, dit-il.

— Comme du charbon », compléta Larsen.

« Alors, les *koori*, c'est une tribu ? demanda Harry lorsqu'ils reprirent la voiture.

— Eh bien, pas exactement, répondit Andrew.

— Pas exactement ?

— C'est une longue histoire, mais quand les Blancs sont arrivés en Australie, il y avait là sept cent cinquante mille indigènes répartis en six à sept cents tribus. Ils parlaient plus de deux cent cinquante langues, dont certaines aussi différentes que peuvent l'être l'anglais et le chinois. Mais les balles et la poudre, de nouvelles maladies contre lesquelles les indigènes n'avaient aucune défense naturelle, l'intégration et d'autres merveilles que l'homme blanc avait apportées avec lui, tout ça a réduit de façon dramatique la population originelle. Beaucoup de tribus sont totalement éteintes. Quand la structure d'origine des tribus a disparu, on a commencé à employer une terminologie beaucoup plus générale pour ceux qui restaient. Les aborigènes qui vivent par ici, dans le sud-est, sont appelés *koori*.

— Mais enfin, pourquoi tu n'as pas vérifié d'abord si elle était blonde ?

— Boulette. J'ai dû lire de traviole. Les écrans d'ordinateurs ne tremblent pas, en Norvège ?

— Bordel, Andrew, on n'a pas de temps à perdre pour ce genre de conneries.

— Si, si. Et on a aussi le temps pour quelque chose qui te mettra de meilleure humeur, dit Andrew en tournant soudain sur la droite.

— Où va-t-on ?

— À une foire agricole australienne, pur jus.

— Une foire agricole ? J'ai un dîner, ce soir, Andrew.

— Ah ? Avec Miss Suède, je présume ? Détends-toi, ça va être vite fait. D'ailleurs, je suppose qu'en tant que représentant du ministère public, tu es conscient des conséquences qu'aurait un engagement personnel vis-à-vis d'un témoin potentiel ?

— Ce dîner s'inscrit bien entendu dans le cadre de l'enquête. On y posera des questions importantes.

— Bien sûr. »

La place du marché se trouvait dans une plaine dégagée, avec des bâtiments d'usine disséminés et quelques garages pour tout voisins. La dernière course de qualification pour le championnat des tracteurs venait de s'achever, et les gaz d'échappement formaient encore une chape au-dessus du sol au moment où Harry et Andrew arrivèrent devant une grande tente. L'endroit vrombissait d'activité, des cris parvenaient des différents stands, et tout le monde semblait avoir un verre de bière en main et un sourire aux lèvres.

« Commerce et plaisir en parfaite harmonie, dit Andrew. Vous n'avez rien de tel, en Norvège, hein ?

— Eh bien... on a quelque chose que l'on appelle "martnad"[1].

— Maaar... tenta Andrew.

— Laisse tomber. »

De grandes affiches étaient dressées près de la tente. De grandes capitales peintes en rouge annonçaient « The Jim Chivers Boxing-Team ». La photo des dix boxeurs qui composaient apparemment l'équipe figurait en dessous. Des informations cruciales, comme le nom, l'âge, le lieu de naissance et le poids étaient également mentionnées.

À l'intérieur de la tente, le premier boxeur s'échauffait déjà sur le ring. Un peignoir taillé dans un tissu brillant flottait autour de lui tandis qu'il boxait dans le vide, sous la lumière pâle qui tombait du haut de la tente. Un homme plutôt âgé, rondouillard, vêtu d'un smoking un peu fatigué, monta sur le ring — sous un tonnerre d'applaudissements. Il était apparemment déjà passé par ici, car les gens se mirent à scander son nom : « Ter-ry, Ter-ry ! »

Il arrêta les cris d'une main impérieuse et saisit le micro qui pendait du plafond :

« Mesdames et Messieurs ! Qui prendra les gants ? » Nombreux applaudissements. Suivit un laïus qui ressemblait plus à un rituel, sur « Le noble art de l'autodéfense », sur l'honneur et la réputation et sur l'attitude intransigeante des autorités envers la boxe, condamnée dans des tournures dignes d'un cracheur d'anathèmes. La prestation se termina par le retour de la question : « Qui prendra les gants ? »

Plusieurs personnes levèrent la main, et Terry leur fit signe d'approcher. Elles se placèrent en file

1. Foire villageoise dont l'origine semble relativement ancienne.

indienne près d'une table où on leur demandait apparemment de signer quelque chose.

« Qu'est-ce qui se passe ? demanda Harry.

— Ce sont des jeunes des alentours qui vont essayer de casser la gueule aux boxeurs de Jim Chivers. S'ils réussissent, c'est le gros lot, et qui plus est, une gloire et une renommée locales. Ils sont en ce moment en train de signer une déclaration qui stipule qu'ils sont en bonne condition physique, et qui leur fait savoir que l'organisateur décline toute responsabilité quant à un changement soudain de leur état de santé, expliqua Andrew.

— Waow... c'est légal, tout ça ?

— Mouais. » Andrew hésita. « Une sorte d'interdiction a vu le jour en 1971, ce qui a fait qu'ils ont dû modifier légèrement certaines choses. Il s'agit d'un divertissement qui a une longue histoire en Australie, tu comprends. Ils ont usurpé son nom, puisque Jimmy Chivers dirigeait une troupe de boxeurs qui faisaient le tour du pays au gré des foires et des rassemblements sportifs, après la Deuxième Guerre mondiale. Ce type était une institution à lui tout seul. Beaucoup de ceux qui sont devenus plus tard des grosses pointures étaient passés par l'équipe de Jimmy. Il y avait toujours beaucoup de nationalités différentes, chez les participants : des Chinois, des Italiens et des Grecs. Et des Aborigènes. À l'époque, les gens que ça tentait pouvaient même choisir contre qui ils allaient se battre. Ainsi, si tu étais par exemple antisémite, tu pouvais te choisir un adversaire juif. Même si les chances de se faire mettre une raclée par un juif étaient relativement grandes. »

Harry pouffa de rire. « Est-ce que ça ne fait pas qu'attiser le racisme ? »

Andrew se gratta le menton.

« Peut-être. Peut-être pas. C'était en tout cas un moyen d'évacuer l'agressivité refoulée. En Australie, on a l'habitude de cohabiter avec des cultures et des races différentes, et dans l'ensemble, ça marche plutôt bien. Mais il y a toujours des frictions. Et dans ce cas, il vaut toujours mieux se mettre sur la bobine dans un ring que dans la rue. Prends par exemple les matches qui opposent un Blanc à un Aborigène. Ceux-là intéressent tout particulièrement le public. Un Aborigène, membre de l'équipe de Jimmy et qui s'en sortait bien, devenait facilement un héros parmi ses semblables, dans son patelin. Il donnait une petite impression de cohésion et de gloire au milieu de toutes les humiliations. Je ne crois pas que ça ait aggravé les choses entre les ethnies. Quand les jeunes Blancs se faisaient foutre une raclée par un Noir, ça leur inspirait plus de respect que de haine. Les Australiens forment un peuple fair-play, de ce point de vue-là.

— On jurerait entendre un véritable péquenaud. »

Andrew rit.

« Presque, je suis un *ocker*. Un simple campagnard.

— Ça, certainement pas. »

Andrew rit de plus belle.

Le premier combat commença. Un petit rouquin trapu, venu avec ses gants personnels et accompagné de son groupe de fans, face à un type encore plus petit, de l'équipe Chivers.

« Irlandais contre Irlandais, fit Andrew avec un air de connaisseur.

— Ton sixième sens ?

— Mes deux yeux. Ils sont roux. Donc : Irlandais. Ils ont la peau dure, ces bougres ; le combat promet d'être long.

— *Go-go-Johnny-go-go-go* ! »[1] crièrent les fans.

Ils eurent le temps de répéter deux fois la formule avant que le combat ne s'achève. Johnny avait alors ramassé trois prunes sur le nez, et ne voulait plus boxer.

« Les Irlandais ne sont plus ce qu'ils étaient », soupira Andrew.

Les paris sur le second combat avaient déjà commencé, au vu et au su de tous. Les gens s'étaient regroupés autour de deux types coiffés de grands chapeaux de cuir à large bord, qui étaient selon toute vraisemblance des bookmakers. Tout le monde parlait à tort et à travers tandis que les caractéristiques dollars australiens, infroissables, changeaient de mains. Des accords verbaux étaient conclus à toute allure, sans que rien ne soit jamais écrit, seul un hochement de la tête du bookmaker scellait le pari.

« Qu'est-ce qu'elle disait, déjà, cette vieille loi sur les paris ? murmura Andrew avant de crier trois ou quatre mots qu'Harry ne fut pas en mesure de comprendre.

— Qu'est-ce que tu as fait ?

— Parié cent dollars que le représentant de l'équipe Chivers aura ratatiné son adversaire avant la fin du deuxième round.

— Tu n'as pas peur que des gens, devant, aient pu saisir ce que tu as dit, au milieu de tout ce chahut ? »

Andrew pouffa de rire. Il était évident que le rôle de maître de conférence ne lui déplaisait pas.

« Tu n'as pas vu le bookmaker hausser un sourcil ? C'est ce qu'on appelle la capacité simultanée, Harry, en partie innée, en partie acquise. Le fait de pouvoir

1. Allusion au refrain de la célèbre chanson de Chuck Berry, *Johnny B Goode*.

entendre plusieurs choses en même temps, mettre tout le raffut de côté et ne retenir que ce qui est important.

— Entendre.

— Et entendre. Tu as déjà essayé, Harry ? C'est très pratique, dans bien des cas de figure. »

Les haut-parleurs crachotèrent, et Terry, au micro, présenta Robin « The Murri » Toowoomba, de l'équipe de Chivers, et Bobby « The Lobby » Pain, un géant du coin qui entra sur le ring avec un rugissement, en sautant par-dessus les cordes. Il enleva son T-shirt, et dévoila ainsi un torse puissant et poilu, en même temps que des avant-bras aux muscles saillants. Une femme vêtue de blanc sautait sur place juste devant le ring, et Bobby lui envoya un baiser avant que ses deux assistants ne lui bandent les mains et lui mettent ses gants. Des murmures s'élevèrent dans la salle lorsque Toowoomba se glissa entre les cordes. C'était un grand type, à la peau étonnamment noire et à la beauté peu commune.

« The Murri ? demanda Harry.

— Aborigène du Queensland. »

Les fans de Johnny se réveillèrent quand ils s'aperçurent qu'ils pouvaient maintenant crier « Bobby » dans leurs encouragements. Un coup de gong résonna, et les deux boxeurs s'approchèrent l'un de l'autre. Le Blanc était plus grand, presque une tête de plus que son adversaire noir, mais même un œil peu entraîné remarquait facilement qu'il ne se déplaçait pas avec la preste élégance du Murri.

Bobby plongea et porta un coup puissant à Toowoomba, qui l'esquiva sans difficulté. Le public poussa une exclamation et la femme en blanc cria son admiration. Bobby frappa encore dans le vide à deux ou trois reprises avant que Toowoomba ne se glisse pour placer un coup prudent, presque pour tâter le terrain, dans le visage du « Lobby ». Bobby fit deux pas en arrière, et eut l'air de déjà vouloir s'en tenir là.

« J'aurais dû parier deux cents », dit Andrew.

Toowoomba gravita autour de Bobby, asséna deux ou trois autres touchettes en se déplaçant toujours avec la même fluidité tandis que Bobby faisait des moulinets avec ses gourdins de bras. Bobby respirait avec difficulté. Il hurla sa frustration en constatant que Toowoomba semblait ne jamais être deux secondes de suite au même endroit. Le public se mit à siffler. Toowoomba sembla vouloir tendre la main comme pour saluer, mais le poing atterrit dans le ventre de Bobby qui se cassa et se tint plié en deux dans un coin du ring. Toowoomba recula de deux pas, l'air vaguement inquiet.

« Achève-le, connard ! » cria Andrew. Toowoomba se tourna vers eux, étonné, sourit et agita sa main au-dessus de sa tête.

« Ne reste pas là à sourire bêtement, fais ton boulot, espèce de con ! J'ai un pari sur le feu ! »

Toowoomba se retourna pour en finir, mais au moment où il se préparait à donner le coup de grâce à Bobby, le gong retentit. Les deux boxeurs retournèrent chacun dans son coin, et le présentateur saisit le micro. La femme en blanc était déjà près du coin de Bobby et gueulait, alors que l'un des assistants filait une canette de bière à celui-ci.

Andrew faisait la tronche. « Robin ne veut pas abîmer cette face de craie, pas de problème. Mais il devrait respecter le fait que j'ai misé de l'argent sur lui, ce veau inutile.

— Tu le connais ?

— Oui, effectivement, je connais Robin Toowoomba », répondit Andrew.

Le gong retentit derechef, et Bobby se leva pour attendre Toowoomba qui approchait d'un pas décidé. Bobby releva sa garde, pour protéger la tête, et Toowoomba lui colla un gentil crochet corps. Bobby s'écroula en arrière, dans les cordes. Toowoomba se retourna et supplia du regard Terry le Crieur — qui assurait aussi les fonctions d'une sorte d'arbitre — pour le convaincre d'arrêter le combat.

Andrew cria à nouveau, mais trop tard.

Le coup de poing asséné par Bobby envoya voltiger Toowoomba qui chuta avec un claquement sec. Lorsqu'il réussit à se relever, Bobby fut sur lui avec la vigueur d'un ouragan. Les coups étaient directs et précis, et la tête de Toowoomba sautait d'avant en arrière comme une balle de ping-pong. Un mince rai de sang lui coulait d'une narine.

« Et merde, un requin ! cria Andrew.

— Un requin ?

— Notre pote Bobby joue les amateurs, une vieille ruse pour inciter les types de Chivers à ne pas s'en faire et à s'ouvrir. Ce mec-là est probablement le champion local. Putain, Robin, il t'a eu comme un bleu. »

Toowoomba était parvenu à remonter sa garde devant son visage et reculait devant Bobby. Le bras gauche de ce dernier frappait par salves que suivaient de lourds crochets et uppercuts du droit. Le public ne touchait plus le sol. La femme en blanc était de nouveau debout, et elle ne cria que la première syllabe de son nom dont elle maintint la voyelle en une longue note déchirante :

« *Boooo*... »

Terry secoua la tête, tandis que les fans bricolaient à toute vitesse leur nouveau refrain :

« *Go-go-Bobby-go-go-go, Bobby be good !* »

« Ça y est, c'est fini, dit Andrew sur un ton résigné.

— Toowoomba va perdre ?

— Tu déconnes ? demanda Andrew en jetant à Harry un regard interloqué. Toowoomba va tuer l'autre zigue. J'avais juste espéré que ce ne serait pas trop moche, aujourd'hui. »

Harry se concentra et essaya de voir ce dont parlait Andrew. Toowoomba s'était adossé aux cordes, l'air presque détendu, pendant que Bobby lui martelait les abdominaux. Un instant, Harry eut le sentiment que Toowoomba allait s'endormir. La femme en blanc tira les cordes qui retenaient le Murri. Bobby changea de tactique et visa la tête, mais Toowoomba esquiva les coups en faisant des rotations du buste, d'avant en arrière, en un mouvement lent, presque indolent. Presque comme un serpent à lunettes, se dit Harry, comme un...

Cobra !

Bobby se figea en pleine action. Sa tête était légèrement tournée vers la gauche, son expression était celle de quelqu'un qui vient de se rappeler quelque chose qu'il avait oublié, puis les yeux se retournèrent dans leurs orbites, son protège-dents s'échappa et le sang jaillit en un filet mince et régulier s'écoulant d'un petit orifice qui indiquait l'endroit de l'arrête nasale où le cartilage s'était brisé. Toowoomba attendit que Bobby ait commencé à chuter pour frapper de nouveau. Un silence total régnait sous la tente, et Harry entendit distinctement le claquement immonde que produisit le coup en atteignant le nez de Bobby pour la seconde fois, tout comme la voix féminine qui criait le reste du nom :

« ... *biiii !* »

Un jet rouge clair, de sang et de sueur mêlés, surgit de la tête de Bobby et alla arroser le coin du ring.

Terry arriva en trombe et signala à toutes fins utiles que le combat était terminé. La tente était toujours totalement silencieuse, et on n'entendit que le crépitement des talons de la femme en blanc contre le plancher lorsqu'elle remonta l'allée centrale pour sortir de la tente. Sa robe avait pris une teinte rouge sur le devant, et son visage arborait la même expression de surprise que Bobby.

Toowoomba tenta d'aider à la remise sur pieds de Bobby, mais ses assistants le repoussèrent. Il y eut une ébauche d'applaudissements, mais le cœur n'y était pas. Les sifflements furent en revanche d'autant plus puissants lorsque Terry attrapa la main de Toowoomba pour la lever en l'air. Andrew secoua la tête :

« Il a dû y avoir un bon paquet de gens qui ont parié sur le champion du coin. Les cons ! Viens, allons chercher le pognon, et parler sérieusement avec cet imbécile de Murri ! »

« Robin, espèce de con ! On devrait t'enfermer... et je suis sincère ! »

Le visage de Robin « The Murri » Toowoomba s'éclaira d'un grand sourire. Il tenait une serviette contenant de la glace sur son œil.

« Tuka ! Je t'ai entendu, tout à l'heure. Tu t'es remis à jouer ? » Toowoomba parlait à voix basse. Un homme qui a l'habitude d'être écouté, se dit instinctivement Harry. Sa voix était douce et agréable, et Harry n'avait pas l'impression qu'elle appartenait à quelqu'un qui venait de péter le nez à un type presque deux fois plus grand que lui.

Andrew renâcla. « Jouer ? Dans le temps, il n'était

pas question de jouer quand on mettait de l'argent sur un des types de Chivers. Mais maintenant, plus rien n'est sûr, à ce que je vois. Penser que tu t'es fait couillonner de cette façon par un putain de *yahoo* blanc. Où va le monde ? »

Harry se racla la gorge.

« Ah, oui. Robin, je te présente un ami. Il s'appelle Harry Holy. Harry, voici la pire brute, le psychopathe le plus accompli du Queensland, Robin Toowoomba. » Ils se serrèrent la main, et Harry eut une nouvelle fois l'impression de s'être fait coincer la main dans une porte. Il gémit un « Comment va ? » et reçut un « La grande forme, mec — et toi ? », en réponse, assorti en prime d'une jolie rangée de dents blanches comme des perles.

« Me suis jamais senti aussi bien », répondit Harry en se frottant la main. Cette façon de se saluer à l'australienne allait finir par avoir sa peau. Selon Andrew, il s'agissait en outre de montrer à son interlocuteur à quel point on allait bien, un tiède « Ça va bien, merci » pouvant facilement paraître insultant.

Toowoomba pointa un pouce en direction d'Andrew :

« À propos de brute, est-ce que Tuka t'a dit qu'il a naguère boxé pour Jim Chivers, lui aussi ?

— Il y a sans doute un bon paquet de choses que je ne sais pas sur... euh, Tuka. C'est un petit cachottier.

— Cachottier ? répéta Toowoomba en riant. C'est juste qu'il ne va jamais droit au but. Tuka te raconte tout ce que tu as besoin de savoir, il faut juste que tu saches quoi écouter. Mais il n'a donc pas dû te raconter qu'on lui avait demandé d'arrêter de boxer pour Chivers, parce qu'il était considéré comme quelqu'un de trop dangereux ? Combien de pommettes, d'os du nez et de maxillaires as-tu sur la conscience, Tuka ? Pendant plusieurs années, on l'a présenté comme le plus grand talent de la boxe en Nouvelles-Galles du Sud. Mais il y avait juste un problème. Il n'arrivait pas à se maîtriser — il n'avait pas un gramme de discipline. Il a fini par démolir un arbitre, juste parce qu'il trouvait que celui-ci avait arrêté le combat trop tôt. En faveur de Tuka ! Voilà ce que j'appelle être assoiffé de sang. Tuka a été suspendu pour deux ans.

— Trois et demi, s'il te plaît ! » Andrew rayonnait. Il n'avait visiblement rien contre l'exposé minutieux de son ancienne carrière de boxeur. « C'était un vrai branleur, tu peux me croire. Je l'ai juste bousculé, ce connard d'arbitre, mais il est tombé et s'est flingué la clavicule, tu te rends compte ! »

Toowoomba et Andrew rirent de bon cœur et se tapèrent dans les mains.

« Robin était à peine né quand je boxais. Il ne fait que répéter ce que je lui ai moi-même dit, expliqua Andrew à Harry. Robin faisait partie d'un groupe de jeunes en difficulté avec qui je travaillais quand j'en avais le temps. Nous nous entraînions à la boxe, et pour enseigner aux jeunes l'importance de la maîtrise de soi, je leur ai raconté quelques histoires plus ou moins vraies à mon sujet. En guise d'avertissement. Apparemment, Robin, ici présent, a tout compris de travers. Et il s'est mis à m'imiter. »

Le visage de Toowoomba se fit grave.

« Ordinairement, on est des garçons sages, Harry. On les laisse s'exciter un peu avant de leur mettre deux ou trois coups peu appuyés pour leur faire comprendre qui est le patron, tu vois ? Après, ce n'est généralement pas très long avant qu'ils déposent les armes. Mais ce gars-là, il savait boxer, lui, il aurait pu blesser quelqu'un. Un type de ce genre n'a que ce qu'il mérite. »

La porte s'ouvrit :

« T'es un péquenaud, Toowoomba... comme si on n'avait pas assez de problèmes comme ça ; il a fallu que tu fusilles le nez du gendre du chef de la police locale. » Terry le Crieur n'avait pas l'air content, et le souligna en envoyant un crachat qui claqua sur le sol.

« Pur réflexe, patron, dit Toowoomba en contemplant le crachat brun de tabac à priser. Ça ne se reproduira pas. » Il fit un discret clin d'œil à Andrew.

Ils se levèrent. Toowoomba et Andrew s'étreignirent et échangèrent avant de se séparer quelques phrases dans une langue qu'Harry ne connaissait pas. Il se hâta pour sa part de donner une petite tape sur l'épaule de Toowoomba pour rendre superflue toute autre poignée de main.

« Quelle langue parliez-vous, sur la fin ? demanda Harry quand ils se furent installés dans la voiture.

— Ah, ça... C'est un créole, un mélange d'anglais et de mots d'origine aborigène. C'est parlé par beaucoup d'Aborigènes à travers le pays. Qu'est-ce que tu as pensé des combats ? »

Harry réfléchit un moment.

« C'était intéressant de te voir gagner quelque argent, mais on aurait pu être à Nimbin, à l'heure qu'il est.

— Si nous n'étions pas venus ici aujourd'hui, tu n'aurais pas pu être à Sydney, ce soir. On ne donne pas de rendez-vous à une femme comme celle-là si c'est pour se débiner ensuite. On parle peut-être de ta future femme, Harry, et de la mère de petits Holy. »

Ils sourirent légèrement l'un comme l'autre, en

passant devant des arbres et des maisons basses, tandis que le soleil se couchait sur l'hémisphère est.

La nuit était tombée avant qu'ils ne soient de retour à Sydney, mais le pylône de télévision faisait comme une énorme ampoule posée au milieu de la ville, indiquant le chemin. Andrew s'arrêta près de Circular Quay, non loin de l'opéra. Une chauve-souris traversa à toute vitesse la lumière des projecteurs fixés sur le toit de la voiture avant de disparaître. Andrew s'alluma un cigare et fit signe à Harry de rester assis.

« La chauve-souris est le symbole de la mort, chez les Aborigènes, tu le savais ? »

Harry ne le savait pas.

« Imagine un endroit où les hommes ont été isolés pendant quarante mille ans. Autrement dit, ils sont passés à côté du judaïsme, sans oublier le christianisme et l'islam, parce que rien moins qu'un océan les sépare du continent le plus proche. Pourtant, ils imaginent la genèse suivante : Le premier être humain s'appelait *Beer-rok-boorn*. Il avait été créé par *Baime*, celui qui n'a pas été créé, celui qui était le début de tout et qui aimait et prenait soin de toute création. Un chouette type, autrement dit, ce *Baime*, que ses amis appelaient juste Le Grand Esprit Paternel. Après avoir donné à *Beer-rok-boorn* et à sa femme un endroit décent où vivre, *Baime* apposa sa marque sur un arbre *yarran* sur lequel un essaim d'abeilles s'était établi.

« Vous pourrez vous procurer votre nourriture où vous le désirerez, où que ce soit dans ce pays que je vous ai donné, mais cet arbre est à moi », les informa-t-il. « Si vous tentez de prendre la nourriture qui est ici, il vous arrivera tout un tas de saloperies, à vous et à vos descendants. » Quelque chose comme ça. En tout cas, un jour que *Beer-rok-boorn* était sorti ramasser du bois, sa femme est arrivée près de l'arbre *yarran*. Elle a d'abord été effrayée lorsqu'elle a vu l'énorme arbre au-dessus d'elle, mais il y avait tant de bois mort alentour qu'elle n'a pas suivi son premier réflexe — qui était de se tirer le plus vite possible. Et puis, *Baime* n'avait rien dit concernant le bois. Tandis qu'elle en ramassait autour de l'arbre, elle a entendu un faible bourdonnement au-dessus d'elle, et en levant la tête, elle a aperçu l'essaim. Par la même occasion, elle a vu le miel qui dégoulinait le long du tronc de l'arbre. Elle n'avait goûté du miel qu'une fois, mais elle en voyait assez pour faire plusieurs repas. La lumière du soleil jouait dans les douces gouttes brillantes, et au bout d'un moment, la femme de *Beer-rok-boorn* n'a plus été capable de résister à la tentation, et elle a grimpé dans l'arbre.

« Au même instant, un brusque courant d'air froid lui est tombé dessus, et une silhouette assez effrayante, avec d'énormes ailes noires, l'a recouverte. C'était *Narahdarn*, la chauve-souris, que *Baime* avait chargée de garder l'arbre sacré. La femme est retombée sur le sol, et a couru jusqu'à sa grotte où elle s'est cachée. Mais c'était trop tard, elle avait amené la mort dans le monde, la mort symbolisée par *Narahdarn*, la chauve-souris, et tous les descendants de *Beer-rok-boorn* subiraient sa malédiction. L'arbre *yarran* pleurait d'amères larmes, suite à la tragédie qui venait de se dérouler. Les larmes ont coulé le long du tronc et s'y sont solidifiées, et c'est pour ça qu'on trouve aujourd'hui le caoutchouc rouge sur l'écorce de l'arbre *yarran*. »

Andrew téta son cigare avec un air satisfait.

« Adam et Ève sont battus à plates coutures, tu ne trouves pas ? »

Harry acquiesça et admit qu'il y avait un certain nombre de similitudes.

« C'est peut-être tout simplement que les hommes, où qu'ils se trouvent sur cette planète, partagent d'une manière ou d'une autre les mêmes visions et les mêmes fantasmes. Que tout vient de la nature, est pré-installé sur le disque dur, d'une certaine façon. Que, malgré toutes nos différences, on arrive tous aux mêmes réponses, tôt ou tard.

— Espérons », dit Andrew. Il plissa les yeux pour tenter de voir à travers la fumée. « Espérons. »

Harry avait bien entamé son deuxième coca quand Birgitta arriva, à neuf heures dix. Elle portait une simple robe de coton blanc, et ses cheveux roux étaient rassemblés en une impressionnante queue de cheval.

« Je commençais à avoir peur que tu ne viennes pas », dit Harry. C'était dit sur le ton de la plaisanterie, mais il le pensait pour de bon. Il avait commencé à le craindre dès l'instant où ils étaient convenus d'un rendez-vous.

« Vraiment ? » Elle lança un regard mutin à Harry. Il sentit que la soirée allait être agréable. Ils commandèrent un porc au curry, du poulet aux noix de cajou cuisiné au wok, un Chardonnay australien et du perrier.

« Je dois dire que je suis plutôt surpris de trouver des Suédois aussi loin de chez eux.

— Tu ne devrais pas. Près de quatre-vingt-dix mille Suédois vivent en Australie.

— Quoi ?

— La plupart se sont installés ici avant la Deuxième

Guerre mondiale, mais pas mal de jeunes sont venus dans le courant des années 80, quand le chômage a pris de l'ampleur en Suède.

— Et moi qui pensais que les Suédois regrettaient leurs boulettes de viande et leurs mâts de la Saint-Jean avant même d'être arrivés à Helsingør.

— Ce doit être aux Norvégiens que tu penses. Vous êtes tous cintrés ! Les Norvégiens que j'ai rencontrés ici ont le mal du pays en l'espace de quelques jours, et tous ont fichu le camp avant la fin du deuxième mois. Retour aux valeurs sûres !

— Mais pas Inger ? »

Birgitta ne répondit pas immédiatement.

« Non, pas Inger.

— Est-ce que tu sais pourquoi elle est restée ?

— Sûrement pour la même raison que la plupart d'entre nous, j'imagine. On part en vacances, on tombe amoureux du pays, du climat, de la vie facile, ou d'un mec. On fait une demande de prolongation de permis de séjour, les filles de Scandinavie n'ont pas vraiment de mal à se trouver du boulot dans un bar, en Australie, et tout à coup, on est si loin de chez soi et c'est si facile de rester...

— Ça s'est passé comme ça, pour toi aussi ?

— À peu près. »

Ils mangèrent un moment en silence. Le porc au curry était épais, fort et bon.

« Qu'est-ce que tu sais à propos du dernier copain d'Inger ?

— Comme je t'ai dit, il est passé une fois. Elle l'a rencontré dans le Queensland. À Fraser Island, je crois. Il ressemblait à un spécimen de ces hippies que je pensais éteints depuis longtemps, mais qui se portent comme un charme ici, en Australie. Cheveux longs tressés, atours colorés et amples, et sandales.

On aurait dit quelqu'un qui arrivait directement de la plage de Woodstock.

— Woodstock se trouve en plein milieu des terres. New Jersey.

— Mais n'y avait-il pas un lac, dans lequel ils se baignaient ? Il me semblait. »

Harry la regarda avec un peu plus d'attention. Elle se tenait le dos un peu voûté, et se concentrait sur son assiette. Les taches de rousseur formaient presque une couche unie sur l'arête de son nez. Harry la trouvait délicieuse.

« Tu n'es pas censée savoir ce genre de choses. Tu es trop jeune. »

Elle éclata de rire.

« Et toi, qu'est-ce que tu es ? Un vieillard ?

— Moi ? Mouais, quelquefois, peut-être. C'est inhérent à ce boulot — certaines parties de l'individu vieillissent beaucoup trop vite. Mais espérons que je ne sois pas désabusé et bon pour la casse au point de ne plus pouvoir me sentir vivant, de temps à autre.

— Oooh... mon pauvre ami... »

Harry ne put s'empêcher de sourire. « Penses-en ce que tu veux, mais je ne dis pas ça pour faire appel à ton instinct maternel — même si ça n'aurait peut-être pas été une si mauvaise idée — je dis juste les choses telles qu'elles sont. »

Le serveur passa à côté de leur table et Harry en profita pour lui demander une autre bouteille de perrier.

« On garde toujours quelques séquelles après avoir éclairci les circonstances d'un meurtre. Malheureusement, derrière, il y a le plus souvent davantage de misère humaine et d'histoires sordides, et moins de traits d'ingéniosité qu'on pourrait le penser en lisant des romans d'Agatha Christie. Quand j'ai commencé, je me voyais comme une sorte de chevalier de la justice, mais j'ai par moments plutôt l'impression d'être un éboueur. Les meurtriers sont en général des types pathétiques, et on peine rarement à pointer au moins dix bonnes raisons qu'ils soient devenus ce qu'ils sont. Et finalement, c'est de la frustration, qu'on ressent le plus souvent. De la frustration en voyant qu'ils ne se contentent pas de foutre leur propre vie en l'air, mais qu'ils trouvent judicieux d'entraîner d'autres personnes dans leur chute. Ça a peut-être toujours l'air un rien mélo...

— Excuse-moi — je ne voulais pas paraître cynique. Je vois ce que tu veux dire. »

Un léger souffle venant de la rue fit vaciller la flamme de la chandelle, entre eux, sur la table.

Birgitta lui raconta comment elle et son petit copain avaient fait leurs sacs quatre ans plus tôt, en Suède, pour partir voyager sac au dos, comment ils étaient allés de Sydney à Cairns en bus et en stop, en campant et en dormant dans des hôtels bon marché pour ce genre de voyageurs, puis quand ils avaient travaillé comme réceptionniste et cuisinier dans ces mêmes hôtels, et leurs séances de plongée sous-marine près de la Grande Barrière de Corail au milieu des tortues et des requins marteaux. Ils avaient médité près d'Ayers Rock, économisé pour pouvoir prendre le train entre Adelaide et Alice Springs, étaient allés à un concert de Crowded House à Melbourne avant que ça ne merde dans un motel de Sydney.

« C'est bizarre de voir comment quelque chose qui fonctionne si bien peut être aussi... vide.

— Vide ? »

Birgitta hésita un instant. Peut-être trouvait-elle qu'elle en avait trop dit à ce Norvégien indiscret.

« Je ne sais pas exactement comment je dois l'expliquer. Nous avons perdu quelque chose, en cours de route, quelque chose que l'on avait et que l'on considérait comme allant de soi. On ne se voyait plus, et on n'a pas tardé à ne plus se toucher. On est tout simplement devenus compagnons de route, l'autre faisait l'affaire parce qu'une chambre double coûte moins cher, et parce que c'est plus sûr quand tu dors sous la tente. À Noosa, il a rencontré la fille d'un riche Allemand, et j'ai continué ma route pour leur permettre de conclure pénard. Je m'en foutais. Quand il est arrivé à Sydney, je lui ai dit que j'étais tombée amoureuse d'un connard de surfeur américain que j'avais rencontré. Je ne sais pas s'il m'a cru, peut-être qu'il a compris que je nous donnais à tous les deux un prétexte de séparation. On a essayé de s'engueuler dans cette chambre de motel, à Sydney, mais même ça, on n'y arrivait plus. Alors je lui ai demandé de partir devant, direction la Suède, en disant que je suivrais.

— Ça doit lui faire une sacrée avance, à présent.

— On est restés ensemble six ans. Tu me crois, si je te dis que je ne me souviens presque pas de ce à quoi il ressemblait ?

— Sans problème. »

Birgitta soupira.

« Je ne pensais pas que c'était possible. J'étais sûre qu'on se marierait, qu'on aurait des enfants et qu'on vivrait dans une petite banlieue de Malmö, avec un jardin devant la porte et le *Sydsvenska Dagblad* chaque matin sur les marches, et maintenant... maintenant, je me rappelle tout juste le son de sa voix, ou comment c'était de faire l'amour avec lui, ou... » Elle leva les yeux vers Harry : « ... ou son exquise politesse qui l'empêchait de me demander de la boucler quand je jacassais après quelques verres de vin. »

Harry sourit tout du long. Elle n'avait pas fait de commentaire soulignant qu'il n'avait pas pris de vin.

« Je ne suis pas poli, je suis juste intéressé, dit-il.

— Dans ce cas, il faut que tu me parles d'abord de quelque chose d'un peu plus personnel que de ton métier. »

Birgitta se pencha en avant, au-dessus de la table. Harry se supplia de ne pas plonger les yeux dans son décolleté. Ce fut tout juste s'il sentit son léger parfum, et inspira avidement par le nez. Il ne fallait pas qu'il se laisse abuser. Ce n'étaient que quelques rusés enfoirés de chez Karl Lagerfeldt ou de chez Christian Dior, qui savaient pertinemment ce qu'il fallait pour feinter un pauvre homme.

Elle sentait merveilleusement bon.

« Eh bien, commença Harry... J'ai une sœur aînée, ma mère est morte il y a quelques années, j'habite dans un appartement dont je n'arrive pas à me débarrasser, à Tøyen, dans Oslo. Je n'ai pas de longs récits amoureux à mon actif, et il n'y en a qu'un qui ait laissé des traces.

— Ah oui ? Et il n'y a personne dans ta vie, maintenant non plus ?

— Pas vraiment. J'ai quelques relations simplettes et sans avenir avec des femmes que j'appelle de temps en temps, quand elles ne m'appellent pas. »

Birgitta fronça les sourcils.

« Il y a un problème ?

— Je ne sais pas si j'apprécie beaucoup ce genre d'hommes. Ou de femmes. Je suis un peu vieux jeu, à ce sujet.

— Bien sûr, tout ça, c'est du passé, dit Harry en levant son verre de perrier.

— Et je ne sais pas non plus si j'apprécie vraiment tes réponses si avisées, poursuivit Birgitta en trinquant avec lui.

— Alors qu'est-ce que tu cherches, chez un homme ? »

Elle posa son menton dans sa main et regarda dans le vide pendant qu'elle réfléchissait. « Je ne sais pas. Je crois que je sais mieux ce que je n'aime pas chez un homme, que ce que j'aime.

— Qu'est-ce que tu n'aimes pas, alors ? À part des réponses avisées ?

— Les hommes qui essaient de me draguer.

— Tu en souffres beaucoup ? »

Elle sourit.

« Laisse-moi te donner un tuyau, Casanova. Si tu veux séduire une femme, il faut que tu arrives à la persuader qu'elle est unique, que tu n'agis pas avec elle comme avec les autres, qu'elle reçoit quelque chose que les autres n'ont pas. Les hommes qui essaient de cueillir les filles dans des bars n'ont rien compris. Mais je parle pour des clopinettes, devant un libertin comme toi... »

Harry pouffa de rire.

« Quand je dis "quelques", c'est en fait "deux". J'emploie juste "quelques" parce que ça donne un côté un peu plus exubérant, ça laisse entendre... trois. L'une d'entre elles est d'ailleurs sur le point de se remettre avec son ex, à en croire ce qu'elle m'a dit la dernière fois que je l'ai vue. Elle m'a remercié pour avoir été si facile à vivre et parce que notre relation avait été... oui, sans intérêt, je suppose. L'autre, c'est une femme avec qui j'ai failli démarrer une liaison, et qui insiste maintenant sur le fait que puisque c'est moi qui me suis dégonflé, il est de mon devoir d'assurer qu'elle ait un minimum de vie sexuelle dans l'attente que l'un d'entre nous trouve autre chose. Attends un peu... pourquoi est-ce que je me défends ? Je suis un type tout simple, qui ne ferait pas de mal à une mouche. Tu sous-entends que j'essaierais de séduire quelqu'un ?

— Oh oui. Tu essaies de me séduire, moi. N'essaie pas de nier ! »

Harry ne nia pas.

« D'accord. Comment je m'en sors ? »

Elle but une longue gorgée de son verre de vin tandis qu'elle réfléchissait.

« Bien, il me semble. Passable, en tout cas. Non, je crois que je dirais "bien"... Tu t'en sors plutôt bien.

— On dirait un "presque bien".

— Quelque chose comme ça. »

Il faisait sombre sur le port qui était presque désert, et un vent frisquet soufflait. Dans l'escalier qui menait à l'opéra illuminé, un couple de mariés exceptionnellement rondouillards prenait la pose pour le photographe. Il leur disait de faire ceci et cela, et les jeunes mariés avaient l'air franchement mécontents de devoir déplacer leurs énormes carcasses. Mais ils finirent par tomber d'accord, et la séance de photo nocturne devant l'opéra s'acheva dans les sourires, les rires et peut-être aussi quelques larmes.

« Ça doit être ça qu'ils entendent, par "être sur le point d'éclater de bonheur", dit Harry. Ou peut-être qu'on ne dit pas ça, en suédois ?

— Si, il arrive que l'on soit si heureux qu'on se sente sur le point d'éclater en suédois aussi. » Birgitta retira l'élastique qui lui retenait les cheveux et s'exposa au vent, près de la rambarde qui donnait sur la mer devant l'opéra.

« Si, ça arrive », répéta-t-elle, plus pour elle que pour lui. Elle tourna vers le large son nez constellé de taches de rousseur, et le vent rabattit ses cheveux roux en arrière.

Elle ressemblait à une méduse. Il ne savait pas que les méduses pouvaient être aussi belles.

4

Une ville nommée Nimbin, Kåre Willoch[1] et Alice Cooper

La montre de Harry indiquait onze heures quand l'avion se posa à Brisbane, mais l'hôtesse de l'air fit savoir par haut-parleurs interposés qu'il n'était que dix heures.

« Ils ne respectent pas l'heure d'été, dans le Queensland, expliqua Andrew. Ça a occasionné un gros débat politique, ici, qui s'est terminé par un référendum, et les agriculteurs ont voté contre.

— Eh bien, on dirait que cette fois-ci on est arrivés au pays des ploucs.

— C'est bien mon impression, mon pote. Jusqu'à récemment, les hommes aux cheveux longs n'avaient pas accès à cet État. Ça leur était tout bonnement refusé.

— Tu plaisantes, j'espère...

— Le Queensland, c'est un peu différent. Je ne serais pas surpris que bientôt, il soit cette fois interdit aux skinheads. »

Harry passa avec satisfaction une main sur son crâne et ses cheveux blonds hyper-courts.

1. Homme politique de droite et Premier ministre norvégien (1981-1986).

« Autre chose que je devrais savoir sur le Queensland ?

— Mouais, si tu as de la marijuana dans tes poches, il vaut peut-être mieux que tu l'abandonnes dans l'avion. La législation en matière de stupéfiants est beaucoup plus rigoureuse dans le Queensland que dans le reste du pays. Ce n'est pas par hasard que le Festival Aquarius a été organisé à Nimbin. La ville se trouve tout près de la frontière, côté New South Wales. »

Ils se rendirent à la succursale Avis où, d'après ce qu'on leur avait dit, une voiture les attendrait.

« En contrepartie, le Queensland compte des endroits comme Fraser Island, où Inger Holter a rencontré Evans White. En réalité, l'île n'est qu'une énorme dune de sable, mais plus à l'intérieur, tu trouves une forêt tropicale et des lacs qui contiennent l'eau la plus pure, et le sable est si blanc qu'on dirait que les plages sont en marbre. Le sable-silicone, comme ils l'appellent, parce que le contenu en silice est beaucoup plus élevé que dans du sable classique. Tu pourrais vraisemblablement l'utiliser tel quel dans ton PC.

— La terre d'abondance, hein ? fit le type derrière son comptoir, en leur tendant une clé.

— Ford Escort ? » Andrew plissa le nez, mais signa. « Ça se fabrique toujours ?

— Tarif spécial, Monsieur.

— Je n'en doute pas. »

Le soleil tapait dur sur la Pacific Highway, et l'horizon urbain de Brisbane, fait de verre et de béton, scintillait comme un bout de cristal dans un lustre, à mesure qu'ils approchaient.

« C'est joli, dit Harry. Bien comme il faut, et bien

propret, si on veut. Comme si quelqu'un avait dessiné l'ensemble, pour ensuite tout construire en même temps.

— Ça ne doit pas être trop loin de la vérité. Brisbane est à bien des points de vue une ville flambant neuve ; il n'y a pas si longtemps que ça, c'était juste un gros bourg qui ne comptait qu'environ deux cent mille habitants. Si tu fais bien attention, tu verras que les gens ont toujours un peu l'air d'avoir fait l'exode sur une citerne. Mais la ville est à l'image d'une cuisine fraîchement briquée, au beau milieu d'une ferme : brillante, tracée au cordeau et fonctionnelle — entourée de tout plein de vaches occupées à ruminer.

— Vraiment une belle image, Andrew.

— Ne fais pas le malin, coéquipier. »

Ils quittèrent l'autoroute pour piquer vers l'est et s'enfoncer dans un paysage vert et ondulant, où alternaient bois et terres cultivées.

« Bienvenue dans la campagne australienne », fit Andrew.

Ils passèrent devant un groupe de vaches qui les fixèrent d'un regard éteint tout en continuant à paître.

Harry pouffa de rire.

« Qu'est-ce qu'il y a ? demanda Andrew.

— Tu n'as jamais vu ce dessin de Larson, où les vaches se tiennent sur leurs pattes arrière, discutent dans le pré en fumant une cigarette, et l'une d'entre elles crie : Faites gaffe, voilà une autre voiture ! »

Un ange passa.

« Qui est Larson ?

— Oublie. »

Ils passèrent des maisons basses, en bois, équipées de vérandas, de moustiquaires sur les portes et devant lesquelles était garé l'inévitable pick-up. Ils passèrent devant des chevaux de trait à large croupe, qui les regardèrent de leurs yeux mélancoliques, devant des cochons qui se vautraient voluptueusement dans leur soue boueuse, et devant des ruches. Les chemins se rétrécissaient de plus en plus. En fin d'après-midi, ils s'arrêtèrent pour faire le plein dans un petit patelin qui, d'après le panneau, se nommait Uki, élue ville la plus propre d'Australie pour la deuxième année consécutive. Le panneau ne disait en revanche pas qui avait gagné l'année précédente.

« *Holy macaroni* », fit Harry lorsqu'ils entrèrent au pas dans Nimbin.

Le centre-ville, qui mesurait en gros cent mètres de long, était peint de toutes les couleurs de l'arc-en-ciel, et les gens qu'on voyait semblaient sortir tout droit d'un des films de Cheec & Chong qu'Harry avait dans sa vidéothèque.

« Mais on est en 1970, ici ! s'exclama-t-il. Je veux dire, regarde là-bas, Peter Fonda est en train de rouler un patin à Janis Joplin. »

Ils parcoururent lentement la rue sous des regards de somnambules.

« C'est vraiment génial. Je ne pensais pas que de tels endroits existaient encore. C'est à mourir de rire.

— Pourquoi ? demanda Andrew.

— Tu ne trouves pas ça comique ?

— Comique, comique... fit Andrew. Je comprends que ce soit facile de rire de ces rêveurs, aujourd'hui. Je constate que les jeunes actuels pensent que la génération flower-power se résumait à une bande de fumeurs de cônes qui ne faisaient que jouer de la guitare acoustique, lire les poèmes qu'ils écrivaient eux-mêmes et se sauter les uns les autres en ne suivant que leurs pulsions. Je constate que ceux qui ont mis Woodstock sur pieds accordent des interviews en costard-cravate, dans lesquelles ils parlent non sans rire des idées qui avaient cours à l'époque, mais qui leur semblent apparemment franchement naïves aujourd'hui. Mais il est clair pour moi que le monde ne serait pas tel qu'il est sans les idéaux revendiqués par cette génération. Les slogans tels que "Peace & Love" ont peut-être des allures de clichés, à l'heure actuelle, mais nous, qui avons grandi avec, nous les pensions réellement. De tout notre être.

— Tu n'es pas un petit peu vieux, pour avoir été hippie, Andrew ?

— Si. J'étais vieux. Un hippie expérimenté, rusé, voilà ce que j'étais, concéda-t-il avec un grand sourire. Plus d'une gamine a suivi une introduction aux mystères complexes de l'amour auprès de Tonton Andrew. »

Harry asséna une tape sur l'épaule d'Andrew.

« Il me semblait que tu venais de parler d'idéalisme, vieux cochon.

— Bien sûr, que c'était de l'idéalisme, répliqua Andrew, indigné. Je ne pouvais certainement pas abandonner ces fragiles boutons de fleurs entre les mains d'un de ces ado patauds et couverts de furoncles, et risquer que la fille soit traumatisée pour le restant des années 70.

— Alors ç'a été ça, la principale contribution des années 70 à la société actuelle ? »

Andrew secoua la tête.

« L'air, mon pote. C'était dans l'air. La liberté. La foi en l'homme. La perspective de construire quelque chose de nouveau. Même si Bill Clinton prétend ne pas avoir inhalé de marijuana, il a en tout cas inhalé le même air et le même esprit que chacun de nous, à ce moment-là. Et il est évident que ça a conditionné ce que tu es devenu. Merde, il aurait fallu retenir son souffle pendant au moins cinq ans pour que rien de tout ça ne passe dans le sang ! Alors rigole, rigole, Harry Holy. Dans vingt ans, quand on aura oublié les pantalons à pattes d'ef et la mauvaise poésie, les idées de l'époque apparaîtront sous un jour tout à fait différent, en vérité je te le dis ! »

Harry riait tout de même.

« Ne le prends pas personnellement, Andrew, mais je fais partie de la génération suivante. De la même façon que vous riiez des chemises moulantes et des coupes gominées des années 50, nous riions de vos mahatma et des fleurs que vous portiez dans les cheveux. Tu ne crois pas que les ados d'aujourd'hui rigolent d'individus tels que moi ? C'est comme ça, c'est tout. Mais on dirait qu'ici, les années 70 ont survécu... »

Andrew fit un geste vague de la main.

« Je crois qu'en Australie, les conditions climatiques sont idéales pour la croissance de plantes comme celle-là. La vague hippie ne s'est jamais complètement éteinte, mais elle a en quelque sorte enchaîné directement sur le délire New Age. Dans n'importe quelle librairie, tu trouveras au moins un panneau de livres concernant le style de vie alternatif, la guérison par les mains, la connaissance de son identité profonde, les doctrines végétariennes, comment se libérer du matérialisme et vivre en harmonie avec soi-même et l'environnement. Mais tout le monde ne fume pas de bleue, bien entendu.

— Il n'est pas question de New Age, ici, Andrew, mais de bons vieux hippies qui planent toujours dans la même fumée locale. Ni plus, ni moins. »

Andrew regarda par sa vitre et émit un petit rire.

Un type portant une longue barbe grise et une tunique était assis sur un banc, et leur faisait le signe de la victoire. Un panneau indiquait « *The Marihuana Museum* » à côté du dessin d'un vieux minibus jaune à la plus pure mode hippie. « Entrée : un dollar. Si vous ne pouvez pas payer, entrez quand même » figurait en dessous, écrit en plus petit.

« C'est le musée local de la chnouf, expliqua Andrew. La plus grande partie relève du bric-à-brac, mais d'après mes souvenirs, ils avaient quelques photos originales intéressantes sur les voyages au Mexique de Ken Kesey, Jack Kerouac et des autres pionniers de l'époque des expérimentations sur les drogues qui étendent le champ des perceptions.

— Quand le LSD n'était pas dangereux ?

— Et le sexe bon pour la santé, rien d'autre. Une belle époque, Harry Hole. Tu aurais dû y être, mec. »

Ils se garèrent plus haut dans la rue principale et revinrent ensuite à pied. Harry se débarrassa de ses Ray Ban et tenta d'avoir l'air aussi civilisé que possible. La journée était apparemment calme, à Nimbin, et Harry et Andrew passèrent sous les huées des fournisseurs : « Bonne bleue !... Meilleure bleue en Australie, mec !... En provenance de Papouasie Nouvelle-Guinée, ça déchire ! »

« Papouasie Nouvelle-Guinée, pouffa Andrew. Même ici, dans la capitale de l'herbe, les gens vivent dans l'illusion que l'herbe est meilleure dès lors qu'elle vient d'un endroit suffisamment lointain. “Achetez australien, si je peux vous donner un conseil.” »

Une fille maigre bien qu'enceinte leur fit signe depuis la chaise qu'elle occupait, devant le « musée ». Elle pouvait avoir n'importe quel âge entre vingt et quarante ans, et elle portait des atours vaporeux et de couleurs vives, et son ventre pointait à travers sa chemise déboutonnée, dévoilant une peau tendue comme celle d'un tambour. Il y avait quelque chose de familier en elle, se dit Harry. Compte tenu de la taille de ses pupilles, il pouvait affirmer que c'étaient des substances autrement plus dynamisantes que la marijuana qui avaient composé son petit-déjeuner.

« Vous cherchez autre chose ? » demanda-t-elle. Elle avait remarqué qu'ils ne montraient aucun intérêt pour la marijuana.

« Non... commença Harry.

— *Acid*. Acide. Vous voulez du LSD, c'est ça ? » Elle se pencha vers eux en parlant rapidement et avec passion.

« Non, on ne veut pas d'acide, répondit Andrew d'une voix basse et ferme. On cherche autre chose. Tu piges ? »

Pendant un moment, elle se contenta de les regarder. Andrew fit signe de vouloir continuer sa route, mais elle bondit de sa chaise, apparemment pas le moins du monde gênée par son gros ventre, et attrapa Andrew par le bras.

« O.K. Mais on ne peut pas régler ça ici. Il faut que vous veniez me retrouver au pub, en face, dans dix minutes. »

Andrew acquiesça, et elle se retourna avant de disparaître dans la rue, précédée de son gros ventre et suivie d'un petit chiot.

« Je sais ce que tu penses, Harry, dit Andrew en s'allumant un cigare. Que ce n'était pas beau de faire croire à mère Mansuétude qu'on va lui acheter de l'héroïne. Que le commissariat se trouve cent mètres en amont, et qu'on aurait pu y obtenir tout ce qu'il nous faut pour retrouver Evans White. Mais j'ai le sentiment que ça ira plus vite comme ça. Allons boire une bière, et on verra bien ce qui se passe. »

Une demi-heure plus tard, mère Mansuétude entra dans le pub quasi-désert en compagnie d'un gars qui avait l'air au moins aussi traqué qu'elle. Il faisait penser à Klaus Kinski dans le rôle du comte Dracula : pâle, vêtu de noir, rachitique et les yeux cerclés de noir.

« Tiens, tiens, chuchota Andrew. Lui, au moins, on aura du mal à l'accuser de ne pas tester sa marchandise. »

Mère Mansuétude et le clone de Kinski vinrent vers eux à pas rapides. Lui n'avait pas l'air de vouloir passer une seule seconde superflue à la lumière du jour, et coupa court aux formules de politesses :

« Vous en voulez pour combien ? »

Andrew ne daigna pas lui présenter autre chose que son dos :

« Je préférerais qu'on soit en comité aussi réduit que possible avant d'attaquer les choses sérieuses, mister », répondit-il sans se retourner.

Kinski fit un mouvement sec de la tête, et mère Mansuétude se vexa et disparut. Elle était probablement à la commission, et Harry supposa que le niveau de confiance qui pouvait exister entre elle et Kinski était le même qu'entre tous les junkies : ras du gazon.

« Je n'ai rien sur moi, alors si vous êtes des flics, je vous les coupe. Montre-moi ton pognon d'abord, pour qu'on puisse foutre le camp. »

Il parlait vite et d'une voix nerveuse, et son regard ne cessait d'aller d'un endroit à un autre.

« C'est loin ? demanda Andrew.

— *It's a short walk, but a lo-ong trip.* » Ce qui était

censé passer pour un sourire se résuma à une exhibition dentaire éclair, puis disparut.

« Bien fait pour toi, mon lapin. Assieds-toi et écrase », dit Andrew en lui montrant sa plaque de policier. Kinski se crispa. Harry se leva et tapota le bas de son dos. L'autre n'avait aucune raison de vouloir s'assurer que Harry était armé pour de bon.

« Qu'est-ce que c'est que ce boulot d'amateurs ? Je n'ai rien sur moi, je vous ai dit. » Il se laissa tomber avec mauvaise humeur sur la chaise qui faisait face à Andrew.

« Je suppose que tu connais le shérif et son assistant ? Et ils te connaissent bien, si je ne m'abuse. Mais savent-ils que tu t'es mis à vendre de la *horse* ? »

Le type haussa les épaules.

« Qui a parlé de *horse* ? je croyais que c'était d'herbe, qu'on...

— Bien sûr. Personne n'a dit quoi que ce soit à propos de drogue, et ce n'est pas sûr que quelqu'un en parle, si seulement tu veux bien nous donner deux ou trois renseignements.

— Vous vous foutez de moi, pas vrai ? Il faudrait que je prenne le risque d'être décapité pour avoir cafté, rien que parce que deux flics qui ne sont même pas du patelin et qui n'ont rien à me reprocher me tombent dessus et...

— Cafter ? On s'est rencontrés ici, on n'a malheureusement pas réussi à se mettre d'accord sur le prix de la marchandise, et c'est tout. Un témoin pourra même certifier qu'on s'est rencontrés pour un marché on ne peut plus banal. Si tu fais ce qu'on te dit, tu ne nous reverras plus jamais, et personne ici ne nous reverra. »

Andrew s'alluma un cigare et plissa les yeux en direction du pauvre junkie assis de l'autre côté de la table, lui souffla en plein visage la fumée qu'il venait d'inhaler, avant de poursuivre :

« Si, en revanche, on n'obtient pas ce qu'on est venus chercher, il se pourrait bien que l'on mette en évidence nos insignes, au moment de ressortir, et qu'il soit procédé dans un futur proche à quelques arrestations qui ne contribueront pas spécialement à faire monter ta cote de popularité dans le coin. Je ne sais pas si on utilise ici cette méthode dont tu as parlé tout à l'heure, à savoir couper les roubignolles des cafteurs, car les fumeurs de cigarettes magiques sont en règle générale des gens paisibles. Mais ils savent deux ou trois choses, et je ne serais pas surpris que le shérif, un soir, tombe sur ton stock, comme ça, tout à fait par hasard. Les clopeurs de verveine de terrasse n'apprécient pas beaucoup la concurrence des drogues dures, tu sais, en tout cas pas quand elle vient de balances. Et je ne t'apprendrai pas grand-chose en matière de barèmes de sanctions pénales consécutives à la revente massive d'héroïne, hmm ? »

Davantage de fumée bleue de cigare dans le visage de Kinski. Ce n'est pas tous les jours qu'on a l'occasion de cracher de la fumée dans la tronche d'un porc, se dit Harry.

« O.K., fit Andrew en voyant que l'autre ne répondait pas. Evans White. Tu vas nous dire où il est, qui il est et comment on peut le retrouver. Maintenant ! »

Kinski jeta un œil autour de lui. Sa grosse tête émaciée pivota sur son cou d'oisillon, le faisant ressembler à un vautour près d'une charogne, inquiet d'un possible retour des lions.

« Juste ça ? demanda-t-il. Rien d'autre ?

— Rien d'autre, répéta Andrew.

— Et comment je peux être sûr que vous ne reviendrez pas pour autre chose ?

— Tu ne peux pas. »

Il hocha la tête comme s'il avait su d'avance que c'était la seule réponse possible.

« O.K. Ce n'est pas encore un gros poisson, mais d'après ce que j'ai entendu, c'est une étoile montante. Il a bossé pour madame Rosseau, la reine de l'herbe, ici, mais à l'heure actuelle, il est en train de monter sa propre petite affaire. Herbe, acide et vraisemblablement de la morphine. L'herbe qu'il vend est la même que partout, ici, production locale. Mais on dit qu'il a de bonnes relations à Sydney, et qu'il y échange de l'herbe contre de l'acide de bonne qualité et bon marché. C'est l'acide, qui marche, en ce moment.

— Pas d'X-tasy ou d'héroïne ? demanda Harry.

— Pourquoi, il devrait ? demanda Kinski avec hargne.

— Eh bien... je ne peux que te dire comment c'est à l'endroit d'où je viens, mais à la suite de la vague House, on considère que plus de la moitié des jeunes Anglais de plus de seize ans ont déjà essayé l'ecstasy. Et après la sortie de *Trainspotting*, l'héro est devenue la drogue à la mode...

— Quoi ? House ? *Trainspotting ?* » L'homme le regarda sans comprendre. Harry avait déjà remarqué que les junkies ont tendance à être déconnectés des phénomènes de société.

« Où est-ce qu'on peut trouver Evans ? demanda Andrew.

— Il passe pas mal de temps à Sydney, mais je l'ai vu ici, en ville, il y a deux ou trois jours. Il a eu un gamin avec une gonzesse de Brisbane qu'on a vu traîner par ici. Je ne sais pas où elle est maintenant, mais le gamin, en tout cas, il l'a avec lui à la ferme qu'il occupe quand il est à Nimbin. »

Il expliqua en quelques phrases où se trouvait la ferme.

« C'est quel genre de type, White ? s'enquit Andrew.

— Pfff, comment dire... ? » Il se grattouilla la barbe qu'il n'avait pas. « Un charmant trou-du-cul ; ce n'est pas comme ça, qu'on dit ? »

Andrew et Harry n'en savaient rien, mais acquiescèrent pour lui montrer qu'ils le suivaient.

« Il est réglo, en ce qui concerne le deal, mais je n'aimerais pas être sa poule, si vous voyez ce que je veux dire. »

Ils secouèrent la tête pour lui montrer qu'ils avaient cessé de suivre.

« C'est vrai que c'est un beau gosse, et qu'il n'a pas vraiment la réputation de se contenter d'une pétasse à la fois. Il y a constamment des histoires avec ses minettes, elles font tout un boxon, alors on ne peut pas vraiment s'étonner quand l'une d'entre elles, de temps à autre, se retrouve avec un œil comme une quetsche.

— Hmm. Tu as entendu parler d'une blonde, une Norvégienne, qui s'appelait Inger Holter ? On l'a retrouvée morte près de Watson's Bay, à Sydney, la semaine dernière.

— Ah oui ? Jamais entendu parler d'elle. » Il n'était apparemment pas non plus un lecteur de presse invétéré.

Andrew écrasa son cigare, et se leva en même temps qu'Harry.

« C'est sûr, je peux vous faire confiance pour la fermer ? demanda Kinski avec une mine sceptique.

— Mais oui », répondit Andrew avant de filer vers la porte.

Le commissariat, qui avait l'apparence d'une banale maison d'habitation, se trouvait dans la rue principale, à presque exactement cent mètres du musée. La seule différence entre ce commissariat et une maison classique résidait dans le petit panneau planté sur la pelouse et qui informait qu'on se trouvait devant le poste de police local. Le shérif et son assistant étaient à l'intérieur, assis chacun à son grand bureau, dans une grande pièce qui contenait en outre un canapé, une table basse, une télévision, une impressionnante collection de plantes en pots et une bibliothèque sur laquelle trônait une énorme cafetière. Des rideaux à petits carreaux donnaient presque à la pièce une touche de cabane norvégienne.

« *Good day* », dit Andrew.

Harry se souvint que Kåre Willoch avait dit la même chose aux téléspectateurs américains, dans les années 80. Le lendemain, les journaux norvégiens, indignés, avaient accusé le Premier ministre de ridiculiser la Norvège à l'étranger avec son anglais à la mords-moi-le-doigt.

« *Good day*, répondirent le shérif et son assistant, qui ne lisaient pas les journaux norvégiens.

— Je m'appelle Kensington, et voici Holy. Je suppose que Sydney a téléphoné pour vous dire pourquoi on est là ?

— Oui et non », répondit celui qui semblait être le shérif, un type aux yeux bleus, au teint mat, d'une quarantaine d'années, qui dégageait une impression de jovialité et à la poignée de main franche. Il rappela à Harry le père dans *Skippy* ou *Flipper*, ces hommes vêtus de kaki, rassurants et moralement conformes à ces héros australiens de tous les jours qui encaissent pratiquement tout.

« Ils n'ont pas été spécialement clairs, à Sydney. On a compris que vous recherchez un gonze, mais que vous *ne* voulez *pas* qu'on l'amène au poste ? » Le shérif se leva et rajusta son pantalon. « Vous avez peur qu'on fasse une connerie ? Vous croyez qu'on ne connaît pas notre boulot, ici ?

— Ne le prenez pas mal, Chef. On sait que vous êtes débordés, avec vos repérages en matière de marijuana, alors on s'était dit qu'on pouvait rendre une petite visite à ce mec sans vous déranger. On a trouvé une adresse, et tout ce qu'on veut, c'est poser quelques questions à cet individu. »

Andrew fit la moue pour signifier qu'il ne s'agissait que d'une affaire sans importance.

Le shérif exprima son mécontentement par un grognement.

« Sydney et Canberra, c'est du pareil au même. Ils donnent des ordres et envoient des types, tandis que nous, ici, on est toujours les derniers au courant. Et sur les doigts de qui on tapera, si ça tourne vinaigre ?

— Amen », murmura l'assistant de derrière son bureau.

Andrew acquiesça.

« Ne m'en parle pas. Chez nous, c'est comme ça tous les jours. Où que tu te tournes, il y a des supérieurs qui n'ont jamais foutu un pied dehors. C'est devenu comme ça, point. Nous, qui travaillons sur le terrain, et qui savons comment fonctionnent les choses, on est dirigés par des rats de bureau qui n'ont qu'un médiocre diplôme de droit et le rêve de prendre du recul en montant dans la hiérarchie. »

Harry se hâta d'acquiescer, en soutien à Andrew, et poussa un gros soupir.

Le shérif les examina, mais le visage d'Andrew était impénétrable. Il finit par accorder à l'accusé le bénéfice du doute, et leur offrit le café.

« C'est une sacrée cafetière, que vous avez là, fit Harry en montrant du doigt la monstrueuse machine qui se trouvait dans le coin. »

Dans le mille.

« Elle sort un litre à la minute », informa le shérif fièrement avant de leur donner un bref aperçu de ses caractéristiques techniques.

Plusieurs tasses de café après, ils étaient tombés d'accord sur le fait que les Bears de North Sydney n'étaient qu'un club de snobs dans la ligue de rugby, et que ce patineur norvégien qui sortait avec Samantha Riley devait être un type réglo.

« Vous avez vu les pancartes de manifestants, dans la rue ? demanda l'assistant. Ils incitent les gens à venir sur la piste d'atterrissage pour renverser notre hélicoptère. Ils jugent inconstitutionnel de photographier les propriétés des gens. Hier, cinq personnes se sont enchaînées à l'hélico. On n'a pu faire décoller le bazar que tard dans l'après-midi. »

Le shérif et son assistant s'esclaffèrent. Il était évident que l'affaire ne les avait pas catastrophés.

Après une tasse de café supplémentaire, Andrew et Harry se levèrent, annoncèrent qu'il était temps d'aller parler à cet Evans White et serrèrent la main du shérif pour le remercier de les avoir abreuvés.

« D'ailleurs, dit Andrew en s'arrêtant dans l'ouverture de la porte. Mon petit doigt m'a dit que quelqu'un vend de l'héro, à Nimbin. Un type brun, maigre. Avec une tronche de vampire en pleine grève de la faim. »

Le shérif leva instantanément les yeux.

« De l'héro ?

— Ça doit être de Mondale, qu'il veut parler, intervint l'assistant.

— Mondale, espèce de sale enculeur de moutons dégénéré ! » cria le shérif.

Andrew leva le chapeau qu'il n'avait pas.

« Je pensais que ça vous ferait plaisir, de le savoir. »

« C'était comment, ton dîner avec notre témoin suédois ? demanda Andrew sur le chemin de chez White.

— Bon. Franchement épicé, mais bon, répondit immédiatement Harry.

— Allez, Harry. De quoi vous avez parlé ?

— De plein de choses. De la Norvège et de la Suède.

— D'accord. Qui a gagné ?

— Elle.

— Qu'est-ce qu'ils ont, en Suède, que vous n'avez pas en Norvège ? demanda Andrew.

— En premier lieu : quelques bons metteurs en scène. Bo Widerberg, Ingmar Bergman...

— Euh, des metteurs en scène, se moqua Andrew. On en a aussi. Edvard Grieg, en revanche, vous êtes les seuls à l'avoir.

— Tiens, fit Harry. Je ne savais pas que tu étais amateur de musique classique. Aussi.

— Grieg était un génie. Prends par exemple le deuxième mouvement de sa symphonie en ut mineur, où...

— Désolé, Andrew, l'interrompit Harry, mais moi, j'ai grandi entouré de deux accords de punk, et ce que j'ai qui se rapproche le plus d'une symphonie, c'est du Yes et du King Crimson. Je n'écoute pas de musique datant du siècle dernier, O.K. ? Avant les années 80, c'est l'âge de pierre. On a un groupe qui s'appelle Dumdum Boys, qui...

— La symphonie en ut mineur a été jouée pour la première fois en 1981, dit Andrew. Dumdum Boys ? Tu parles d'un nom prétentieux ! »

Harry laissa tomber.

Evans White les regarda de ses yeux mi-clos. Ses cheveux tombaient en paquets devant son visage. Il se gratta l'entrecuisse et rota pour exprimer son état d'esprit. Il ne semblait pas surpris outre mesure de les voir. Non pas parce qu'il s'attendait à les voir, eux, mais probablement parce qu'il ne trouvait pas vraiment sensationnel qu'on vînt le voir. Il était après tout en possession du meilleur acide de toute la région, et Nimbin était un petit patelin dans lequel les rumeurs filaient. Harry partait du principe qu'un homme comme White ne dealait pas en petites quantités et surtout pas depuis son pas-de-porte, mais ça n'empêchait pas les gens de défiler devant sa porte pour tenter des achats de gros de temps à autre.

« Vous vous êtes trompés. Essayez en ville, dit-il en refermant la porte grillagée.

— Nous sommes de la police, M. White, dit Andrew en lui montrant son insigne. Nous aimerions vous parler. »

Evans leur tourna le dos.

« Pas aujourd'hui. Je n'aime pas les flics. Revenez avec un mandat d'arrêt, de perquisition ou un truc du style, et on verra à ce moment-là. En attendant, bonne nuit. »

Il claqua ensuite la porte proprement dite.

Harry se pencha contre le chambranle et cria :

« Evans White ! Vous m'entendez ? On voudrait savoir si c'est vous, sur cette photo, *Sir* ? Et si oui, si vous connaissez la jeune femme blonde qui est assise à côté de vous ? Elle s'appelait Inger Holter, et elle est morte, à l'heure qu'il est ! »

Pendant un moment, ils n'entendirent rien. Puis les gonds grincèrent. Evans jeta un œil à l'extérieur.

Harry plaqua la photo contre le grillage de la moustiquaire.

« Elle n'était pas aussi agréable à regarder quand la police de Sydney l'a retrouvée, M. White. »

À l'intérieur de la cuisine, les journaux étaient éparpillés sur la table, l'évier débordait d'assiettes et de verres, et le sol n'avait pas dû voir d'eau savonneuse depuis plusieurs mois. Harry constata pourtant en un regard que l'endroit ne semblait pas totalement tomber en décrépitude, et ne ressemblait pas au lieu de résidence d'un junkie au bout du rouleau. Il n'y avait pas de restes de nourriture vieux de plusieurs semaines en train de moisir, ça ne sentait pas la pisse et les rideaux n'étaient pas tirés. Une sorte d'ordre régnait de plus dans la pièce, ce qui fit comprendre à Harry qu'Evans White continuait à vivoter.

Ils s'assirent chacun sur une chaise, et Evans attrapa une bière dans le frigo et se la plaqua sur la bouche. Un rot résonna dans la cuisine, suivi d'un gloussement satisfait d'Evans.

« Parlez-nous de votre relation avec Inger Holter, M. White, dit Harry en agitant la main pour chasser l'odeur nauséabonde.

— Inger était une fille gentille, belle et assez bête, qui s'était mis dans le crâne qu'elle et moi pourrions être heureux ensemble. »

Evans leva les yeux au plafond. Puis il émit un second gloussement satisfait.

« En fait, je pense que ça résume assez bien la situation, dit-il.

— Avez-vous une idée sur la façon dont elle a été tuée, et sur l'identité de son meurtrier ?

— Oui, vous savez, on a les journaux, à Nimbin aussi, alors je sais qu'elle a été étranglée. Mais par qui ? Un étrangleur, je suppose. » Il rejeta la tête en arrière et ricana. Une mèche bouclée lui tombait sur le front, ses dents blanches étincelaient sur son visage bronzé, et les pattes d'oie autour de ses yeux bruns s'étalaient vers ses oreilles ornées de gros anneaux de pirate.

Andrew se racla la gorge.

« Monsieur White, une femme que vous connaissiez bien et avec qui vous avez eu une relation proche vient juste de se faire tuer. Ce que vous pouvez bien ressentir ou ne pas ressentir dans ces circonstances ne nous regarde pas. Mais comme vous le comprenez sans doute, nous sommes à la recherche d'un meurtrier, et si vous refusez de nous aider, ici et maintenant, nous serons contraints de vous emmener au poste, à Sydney.

— De toute façon, j'y allais, alors si vous voulez dire que vous me payez mon billet, pas de problème. » Il jeta la tête en arrière, en signe de mépris.

Harry ne savait pas quoi en penser. Evans White était-il aussi dur qu'il tentait de le faire croire, ou bien souffrait-il seulement de ce qu'on appelle « aptitudes psychiques et humaines sous-développées » — un concept typiquement norvégien, se dit Harry : nulle part ailleurs dans le monde un tribunal ne serait chargé de porter une appréciation sur les *aptitudes humaines*.

« À votre guise, M. White, dit Andrew. Billet d'avion, gîte et couvert, avocat commis d'office et promotion gratuite en tant que suspect dans cette affaire.

— La belle affaire. Je suis sorti dans quarante-huit heures.

— Et on vous garantit une filature gratuite vingt-quatre heures sur vingt-quatre, réveil gratuit pour vérifier que vous êtes chez vous la nuit, et pourquoi pas, une ou deux razzias de temps en temps. Et qui sait ce qu'on trouvera, à ce moment-là ? »

Evans termina sa bière et se mit à grattouiller l'étiquette sur la bouteille.

« Et que veulent savoir ces messieurs ? demanda-t-il d'un ton boudeur. Tout ce que je sais, c'est qu'un jour, elle a disparu, comme ça. Je devais aller à Sydney, alors j'ai essayé de l'appeler, mais elle n'était ni au boulot, ni chez elle. Le jour où j'arrive en ville, je lis dans le journal qu'on l'a retrouvée morte. Je tourne en rond comme un zombi pendant deux jours. Je veux dire, t-u-é-e ? Quel est le pourcentage de chances de voir sa vie se terminer dans une étreinte fatale ?

— Pas bézef. Mais vous avez donc un alibi, pour l'heure du meurtre ? C'est bien... » dit Andrew en prenant des notes.

Evans sursauta.

« Alibi ? Comment ça ? Vous n'êtes pas en train de me dire que je suis soupçonné, quand même ? Ou bien est-ce que vous me racontez que les flics sont sur l'affaire depuis une semaine sans avoir trouvé le moindre soupçon d'indice ?

— Nous explorons toutes les pistes, monsieur White. Pouvez-vous me dire où vous étiez les deux jours qui ont précédé votre arrivée à Sydney ?

— J'étais ici, à la ferme, quelle question !

— Seul ?

— Pas tout à fait. » Evans ricana et jeta la bouteille vide. Elle tournoya en l'air tout en décrivant une jolie parabole avant de disparaître sans un bruit dans la poubelle, le long du plan de travail. Harry fit un signe de tête admiratif.

« Oserais-je vous demander avec qui vous étiez ?

— Oui, on dirait. Mais bon, je n'ai rien à cacher. J'étais avec une femme répondant au nom d'Angeline Hutchinson. Elle habite dans le patelin. »

Harry prit note.

« Maîtresse ? demanda Andrew.

— Si on veut, répondit Evans.

— Que pouvez-vous nous dire sur Inger Holter ? Qui était-elle ?

— Bah, putain, on ne se connaissait pas depuis si longtemps. Je l'ai rencontrée à Sydney, au bar où elle bossait, The Albury. On en est venus à discuter, et elle m'a dit qu'elle faisait des économies pour aller à Byron Bay. Ce n'est qu'à quelques dizaines de kilomètres d'ici, alors je lui ai filé mon numéro de téléphone à Nimbin. Quelques jours plus tard, elle m'a téléphoné pour me demander si elle ne pouvait pas passer une nuit à la ferme. Elle est restée plus d'une semaine. Après ça, on se voyait à Sydney, quand j'y allais. Deux ou trois fois, peut-être. Vous voyez, on n'a pas eu vraiment le temps de devenir un vieux couple. Et en plus, elle commençait à me courir sur les godasses.

— C'est-à-dire ?

— Oui, elle avait jeté son dévolu sur mon rejeton, Tom-Tom, et elle s'est fait des films sur une famille et une baraque dans la cambrousse. Ça ne m'emballait pas plus que ça, mais j'ai laissé faire.

— Laissé faire quoi ? »

Evans se tortilla sur sa chaise.

« Elle était ce genre de filles qui jouent les dures au début, mais qui deviennent toutes douces quand tu leur grattes un peu le menton en leur disant que tu les aimes un peu. À partir de là, il n'y a plus de limite au bien qu'elles peuvent te faire.

— Alors, c'était une fille pleine de sollicitude ? » demanda Harry.

Evans n'aimait manifestement pas l'orientation que prenait la conversation.

« Peut-être bien. Comme je vous l'ai dit, je ne la connaissais pas bien. Vous savez, ça faisait une paye qu'elle n'avait pas vu sa famille, en Norvège, alors il se peut qu'elle ait juste eu... certaines carences en... compagnie, présence, pas vrai ? Qu'est-ce que j'en sais ?... Comme j'ai dit, elle était stupide et romantique, incapable de la moindre méchanceté... »

La voix d'Evans se brisa légèrement. Le silence se fit dans la cuisine. Ou bien c'était un bon comédien, ou bien il avait malgré tout des sentiments humains, se dit Harry.

« Si cette relation vous paraissait sans avenir, pourquoi ne l'avez-vous pas quittée ?

— J'étais déjà sur le départ, si on veut. À la porte, prêt à dire "Salut", en quelque sorte. Mais je n'en ai pas eu le temps avant qu'elle ne disparaisse. Comme ça... » Il claqua des doigts.

Si, si, sa voix était un peu étranglée, constata Harry.

Evans baissa les yeux sur ses mains :

« Vous parlez d'une façon de mettre les bouts, hein ? »

5

Une mère, une araignée de belle taille et Bubbur

Ils gravirent la route escarpée qui serpentait vers les hauteurs. Un panneau les renseigna sur la route à suivre pour Crystal Castle.

« La question, c'est... Est-ce qu'Evans White dit la vérité ? » demanda Harry.

Andrew fit un écart pour éviter un tracteur qui venait en sens inverse.

« Laisse-moi te faire part d'une petite expérience, Harry. Depuis plus de vingt ans, je parle à des gens qui ont diverses raisons de mentir ou de dire la vérité. Des coupables et des innocents, des meurtriers et des détrousseurs, des paquets de nerfs et des flegmatiques, des visages poupins aux yeux bleus, des trognes d'escrocs pleines de cicatrices, des asociaux, des psychopathes, des philanthropes... »

Andrew chercha d'autres exemples.

« Pigé, Andrew.

— ... Des Indiens et des Blancs. Tous m'ont raconté leurs histoires avec un seul objectif : être crus. Et tu sais ce que ça m'a appris ?

— Qu'il est impossible de dire qui ment et qui dit la vérité ?

— Tout juste, Harry ! s'emporta Andrew. Dans la

littérature policière traditionnelle, tout détective qui se respecte possède un don pour détecter les menteurs. Conneries ! La nature humaine est une grande forêt impénétrable que personne ne peut connaître à fond. Même une mère ignore les secrets les plus profonds de son enfant. »

Ils arrivèrent sur un parking, devant un grand parc verdoyant où zigzaguait un chemin de graviers entre les jets d'eau, les massifs de fleurs et les essences tropicales. Dans le fond trônait une grande bâtisse, qui devait être The Crystal Castle, que le shérif de Nimbin leur avait indiqué. Le palais de cristal.

Une clochette au-dessus de la porte annonça leur arrivée. L'endroit était apparemment populaire, car les gens s'y pressaient en nombre. Une femme forte vint à leur rencontre en leur souriant de toutes ses dents, et leur souhaita la bienvenue avec le même enthousiasme que s'ils étaient les premières personnes qu'elle voyait depuis des mois.

« C'est la première fois que vous venez ici ? » demanda-t-elle. Comme si sa boutique de cristaux était un objet de dépendance vers lequel les gens faisaient des pèlerinages réguliers, une fois pris au piège. Et d'après ce qu'ils en savaient, ça pouvait bien être le cas.

« Je vous envie, dit-elle lorsqu'ils eurent avoué. Vous allez découvrir le Crystal Castle ! »

La bonne femme couinait pratiquement d'excitation.

« Prenez ce couloir, là-bas. À droite, vous trouverez notre excellent bar végétarien, où les repas les plus fabuleux vous seront servis. Une fois passés par-là, prenez à gauche, dans la pièce aux cristaux et aux minéraux. C'est là que ça se passe vraiment ! Allez, maintenant, allez ! »

Elle les congédia d'un geste. Après une telle présentation, ce fut indéniablement une déception de découvrir que ce bar était en fait tout à fait ordinaire, et qu'on y servait du café, du thé, des salades au yaourt et des sandwiches aux crudités. Ce qu'ils appelaient la pièce aux cristaux et aux minéraux proposait un assortiment de gemmes étincelantes, de statuettes de Bouddha dans la position du lotus, de morceaux bruts de quartz bleu et vert et des pierres non taillées qu'éclairait un jeu de lumières sophistiqué. La pièce baignait dans un léger parfum d'encens, le son soporifique des flûtes de Pan et du ruissellement de l'eau. Harry trouvait que le magasin était relativement beau, mais l'ensemble était un soupçon "pompier" et ne cassait pas trois pattes à un canard. Ce qui pouvait éventuellement faire mal, c'étaient les prix.

« Hé, hé, fit Andrew en jetant un coup d'œil à deux ou trois étiquettes. Cette bonne femme est géniale. »

Il pointa du doigt les clients, tous d'âge mûr et en apparence aisés, qui se trouvaient dans le magasin :

« La génération Flower Power a grandi. Ils ont des jobs de grandes personnes, des revenus à l'avenant, mais leur cœur est toujours quelque part dans le cosmos. »

Ils retournèrent au comptoir. La rondouillarde exhibait toujours autant de dents. Elle attrapa la main de Harry et appuya une pierre bleu-vert contre sa paume.

« Vous êtes capricorne, n'est-ce pas ? Glissez cette pierre sous votre oreiller. Elle éloigne toute énergie négative se trouvant dans la pièce. Normalement, elle coûte soixante-cinq dollars, mais je pense qu'il vous la faut vraiment, alors disons cinquante dollars. »

Elle se tourna vers Andrew.

« Et vous, vous devez être Lion ?

— Euh, non, madame, je suis policier. » Il lui montra discrètement son insigne.

Elle pâlit et lui jeta un regard épouvanté.

« Quelle horreur ! J'espère que je n'ai rien fait de mal.

— Pas que je sache, *Ma'am*. Je suppose que vous êtes Margaret Dawson, ex-épouse White ? Si c'est le cas, nous pouvons peut-être vous parler un peu, en privé ? »

Margaret Dawson se ressaisit rapidement et appela l'une des filles pour qu'elle la relaie à la caisse. Elle conduisit ensuite Harry et Andrew dans le parc, où ils s'installèrent autour d'une table de bois peinte en blanc. Un filet était tendu entre deux arbres, et Harry pensa tout d'abord qu'il s'agissait d'un filet de pêche ; mais un examen plus approfondi lui apprit qu'il s'agissait d'une gigantesque toile d'araignée.

« On dirait qu'il va pleuvoir », dit-elle en se frottant les mains.

Andrew toussota.

Elle se mordit la lèvre inférieure.

« Je suis désolée, monsieur l'agent. C'est juste que tout ça me met dans tous mes états.

— Il n'y a pas de mal, madame. Jolie toile, que vous avez là.

— Oh, ça. C'est la toile de Billy, notre *mouse spider*[1]. Il doit roupiller dans un coin. »

Harry décolla machinalement les jambes du sol.

« *Mouse spider* ? Est-ce que ça veut dire qu'elle mange... des souris ? » demanda-t-il.

1. Grosse araignée mygalomorphe (*Missulena oc.*). (Litt. : araignée à souris.)

Andrew sourit.

« Harry est norvégien. Ils n'ont pas l'habitude des grosses araignées, là-bas.

— Ah. Dans ce cas, je peux vous rassurer : ce ne sont pas les plus grosses les plus dangereuses, dit Margaret Dawson. Mais on a ici une minuscule bestiole mortelle que l'on appelle *"redback"*. Mais elle se plaît en réalité davantage dans les villes, où elle peut se fondre dans la masse, si vous voyez. Dans les caves sombres et les coins humides.

— Ça me rappelle quelqu'un que je connais, dit Andrew. Mais revenons à nos moutons, madame. Il s'agit de votre fils. »

Madame Dawson atteignait un degré de pâleur cadavérique.

« Evans ? »

Andrew jeta un coup d'œil à Harry.

« À ce qu'on en sait, il n'a jamais eu de problème avec la police, madame Dawson, dit Harry.

— Non. Non, a priori, non. Doux Jésus !

— On a fait un crochet par ici parce qu'on a vu que c'était pratiquement sur la route de Brisbane. On se demandait si vous avez entendu parler d'une certaine Inger Holter. »

Elle réfléchit un instant sur ce nom. Puis elle secoua la tête.

« Evans n'a pas connu tant de filles que ça. Celles qu'il a connues, il les a amenées ici, pour me les présenter. Après avoir eu un enfant avec... avec cette épouvantable gamine dont je ne suis pas sûre de vouloir me rappeler le nom, je lui ai interdit... Je lui ai dit que selon moi, il devait attendre un peu. De trouver celle qu'il lui fallait.

— Pourquoi attendre ? demanda Harry.

— Parce que je lui ai demandé.

— Et pourquoi ça ?

— Parce que... parce que ça tombait mal » — elle jeta un coup d'œil vers son magasin, signalant par là que son temps était précieux — « et parce qu'Evans est un garçon sensible, qu'un rien affecte. Il y a eu beaucoup d'énergie négative, dans sa vie, et il a besoin d'une femme en qui il puisse avoir entièrement confiance. Pas l'une de ces... pétasses qui ne font que lui faire perdre les pédales. »

Une couche de nuages gris avait recouvert ses iris.

« Vous voyez souvent votre fils ? demanda Andrew.

— Evans vient ici aussi souvent que possible. Il a besoin de sentir la paix qui règne ici. Il travaille tellement dur, le pauvre. Vous avez goûté aux plantes qu'il vend ? De temps en temps, il m'en amène un peu, que je sers dans le thé, au café. »

Andrew se racla à nouveau la gorge. Du coin de l'œil, Harry distinguait un mouvement entre les arbres.

« On va devoir y aller, madame. Juste une dernière question...

— Oui ? »

Andrew semblait avoir avalé quelque chose — il se raclait sans arrêt la gorge. La toile d'araignée s'était mise à onduler.

« Vos cheveux ont-ils toujours été aussi blonds, madame Dawson ? »

Il était tard lorsque leur avion se posa à Sydney. Harry était sur les rotules et une seule pensée occupait son esprit : son lit, à l'hôtel.

« On prend un verre ? proposa Andrew.

— Non merci.

— À l'Albury ?

— Il est presque l'heure de se remettre au boulot.
— Justement. »

Birgitta leur sourit lorsqu'ils entrèrent. Elle finit de servir un client et vint vers eux. Ses yeux ne quittaient pas Harry.

« Salut », dit-elle en suédois.

Harry prit conscience qu'il n'avait qu'une envie : grimper sur ses genoux, et dormir.

« Deux doubles gin-tonic, au nom de la loi, dit Andrew.

— Donne-moi plutôt un jus de pamplemousse », dit Harry.

Elle les servit et s'accouda au bar.

« Merci, c'était vraiment sympa, hier », chuchota-t-elle à Harry, toujours en suédois. Le miroir qui était derrière elle lui renvoya son propre reflet, et il vit le sourire crétin qui lui barrait le visage.

« Hé, ho, pas de messes basses entre tourtereaux scandinaves, merci. Tant que c'est moi qui régale, on parle anglais, dit Andrew en leur jetant un regard sévère. Et maintenant, jeunes gens, je vais vous raconter quelque chose. L'amour est un mystère plus insondable que la mort. »

Il fit une pause pour ménager ses effets.

« Tonton Andrew va vous raconter une légende australienne vieille comme le monde, à savoir celle du grand serpent Bubbur et de Walla. »

Ils se penchèrent vers lui, et Andrew exprima son contentement en tétant bruyamment le cigare qu'il s'allumait.

« Il était une fois un jeune guerrier qui s'appelait Walla, et qui était très amoureux d'une jeune et jolie femme qui s'appelait Moora. Et ce sentiment était réciproque. Walla avait réussi à s'acquitter des rites d'initiation de sa tribu, il était dorénavant un homme qui pouvait épouser n'importe quelle femme de la tribu, du moment que celle-ci n'était pas déjà mariée, et qu'elle voulait bien de lui. Et c'était le cas de Moora. Walla eut beaucoup de mal à quitter sa bien-aimée, mais la tradition voulait qu'il parte pour une partie de chasse dont le produit serait offert aux parents de la mariée, de telle sorte que le mariage puisse être célébré. Un beau matin, alors que la rosée couvrait encore les feuilles, Walla se mit en route. Moora lui donna une plume blanche de cacatoès, qu'il s'attacha dans les cheveux.

« Pendant que Walla était absent, Moora partit chercher du miel pour la fête. Elle avait cependant du mal à en trouver, et elle dut davantage s'éloigner du camp que d'habitude. Elle finit par arriver dans une vallée pleine de grosses pierres. Il y régnait un silence étrange, et on n'entendait pas le moindre oiseau, pas le moindre insecte. Elle était sur le point de partir quand elle aperçut un nid qui contenait quelques gros œufs blancs, les plus gros qu'elle ait jamais vus. “Il faut que je les prenne pour la fête”, se dit-elle, et elle tendit la main vers les œufs.

« Au même instant, elle entendit un gros truc glisser sur les pierres, et avant même d'avoir le temps de s'en aller, ou même d'ouvrir la bouche, un énorme serpent marron et jaune s'enroula autour de sa taille. Elle se débattit, mais n'arriva pas à se libérer, et le serpent se mit à serrer. Moora leva les yeux vers le ciel bleu, au-dessus de la vallée, et essaya de crier le nom de Walla, mais elle n'avait plus assez d'air dans les poumons pour y arriver. L'étreinte du serpent se resserrait encore et encore, et toute la vie finit par quitter le corps de Moora, dont pas un seul os ne restait intact. Le serpent retourna alors en rampant dans les ténèbres d'où il était venu — où on ne pouvait le voir à cause de ses couleurs qui se confondaient avec les arbres et les pierres de la vallée, entre lesquels la lumière jouait.

« Il s'écoula deux jours avant qu'ils ne retrouvent le corps brisé de Moora, entre les rochers de la vallée. Ses parents étaient inconsolables, sa mère pleurait et demandait au père ce qu'ils devraient dire à Walla quand celui-ci rentrerait de la chasse. »

Les yeux brillants, Andrew regarda Harry et Birgitta.

« Le feu de camp était sur le point de s'éteindre quand Walla rentra de la chasse, le lendemain à l'aube. Même si l'aventure avait été éprouvante, ses pas étaient légers et ses yeux étincelaient de joie. Il alla voir les parents de Moora, qui étaient assis près du feu, et qui ne disaient mot. "Voici ce que je vous ai rapporté", leur dit-il. La chasse avait été bonne, il ramenait un kangourou, un wombat et les cuisses d'un émeu.

« "Tu arrives à temps pour l'enterrement, Walla, toi qui aurais dû être notre fils", lui dit le père de Moora. Walla eut l'air d'avoir été frappé, et il arriva tout juste à dissimuler sa peine et sa douleur ; mais en guerrier endurci qu'il était, il retint ses larmes et demanda, d'une voix qui ne trahissait rien : "Pourquoi ne l'avez-vous pas déjà enterrée ?" "Parce qu'on ne l'a retrouvée qu'aujourd'hui", lui répondit le père. "Dans ce cas, je vais la suivre et réclamer son esprit. Notre *wirinun* peut guérir ses os brisés, à la suite de quoi je réinsufflerai la vie en elle." "C'est trop tard, lui dit le père. Son esprit est déjà parti à l'endroit où vont tous les esprits des défuntes. Mais celui qui l'a tuée est toujours en vie. Tu sais quel est ton devoir, fils ?"

« Walla les quitta sans piper. Il habitait dans une grotte, avec les autres hommes célibataires de la tribu. Il ne leur parla pas à eux non plus. Plusieurs mois passèrent sans que Walla ne participe ni aux chants ni aux danses, restant juste seul. Certains pensaient qu'il avait endurci son cœur pour tenter d'oublier Moora. D'autres pensaient plutôt qu'il prévoyait de suivre Moora au royaume des mortes. "Il n'y arrivera jamais, disaient-ils. Il y a un endroit pour les femmes, et un pour les hommes."

« Une femme les rejoignit près du feu. "Vous vous trompez, dit-elle. Il est simplement plongé dans ses pensées, et cherche le moyen de venger la femme qu'il aime. Vous croyez peut-être qu'il n'y a qu'à attraper une lance et aller tuer Bubbur, le grand serpent brun et jaune ? Vous ne l'avez jamais vu, mais moi, je l'ai vu une fois, quand j'étais jeune, et c'est depuis ce jour-là que mes cheveux sont blancs. C'était la vision la plus effrayante qui se puisse imaginer. Croyez-moi, il n'y a qu'un moyen de vaincre Bubbur, c'est par la ruse et le courage. Et à mon sens, ce jeune guerrier n'en manque pas."

« Le lendemain, Walla se rendit près du feu. Ses yeux brillaient, et il avait presque l'air de bonne humeur lorsqu'il demanda qui voulait venir recueillir du caoutchouc avec lui. "On en a déjà", répondirent-ils, surpris de la bonne humeur de Walla. "On peut t'en donner." "Je veux en avoir du frais", dit-il. Il rit en voyant leurs visages ahuris, et il leur dit : "Venez avec moi, et je vous montrerai à quoi je veux employer ce caoutchouc." Ils le suivirent, curieux, et une fois le caoutchouc recueilli, il les emmena dans la vallée aux grosses pierres. Il construisit une plateforme en haut du plus grand arbre et pria les autres de se retirer à l'entrée de la vallée. Il invita son meilleur ami au sommet de l'arbre, et ils se mirent à crier le nom de Bubbur, au milieu des échos que renvoyaient les versants, et sous le soleil qui montait dans le ciel.

Tout à coup, il fut là — une énorme tête brune et jaune qui oscillait en tous sens, à la recherche de l'origine de ces bruits. Autour grouillaient de plus petits serpents marron et jaunes, à l'évidence sortis des œufs qu'avait vus Moora. Walla et son ami pétrirent le caoutchouc en grosses balles. Lorsque Bubbur les aperçut dans l'arbre, il ouvrit la gueule, fit jouer sa langue et s'étira vers eux. Le soleil était à son zénith, et la gueule blanche et rouge de Bubbur étincelait. Au moment où il attaqua, Walla envoya la plus grosse des balles de caoutchouc droit dans l'ouverture béante, et le serpent referma instinctivement les mâchoires, de telle sorte que ses dents s'enfoncèrent profondément dans le latex.

« Bubbur se mit à se rouler sur le sol, mais ne parvint pas à se débarrasser du caoutchouc qui s'était coincé dans sa gueule. Walla et son ami réussirent le même exploit avec tous les petits serpents qui furent bientôt neutralisés, ayant tous la gueule scellée. Walla appela alors les autres hommes qui ne montrèrent aucune pitié et éliminèrent tous les serpents. Bubbur avait tué rien moins que la plus belle fille de la tribu, et ses descendants auraient un jour pu devenir aussi gros que leur mère, en arrivant à l'âge adulte. Depuis ce jour-là, le serpent marron et jaune tant redouté est rare en Australie. Mais la peur des hommes l'a rendu plus long et plus gros année après année. »

Andrew termina son gin-tonic.

« Et quelle est la morale ? demanda Birgitta.

— Que l'amour est un mystère plus insondable que la mort. Et qu'il faut se méfier des serpents. »

Andrew paya les boissons, encouragea Harry en lui donnant une tape dans le dos, et s'en alla.

MOORA

6

Un peignoir, la pertinence des statistiques et un poisson d'aquarium

Il ouvrit brusquement les yeux. Le murmure et le bourdonnement de la grande ville qui se réveillait lui parvenaient à travers la fenêtre, dont le rideau oscillait mollement. Il resta étendu, à regarder l'aberration suspendue au mur, à l'autre extrémité de la pièce — une photo du couple royal suédois. La reine et son sourire calme et réconfortant, et le roi qui donnait l'impression d'avoir un couteau pointé dans le dos. Harry comprenait ce qu'il percevait — on l'avait lui-même convaincu de tenir le rôle du prince dans « La Princesse Pas Envie », quand il était en cours élémentaire.

Un bruit d'eau qui coulait lui parvint d'un endroit indéterminé, et Harry se roula de l'autre côté du lit pour sentir son oreiller. Un tentacule de méduse — ou un long cheveu roux ? — ornait le drap. Il pensa à la légende d'une photo qu'il avait vue dans les pages des sports de *Dagbladet* : « Erland Johnsen, FC Moss — célèbre pour ses cheveux roux et la longueur de ses balles. »

Il explora ses sensations. Il se sentait léger. Léger comme une plume, en fait. Si léger qu'il eut peur que le souffle qui passait entre les rideaux ne le soulève hors du lit et ne l'emporte au dehors, pour un survol de Sydney et de sa frénésie matinale, au cours duquel il s'apercevrait qu'il était nu comme un ver. Il en vint à la conclusion que cette légèreté devait être la conséquence de cette nuit, durant laquelle il s'était à tel point vidé de diverses sécrétions corporelles qu'il avait dû perdre plusieurs kilos.

« Harry Hole, hôtel de police d'Oslo, célèbre pour ses idées bizarres et le vide de ses balles, murmura-t-il.

— Pardon ? »

Birgitta se tenait au milieu de la pièce, vêtue d'un peignoir d'une laideur exceptionnelle, et une serviette blanche enroulée autour de la tête, telle un énorme turban.

« Oh, bonjour, toute belle. Je regardais juste la photo du roi Pas Envie, sur le mur, là-bas. Tu crois qu'il aurait préféré être agriculteur, et travailler la terre ? C'est l'impression qu'il donne. »

Elle regarda la photo.

« Tout le monde n'a pas la chance de trouver sa place. Et toi, par exemple, poulet ? »

Elle se laissa tomber sur le lit, à côté de lui.

« Tu parles d'une question, si tôt dans la journée. Avant de répondre, j'exige que tu te débarrasses de ce peignoir. Ce n'est pas pour être négatif, mais à ce que j'ai vu jusqu'à présent, je crois que ce vêtement mérite une place dans mon classement des *dix pires horreurs jamais vues*. »

Birgitta rit.

« Je l'appelle mon éteignoir. Il a son utilité quand des inconnus à grande gueule deviennent un poil gonflants.

— Est-ce que tu as essayé de savoir si cette couleur-là porte un nom ? Tu détiens peut-être une nuance inédite jusqu'ici, une sorte de zone blanche, inconnue, sur le nuancier, quelque part entre le vert et le marron ?

— N'essaie pas de détourner la conversation, *norrbagga* ! » [1]

Elle lui donna un coup d'oreiller sur la tête, mais une courte lutte lui donna le dessous. Harry lui maintint solidement les mains tout en essayant d'attraper la ceinture de son peignoir avec les dents. Birgitta cria lorsqu'elle se rendit compte de ses intentions, libéra un genou qu'elle plaça d'un geste déterminé sous le menton d'Harry. Harry gémit et s'écroula sur le côté. Rapide comme l'éclair, elle s'assit à califourchon sur sa poitrine, lui coinçant les bras.

« Réponds !

— D'accord, d'accord, je me rends. Oui, j'ai trouvé ma place. Je suis le poulet le plus compétent que tu puisses trouver. Oui, j'aime mieux courir après les mauvais garçons que travailler la terre — ou qu'assister à des dîners mondains, ou saluer la foule depuis mon balcon. Et, oui, je sais, c'est pervers. »

Birgitta l'embrassa sur les lèvres.

« Tu aurais pu te brosser les dents, dit Harry, la bouche crispée.

Elle rejeta la tête en arrière et éclata de rire, et Harry profita de cette réaction spontanée. Il releva la tête, saisit la ceinture entre les dents et tira. Le peignoir s'ouvrit, glissa et Harry replia les genoux pour faire basculer Birgitta sur lui. Sa peau était chaude et encore moite de la douche.

« Police ! » cria-t-elle en l'enlaçant de ses jambes. Harry sentit son pouls battre à travers tout son corps.

1. Surnom modérément gentil donné par les Suédois aux Norvégiens.

« Au viol ! » chuchota-t-elle avant de lui mordre l'oreille.

Un moment après, étendus sur le dos, ils regardaient le plafond.

« Je voudrais... commença Birgitta.

— Oui ?

— Non, rien. »

Ils se levèrent et s'habillèrent. Harry constata en regardant l'heure qu'il était déjà en retard pour la réunion du matin.

Il la tenait dans ses bras, avant de partir.

« Je crois savoir ce que tu voudrais, dit Harry. Tu voudrais que je te raconte quelque chose sur moi. »

Birgitta posa sa tête sur le haut de sa poitrine.

« Je sais que tu n'aimes pas ça, dit-elle. J'ai l'impression que j'ai dû t'arracher tout ce que je sais de toi. Que ta mère était gentille et avisée, à moitié same, et qu'elle est morte il y a six ans. Que ton père est professeur et qu'il n'aime pas ce que tu fais, mais n'en dit rien. Et que la personne que tu aimes plus que tout au monde, ta sœur, est "un tout petit chouïa" trisomique. J'aime bien savoir des choses de ce genre sur toi. Mais je veux que tu me les racontes parce que tu en as envie. »

Harry lui caressa la nuque.

« Tu veux savoir quelque chose qui se mérite ? Un secret ? »

Elle acquiesça.

« Mais partager des secrets, ça lie les gens les uns aux autres, chuchota Harry à travers ses cheveux. Et ce n'est pas toujours ce que l'on souhaite. »

Ils se turent un moment. Harry inspira à fond.

« Toute ma vie, j'ai été entouré de gens qui m'ont aimé. J'ai toujours eu tout ce que j'ai pu demander.

En bref, je n'ai aucun moyen d'expliquer pourquoi je suis devenu tel que je suis. »

Un courant d'air caressa les cheveux de Harry, avec une légèreté et une douceur qui lui firent fermer les yeux.

« Je suis alcoolique. »

Il prononça ces mots d'une voix dure et un peu forte. Birgitta ne broncha pas.

« Il faut qu'un fonctionnaire norvégien mette le paquet pour être viré. L'incompétence seule ne suffit pas, la fainéantise est un non-sens, et tu peux gueuler sur ton chef autant que tu veux, no problem. Pour être honnête, tu peux faire presque n'importe quoi, la loi te protège contre pas mal de choses. Mais pas contre l'alcool. Si tu te pointes au boulot en état d'ébriété plus de deux fois, tu peux être renvoyé sur-le-champ. Pendant un moment, il a été plus facile de compter les jours où je suis allé bosser en étant à jeun. »

Il desserra sa prise et maintint la femme devant lui. Il voulait voir quelle était sa réaction. Puis il l'attira à nouveau vers lui.

« Pourtant... les choses fonctionnent d'une certaine manière, et ceux qui s'en doutaient ont un peu fermé les yeux. Quelqu'un aurait peut-être dû le signaler, mais la loyauté et la solidarité sont les maîtres mots, dans la police. Un soir, avec un collègue, je suis allé en voiture poser quelques questions sur un meurtre dans le milieu de la drogue, à un gars qui habitait dans un bel appartement sur Holmenkollåsen. Il n'était même pas suspect, dans cette affaire, mais quand on a sonné à sa porte, et quand on l'a vu sortir à toute vibure de son parking, on a sauté dans la voiture et on s'est lancés derrière lui. On a mis le gyrophare et on a descendu Sørkedalsveien à cent dix à l'heure. On n'allait pas spécialement droit sur la chaussée, on a touché quelques bords de trottoirs, et mon collègue m'a demandé s'il ne fallait pas qu'il prenne le volant. Je faisais tellement attention à ne pas perdre l'autre voiture des yeux que je lui ai fait signe que non. »

Il ne connaissait la suite qu'à travers ce qu'on avait pu lui raconter. Près de Vinderen, une voiture était sortie d'une station-service. Au volant se trouvait un jeune qui venait tout juste d'avoir son permis, et qui était venu à la station-service acheter des cigarettes pour son père. Les deux policiers avaient emporté sa voiture avec eux, à travers la clôture qui bordait les rails de chemin de fer et embarqué l'abri sous lequel cinq ou six personnes avaient attendu seulement deux minutes, pour s'arrêter contre le quai, de l'autre côté de la voie ferrée. Le collègue de Harry était passé à travers le pare-brise, et on l'avait retrouvé vingt mètres plus bas, le long des rails. Il avait rencontré un poteau de ladite clôture, la tête la première, avec une puissance telle que le haut du poteau en question s'était courbé sous le choc. Il avait fallu qu'ils prennent ses empreintes digitales pour pouvoir l'identifier à coup sûr. Le jeune qui occupait l'autre véhicule s'était retrouvé paralysé du cou à la pointe des orteils.

« Je suis allé le voir à un endroit qui s'appelle Sunnås, dit Harry. Il rêve toujours de reconduire un jour. Moi, on m'a retrouvé dans la voiture, le crâne ouvert, avec de jolies hémorragies internes. Je suis resté sous assistance respiratoire pendant plusieurs semaines. »

Sa mère venait le voir tous les jours, avec sa sœur. Elles s'asseyaient chacune d'un côté du lit, et lui tenaient la main. Son père venait le soir, en dehors des horaires de visites. Le sérieux traumatisme crânien lui ayant causé des troubles visuels, Harry n'avait le droit ni de lire, ni de regarder la télévision. Son père lisait donc pour lui. Assis tout près du lit, il chuchotait dans son oreille, pour ne pas le fatiguer, les textes de Sigurd Hoel et Kjartan Fløgstad, les écrivains favoris de son père.

« J'avais tué un homme et détruit un autre pour toujours, et pourtant, je me trouvais dans une bulle d'amour et de sollicitude. Et la première chose que j'ai faite quand j'ai atterri dans une chambre collective, ça a été de soudoyer le type du lit voisin pour que son frère m'achète une demi-bouteille de gin. »

Harry se tut. Birgitta respirait régulièrement, calmement.

« Ça te choque ? demanda-t-il.

— J'ai su que tu étais alcoolique dès la première fois que je t'ai vu, répondit Birgitta. Mon père est alcoolique. »

Harry ne sut que répondre.

« Continue à raconter, dit-elle.

— Le reste... le reste concerne la police norvégienne. Et c'est peut-être aussi bien de ne pas en savoir plus.

— On est loin de la Norvège, tu sais. »

Harry la serra un bref instant entre ses bras.

« Je t'en ai assez raconté pour aujourd'hui. La suite au prochain numéro. Il faut que j'y aille. Est-ce que ça te va, si je passe ce soir aussi à l'Albury, pour t'empêcher de faire ton travail ? »

Birgitta lui fit un sourire un peu triste — et Harry comprit qu'il était en train de s'impliquer plus qu'il n'aurait dû.

« Tu arrives tard », constata Wadkins quand Harry arriva au bureau. Il posa une série de copies sur sa table.

« Jet-lag. Du neuf ? demanda Harry.

— Tu as un peu de lecture ici. Yong Sue a exhumé de vieilles affaires de viol. Lui et Kensington y jettent un œil en ce moment même. »

Harry prit conscience qu'il avait en premier lieu besoin d'une tasse de café digne de ce nom, et monta à la cantine. Il y retrouva un McCormack qui tenait une forme olympique. Ils s'installèrent à une table, chacun avec son *White flat*.[1]

« Quelqu'un du ministère de la Justice a téléphoné. Qui avait eu un coup de téléphone du garde des sceaux norvégien. Je viens de parler avec Wadkins, et si j'ai bien suivi, vous avez un type dans votre ligne de mire ?

— Evans White. Ouais... Il prétend qu'il a un alibi pour les jours qui ont précédé et suivi le meurtre. On a réussi à faire en sorte que la police de Nimbin convoque la femme avec qui il dit avoir été, pour vérifier sa version. White a reçu la consigne de n'aller nulle part sans prévenir avant. »

McCormack grogna.

« Tu as vu le mec en face, Holy. Est-ce que c'est lui ? »

Harry plongea son regard dans sa tasse de café. Le lait qu'il y avait mélangé s'étalait en filaments tournoyants, comme la spirale d'une nébuleuse.

« Est-ce que je peux procéder par analogie, *Sir* ? Vous saviez que la Voie Lactée est une nébuleuse spirale de plus de cent mille millions d'étoiles ? Que si on pouvait partir de l'extrémité d'un des bras de

1. Sorte de pain blanc azyme.

la spirale, vers l'autre extrémité, en voyageant à la vitesse de la lumière, et ce pendant mille ans, on n'aurait malgré tout parcouru que la moitié du chemin ? Sans parler de ce que ce serait de suivre tout un bras, ou de traverser la galaxie en entier...

— M'est avis que tout ça est un peu trop philosophique pour moi, à cette heure matinale, Holy. Qu'est-ce que tu essaies de me dire ?

— Que la nature humaine est une grande forêt sombre qu'il n'est donné à personne de connaître parfaitement en un temps aussi court qu'une vie. Que je n'en ai aucune idée, *Sir*. »

McCormack regarda Harry. Il avait l'air inquiet.

« Tu commences à parler comme Kensington, Holy. J'ai peut-être fait une erreur en vous faisant bosser ensemble, il y a trop de choses bizarres dans le crâne de ce gusse. »

Yong positionna un transparent sur la vitre du rétroprojecteur.

« Plus de cinq mille viols sont signalés chaque année dans ce pays. Il va de soi que c'est une gageure que de commencer à chercher un quelconque schéma dans un tel échantillon sans se servir des statistiques. Des statistiques précises et formelles. Le premier impératif, c'est la pertinence des statistiques. Autrement dit, nous cherchons une systématique qui ne peut s'expliquer par les coïncidences statistiques. La deuxième chose à prendre en compte, c'est la démographie.

« J'ai d'abord cherché des dépôts de plaintes relatifs à des meurtres et des viols non-élucidés sur ces cinq dernières années, où apparaissaient les expressions “prise à la gorge” ou “strangulation”. Ça m'a donné douze meurtres et une centaine de viols. Puis, j'ai réduit l'échantillon en précisant que les victimes devaient avoir été blondes, entre seize et trente-cinq ans, habitant sur la côte est. Les statistiques officielles et les informations fournies par notre bureau des passeports concernant les teintes de cheveux montrent que ce groupe ne dépasse pas cinq pour cent de la population féminine. Pourtant, il m'est encore resté sept meurtres et plus de quarante viols. »

Yong positionna un nouveau transparent qui présentait des séries de pourcentages et des histogrammes. Il laissa les autres lire sans faire de commentaires. Un long silence s'ensuivit, que Wadkins fut le premier à rompre :

« Est-ce que ça veut dire que...

— Non, répondit Yong. Ça ne veut pas dire qu'on a appris quelque chose qu'on ne savait pas avant. Les chiffres sont trop flous.

— Mais ça nous permet de conjecturer, dit Andrew. On peut par exemple penser qu'il y a quelqu'un qui viole systématiquement des femmes blondes, mais les tue un peu moins systématiquement. Et qui aime bien poser les mains de part et d'autre d'une gorge féminine. »

Tout le monde éprouva le besoin de se mettre à parler en même temps, et Wadkins dut demander à l'assemblée de la boucler. La parole fut d'abord accordée à Harry :

« Pourquoi n'avait-on pas remarqué cette connexion avant ? Après tout, on parle de sept meurtres et d'une bonne quarantaine de viols entre lesquels il pourrait exister un lien. »

Yong Sue haussa les épaules.

« Le viol est malheureusement un phénomène quotidien en Australie aussi, et on ne donne pas toujours à ces affaires la priorité qu'on pourrait supposer. »

Harry acquiesça. Il ne voyait aucune raison de se frapper la poitrine, en ce qui concernait son propre pays.

« En plus, la plupart des violeurs passent à l'action à l'endroit où ils habitent, et ils ne s'enfuient pas à la suite de ça. C'est pourquoi il n'existe pas de collaboration systématique entre les différents États lorsqu'il s'agit de viols qu'on pourrait qualifier de courants. Le problème, avec les affaires sur lesquelles j'ai construit mes statistiques, c'est leur éparpillement géographique. »

Yong désigna la liste de toponymes et de dates.

« Un jour à Melbourne, un mois plus tard à Cairns et la semaine suivante à Newcastle. Des viols qui ont eu lieu dans trois États en moins de deux mois. L'agresseur pouvait être cagoulé, masqué, portait au moins une fois un collant de femme sur le visage, et il est même arrivé que la victime ne voie rien de son agresseur. Le lieu du crime peut être tout et n'importe quoi, depuis une petite rue sombre jusqu'à un parc. On a fait monter les victimes de force dans des voitures, ou bien on s'est introduit chez elles pendant la nuit. En bref : il n'y a pas de schéma, si ce n'est que les victimes étaient blondes, ont été étranglées, et que personne n'a pu donner à la police un signalement de l'agresseur. Si, en fait, il y a encore une chose : quand il tue, il fait ça très proprement. Malheureusement. Il nettoie vraisemblablement les victimes, élimine toute trace de son passage : empreintes digitales, sperme, fibres de vêtements, cheveux, peau qui aurait pu rester sous les ongles de la victime, etc... Mais il n'y a en dehors de ça rien qui fasse penser à un tueur en série : rien qui fasse penser à des agissements rituels grotesques, aucune carte de visite adressée à la police, du genre “Je suis passé par là”. Après ces trois viols en l'espace de deux mois, il ne s'est rien passé pendant un an. Si, bien sûr, il n'est pas responsable de quelques-uns des autres viols signalés cette année-là. Mais ça, on n'en a aucune idée.

— Et les meurtres ? demanda Harry. Ils n'auraient pas dû vous mettre la puce à l'oreille ? »

Yong secoua la tête.

« Éparpillement géographique. Quand la police de Brisbane trouve le corps d'une femme qui a été violée, ils ne viennent pas enquêter d'abord à Sydney. D'autre part, les meurtres s'espacent pas mal dans le temps, ce qui rend difficile l'établissement d'un lien clair et précis. Après tout, la strangulation n'est pas une méthode inhabituelle quand il s'agit de tuer la victime d'un viol.

— Il n'y a pas de police fédérale, en Australie ? » demanda Harry.

Des sourires apparurent autour de la table. Harry laissa tomber et changea de sujet.

« S'il s'agit bien d'un tueur en série... commença Harry.

— ... alors il a souvent un schéma, un thème fétiche, poursuivit Andrew. Mais ce n'est pas le cas pour celui-là, n'est-ce pas ? »

Yong hocha la tête.

« Il y a certainement eu quelqu'un dans la police, qui, à un moment ou à un autre au cours de ces années, s'est dit qu'il pouvait être question d'un meurtrier en série. Il a vraisemblablement dû aller chercher de vieilles affaires dans les archives, pour faire des comparaisons, mais les divergences ont été trop importantes pour que ses soupçons soient confirmés.

— Si nous avions bien affaire à un tueur en série, est-ce qu'il n'aurait pas un souhait plus ou moins avoué de se faire prendre ? » demanda Lebie.

Wadkins se racla la gorge. La conversation déviait vers son domaine.

« C'est souvent la représentation qu'on trouve dans les écrits sur le sujet, dit-il. Que l'acte criminel est un appel au secours, qu'il laisse derrière lui de petits messages codés et des traces qui procèdent d'une volonté inconsciente que quelqu'un l'arrête. Et parfois, c'est le cas. Mais j'ai bien peur que ce soit plus compliqué que ça. La plupart des tueurs en série sont comme tout un chacun : ils préfèrent ne pas se faire prendre. Et s'il s'agit bel et bien d'un tueur en série, il ne nous a pas donné beaucoup de choses sur lesquelles nous pourrions travailler. Il y a plusieurs points que je n'apprécie pas tellement... »

Il retroussa sa lèvre supérieure, découvrant une rangée de dents jaunies.

« Premièrement, il n'obéit apparemment à aucun schéma, si ce n'est que les victimes doivent être blondes, et qu'il les étrangle. Il se peut qu'il considère les meurtres comme des événements indépendants les uns des autres, comme une œuvre d'art qui doit se distinguer de ce qu'il a fait avant. Et ça complique pas mal les choses pour nous. Ou bien il y a un schéma sous-jacent que nous ne voyons pas encore. Mais ça peut aussi vouloir dire qu'il ne prévoit absolument pas ses meurtres, mais que le besoin de tuer se fait sentir dans certaines circonstances, par exemple lorsque les victimes ont vu son visage, se sont débattues, ont appelé au secours, ou bien quand un autre événement extérieur est venu perturber le cours des choses.

— Peut-être qu'il n'a tué que dans les cas où il n'arrivait pas à bander ? proposa Lebie.

— On devrait peut-être laisser un ou deux psychologues se pencher sur ces affaires, dit Harry. Ils peuvent peut-être élaborer un profil psychologique qui nous aiderait.

— Peut-être », dit Wadkins. Il avait l'air de penser à tout autre chose.

« Et le deuxièmement, *Sir* ? s'enquit Yong.

— Hein ? s'éveilla Wadkins.

— Vous avez dit : premièrement. Qu'est-ce que vous n'aimez pas, deuxièmement ?

— Qu'il s'arrête sans crier gare. Bien sûr, ça peut avoir des raisons purement pratiques. Comme par exemple un déplacement ou une maladie. Mais ça peut aussi être parce qu'il pense qu'on ne va pas tarder à être sur sa piste. Alors, il s'arrête un temps. Comme ça, paf ! » Il ponctua sa phrase d'un claquement de doigts.

« Et dans ce cas, il s'agit d'un homme très dangereux. Dans ce cas, c'est quelqu'un de discipliné et de rusé, qui n'agit pas suivant ce type de passion autodestructrice qui grossit sans arrêt jusqu'à dévoiler l'identité du meurtrier en série, la plupart du temps. Dans ce cas, c'est un meurtrier machiavélique, rusé, qu'on risque de ne pas pouvoir stopper avant qu'il n'ait provoqué un véritable bain de sang. Si on y arrive un jour. »

Un silence affligé s'abattit sur la pièce. Harry frissonna. Il pensait à ce qu'il avait lu sur les tueurs en série qui n'avaient jamais été arrêtés, la police piétinant parce que les meurtres avaient brutalement cessé. On ne savait pas, aux dernières nouvelles, si le meurtrier était toujours en vie et ne faisait en réalité qu'hiberner.

« Alors, que fait-on ? demanda Andrew. Est-ce qu'on prie toutes les blondinettes qui n'ont pas encore l'âge de la retraite de rester chez elles le soir ?

— Tout ce qu'on risque, dans ce cas-là, c'est qu'il rentre sous terre, et on ne le retrouvera jamais », dit Lebie. Il avait sorti un petit canif avec lequel il se nettoyait laborieusement les ongles.

« D'un autre côté : est-ce qu'on doit laisser l'ensemble des blondes d'Australie servir d'appât à ce type ? demanda Yong.

— Ça ne sert à rien de demander aux gens de rester chez eux, dit Wadkins. S'il cherche une victime, il en trouvera une. Tu ne nous as pas dit qu'il s'était introduit chez certaines de ses victimes ? Oublie. Il faut le pousser dans ses retranchements.

— Et comment ? Il opère dans rien moins que l'est de l'Australie, et personne ne sait quand il frappera de nouveau. Ce gars viole et tue complètement au hasard, dit Lebie à ses ongles.

— Pas tout à fait vrai, intervint Andrew. Pour un type qui a réussi à tenir aussi longtemps, rien n'est le fruit du hasard. On peut avoir l'impression que certains tueurs en série souhaitent qu'on prête attention à leurs meurtres. Ils laissent leur marque de propriété, s'identifient. Mais pas celui-là. Bien au contraire, il essaie d'éviter les similitudes. Il n'y a que sa passion de la strangulation qui le trahit. En dehors de ça, il est totalement imprévisible. C'est ce qu'il pense. Mais il se trompe. Parce qu'il y a un schéma. Il y a toujours un schéma. Pas parce qu'on le prévoit, mais parce que l'homme est un animal fait d'habitudes, et il n'y a en cela aucune différence entre toi ou moi et un meurtrier. Il faut juste découvrir quelles sont les habitudes propres à cet animal-là.

— C'est un fou, asséna Lebie. Mais la plupart des tueurs en série ne sont-ils pas schizophrènes ? Qui entendent des voix leur ordonnant de tuer, des trucs comme ça ? Je suis d'accord avec Harry, trouvons-nous un scaphandrier de l'inconscient. »

Wadkins se gratta la nuque. Il avait l'air légèrement perplexe.

« Un psy peut sûrement nous dire beaucoup de choses sur les tueurs en série, mais ce n'est pas nécessairement ce qu'on cherche, dans ce cas précis, dit Andrew.

— Sept meurtres. C'est ce que j'appelle des meurtres en série, dit Lebie.

— Écoutez. » Andrew se pencha vers la table et leva ses grandes mains noires. « Pour un tueur en série, le meurtre prévaut sur l'acte sexuel ; il est absurde de violer si on ne tue pas après. Mais pour ce type-là, le viol est le point le plus important. Quand il tue, c'est peut-être parce que des conditions pratiques l'y poussent, comme disait Wadkins. Par exemple parce que la victime peut révéler son identité. Parce qu'elle a vu son visage. » Andrew fit une pause. « Ou parce qu'elle sait de qui il s'agit. » Il étendit les mains devant lui.

Le ventilateur grinçait dans un coin de la pièce, mais l'air était plus lourd que jamais.

« Les statistiques, c'est bien joli, dit Harry. Mais il ne faut pas qu'elles nous induisent en erreur. Pour pasticher une expression norvégienne : on a vite fait de ne voir que la forêt qui cache l'arbre. »

Wadkins avait sorti un mouchoir avec lequel il épongeait la sueur de son front.

« Il est possible qu'une partie de la signification de

l'expression norvégienne — certes remarquable — qu'emploie M. Holy se perde dans la traduction, mais je n'y comprends goutte.

— Tout ce que je veux dire, c'est qu'il ne faut pas laisser cette impression générale faire de l'ombre au fait que le meurtre d'Inger Holter peut être un événement isolé. Certaines personnes sont bien mortes de vulgaires pneumonies, durant la grande épidémie de peste noire, non ? Admettons qu'Evans White ne soit pas un tueur en série. Qu'un autre gonze vadrouille et tue des blondinettes ne signifie pas nécessairement qu'Evans White n'a pas tué Inger Holter.

— C'est exprimé de façon alambiquée, mais on voit où tu veux en venir, Holy, dit Wadkins avant de résumer : O.K., les gars. On cherche un violeur et peut-être — je répète — *peut-être* un tueur en série. Ce sera à McCormack de décider s'il faut travailler plus activement sur cette enquête. Dans l'intervalle, il faut que nous, nous continuions à nous occuper de ce que nous faisons en ce moment. Kensington, d'autres précisions ?

— Vu que Holy n'a pas pu assister à la réunion de ce matin, je répète que j'ai pu parler à Robertson, le remarquable logeur d'Inger Holter, et que je lui ai demandé si le nom d'Evans White lui disait quelque chose. Et le brouillard a dû se dissiper un peu, au moins provisoirement, puisque ça lui a effectivement dit quelque chose. On va le voir cet après-midi. À part ça, notre pote le shérif de Nimbin a téléphoné. Cette Angeline Hutchinson a confirmé qu'elle était chez Evans White les deux jours qui ont précédé celui où on a retrouvé Inger Holter. »

Harry jura.

Wadkins frappa dans ses mains.

« O.K., retour au turbin, les gars. On va choper cet enculé. »

Ces derniers mots furent prononcés sans conviction particulière.

Harry avait naguère entendu dire que les chiens ont une mémoire à court terme moyenne de trois secondes, mais que la répétition peut étendre de façon significative. L'expression « le chien de Pavlov » vient de ce physiologiste russe, Ivan Pavlov, et de ses expériences sur les chiens, dans lesquelles il cherchait à mettre en évidence ce qu'on appelle les réflexes conditionnés. Pendant un certain laps de temps, il avait fait retentir un signal sonore précis chaque fois qu'il allait donner à manger au chien. Et puis, un jour, il avait fait retentir le signal, mais n'avait pas donné à manger à l'animal. Pourtant, le pancréas et l'estomac de celui-ci s'étaient mis à produire les sécrétions nécessaires à la digestion. La surprise ne fut peut-être pas énorme, mais cette découverte permit à Pavlov de décrocher le prix Nobel. Il avait prouvé que des répétitions suivies font que le corps « se souvient ».

Quand Andrew, d'un coup de pied bien ajusté, envoya pour la deuxième fois en quelques jours le diable de Tasmanie de Robertson dans la haie, on eut de bonnes raisons de penser que ce vol plané occuperait la mémoire de l'animal un peu plus longtemps que le premier. La prochaine fois que le chien de Robertson entendrait des pas étrangers de l'autre côté du portail, le bouillonnement dans sa petite cervelle teigneuse céderait peut-être la place à quelques douleurs dans les côtes.

Robertson les reçut dans la cuisine et leur proposa une bière. Andrew accepta, mais Harry demanda un verre d'eau gazeuse. Robertson n'étant pas en mesure de lui en fournir, Harry se dit qu'il lui faudrait se contenter d'une cigarette.

« Je n'aimerais mieux pas, dit Robertson quand Harry sortit son paquet de cigarettes. Il est interdit de fumer chez moi. Les cigarettes ne sont pas bonnes pour le corps, dit-il en vidant la moitié de sa canette.

— Alors comme ça, vous vous préoccupez de questions de santé ? demanda Harry.

— Bien sûr, répondit Robertson sans prêter attention à la pique. Dans cette maison, on ne fume pas, pas plus qu'on ne mange de viande ou de poisson. On respire de l'air pur, et on mange ce que la nature nous donne.

— Ça concerne aussi le clebs ?

— Mon chien n'a mangé ni viande, ni poisson depuis qu'il était chiot. Il est cent pour cent lacto-végétarien, dit-il avec une fierté manifeste.

— Ça explique ses humeurs, murmura Andrew.

— Si nous avons bien compris, vous connaissez un peu Evans White, M. Robertson. Que pouvez-vous nous raconter ? » demanda Harry en sortant un carnet de notes. Il n'avait pas prévu de prendre des notes, mais il savait d'expérience que les gens se sentaient valorisés dans leur rôle de témoins quand il s'emparait de son petit carnet. Inconsciemment, ils étaient plus précis, prenaient plus leur temps pour que tout soit bien fait, et étaient plus rigoureux en ce qui concernait la chronologie, les noms et les lieux.

« L'agent Kensington, ici présent, m'a appelé pour savoir qui était venu voir Inger Holter, du temps où elle habitait ici. Alors, je lui ai dit que j'étais monté dans sa chambre, que j'avais bien regardé la photo qui est fixée au mur, et que je me suis souvenu avoir déjà vu ce garçon qui portait un enfant sur les genoux.

— Ah oui ?

— Oui, ce garçon est venu deux fois, que je sache. Une fois, ils se sont enfermés dans sa chambre, et ils ont fait la bringue pendant presque quarante-huit heures. Elle était très... euh, extravertie. J'ai pensé aux voisins, et j'ai mis de la musique assez fort pour ne pas les mettre dans l'embarras. Inger et ce type, j'entends. Mais bon, ça n'avait pas l'air de trop les déranger. L'autre fois, il n'a fait que passer, avant de prendre ses cliques et ses claques.

— Ils se sont disputés ?

— On peut le dire comme ça, oui. Elle lui a gueulé qu'elle allait dire à cette salope quel genre de diable il était. Et qu'elle allait parler à un certain bonhomme des projets qu'il avait.

— Un certain bonhomme ?

— Elle a dit un nom, mais je ne m'en souviens plus.

— Et cette salope ; de qui pouvait-il s'agir ? demanda Andrew.

— J'essaie de me tenir en dehors de la vie privée de mes locataires, monsieur l'agent.

— Excellente bière, M. Robertson. Qui est cette salope ? demanda Andrew en ignorant l'objection.

— Eh bien, allez savoir. » Robertson se tâta tandis que ses yeux allaient nerveusement d'Andrew à Harry. Il tenta un sourire.

« Elle est probablement importante, dans cette affaire, vous ne croyez pas ? » La question flotta en l'air, mais pas longtemps. Andrew posa énergiquement sa bouteille de bière et se pencha en avant, jusqu'à ce que son visage touche presque celui de Robertson.

« Vous regardez trop la télé, Robertson. Dans la

réalité, ce genre de situation ne m'incite pas à te filer discrètement un billet de cent dollars pour que tu me murmures un nom, avant que nous nous en retournions sans rien dire, chacun de son côté. Dans la réalité, ce qui se passe, c'est qu'on appelle une voiture de police qui arrive ici en fanfare, on te colle les menottes, et on t'emmène jusqu'à la bagnole devant tous tes voisins, que ça te chante ou non. Et puis, au commissariat, on te flanque une lumière dans la figure, et on te coffre pour la nuit en tant que « suspect potentiel », à moins que tu ne craches le morceau ou que ton avocat ne se pointe. Dans la réalité, tu peux dans le pire des cas être accusé de faire de la rétention d'information pour couvrir un meurtre. Ça fait automatiquement de toi un complice, et c'est passible de six ans de réclusion. Alors, qu'est-ce que tu en dis, Robertson ? »

Robertson avait pâli, et il ouvrit la bouche à deux ou trois reprises sans qu'aucun son n'en sortît. Il faisait penser à un poisson, dans un aquarium, qui vient juste de comprendre qu'il ne va pas manger, mais que lui va être mangé.

« Je... je ne voulais pas insinuer que...

— Pour la dernière fois : qui est cette salope ?

— Je crois que c'est la fille qui est sur la photo... celle qui était ici...

— Quelle photo ?

— Elle est derrière Inger et le garçon, sur la photo qui est dans la chambre d'Inger. C'est la petite brune avec le bandeau. Je l'ai reconnue parce qu'elle est venue il y a quelques semaines, pour voir Inger. Je suis allé la chercher, et elles se sont mises à parler dans l'escalier, dehors. Peu à peu, le ton est monté, et elles se sont engueulées bien comme il faut. Puis la porte a claqué, et Inger est remontée à toute berzingue dans sa chambre, en larmes. Je ne l'ai pas revue.

— Allez chercher cette photo, s'il vous plaît, Robertson. La copie que j'en ai est restée au bureau. »

Robertson était devenu la serviabilité même, et il fila au premier, dans la chambre d'Inger. Lorsqu'il redescendit, un coup d'œil suffit à Harry pour savoir à coup sûr quelle était la femme à laquelle Robertson faisait référence.

« Il me semblait bien que son visage ne m'était pas inconnu, quand nous l'avons rencontrée, dit Harry.

— Mais oui, c'est Mère Mansuétude ! s'exclama Andrew, sidéré.

— Je parierais qu'elle s'appelle de son vrai nom Angeline Hutchinson. »

Le diable de Tasmanie n'était pas en vue lorsqu'ils s'en allèrent.

« Est-ce que tu t'es demandé pourquoi on t'appelle "Monsieur l'agent", inspecteur Kensington ? demanda Harry à Andrew en remontant en voiture.

— Je suppose que c'est dû au fait que j'éveille la confiance chez les gens. Monsieur l'agent ; ça sonne un peu comme un oncle débonnaire, tu ne trouves pas ? répondit Andrew, satisfait. Et il se trouve que je n'ai pas le cœur de les corriger.

— Oui, tu es un vrai nounours, toi, dit Harry en riant.

— Un koala, rectifia Andrew.

— Six ans de réclusion ; menteur !

— C'est la première chose qui m'est venue à l'esprit. »

7

Terra nullius, un maquereau et Nick Cave

Il pleuvait sur Sydney. L'eau martelait le goudron, éclaboussait les murs des bâtiments et forma en moins d'une minute de petits ruisseaux qui coulaient dans les caniveaux. Les gens couraient s'abriter, en faisant claquer l'eau sous leurs semelles. Certains d'entre eux avaient apparemment cru le bulletin météo du matin, et s'étaient munis de parapluies. Ceux-ci poussaient maintenant comme de gros champignons bigarrés dans le paysage urbain. Harry et Andrew attendaient que le feu passe au vert, dans William Street, près de Hyde Park.

« Tu te souviens de cet Aborigène qui était dans le parc, près de l'Albury, l'autre soir ? demanda Harry.

— Green Park ?

— Il t'a fait signe, mais toi, tu ne lui as pas retourné son salut. Pourquoi ?

— Je ne le connais pas. »

Le feu passa au vert et Andrew écrasa l'accélérateur.

L'Albury était pratiquement vide quand Harry entra.

« Tu arrives tôt », dit Birgitta. Elle était occupée à ranger des verres propres sur les étagères.

« Je me suis dit que le service était certainement de meilleure qualité avant le grand rush.

— Ici, on sert tous ceux qui se présentent, dit-elle en pinçant la joue de Harry. Qu'est-ce que ce sera ?

— Juste un café.

— C'est ma tournée.

— Merci, trésor. »

Birgitta rit.

« Trésor ? C'est comme ça que mon père appelle ma mère. » Elle se percha sur un tabouret et se pencha vers Harry, par-dessus le comptoir. « Et en fait, je devrais peut-être me méfier, quand un type que je connais depuis moins d'une semaine se met à me donner des petits noms. »

Harry inspira consciencieusement son parfum. Les chercheurs ne savent pas encore bien comment les centres olfactifs du cerveau transforment en sensations conscientes les impulsions nerveuses que leur envoient les cellules sensorielles. Mais Harry ne réfléchit pas plus que ça à la question, tout ce qu'il savait, c'était que quand il sentait son odeur, les choses les plus extravagantes se déclenchaient dans sa tête et dans son corps. Comme par exemple ses paupières qui se fermaient à moitié, les coins de sa bouche qui remontaient en un grand sourire niais, et son humeur qui s'améliorait sensiblement.

« Détends-toi, dit-il. Tu ne sais pas que "trésor" fait partie des petits noms sans danger ?

— Je ne savais même pas qu'il y avait une catégorie de petits noms sans danger.

— Mais si. Tu as par exemple "chérie". "Très chère". Ou "mon lapin".

— Et ceux qui ne sont pas sans danger ?

— Bah... “Poupette” est relativement dangereux, dit Harry.

— Quoi ?

— “Choupinette”, “Titine”. Ce genre de noms qui font penser à un ours en peluche, tu sais bien. Ce qui est important, c’est que ce sont des noms qui n’ont pas l’aspect patiné et impersonnel, mais qui sont davantage taillés sur mesure, plus intimes. De préférence prononcés par le nez, ce qui leur donne cette sonorité nasillarde qu’on emploie quand on parle aux enfants. C’est à ce moment-là qu’on a des raisons de commencer à se sentir claustrophobe.

— Tu as d’autres exemples ?

— Et mon café ? »

Birgitta le gratifia d’un coup de torchon. Puis elle lui versa du café dans une grande tasse. Elle lui tourna le dos, et Harry eut envie de se tendre en avant pour toucher ses cheveux.

« Et maintenant, à moi. Je veux la suite de l’histoire », dit-elle avant de s’asseoir. Elle posa une main sur celle de Harry. Celui-ci but une gorgée de café et regarda derrière lui. Il inspira à fond.

« Il s’appelait Stiansen, mon collègue. Prénom Ronny. Un prénom de voyou. Mais c’était loin d’être un voyou. C’était un garçon gentil, serviable, qui aimait son travail de policier. Dans les grandes lignes, en tout cas. Son enterrement a eu lieu alors que je me trouvais toujours sous assistance respiratoire. Mon chef au commissariat est venu me voir à l’hôpital, par la suite. Il me transmettait le bonjour du directeur des services de police, à Oslo, et j’aurais peut-être dû flairer quelque chose, dès ce moment-là. Mais j’étais à jeun, et l’humeur n’était pas au beau fixe. L’infirmière avait découvert que j’avais fait entrer de l’alcool en fraude, et avait déménagé mon voisin vers une autre chambre, ce qui faisait que je n'avais pas bu depuis deux jours. “Je sais à quoi tu penses, m'a dit le chef. Arrête d'y penser, tu as un boulot à faire.” Il s'imaginait que je pensais au suicide. Il avait tout faux. Je me demandais comment je pourrais mettre la main sur quelque chose à boire.

« Le chef est un bonhomme qui n'a pas pour habitude de tourner des heures autour du pot. “Stiansen est mort. Tu ne peux plus rien faire pour l'aider, m'a-t-il dit. Les seules personnes que tu peux encore aider, c'est toi-même et ta famille. Et nous. Tu as lu les journaux ?” Je lui ai répondu que je n'avais rien lu, que mon père m'avait lu quelques livres, mais que je l'avais prié de ne pas me dire un seul mot concernant l'accident. Le chef m'a dit que ce n'était pas plus mal. Que ça simplifiait les choses que je n'en aie parlé à personne. “En fait, ce n'était pas toi qui conduisais, m'a-t-il dit. Ou plus exactement, ce n'était pas un policier en état d'ébriété, de l'hôtel de police d'Oslo, qui conduisait.” Et il m'a demandé si je pigeais. Que c'était Stiansen, qui conduisait. Celui de nous deux dont les analyses sanguines avaient révélé qu'il était parfaitement à jeun.

Il m'a montré des journaux qui dataient de plusieurs semaines, et j'ai pu y lire, à travers le brouillard, que le conducteur avait été tué sur le coup, tandis que son collègue, qui se trouvait à côté, avait été grièvement blessé. “Mais c'est moi qui étais au volant”, ai-je dit. “Ça, j'en doute. On t'a retrouvé sur la banquette arrière. N'oublie pas que tu as été victime d'un traumatisme crânien de compétition. Je te fiche mon billet que tu ne te souviens absolument pas de la course-poursuite.” Évidemment, que je savais où il voulait en venir. La presse ne s'intéressait qu'aux analyses sanguines du conducteur, et tant qu'il n'y avait rien à redire dessus, personne ne se souciait des miennes. L'affaire était suffisamment enquiquinante pour la police comme ça. »

Une ride profonde était apparue entre les yeux de Birgitta, qui avait un air indigné.

« Mais comment a-t-on pu dire aux parents de Stiansen que c'était leur fils qui conduisait ? Ils doivent être complètement dépourvus de sentiments, ces gens-là ! Comment...

— Comme je te l'ai dit, on ne badine pas avec la loyauté, au sein de la police. Dans certains cas, l'intérêt de la brigade peut passer devant celui des proches. Mais peut-être que dans ce cas précis, la famille de Stiansen a eu une version avec laquelle il leur était plus facile de vivre. Dans celle du chef, le conducteur, Stiansen, avait pris un risque calculé en poursuivant ce qu'il soupçonnait être un trafiquant de drogue et un meurtrier, et personne n'est à l'abri d'un accident, pendant le service. Après tout, le gosse, dans l'autre voiture, était un conducteur inexpérimenté, et on ne peut pas exclure la possibilité qu'un autre conducteur aurait évalué cette situation autrement, et ne se serait pas avancé sur notre chemin. N'oublie pas que nous avions le deux-tons.

— Et que vous débouliez à cent dix.

— Dans une zone à cinquante. Oui, on ne pourrait évidemment pas lui reprocher quoi que ce soit. L'important, c'était l'explication. Pourquoi fallait-il que la famille sache que leur fils était passager ? Est-ce que les parents encaisseraient mieux le coup si on devait se souvenir de leur fils comme celui qui avait laissé sans réagir un collègue bourré conduire la voiture ? Le chef m'a présenté les arguments en détail, un par un. Ma tête me faisait si mal que j'ai cru qu'elle allait éclater. J'ai fini penché par-dessus le bord du lit, à vomir verdâtre, pendant qu'une infirmière arrivait en courant. Le lendemain, la famille de Stiansen est venue me voir. Ses parents, et une sœur cadette. Ils apportaient des fleurs, et m'ont souhaité de me rétablir rapidement. Son père m'a dit qu'il s'en voulait de ne jamais avoir été suffisamment ferme pour que son fils arrête de conduire à toute berzingue. Je pleurais comme un gosse. C'était à chaque seconde comme si on m'exécutait à petit feu. Ils sont restés plus d'une heure.

— Bon sang, qu'est-ce que tu leur as raconté ?

— Rien. C'est eux, qui m'ont parlé. De Ronny. Des projets qu'il avait eus, de ce qu'il voulait devenir et de ce qu'il ferait. De sa copine qui faisait ses études aux États-Unis. Qu'il leur avait parlé de moi. Que j'étais un policier compétent, et un bon ami. Quelqu'un sur qui il pouvait compter.

— Et qu'est-ce qui s'est passé, ensuite ?

— Je suis resté deux mois à l'hôpital. Le chef est passé me voir à deux ou trois reprises. À une occasion, il m'a répété ce qu'il m'avait déjà dit. "Je sais à quoi tu penses. Arrête ça." Et ce coup-ci, il avait raison. Je voulais mourir, point. Il est possible qu'il y ait eu un soupçon d'altruisme dans le fait de ne pas dévoiler la vérité, et en réalité, mentir, ce n'était pas ça le pire. Le pire, c'est que ça avait sauvé ma peau. Ça peut peut-être sembler étrange, mais j'y ai beaucoup pensé, alors laisse-moi te donner encore quelques précisions.

« Dans les années 1950, un jeune professeur d'université, du nom de Charles Van Doren, s'est fait connaître à travers tous les États-Unis pour les talents exceptionnels dont il faisait preuve dans un quiz retransmis par une chaîne nationale. Chaque semaine, il éliminait ses challengers. Certaines des questions étaient incroyablement difficiles, et tout le monde était muet d'admiration devant ce type qui avait apparemment réponse à tout. Il a reçu des offres de mariage par courrier, il avait son propre fan-club, et les salles d'université dans lesquelles il donnait ses cours étaient pleines à craquer. Il a fini par dire au cours d'une audience que les producteurs de l'émission lui avaient donné toutes les questions à l'avance.

« Quand on lui a demandé pour quelle raison il avait dévoilé la supercherie, il a parlé d'un oncle par alliance qui avait avoué à sa femme qu'il l'avait trompée. Il en était résulté un joli bazar, dans la famille, et Van Doren avait par la suite demandé à son oncle pourquoi il avait craché le morceau sur son infidélité. Parce qu'en réalité, l'écart de conduite datait de plusieurs années, et il n'avait jamais revu la femme en question. Son oncle lui avait répondu que le plus dur n'avait pas été d'être infidèle. Ce qu'il ne supportait pas, c'était d'avoir pu s'en tirer aussi simplement. Et c'était aussi le cas de Charles Van Doren.

« Je crois que les gens ressentent une sorte de besoin d'être punis quand ils n'arrivent plus à accepter ce qu'ils font. En tout cas, c'est ce que j'espérais ardemment : être puni, flagellé, torturé, humilié. N'importe quoi, à partir du moment où ça me permettait de me dédouaner. Mais il n'y avait personne pour me punir. Ils ne pouvaient même pas me virer, puisque officiellement, j'étais à jeun. Au contraire, j'ai eu droit aux éloges en bonne et due forme de la part du directeur général de la police, parce que j'avais été grièvement blessé dans l'exercice de mes fonctions. Alors je me suis puni moi-même, à la place. Je me suis donné la pire punition imaginable :

j'ai décidé de continuer à vivre, et d'arrêter de picoler. »

Des clients avaient commencé à arriver au bar. Birgitta leur fit signe qu'elle ne tarderait pas à s'occuper d'eux.

« Et depuis ?

— Je me suis remis sur pieds, j'ai repris le boulot. Je faisais des journées plus longues que n'importe qui d'autre. Je faisais du sport. De longues promenades. J'ai lu des livres. Un peu de droit. J'ai rompu avec mes mauvaises fréquentations. Pas seulement avec les mauvaises, soit dit en passant. Aussi celles que je pouvais toujours avoir après que l'alcool avait pris le dessus sur moi. Je ne sais pas vraiment pourquoi, ça a été comme une espèce de grand ménage. Tout ce que j'avais dans ma vie devait être évacué, les bonnes choses comme les mauvaises. Un jour, j'ai pris du temps pour téléphoner à ceux que j'estimais avoir connus dans mon existence passée, et je leur ai dit : "Salut, on ne peut plus se voir. J'ai été content de te connaître." La plupart l'ont accepté. Ça a même dû faire plaisir à certains d'entre eux. D'autres ont argué que je me cloîtrais. Bon, ils avaient peut-être raison. Ces trois dernières années, j'ai passé plus de temps avec ma sœur qu'avec n'importe qui d'autre.

— Et les femmes, dans ta vie ? »

Harry laissa glisser son regard le long du zinc. Quelques-uns des clients commençaient à s'impatienter.

« Ça, c'est une autre histoire, au moins aussi longue. Et vieille. Après l'accident, il n'y a rien eu dont il vaille la peine de parler. Je suis sans doute devenu un loup solitaire, avec ses problèmes. Qui sait, peut-être que j'étais tout simplement plus attirant quand j'étais pompette ? »

Harry versa encore un peu de lait dans son café tout en ricanant à cette idée.

« Pourquoi est-ce qu'on t'a envoyé ici ?

— Certaines personnes, plus haut dans la hiérarchie, sont apparemment d'avis que je peux encore servir à quelque chose. C'est une espèce de test pour voir comment je résiste à la pression. Si je m'en sors sans déconner à pleins tubes, certaines possibilités se présenteront à moi, quand je rentrerai, à ce que j'ai compris.

— Et ça, c'est important, pour toi ? »

Harry haussa les épaules.

« Il n'y a pas tant de choses que ça, qui soient réellement importantes. » Il fit un signe de tête vers l'autre extrémité du comptoir. « Moins important, en tout cas, que ça ne l'est pour ces types, là-bas, de se procurer quelque chose à boire dans les plus brefs délais. »

Birgitta s'éclipsa et Harry resta à remuer pensivement son café. Il prit conscience du son d'une télé, fixée au mur au-dessus des étagères à bouteilles, derrière le comptoir. C'était l'heure du journal, et Harry comprit au bout d'un moment qu'il était question d'un groupe d'Aborigènes qui revendiquaient des territoires précis.

« ... conformément à la nouvelle législation dite *Native Title*, dit le présentateur.

— Alors c'est le triomphe de la justice... » fit une voix derrière lui.

Harry se retourna. Il ne reconnut pas tout de suite cette femme haute sur pattes, à la peau noire poudrée, aux traits grossiers et une perruque blonde sur la tête, qui emplissait la totalité de son champ de vision. Mais il lui sembla reconnaître son nez court et l'espace qui séparait ses incisives.

« Le clown ! s'exclama-t-il. Otto...

— Otto Rechtnagel, le seul, l'unique, le grand, beau gosse. C'est ça, l'inconvénient, avec ces talons aiguilles. En fait, je préfère quand mes mecs sont plus grands que moi. Je peux ? » Il s'installa sur le tabouret voisin de celui de Harry.

« Avec quoi tu t'empoisonnes ? demanda Harry tout en essayant de capter l'attention d'une Birgitta sur les dents.

— T'en fais pas, elle est au courant », répondit Otto.

Harry lui proposa une cigarette, qu'il accepta sans remercier avant de la placer dans un fume-cigarette rose. Harry tint une allumette devant lui, et Otto le regarda droit dans les yeux tout en tirant sur sa cigarette, assez intensément pour que ses joues se creusent en une mimique éloquente. Sa robe courte serrait de près ses cuisses fines, par-dessus son collant. Harry dut reconnaître que ce déguisement était un petit chef-d'œuvre. Otto en tenue était plus féminin que la plupart des femmes qu'il avait rencontrées. Harry détourna le regard et désigna l'écran.

« Qu'est-ce que tu entends par le triomphe de la justice ?

— Tu n'as jamais entendu parler de *terra nullius* ? Eddy Mabo ? »

Harry secoua la tête une première fois. Puis de nouveau. Otto arrondit les lèvres, comme s'apprêtant à effectuer une fellation, et deux cercles compacts de fumée s'en échappèrent pour se mettre à rouler lentement en l'air.

« *Terra nullius*, c'est un petit concept amusant, tu sais. C'est quelque chose que les Anglais ont inventé quand ils sont arrivés ici, en voyant qu'il n'y avait pas des masses de terres cultivées en Australie. Il se trouve que les Aborigènes formaient un peuple semi-nomade, qui vivait de chasse, de pêche et de cueillette. Et juste parce qu'eux ne passaient pas la moitié de la journée courbés sur des champs de patates, les Anglais les ont considérés comme inférieurs. Ils partaient du principe que le travail de la terre était un maillon obligatoire dans l'évolution de toute civilisation, en oubliant que les premiers qui étaient venus ici avaient failli mourir de faim après avoir essayé de vivre sur ce que leur donnait cette terre stérile. Mais les Aborigènes connaissaient la nature de A à Z, se déplaçaient pour trouver leur nourriture en fonction des saisons, et semblaient vivre dans l'abondance. Le Capitaine Cook en parlait comme des êtres les plus heureux qu'il ait jamais rencontrés. Ils n'avaient tout simplement pas besoin de travailler la terre. Mais parce qu'ils n'étaient pas sédentaires, les Anglais ont décidé que cette terre n'appartenait à personne. C'est donc devenu *terra nullius*. Et selon ce principe, les Anglais pouvaient sans scrupule établir des titres de propriétés aux colons intéressés, sans se soucier de ce que les Aborigènes pouvaient en penser. En fin de compte, ils n'étaient pas propriétaires de leur terre. »

Birgitta plaça un grand verre de margherita devant Otto.

« Il y a quelques années, un type des îles Torres Strait, Eddy Mabo, s'est pointé, et il a défié le système en remettant en cause le principe *terra nullius*, parce qu'il prétendait qu'à l'époque, cette terre avait été volée aux Aborigènes, au mépris de toute morale. En 1992, la cour suprême a donné raison à Eddy Mabo en établissant que l'Australie avait appartenu aux

Aborigènes. Le jugement précisait que les zones où des indigènes avaient vécu ou dont ils étaient dépendants avant l'arrivée des Blancs pouvaient légalement leur être restituées. Évidemment, ça a provoqué un violent tollé, et un tas de Blancs ont gueulé parce qu'ils avaient peur de perdre leurs terres.

— Et qu'est-ce qui se passe, aujourd'hui ? »

Otto but une bonne gorgée de son verre, dont le bord était poudré de sel, fit la même tête que si on lui avait servi du vinaigre et essuya précautionneusement le tour de sa bouche qui affichait une moue boudeuse.

« Eh bien, le jugement existe, c'est un fait. Et les lois Native Title ont été adoptées. Mais on les met en œuvre d'une façon qui n'est pas le fruit du hasard. Il ne faut pas se figurer qu'un pauvre paysan risque de se faire éjecter de sa propriété. Alors, petit à petit, la panique s'est estompée. »

Je suis dans un bar, se dit Harry, en face d'un travesti qui me fait un topo sur la politique australienne. Il se sentit brusquement autant chez lui que Harrison Ford dans la scène du bar de *Star Wars*.

Le journal fut interrompu par une publicité dans laquelle de mâles Australiens souriants, vêtus de chemises de flanelle et de chapeaux de cuir, vantaient les mérites d'une bière à travers ce qui semblait être sa principale qualité : elle était « australienne et fière de l'être ».

« Eh bien, à la *terra nullius*, dit Harry.

— À la tienne, beau gosse. Ah, j'allais oublier. On va présenter notre nouveau spectacle au St-George's Theatre, sur Bondi Beach, la semaine prochaine. J'exige — purement et simplement — qu'Andrew et toi veniez y assister. N'hésite pas à venir accompagné. J'apprécierais que vous réserviez vos applaudissements pour mes numéros. »

Harry fit une profonde révérence et remercia Otto pour les trois billets qu'il tenait dans une main, le petit doigt en l'air.

Au moment où Harry passa devant Green Park, entre l'Albury et King's Cross, il chercha inconsciemment du regard l'Aborigène gris, mais seuls deux ou trois ivrognes blancs se partageaient le banc, dans la pâle lumière que les réverbères du parc jetaient sur cette soirée-là. Les nuages présents plus tôt dans la journée avaient été repoussés, et le ciel était haut et plein d'étoiles. Sur le chemin, il passa à la hauteur de deux hommes qui étaient manifestement en train de se quereller — ils se criaient dessus, d'un côté du trottoir à l'autre, si bien que Harry fut contraint de passer entre les deux : « Tu n'as jamais dit que tu allais passer toute la nuit dehors ! » cria l'un des deux, d'une voix faible et étranglée par les larmes.

Devant un restaurant vietnamien, un serveur fumait sa clope, appuyé contre le mur. La journée semblait déjà avoir été longue, pour lui. Les files de voitures et d'individus avançaient lentement sur Darlinghurst Road, à King's Cross.

Au coin de Bayswater Road, Andrew mâchonnait une saucisse grillée.

« Te voilà, dit-il. Pile à l'heure. En parfait Germain.

— L'Allemagne se trouve...

— Les Allemands sont des Teutons. Toi, tu es un Germain du nord. Et en plus, tu en as l'aspect. Rejetterais-tu ta propre race, petit ? »

Harry fut tenté de lui retourner la question, mais laissa tomber.

Andrew était d'humeur radieuse.

« On va commencer par quelqu'un que je connais », dit-il.

Ils s'étaient mis d'accord pour commencer à chercher la fameuse aiguille le plus près possible du cœur de la meule de foin — parmi les putes de Darlinghurst Road. Elles n'étaient pas difficiles à trouver. Harry en reconnaissait déjà certaines.

« Mongabi, mon pote, comment vont les affaires ? » Andrew s'arrêta et salua chaleureusement un type basané vêtu d'un costume étroit et qui portait de gros bijoux. Une dent en or scintilla quand il ouvrit le bec.

« Tuka, espèce d'étalon en rut ! Peux pas me plaindre, tu sais. »

En tout cas, il a tout du maquereau, se dit Harry.

« Harry, je te présente Teddy Mongabi, le pire maquereau de Sydney. Ça fait vingt ans qu'il tient boutique, et on le trouve toujours dans la rue, avec ses filles. Tu ne commences pas à être un peu vieux pour ça, Teddy ? »

L'intéressé fit un large geste des bras, et un grand sourire.

« Je me plais, ici, Tuka. C'est ici que ça se passe, tu comprends. Si tu t'installes dans un bureau, il ne te faut pas beaucoup de temps pour perdre le contrôle de la situation. Et le contrôle, c'est crucial, dans ce secteur, tu sais. À la fois sur les filles et sur les clients. Les gens sont comme les clébards, tu sais. Un clebs que tu ne contrôles pas est un clebs malheureux. Et les clebs malheureux mordent, tu sais.

— Si tu le dis, Teddy. Écoute, j'aurais bien aimé parler à quelques-unes de tes filles. On est à la recherche d'un mauvais garçon. Il a pu passer s'amuser un peu par ici, en fait.

— Bien sûr, avec qui tu veux parler ?

— Est-ce que Sandra est là ?

— Sandra sera là d'un instant à l'autre. Tu es sûr que tu ne veux rien d'autre ? Que parler, je veux dire ?

— Je te remercie, Teddy. On va au Palladium. Tu ne peux pas demander à Sandra de nous y rejoindre ? »

Devant le Palladium, un type chargé d'y attirer des clients criait des flatteries obscènes à la foule. Son visage s'éclaira lorsqu'il vit Andrew. Ils échangèrent quelques mots, et le type leur fit signe d'entrer. Un escalier étroit conduisait au sous-sol, dans un club de strip-tease mal éclairé, où quelques hommes assis à leur table attendaient le prochain numéro. Ils s'installèrent dans le fond de la pièce.

« On dirait que tout le monde te connaît, dans le coin ? dit Harry.

— Tous ceux qui en ont besoin. Et que moi, j'ai besoin de connaître. Vous avez bien cette sorte d'étrange symbiose entre la police et la pègre, à Oslo aussi, non ?

— Oui, oui. Mais on dirait que les relations que tu entretiens avec tes contacts sont plus chaleureuses que de notre côté. »

Andrew rit.

« Il se peut que je sente comme un lien de parenté ; si je n'étais pas devenu policier, j'aurais pu atterrir dans ce milieu, moi aussi, qui sait ? »

Une courte robe noire descendit à grand peine l'escalier, sur ses talons aiguilles. Son regard lourd et voilé, sous la frange courte et noire elle aussi, fit le tour de la pièce. Puis elle alla à leur table. Andrew tira une chaise.

« Sandra, je te présente Harry Holy.

— Vraiment ? » dit-elle tandis que sa large bouche rouge esquissait un sourire en coin. Une canine manquait. Harry prit la main froide et livide qu'elle lui tendait. Il y avait en elle quelque chose de connu, il avait dû la voir sur Darlinghurst Road, un autre soir. Son maquillage ou ses vêtements étaient peut-être différents ?

« Alors, de quoi s'agit-il ? À la recherche de malfrats, Kensington ?

— On recherche un malfrat bien particulier, Sandra. Il a un faible pour la strangulation. À mains nues. Ça te dit quelque chose ?

— Si ça me dit quelque chose ? Ça pourrait être la moitié de nos clients. Il s'est attaqué à quelqu'un ?

— Probablement juste à ceux qui ont pu l'identifier, dit Harry. Est-ce que tu as déjà vu ce type ? demanda-t-il en lui montrant la photo d'Evans White.

— Non, répondit-elle sans regarder la photo, avant de se tourner vers Andrew. C'est qui, le mec qui est avec toi, Kensington ?

— Il est norvégien, répondit Andrew. Il est policier, et sa sœur travaillait à l'Albury. Elle a été violée et tuée la semaine dernière. Vingt-trois ans. Harry a pris un congé et il est venu ici pour trouver le type qui a fait ça.

— Je suis désolée. » Sandra jeta un coup d'œil à la photo.

« Oui, fit-elle simplement.

— Qu'est-ce que tu veux dire ? s'emballa Harry.

— Je veux dire, oui, je l'ai déjà vu.

— Est-ce que tu l'as... euh, rencontré ?

— Non, mais il est venu plusieurs fois dans Darlinghurst Road. Je n'ai aucune idée de ce qu'il est venu faire ici, mais son visage m'est familier. Je peux demander autour de moi...

— Merci beaucoup, euh... Sandra », dit Harry. Elle lui sourit rapidement.

« Il faut que j'aille bosser, maintenant, les gars. À bientôt. » Puis la minijupe disparut par où elle était venue.

« Yes ! s'exclama Harry.

— Yes ? Juste parce que quelqu'un a vu ce type dans King's Cross ? Rien n'interdit de se montrer dans Darlinghurst Road. Ni de sauter des putes, si c'est ce qu'il est venu faire. Enfin, pas tant que ça, en tout cas.

— Tu ne le sens pas, Andrew ? Il y a quatre millions d'habitants à Sydney, et elle a vu précisément celui que l'on recherche. Bien sûr, ça ne prouve rien du tout, mais c'est un signe, tu ne crois pas ? Tu ne sens pas qu'on brûle ? »

La musique d'ambiance se tut, et les lumières furent baissées. Les clients de l'établissement dirigèrent leur attention vers la scène.

« Tu t'es fait ton opinion, sur cet Evans White, hein ? »

Harry acquiesça. « Chaque fibre de mon corps me dit Evans White. J'ai bien l'impression que ça pourrait être lui, oui.

— L'intime conviction ?

— L'intuition n'est pas quelque chose de magique, quand on y pense, Andrew.

— J'y pense maintenant, Harry. Et je ne ressens rien intimement. Explique-moi comment tu fonctionnes intimement, s'il te plaît.

— Eh bien... » Harry leva les yeux pour voir si Andrew se moquait de lui. Andrew lui renvoya un regard qui manifestait un intérêt non feint.

« L'intuition n'est que la somme de toutes les expériences qu'on a faites. Ma conception, c'est que tout ce que tu as vécu, tout ce que tu sais, tout ce que tu penses savoir, et tout ce que tu ne savais pas que tu savais, tout ça se trouve dans ton subconscient et y somnole, en quelque sorte. En général, tu n'as même pas conscience de ce dormeur, il est là, c'est tout, et ne fait que ronfler et emmagasiner d'autres choses, tu vois ? Mais de temps en temps, il cligne des yeux, s'étire et te dit hé, ho, cette photo, je l'ai déjà vue. Et il te dit où placer les différents éléments sur la photo.

— Très joli, Holy. Mais est-ce que tu es sûr que ton dormeur voit bien tous les détails de cette photo ? Ce qu'on voit dépend peut-être de l'endroit où on se trouve.

— C'est-à-dire ?

— Prends la voûte céleste. Celle que tu vois quand tu es en Norvège est exactement la même que celle que tu vois en Australie. Mais parce que tu es aux antipodes, tu as la tête en bas par rapport à chez toi, n'est-ce pas ? Et donc, toutes les constellations sont renversées. Si tu n'as pas conscience d'avoir la tête en bas, tu ne t'y retrouves plus, et tu fais des erreurs. »

Harry regarda Andrew.

« La tête en bas, hein ?

— Exactement. » Andrew tirait à qui-mieux-mieux sur son cigare.

« On m'a appris à l'école que la voûte céleste que vous voyez ici est complètement différente de celle que nous voyons chez nous. Quand tu es en Australie, le globe terrestre te cache les étoiles que nous voyons en Norvège.

— Admettons, poursuivit imperturbablement Andrew. Quoi qu'il en soit, ça dépend d'où on voit les choses. L'idée, c'est que tout est relatif, n'est-ce pas ? Et c'est ce qui fait que c'est un tel merdier. »

Un chuintement leur parvint depuis la scène, et de la fumée blanche apparut. L'instant suivant, elle fut colorée en rouge, et le son du quatuor déferla des haut-parleurs. Une femme vêtue d'une robe toute simple et un homme portant un pantalon et une chemise blanche sortirent de la fumée.

Harry avait déjà entendu cette musique. C'était celle qui bourdonnait dans les écouteurs de son voisin, dans l'avion, pendant tout le trajet depuis Londres. Mais il saisissait seulement maintenant les paroles. Une voix de femme chantait qu'on l'appelait la rose sauvage, et qu'elle ne savait pas pourquoi.

La voix d'adolescente contrastait vivement avec celle triste et profonde de l'homme :

« *Then I kissed her good-bye,*
said all beauty must die,
I bent down and planted a rose between her teeth... »

Harry rêvait d'étoiles et de serpents bruns et jaunes lorsqu'il fut réveillé par de légers coups frappés à la porte de sa chambre. Pendant un instant, il resta étendu sans bouger, ne faisant que savourer son état de contentement. Il s'était remis à pleuvoir, et la gouttière chantait de l'autre côté de la fenêtre. Il se leva, nu, et alla ouvrir la porte en grand en espérant que son érection naissante ne passerait pas inaperçue. Birgitta rit, surprise, et lui sauta au cou. Ses cheveux étaient trempés.

« Il me semblait que tu avais dit trois heures, dit Harry en faisant mine de bouder.

— Les clients ne voulaient pas se décider à partir, répondit-elle en levant vers lui son visage constellé de taches de rousseur.

— Mon amour pour toi est sauvage, démesuré et dévastateur, chuchota-t-il en tenant fermement sa tête.

— Ça, je sais bien, dit-elle gravement en saisissant d'une main fraîche et humide son membre palpitant. Hé, c'est pour moi, ça ? »

Harry, près de la fenêtre, les yeux levés vers le ciel, buvait du jus d'orange qu'il avait trouvé dans le minibar. Les nuages avaient de nouveau disparu, et quelqu'un avait enfoncé à plusieurs reprises une fourchette dans le ciel de velours, pour que la divine lumière puisse passer à travers les trous.

« Qu'est-ce que tu penses des travestis ? lui demanda Birgitta depuis le lit.

— Tu veux dire : qu'est-ce que je pense d'Otto ?

— Oui et non. »

Harry réfléchit. Puis pouffa de rire.

« Je crois que j'aime bien ce que son style a d'arrogant. Ses yeux mi-clos, son jeu d'expressions prétendument mécontentes. Une certaine fatigue de la vie. Comment dire ? Comme s'il était dans un cabaret mélancolique, où il flirterait avec tout et n'importe quoi. Un flirt superficiel et auto-parodique.

— Et ça, ça te plaît ?

— J'aime bien sa férocité. Et qu'il représente tout ce que la plupart des gens détestent.

— Et c'est quoi, ce que la plupart des gens détestent ?

— La faiblesse. La vulnérabilité. Les Australiens se vantent d'être un peuple libéral. C'est peut-être bien le cas. Mais tu sais, j'ai compris que leur idéal, c'est l'Australien honnête, simple, qui travaille dur, toujours de bonne humeur et avec un soupçon de patriotisme.

— *True blue*.

— Quoi ?

— C'est ce qu'ils appellent *true blue*. Ou *dinkum*.

Ils veulent dire par là que quelque chose ou quelqu'un est authentique, sans prétention.

— Et derrière cette façade de simplicité joviale, on peut facilement cacher toute la merde qu'on veut. Otto, à l'inverse, avec son accoutrement extravagant qui représente ce qu'il y a de séduisant, de trompeur et de trafiqué, c'est celui qui est à mes yeux le plus authentique de ceux que j'ai rencontrés ici. Nu, vulnérable et authentique.

— Ce que tu viens de dire, ça sonne très politiquement correct, si tu veux mon avis. Harry Holy, le meilleur pote des tapettes, ouais. »

Birgitta était d'humeur taquine.

« Mais c'est gentil, tu vois ? »

Il s'allongea sur le lit, la regarda et cligna de ses yeux bleus et innocents.

« Tu ne peux pas savoir à quel point je suis content de ne pas avoir envie de toi une deuxième fois, mademoiselle. Étant donné qu'on se lève si tôt demain, je veux dire.

— Tu dis ça rien que pour m'allumer », dit Birgitta. Ils se jetèrent l'un sur l'autre comme deux castors prêts pour l'accouplement.

8

Une pute sympathique, un Danois grincheux et le cricket

Harry trouva Sandra devant Dez Go-Go. Elle faisait le guet sur son petit royaume de King's Cross, depuis son bout de trottoir. Ses jambes fatiguées oscillaient sur des talons aiguilles, elle avait les bras croisés, une cigarette entre deux doigts et dans les yeux ce regard de Belle au bois dormant, à la fois aguicheur et dissuasif. En bref, elle avait l'air de n'importe quelle pute, dans n'importe quelle rue au monde.

« Bonjour », dit Harry. Sandra le regarda sans paraître le reconnaître. « Tu te souviens de moi ? »

Les coins de sa bouche se soulevèrent. C'était peut-être supposé être un sourire.

« Bien sûr, mon cœur. On y va.

— C'est Holy, le policier. »

Sandra le fixa en plissant les yeux.

« Ah, merde, oui, tiens. Mes lentilles se mettent en grève, de si bon matin. Ça doit être toute cette pollution.

— Est-ce que je peux t'offrir un café ? » demanda poliment Harry.

Elle haussa les épaules.

« Il ne se passe plus grand-chose, ici, alors je peux aussi bien arrêter de bosser pour aujourd'hui. »

Teddy Mongabi apparut brusquement à l'entrée du club de strip-tease, une allumette entre les dents. Il fit un petit signe de tête à Harry.

« Comment tes parents le vivent ? » demanda Sandra quand on leur servit le café. Ils étaient au Bourbon & Beef, où Harry prenait ses petits-déjeuners, et le taulier se souvenait de la commande que Harry ne manquait pas de passer : œufs *Benedict*, hashbrownes et café, *white flat*. Sandra buvait le sien noir.

« Pardon ?

— Ta sœur...

— Ah oui. » Il leva la tasse à ses lèvres pour gagner un peu de temps. « Oui, ils le prennent comme on pourrait s'y attendre, c'est gentil de demander.

— On vit vraiment dans un monde de merde. »

Le soleil ne s'était pas encore levé au-dessus des toits de Darlinghurst Road, mais le ciel était déjà bleu, avec quelques petits nuages pelucheux. On aurait dit le papier peint d'une chambre d'enfant. Mais peu importait, car le monde était vraiment trop merdique.

« J'ai parlé avec quelques-unes des filles, poursuivit Sandra. Le mec que tu m'as montré sur la photo s'appelle White. Il deale de l'ecsta et de l'acide. Certaines d'entre elles lui en achètent. Mais aucune ne l'a eu comme client.

— Il n'a peut-être pas besoin de payer pour satisfaire ses besoins », suggéra Harry.

Sandra pouffa de rire.

« Avoir besoin de sexe, c'est une chose. Le besoin d'en acheter, c'en est une autre. C'est en fait ça qui branche pas mal de mecs. Il y a beaucoup de choses que nous pouvons te faire, que tu n'auras pas chez toi. Tu peux me croire. »

Harry leva les yeux. Sandra le regardait bien en face, et le mince voile devant ses yeux disparut un instant.

Il la crut.

« Tu as vérifié, pour les dates que je t'ai données ?

— L'une des filles m'a dit lui avoir acheté de l'acide un soir, la veille du jour où ta sœur a été retrouvée. »

Harry reposa sa tasse de telle sorte que le café jaillit, et il se pencha par-dessus la table.

« Je peux lui parler ? On peut lui faire confiance ? » demanda-t-il très vite, à voix basse.

La grande bouche rouge de Sandra se fendit en un large sourire. Un trou noir apparut à l'endroit où une canine manquait. « Comme je te l'ai dit, elle achetait de l'acide. C'est une substance interdite, en Australie aussi. Tu ne peux pas lui parler. Et pour la deuxième question : est-ce qu'on peut faire confiance à une cervelle rongée par l'acide ? »

Elle haussa les épaules.

« Je ne fais que répéter ce qu'elle m'a dit. Mais tu sais, elle ne doit pas avoir l'idée la plus précise qui soit de ce qui est mercredi et de ce qui est jeudi, si tu vois ce que je veux dire. »

L'ambiance dans la salle de réunion était tendue. Même le ventilateur bourdonnait plus gravement que d'habitude.

« Désolé, Holy. On laisse tomber White. Aucun motif, et sa copine dit qu'il était à Nimbin au moment du meurtre », dit Wadkins.

Harry haussa le ton :

« Mais vous n'entendez pas ce que je dis : Angeline Hutchinson marche au speed, et Dieu sait quoi d'autre. Elle est enceinte, sans doute d'Evans White. Merde, c'est son dealer attitré, les mecs ! Dieu et Jésus en une seule personne ! Elle dira tout ce que vous voulez. On a parlé avec le propriétaire, et cette gonzesse détestait Inger Holter, et à juste titre, étant donné que la Norvégienne essayait de lui faucher sa poule aux œufs d'or.

— Peut-être qu'on devrait plutôt se pencher un peu plus sur cette demoiselle Hutchinson, fit Lebie à voix basse. En tout cas, elle, elle a un motif. Peut-être que c'est elle qui a besoin de White comme alibi, et pas l'inverse.

— Mais White ment ! Il a été vu à Sydney un jour avant qu'on retrouve Inger Holter. » Harry s'était levé et fit deux pas en avant, puis deux en arrière, plusieurs fois de suite, utilisant toute la place disponible dans la salle de réunion.

« Vu par cette prostituée qui carbure au LSD, et dont on ne sait même pas si elle accepterait de témoigner, souligna Wadkins, avant de se tourner vers Yong. Qu'est-ce que tu as appris auprès des compagnies aériennes ?

— La police de Nimbin a elle-même vu White dans la grand-rue trois jours avant le meurtre. Ni Ansett, ni Quantas n'a de White sur la liste de ses passagers entre cet instant et le jour du meurtre.

— Ça ne veut rien dire, grogna Lebie. Vous n'allez quand même pas croire qu'un vendeur de schnouf voyage sous son vrai nom. En plus, il a pu venir en train. Ou en voiture, s'il avait du temps. »

Harry était chaud.

« Je répète : les statistiques américaines montrent que dans soixante-dix pour cent des cas, la victime connaît son meurtrier. Et pourtant, on se focalise sur un tueur en série tout en sachant que l'on a autant de chance de le trouver que de gagner au loto. Alors allons plutôt chercher où on sait qu'on a des chances de réussite. Après tout, on tient un type contre lequel on a un certain nombre d'indices. Ce qu'il y a, maintenant, c'est qu'il faut le secouer un peu. Agir tant que les traces sont encore fraîches. Le faire venir et lui agiter une mise en inculpation sous le nez. Le pousser à la faute. Pour l'instant, il nous mène par le bout du nez : à savoir, vers... vers... » Il tentait en vain de trouver un mot anglais traduisant « une impasse ».

« Hmm, fit Wadkins qui se mettait à penser tout haut. C'est clair que ça ne serait pas joli-joli s'il s'avérait que celui qu'on a juste devant nous est coupable. Alors qu'on n'a rien fait. »

À cet instant, la porte s'ouvrit et Andrew entra. « Bonjour, les gars, désolé pour le retard. Mais il faut que l'un au moins d'entre nous assure la sûreté à l'extérieur. Qu'est-ce qui se passe, chef, tu as des rides au front, aussi profondes que la Jamison Valley ? »

Wadkins soupira.

« On se demande s'il ne va pas falloir redistribuer les ressources. Laisser de côté la théorie d'un tueur en série et se concentrer sur Evans White. Ou Angeline Hutchinson. Selon Holy, leur alibi ne pèse pas lourd. »

Andrew s'esclaffa et sortit une pomme de sa poche. « J'aimerais bien voir une femme enceinte, de quarante-cinq kilos, étouffer une puissante matrone Scandinave. Et la sauter, juste après.

— C'était juste une supposition, murmura Wadkins.

— Et en ce qui concerne Evans White, oubliez-le, poursuivit Andrew en essuyant sa pomme sur la manche de son veston.

— Ah oui ?

— J'ai parlé avec l'un de mes contacts. Il était à Nimbin le jour du meurtre, pour mettre la main sur une livraison d'herbe, et on lui a parlé des excellents produits d'Evans White.

— Oui, et... ?

— Personne ne lui a dit que White ne faisait pas son business de chez lui, et il est donc allé jusqu'à sa ferme, rien que pour se faire rembarrer par un type surexcité, avec une pétoire sous le bras. Je lui ai fait voir la photo. Désolé, mais il n'y a aucun doute, Evans White était bien à Nimbin le jour du meurtre. »

Un ange passa. On n'entendit que le ventilateur, et le bruit que fit Andrew en arrachant un gros morceau à sa pomme.

« Retour à la case départ », dit Wadkins.

Harry avait prévu de retrouver Birgitta à cinq heures près de l'Opéra, pour prendre un café avant qu'elle n'aille travailler. La cafétéria était fermée lorsqu'ils arrivèrent. Un mot les informa que l'événement était lié à la représentation d'un ballet.

« Il y a toujours quelque chose », dit Birgitta. Ils allèrent s'appuyer près de la balustrade pour regarder le port, jusqu'à Kirribilli, qui se trouvait de l'autre côté.

Un bateau moche et rouillé, navigant sous pavillon russe, s'éloignait tranquillement, et plus loin, dans Port Jackson, des voiles blanches oscillaient en un sur-place apparent.

« Et maintenant, qu'est-ce que tu fais ? demanda-t-elle.

— Il n'y a pas grand-chose que je puisse faire, ici. Le cercueil d'Inger Holter a été rapatrié. Le bureau des pompes funèbres d'Oslo m'a téléphoné un peu plus tôt dans la journée. J'ai pu leur expliquer que c'était l'ambassade qui avait organisé le transport par avion. Ils parlaient du *macchab'*, cadavre, dans leur jargon. On donne tout un tas de petits noms aux bambins, mais c'est bizarre que l'on en donne tant à la mort.

— Alors, quand est-ce que tu t'en vas ?

— Dès qu'on aura pu éliminer tous ceux avec qui on est sûrs qu'Inger Holter a eu des contacts. Je parlerai à McCormack demain. Je partirai vraisemblablement avant le week-end. Si aucune piste concrète ne se présente. Sinon, ça risque d'être une affaire plutôt longuette, et dans ce cas, il est prévu que l'ambassade fasse l'intermédiaire entre les polices des deux pays. »

Elle acquiesça. Un groupe de touristes japonais se planta juste à côté d'eux et le bourdonnement des camescopes se mêla à la cacophonie de japonais, de cris de mouettes et de ronronnement de moteurs des bateaux qui passaient à proximité.

« D'ailleurs, est-ce que tu savais que celui qui a dessiné l'opéra de Sydney a tout laissé en plan ? » demanda tout à coup Birgitta. Au moment où les discussions sur les dépassements de budget concernant la construction de l'Opéra de Sydney avaient commencé à se faire houleuses, l'architecte danois Jorn Utzon avait tout laissé tomber et était parti, en signe de protestation.

« Oui, répondit Harry. On en a parlé la dernière fois qu'on est venus ici.

— Mais imagine un peu, te tirer tout simplement, comme ça, et abandonner ce que tu as commencé... Quelque chose dont tu pensais réellement que ça deviendrait chouette. Je crois que je ne pourrais jamais le faire. »

Ils s'étaient déjà mis d'accord : Harry accompagnerait Birgitta au lieu de la laisser prendre le bus jusqu'à l'Albury. Mais ils n'avaient pas grand-chose à se dire et ils remontèrent en silence Oxford Street, vers Paddington. Le grondement d'un lointain orage leur parvint, et Harry leva des yeux étonnés vers le beau ciel bleu. Un type distingué, aux cheveux gris, portant un irréprochable costume gris, se tenait au coin d'un immeuble, et portait une pancarte sur laquelle il était écrit : « La police secrète m'a confisqué mon travail, ma maison, et a détruit ma vie. Officiellement, ils n'existent pas, ils n'ont ni adresse, ni numéro de téléphone, et n'apparaissent pas dans le budget de l'État. Ils se croient intouchables. Aidez-moi à trouver ces escrocs pour qu'ils soient jugés pour leurs iniquités. Signez ici ou faites un don. » Il brandissait un livre dont les pages étaient couvertes de signatures.

Ils passèrent devant un magasin de disques, et Harry, sous le coup d'une impulsion subite, s'arrêta et entra. Un type était installé derrière le comptoir, dans la pénombre, une paire de lunettes de soleil sur le nez. Harry lui demanda s'il avait des albums de Nick Cave.

« Bien sûr, c'est un Australien », répondit le type en ôtant ses lunettes. Il avait un aigle tatoué sur le front.

« Un duo. Quelque chose où il est question de *wild rose*... commença Harry.

— Oui, oui, je vois lequel c'est. *Where the Wild Roses Grow*, de *Murder Ballads*. Une chanson de merde. Un album de merde. Achetez plutôt l'un de ses bons albums. »

Le type remit ses lunettes et disparut derrière le comptoir.

Harry en resta comme deux ronds de flan, clignant des yeux dans la pénombre.

« Qu'est-ce qu'elle avait de si spécial, cette chanson, demanda Birgitta lorsqu'ils furent ressortis.

— Rien, apparemment », répondit Harry en éclatant de rire. Le disquaire l'avait remis de bonne humeur. « Cave et cette nana chantent à propos d'un meurtre. Ils réussissent à en faire quelque chose de beau, presque comme une déclaration d'amour. Mais apparemment, c'est une chanson de merde. » Il rit à nouveau. « Je crois que je commence à aimer cette ville. »

Ils continuèrent à marcher. Harry jetait des coups d'œil devant et derrière eux. Ils étaient presque le seul couple dans Oxford Street qui ne fût pas formé de deux garçons ou de deux filles. Birgitta le prit par la main.

« Tu aurais dû être là pour mardi-gras, pour voir le défilé gay, dit Birgitta. Ils descendent Oxford Street. L'année dernière, ils ont dit que plus de cinq cent mille personnes étaient venues de toute l'Australie, pour regarder ou pour participer. C'était de la folie. »

La rue des tapettes. La rue des lesbiennes. Ce ne fut qu'à ce moment-là qu'il remarqua quel style de vêtements était exposé dans les vitrines. Du latex. Du cuir. Des hauts moulants et de petites culottes de soie. Des fermetures éclair et des clous. Mais de bonne qualité et stylés, sans ce côté gras et vulgaire qui transpirait des clubs de strip-tease de King's Cross.

« Il y avait un pédé qui habitait juste à côté de chez moi, quand j'étais petit, raconta Harry. Il devait avoir dans les quarante ans, il habitait seul, tout le voisinage savait qu'il était homo. L'hiver, on lui lançait des boules de neige, en criant « enculé », avant de détaler comme des fous, persuadés qu'il nous filerait une volée de bois vert s'il nous mettait la main dessus. Mais il ne nous a jamais couru après, il se contentait de tirer son bonnet un peu plus bas sur ses oreilles, et de rentrer chez lui. Un beau jour, il a déménagé. Il ne m'avait jamais rien fait, et je me suis toujours demandé pourquoi je le détestais à ce point.

— Les gens ont peur de ce qu'ils ne comprennent pas. Et ils détestent ce qui leur fait peur.

— Ce que tu es intelligente », lui dit Harry, ce qui lui valut un coup de poing dans le ventre. Il s'effondra en criant sur le trottoir, elle le supplia en riant de ne pas faire toute une scène, et il se releva pour la courser vers le haut d'Oxford Street.

« J'espère qu'il est venu s'installer ici », dit Harry après coup.

Après avoir fait ses adieux à Birgitta (le fait qu'il avait commencé à envisager toute séparation, pour plus ou moins longtemps, comme « des adieux », le préoccupait), il alla attendre le bus. Il avait devant lui un garçon qui portait un sac à dos orné du drapeau norvégien. Harry se demandait s'il devait engager la conversation, lorsque le bus arriva.

Le conducteur gémit quand Harry lui tendit un billet de vingt dollars.

« Tu n'en as pas trouvé un de 50 ? » demanda-t-il, grinçant.

« Si j'en avais eu un, je te l'aurais filé, pauvre enculé. » Il prononça ces derniers mots en norvégien, en articulant bien, et avec un sourire innocent, mais le conducteur ne sembla apprécier ni ce qu'il comprenait, ni ce qu'il ne comprenait pas dans cette réponse, et il lui jeta un regard mauvais en lui rendant sa monnaie.

Il avait pris la décision de reprendre le chemin qu'Inger avait suivi la nuit où elle avait été tuée. Non pas parce que personne ne l'avait encore fait : Lebie et Yong étaient passés dans des bars et des restaurants qui jalonnaient l'itinéraire et y avaient montré la photo d'Inger Holter — bien évidemment sans résultat. Il avait essayé de convaincre Andrew de l'accompagner, mais celui-ci avait freiné des quatre fers et déclaré que ça revenait à gaspiller un temps précieux qui pouvait avantageusement être passé devant la télé.

« Je ne déconne pas, Harry, ça donne confiance en soi, de regarder la téloche. Quand tu t'aperçois à quel point les gens peuvent être cons, à la télé, tu te sens intelligent. Et des études scientifiques ont démontré que les gens qui se sentent intelligents sont plus performants que ceux qui se sentent bêtes. »

Harry n'était pas d'attaque pour lutter contre ce genre de logique, mais il réussit quand même à lui arracher le nom d'un bar dans Bridge Road, où il pourrait passer et dire au patron qu'il venait de la part d'Andrew. « Il n'aura sûrement pas grand-chose à te raconter, mais il te fera peut-être payer ton coca moitié prix », lui avait dit Andrew en lui faisant un grand sourire satisfait.

Harry descendit du bus devant l'Hôtel de Ville, déambula vers Pyrmont. Il regardait les grands bâtiments et les gens qui couraient autour, à la façon des citadins des grandes villes, sans que cela ne lui apprît quoi que ce fût sur ce qui avait pu arriver à Inger

Holter ce soir-là. Au marché aux poissons, il entra dans un café et commanda un petit pain au saumon et aux câpres. De la fenêtre, il voyait le pont qui enjambait la Blackwattle Bay et Glebe, sur l'autre rive. On avait commencé à aménager une scène sur la place, et Harry comprit d'après les affiches qu'on la construisait à l'occasion de la fête nationale australienne qui avait lieu le dimanche suivant. Harry se commanda un café et commença à se bagarrer avec le *Sydney Morning Herald,* un journal dans lequel on pouvait emballer toute une cargaison de poisson, et qu'on ne parcourt de bout en bout qu'au prix d'un certain effort, même en ne regardant que les images. Mais il restait encore une heure avant la nuit, et Harry voulait vérifier quelle faune surgit quand la nuit tombe sur Glebe.

Le propriétaire du Cricket était également le fier propriétaire du maillot que le héros national Nick Ambrose avait porté au cours des trois test-matches de cricket que l'Australie avait remportés d'affilée contre l'Angleterre, au début des années 1980. Il trônait dans un cadre suspendu au-dessus du bandit manchot. Sur un autre mur étaient accrochées deux des battes et la balle qui avait servi en 1978, quand l'Australie avait fini par mettre une dégelée au Pakistan après une longue traversée du désert. Après que quelqu'un eut fauché les guichets d'un match contre l'Afrique du Sud, qui décoraient le tympan de la porte de sortie, le patron s'était vu contraint de clouer plus solidement ses trophées — à la suite de quoi l'une des genouillères du légendaire Willard Staunton avait été réduite en lambeaux quand un client qui n'arrivait pas à la décrocher du mur l'avait criblée de balles.

Lorsque Harry entra et vit l'assortiment de trophées qui ornaient les murs, et les types — qu'on avait de bonnes raisons de penser fans de cricket — qui composaient la clientèle, il se dit qu'il fallait peut-être qu'il revoie la conception de sport de snob qu'il avait du cricket. Les clients n'étaient pas particulièrement bien coiffés et ne sentaient pas la rose, à l'instar de Borroughs, derrière son comptoir.

« B'soir », dit-il. Sa voix sonnait comme une faux émoussée contre une pierre à aiguiser.

« Tonic, sans gin, dit Harry en lui faisant signe de garder la monnaie sur le billet de dix dollars qu'il lui tendait.

— C'est beaucoup pour un pourboire, mais peu pour des infos, déclara Borroughs en agitant le billet. Tu es de la police ?

— Ça se voit tant que ça ? demanda Harry avec un air découragé.

— À part que tu parles comme un de ces satanés touristes, ouais. »

Borroughs posa la monnaie devant Harry et lui tourna le dos.

« Je suis un ami d'Andrew Kensington », dit Harry.

Borroughs se tourna avec la vitesse de l'éclair et récupéra la monnaie.

« Pourquoi tu ne l'as pas dit tout de suite ? » murmura-t-il.

Borroughs ne se rappelait pas avoir vu ou entendu parler d'Inger Holter, ce qui ne surprit pas outre mesure Harry, étant donné qu'Andrew en avait déjà discuté avec le patron. Mais comme l'avait toujours dit son vieux maître de la police d'Oslo, « Lumbago » Simonsen : « Mieux vaut demander une fois de trop. »

Harry regarda autour de lui.

« Tu sers quoi ? demanda-t-il.

— Brochettes et salade grecque, répondit Borroughs. Plat du jour, sept dollars.

— Excuse-moi, je m'exprime mal ; je veux dire, quel genre de clientèle est-ce que tu as ?

— C'est ce qu'on pourrait appeler la couche inférieure. » Il fit un sourire légèrement résigné, qui en disait plus long que n'importe quoi d'autre sur la vie professionnelle de Borroughs et sur ce qu'étaient devenus ses rêves de faire de cet endroit quelque chose de plus qu'un simple bar.

« Ce sont des habitués, qui sont assis là-bas ? demanda Harry avec un signe de tête vers un coin sombre de la pièce, où cinq types attablés buvaient de la bière.

« Oh oui. Ils le sont presque tous. Le gros des touristes ne passe pas vraiment par ici.

— Ça t'ennuie, si je vais leur poser une ou deux questions ? »

Borroughs hésita.

« Ces mecs-là ne sont pas des enfants de chœur. Je n'ai aucune idée de la façon dont ils gagnent le fric avec lequel ils se paient leur bière, et de toute façon, je n'ai pas l'intention de le leur demander. Mais ils ne sont pas au boulot de neuf à seize, pour dire ça comme ça.

— Mais tu ne vas pas me dire que ça ne gêne personne qu'une jeune fille innocente se fasse violer et étrangler dans le voisinage ? Même des gens qui ne sont pas toujours du bon côté de la loi, hein ? Ça fait fuir les gens, et ça, ce n'est pas bon pour les affaires, quelles qu'elles soient, hein ? »

Borroughs briquait un verre, encore et encore.

« Quoi qu'il en soit, si j'étais toi, je ferais attention où je mets les pieds. »

Harry fit un signe de tête à Borroughs et alla à pas lents vers la table du coin, pour qu'ils aient le temps de le regarder venir. L'un d'entre eux se leva avant qu'Harry ne soit arrivé à la table. Il croisa les bras, révélant ainsi une dague tatouée sur son avant-bras musculeux.

« Ce coin est occupé, *blondie*, dit-il d'une voix si rauque qu'elle n'était presque qu'un souffle.

— J'ai une question... » commença Harry, mais la voix rauque secouait déjà la tête. « Juste une. Est-ce que l'un d'entre vous connaît ce type, Evans White ? » demanda Harry en levant la photo.

Jusque-là, les deux autres, qui lui faisaient face, s'étaient contentés de le regarder distraitement, avec dans les yeux plus un manque d'intérêt qu'une véritable animosité. Mais au moment où Harry prononça le nom de White, ils le regardèrent avec davantage d'intérêt, et Harry remarqua un frémissement sur la nuque de ceux qui lui tournaient le dos.

« Jamais entendu parler, dit le rauque. On était en pleine... conversation privée, mister. Bonsoir.

— Cette discussion ne concernerait pas par hasard des transactions de substances interdites par la loi australienne, hmm ? » demanda Harry.

Long silence. Il avait opté pour une tactique des plus dangereuses. On ne pouvait avoir recours à la provocation pure qu'en ayant un soutien solide, ou bien avec de bonnes chances de retraite. Harry n'avait ni l'un, ni l'autre. Il pensait juste qu'il était temps que les choses se mettent en mouvement.

L'une des nuques se leva. Et se leva encore. Elle avait pratiquement atteint le plafond quand elle se retourna et révéla un vilain côté face bourré de cicatrices. Une moustache en crocs soulignait l'aspect oriental du personnage.

« Gengis Khan ! C'est cool, de te voir, je te croyais mort ! » s'écria Harry en lui tendant la main.

Khan ouvrit la bouche.

« Tu es... ? »

On eût dit un râle macabre, une voix gargouillante de basse que n'importe quel groupe de death-metal aurait voulu engager, coûte que coûte.

« Je suis de la police, et je ne crois pas...

— *Aï-di.* » Khan regardait Harry depuis le plafond.

— *Pardon* ?

— *The badge* — Ta plaque. »

Harry était pleinement conscient que la situation réclamait davantage que la carte en plastique de la préfecture de police d'Oslo, avec sa photo dessus.

« Est-ce qu'on t'a déjà dit que tu as exactement la même voix que le vocaliste de Sepultura, comment c'est son nom, déjà... »

Harry pointa un doigt sous son menton et fit mine de réfléchir. Le rauque avait commencé à faire le tour de la table. Harry le montra du doigt :

« Et toi, tu es Rod Stewart, c'est ça ? D'accord, vous êtes en train de mettre au point Live Aid II, et p... »

Le coup atteignit Harry sur les dents. Il se mit à tituber et porta la main à sa bouche.

« Est-ce que je dois comprendre que vous ne pensez pas que j'ai de l'avenir en tant que comique ? » demanda Harry. Il regarda ses doigts. Du sang, de la salive et quelque chose de mou et blanc qu'il ne pouvait identifier que comme de la pulpe dentaire les maculaient.

« La pulpe, ce n'est pas censé être rouge ? La pulpe, c'est ce qu'il y a de mou dans les dents, tu savais ? » demanda-t-il à Rod en lui montrant ses doigts.

Rod lança un coup d'oeil sceptique à Harry avant

de se pencher en avant pour examiner plus en détail les morceaux blancs.

« Ça, c'est de la dentine, ce qu'il y a sous l'émail, informa-t-il. Mon vieux est dentiste », expliqua-t-il aux autres. Puis il recula d'un pas et frappa à nouveau. Le champ de vision de Harry s'obscurcit, mais il constata qu'il était toujours debout lorsque la lumière revint.

« Regarde si tu ne trouves pas de la pulpe, maintenant », dit Rod, curieux.

Harry savait que c'était stupide, l'ensemble de son expérience et son bon sens lui soufflaient que c'était stupide, sa bouche endolorie lui faisait savoir que c'était stupide, mais sa main droite semblait malheureusement penser que c'était une riche idée, et à ce moment précis, ce fut elle qui décida. Elle toucha Rod à la pointe du menton, si bien que Harry entendit le claquement des mâchoires qui se refermaient ; Rod recula des deux pas qui attestaient d'un uppercut puissant et parfaitement ajusté.

Un tel coup se propage à travers l'os de la mâchoire et monte directement au cervelet (terme que Harry jugeait tout à fait approprié dans le cas présent), où un mouvement oscillant provoque toute une série de petits court-circuits, mais également — avec un peu de chance — une perte de conscience instantanée et / ou des séquelles permanentes au cerveau. Dans le cas de Rod, il semblait que le cerveau avait des difficultés à choisir : black-out complet, ou juste traumatisme passager.

Son collègue Khan n'avait pas l'intention d'attendre le résultat. Il attrapa Harry par le col de sa chemise, le souleva à la hauteur de ses épaules et le balança comme on charge des sacs de farine sur la plateforme d'un camion. Le couple qui venait de finir son plat du jour à sept dollars accueillit littéralement un convive supplémentaire directement dans le plat, et ils bondirent de leur siège lorsque Harry atterrit avec fracas sur leur table, face vers le ciel. Seigneur, j'espère que je vais bientôt tomber dans les pommes, se dit Harry sentant monter la douleur et voyant Khan approcher.

La clavicule est un os fragile, situé à un endroit peu protégé. Harry visa et son pied partit, mais les mauvais traitements que lui avait fait subir Rod avaient dû atteindre sa perception des distances, car son pied ne rencontra que le vide.

« *Smertzen* ! » promit Khan en levant les mains au-dessus de sa tête. Il n'avait pas besoin de masse. Le coup atteignit Harry sur la cage thoracique, paralysant sur-le-champ toute fonction cardiaque et respiratoire. C'est la raison pour laquelle il ne vit ni n'entendit le type basané qui entra et décrocha la balle avec laquelle l'Australie avait vaincu le Pakistan en 1969 : un petit machin dur comme la pierre, de 7,6 cm de diamètre et de 160 grammes. Le nouvel arrivant se pencha vers l'arrière, puis légèrement sur le côté quand il arriva à la fin de sa course d'élan, tout en tendant le bras derrière lui. Sa main décrivit un puissant mouvement horizontal — le coude étant plié, comme au base-ball, et non rigide en un arc par-dessus la tête, comme au cricket — afin que la balle ne prenne pas d'effet en touchant le sol, mais qu'elle aille droit au but.

Contrairement à celui de Rod, le cervelet de Khan n'hésita pas une seule seconde quand la dure balle le frappa au front, juste à la naissance des cheveux : il dit bonne nuit sans délai. Khan se mit à tomber, il tomba encore et encore, un peu comme un gratte-ciel dynamité.

Mais entre-temps, les trois autres s'étaient levés autour de la table, et ils avaient l'air fâchés. Le nouvel arrivant avança à petits pas dansants, les bras levés en une garde désinvolte. L'un des types bondit en avant, et Harry — qui à travers son voile de brume pensait malgré tout avoir reconnu le petit dernier — eut tout bon : le Noir glissa hors de portée, fit quelques nouveaux petits pas vers l'avant et envoya deux légers directs du gauche, comme pour évaluer la distance, avant que la main droite ne surgisse d'en bas, en un uppercut dévastateur. La place manquait heureusement au fond du local, si bien qu'ils ne purent se jeter sur lui en même temps. Pendant que le compte à rebours défilait pour le premier, le second passa à l'attaque, un peu plus prudemment et en plaçant les bras devant lui dans une posture qui indiquait qu'il avait exposé chez lui une ceinture d'une couleur ou d'une autre dans un art martial ou un autre portant un nom asiatique. Le premier assaut, hésitant, arriva dans la garde du Noir, et pendant qu'il virevoltait sur lui-même en exécutant une figure imposée de karaté, le Noir s'était déjà déplacé. Le coup ne rencontra rien.

Ce ne fut pas le cas de la rapide combinaison gauche-droite-gauche qui envoya le karatéka tituber jusqu'au mur. Le Noir le poursuivit en dansant et lui mit un direct du gauche qui envoya sa tête taper la paroi avec un vilain claquement. Il dégoulina comme un plat qu'on aurait jeté contre le mur. Le lanceur le frappa encore une fois dans la descente, ce qui était vraisemblablement superflu.

Rod s'était posé sur une chaise et suivait la scène d'un regard vitreux.

Un cliquetis sec indiqua que la lame du cran d'arrêt du troisième homme venait de jaillir. Au moment où celui-ci approchait souplement du Noir, le dos rond et les bras écartés, Rod vomit sur ses chaussures — un symptôme net de traumatisme crânien, se dit Harry avec satisfaction. Il se sentait en fait lui-même un tantinet nauséeux, ce qui s'aggrava lorsqu'il vit que le premier type avait réussi à décrocher une batte et s'approchait du boxeur, par derrière. L'homme au couteau se tenait à présent juste à côté de Harry, mais ne lui prêtait pas attention.

« Derrière toi, Andrew ! » cria Harry avant de se jeter sur le bras qui tenait le couteau. Il entendit le brusque coup sourd que fit la batte, et le bruit de tables et de chaises qui basculaient, mais il se concentra sur le possesseur du couteau qui avait réussi à se libérer, et qui tournait autour de lui en faisant de grands mouvements théâtraux avec les bras, et avec un rictus dément sur les lèvres.

Harry tâtonnait sur la table derrière lui à la recherche d'un objet quelconque, sans quitter des yeux l'homme au couteau. Il entendait toujours le son de la batte en action, derrière lui, en direction du comptoir.

L'homme au couteau s'approcha en riant, tout en jonglant avec son cran d'arrêt qu'il faisait passer de sa main droite à sa main gauche.

Harry bondit en avant, frappa et se replia. Le bras droit de l'homme au couteau tomba, inerte, le long de son corps, et l'arme toucha le sol en tintant. Il regarda avec étonnement son épaule d'où émergeait la pointe d'une brochette portant encore un morceau de champignon. Son bras droit semblait totalement paralysé, et il tira précautionneusement sur la pique, de sa main gauche, comme pour vérifier qu'elle était bel et bien là, sans se départir de son expression étonnée. J'ai dû toucher un tendon, ou un nerf, s'était dit Harry au moment où il frappait.

Il n'eut conscience que d'avoir touché quelque chose de dur, et une douleur foudroyante lui traversa le bras, depuis la main. L'homme au couteau recula d'un pas en jetant à Harry un regard blessé. Un épais filet de sang coulait d'une narine. Harry se tenait la main droite. Il leva la main pour frapper à nouveau, mais se ravisa.

« Ça fait un mal de chien, de frapper. Tu ne peux pas te rendre, tout simplement ? » demanda-t-il.

L'homme au couteau hocha la tête et se laissa tomber à côté de Rod, qui était toujours assis la tête entre les genoux.

Lorsque Harry se retourna, il vit Borroughs au milieu de la pièce, pointant un pistolet sur le premier type, et Andrew qui gisait, immobile, entre des tables renversées. Certains des autres clients s'étaient tirés, d'autres suivaient avec curiosité, mais la plupart étaient restés et regardaient la télé. Un match de cricket y opposait l'Australie et l'Angleterre.

Lorsque les ambulances arrivèrent pour chercher les blessés, Harry veilla à ce qu'Andrew puisse en bénéficier en premier. On l'emporta sur un brancard, et Harry marcha à côté. Andrew saignait toujours d'une oreille et sa respiration sifflait vilainement, mais il avait fini par reprendre connaissance.

« Je ne savais pas que tu jouais au cricket, Andrew... Joli lancer, mais était-ce bien nécessaire d'y aller aussi carrément ?

— Tu as raison. J'ai complètement mésestimé la situation. C'est vrai que tu maîtrisais de A à Z.

— Non, dit Harry. Pour être honnête, il s'en fallait de beaucoup.

— O.K., fit Andrew. Pour être honnête, j'ai la caboche qui explose, et je regrette même d'être passé. Il aurait été plus juste que ce soit toi, qui sois étendu là. Et je ne plaisante pas. »

Les ambulances arrivaient et disparaissaient, et il ne resta bientôt plus que Harry et Borroughs dans le pub.

« J'espère qu'on a pas trop saccagé le mobilier, dit Harry.

— Non, ça peut encore aller. En plus mes clients n'ont rien contre un petit divertissement *live* de temps à autre. Mais dans les jours qui viennent, tu devrais peut-être te méfier un peu. Le boss de ces mecs-là ne va pas être content quand il entendra parler de ce qui s'est passé, répondit Borroughs.

— Ah oui ? » Il se doutait que Borroughs essayait de faire passer un message. « Et c'est qui, leur boss ?

— Je ne dis rien, mais le type qui est sur la photo que tu agites à tout bout de champ lui ressemble pas mal. »

Harry hocha longuement la tête.

« Alors il faut que je sois préparé. Et armé. Ça t'ennuie, si j'emporte une brochette en plus ? »

9

Deux exhibitionnistes, un pochard, un pédé et un serpent noir

Harry trouva un dentiste à King's Cross, qui lui déclara au terme de l'examen qu'il faudrait pas mal d'efforts pour reconstruire l'incisive qui était brisée en son milieu. Il fit une réparation provisoire et prit des honoraires qu'Harry espéra pouvoir se faire rembourser sans trop de difficultés par le directeur de la police d'Oslo.

Une fois au bureau, il apprit que la batte avait valu à Andrew trois côtes cassées et un sérieux traumatisme crânien, et qu'il risquait de rester convalescent une bonne semaine.

Après le déjeuner, Harry demanda à Lebie de l'accompagner pour quelques visites à l'hôpital. Ils se rendirent à l'hôpital Saint-Etienne et durent s'inscrire sur la liste des visiteurs — un livre énorme ouvert devant une nonne encore plus énorme qui trônait à son guichet, les bras croisés. Harry tenta de lui demander quel était le chemin à suivre, mais elle se contenta de secouer la tête et de montrer du doigt une vague direction.

« Elle ne parle pas anglais », expliqua Lebie.

Ils arrivèrent à un bureau d'accueil où un jeune homme souriant entra instantanément les noms dans son PC et leur donna les numéros des chambres en leur expliquant comment y accéder.

« Du Moyen Âge à l'ère informatique en dix secondes », chuchota Harry.

Ils échangèrent quelques mots avec un Andrew tuméfié, mais il était de mauvais poil et leur demanda de prendre leurs cliques et leurs claques après cinq minutes. Ils retrouvèrent l'homme au couteau, dans une chambre simple de l'étage supérieur. Il avait le bras en écharpe, le visage enflé, et il regardait Harry avec le même regard d'animal blessé que la veille au soir.

« Qu'est-ce que tu veux, perdreau de mes deux ? » fit-il.

Harry s'assit sur une chaise, à côté du lit.

« Je veux savoir si Evans White a demandé à quelqu'un de tuer Inger Holter, et le cas échéant, à qui, et pourquoi. »

L'homme au couteau tenta de rire, mais se mit à tousser à la place.

« Je ne sais absolument pas de quoi tu parles, poulet, et je crois que toi non plus.

— Comment va ton épaule ? » demanda Harry.

Les yeux du blessé semblèrent grossir dans son crâne.

« N'y pense même p... »

Harry tira la brochette de sa poche. Une épaisse veine bleue apparut sur le front de l'homme au couteau.

« Tu déconnes, enculé de flic ! »

Harry resta coi.

« Bordel, t'es complètement barjo ! Tu ne crois quand même pas que tu peux t'en sortir aussi facilement ! S'ils trouvent ne serait-ce qu'une égratignure sur moi après votre départ, tu peux tirer un trait sur son putain de boulot de merde, enfoiré de poulet ! » dit-il d'une voix qui indiquait qu'il s'emballait tout seul.

Harry le fit taire en lui posant un index sur les lèvres :

« Sois gentil, et tais-toi. Tu vois le grand type chauve, là-bas, près de la porte ? La ressemblance n'est pas criante, mais en fait, c'est le cousin de celui à qui vous avez défoncé le crâne à coups de batte, hier. Il a tout particulièrement insisté pour venir avec moi aujourd'hui. Son boulot, c'est de te scotcher la bouche et de te maintenir en place pendant que j'enlèverai ton bandage et que j'enfoncerai ce bel objet au seul endroit où ça ne laissera pas de traces. Parce que là, il y a déjà un trou, pas vrai ? »

Il pressa tout doucement l'épaule droite de l'homme au couteau. Les larmes jaillirent des yeux de ce dernier, et sa poitrine fut secouée de violents soubresauts. Son regard sauta de Harry à Lebie, et revint sur Harry. La nature humaine est une forêt sauvage et impénétrable, mais Harry crut y voir une clairière artificielle lorsque l'homme au couteau ouvrit la bouche. Il disait sans doute la vérité.

« Faites ce que vous voulez, Evans White me fera dix fois pire s'il apprend que je l'ai balancé. Nous savons aussi bien l'un que l'autre que si je savais quelque chose, je la bouclerais. Alors allez-y. Mais laissez-moi d'abord vous dire une bonne chose : vous faites fausse route. Vraiment fausse route. »

Harry regarda Lebie, qui secoua légèrement la tête. Harry réfléchit un instant, puis se leva et posa la brochette sur la table de nuit.

« Bon rétablissement, dit-il.

— *Hasta la vista* », répondit l'homme au couteau en braquant un doigt vers Harry.

Un message attendait Harry à la réception de l'hôtel. Il reconnut immédiatement le numéro du standard du commissariat et appela sitôt qu'il fut dans sa chambre. Ce fut Yong Sue qui prit l'appel.

« On a à nouveau passé en revue tous les casiers judiciaires, dit-il. Et fait des vérifications supplémentaires. Certains délits sont effacés des casiers officiels au bout de trois ans. C'est la loi, on n'a pas le droit de garder mention de vieux délits. Mais s'ils ont des implications sexuelles, alors... eh bien, disons qu'ils sont répertoriés dans un fichier des plus officieux. J'ai trouvé quelque chose d'intéressant.

— Oui ?

— Le casier judiciaire officiel du logeur d'Inger Holter, Hunter Robertson, était vierge. Mais en y regardant de plus près, il est apparu qu'il avait eu deux condamnations pour exhibitionnisme. Grave. »

Harry essaya de se représenter un exhibitionnisme « pas grave ».

« Grave à quel point ?

— Attouchements de ses propres parties génitales dans un lieu public. Ça pourrait évidemment ne rien vouloir dire, mais il y a mieux. Lebie est passé le voir, mais il n'y avait personne, juste un chien limite enragé qu'on entendait aboyer de l'autre côté de la porte. Pendant que Lebie était là, un voisin est passé. Il s'est apparemment mis d'accord avec Robertson pour sortir et nourrir sa saloperie de clébard tous les mercredis soirs, et il a la clé pour entrer. Lebie lui a donc bien sûr demandé s'il l'avait fait le mercredi qui a précédé le meurtre d'Inger Holter. Il a confirmé.

— Et alors ?

— Robertson avait prétendu qu'il se trouvait seul

chez lui ce soir-là. Je pensais que tu voudrais le savoir tout de suite. »

Harry sentit que son pouls s'accélérait.

« Et qu'est-ce que vous faites, maintenant ?

— Une voiture de police ira le chercher avant qu'il parte travailler demain matin.

— Hmm. Où et quand se sont produites ces atrocités ?

— Voyons voir... Je crois que c'était dans un parc. Tiens, voilà. Green Park, c'est un petit...

— Je connais. » Il réfléchit à toute vitesse. « Je pense que j'irai faire un tour. On dirait qu'il y a une clientèle fidèle, là-bas. Ils savent peut-être quelque chose. »

Harry obtint aussi les dates auxquelles des actes d'exhibitionnisme avaient été observés, et il les nota dans son petit agenda noir de la Caisse d'Épargne de Norvège, que son père lui donnait chaque année, pour Noël.

« Juste histoire de s'amuser, Yong : Ça serait quoi, de l'exhibitionnisme "pas grave" ?

— Qu'un jeune de dix-huit ans, beurré, montre son derrière à une patrouille de police norvégienne, le jour de la fête nationale. »

Cette déclaration le plongea dans une telle perplexité qu'il ne put articuler un seul mot.

Yong gloussa à l'autre bout du fil.

« Comment... ? commença Harry.

— C'est incroyable, tout ce qu'on peut faire avec quelques mots de passe et un collègue danois dans le bureau d'à côté », dit Yong en riant de bon cœur. Harry sentait que la température commençait à monter sous son scalp.

« J'espère que tu ne m'en veux pas ? » Yong avait

brusquement l'air inquiet, comme s'il craignait d'être allé trop loin. « Je n'ai rien dit aux autres. »

Il le dit sur un ton si malheureux que Harry n'arriva pas à lui en vouloir.

« L'une des personnes, dans la voiture qui patrouillait, était une femme, dit Harry. Elle m'a par la suite félicité pour la fermeté de mes fesses. »

Yong rit, soulagé.

Les cellules photoélectriques du parc trouvaient qu'il faisait suffisamment sombre, et l'éclairage se mit en marche au moment où Harry se dirigeait vers le banc. Il reconnut immédiatement l'homme gris qui s'y trouvait.

« Bonsoir. »

La tête dont le menton reposait sur la poitrine se leva lentement, et deux yeux marron regardèrent Harry — ou plus précisément à travers Harry — et se fixèrent sur un point très, très reculé.

« *Fig* ? demanda-t-il d'une voix rouillée.

— Pardon ?

— *Fig, fig*, répéta-t-il en agitant deux doigts devant lui.

— *Oh, fag*. Tu veux une clope ?

— *Yeah, fig*. »

Harry pécha deux cigarettes dans son paquet et s'en garda une. Ils restèrent silencieux un instant pendant lequel ils goûtèrent le tabac. Ils se trouvaient dans un petit poumon vert au milieu d'une ville où vivaient plusieurs millions de personnes, mais Harry eut malgré tout le sentiment d'être en un lieu désert, loin de tout. C'était peut-être parce que la nuit tombait, ajouté au son électrique que produisaient d'invisibles sauterelles en frottant leurs pattes arrière l'une contre l'autre. Ou bien cela venait de cette sensation de partager quelque chose de rituel et d'intemporel : fumer ensemble, le policier blanc et l'homme noir au visage large et étranger, dont les ancêtres étaient les indigènes de cet énorme continent.

« Tu veux acheter ma veste ? »

Harry regarda la veste en question, une sorte de coupe-vent fait d'un tissu fin, rouge vif et noir.

« C'est le drapeau aborigène, expliqua-t-il à Harry en lui montrant le dos de la veste. C'est mon cousin qui les fabrique. »

Harry déclina poliment l'offre.

« Comment tu t'appelles ? demanda l'Aborigène. Harry ? C'est un nom anglais. Moi aussi, j'ai un nom anglais. Je m'appelle Joseph. Avec un p et un h. En fait, c'est un nom juif. Le père de Jésus, tu vois ? Joseph Walter Roderigue. Mon nom aborigène est Ngardagha. *N-gar-dag-ha*.

— Tu viens souvent dans ce parc, Joseph ?

— Ouais, souvent. » Joseph enclencha à nouveau son regard kilométrique, et il ne fut plus là. Il tira une grande bouteille de sirop de sa veste, en proposa à Harry et en but lui-même une gorgée avant de remettre soigneusement le bouchon. Sa veste était remontée et Harry aperçut les tatouages qu'il avait sur la poitrine. « Jerry » écrit en travers d'une grande croix.

« C'est un chouette tatouage, que tu as, Joseph. Puis-je savoir qui est Jerry ?

— Jerry, c'est mon fils. Mon fils à moi. Il a quatre ans. » Joseph écarta les doigts et essaya d'en compter quatre.

« Quatre, j'ai compris. Et où est Jerry, en ce moment ?

— À la maison. » Joseph agita une main pour indiquer dans quelle direction se trouvait la maison. « Chez sa mère.

— Écoute, Joseph. Je suis à la recherche d'un homme. Il s'appelle Hunter Robertson. Il est blanc, assez petit, et il n'a pas beaucoup de cheveux. De temps en temps, il vient dans ce parc. Parfois, il se montre... enfin, tu vois. Tu vois de qui je parle ? Tu l'as déjà vu, Joseph ?

— Ouais, ouais. Il va venir, dit Joseph en fronçant le nez, comme s'il trouvait que Harry rabâchait des évidences. Attends, tu vas voir. Il va venir. »

Harry haussa les épaules. Rien ne permettait de croire qu'il fallait accorder beaucoup d'importance aux déclarations de Joseph, mais il n'avait rien de mieux à faire, et il lui donna une autre cigarette. Ils restèrent assis sur le banc tandis que le soir tombait petit à petit, et se faisait plus sombre pour devenir presque palpable.

Une cloche d'église sonnait dans le lointain au moment où Harry alluma sa huitième cigarette sur laquelle il tira profondément. Sa frangine lui avait conseillé d'arrêter de fumer, la dernière fois qu'il l'avait emmenée au cinéma. Ils étaient allés voir *Robin des Bois — Prince des voleurs*, le pire casting selon Harry depuis *Plan 9 From Outer Space*. Mais ça ne dérangeait pas la frangine que le Robin des Bois incarné par Kevin Costner réponde au shérif de Nottingham dans un américain des plus vulgaires. Dans l'ensemble, il y avait peu de choses qui dérangeaient la frangine, elle piaillait de joie quand Costner arrangeait les choses dans la forêt de Sherwood, et elle renifla lorsque Marianne et Robin finirent par se retrouver.

Ils étaient ensuite allés au café, où il lui avait payé

un chocolat chaud. Elle lui avait dit à quel point elle se plaisait dans son nouvel appartement au Centre, à Sogn, mais que certains de ceux qui y vivaient étaient « tarés dans leur tête ». Et puis, elle voulait qu'Harry cesse de fumer. « Ernst m'a dit que c'est dangereux, avait dit la frangine. Qu'on peut en mourir.

— Qui est Ernst ? » avait demandé Harry, mais elle s'était contenté de pouffer de rire. Puis elle était redevenue grave : « Je t'interdis de fumer, Harald. Je t'interdis de mourir, tu m'entends ? » Ce « Harald » et ce « tu m'entends », elle les tenait de leur mère.

C'était son père qui avait insisté pour qu'il s'appelât Harry. Le père de Harry, Fredrik Hole, un homme qui approuvait habituellement sa femme en tout, avait haussé le ton et insisté pour que le gamin ait le même nom que son grand-père, qui avait été marin et sans aucun doute un type qui en imposait. Sa mère avait de son propre aveu abandonné lors d'un moment de faiblesse, elle s'en était par la suite sincèrement mordu les doigts.

« Quelqu'un a-t-il déjà entendu parler de quelqu'un répondant au nom de Harry qui soit arrivé à quelque chose », avait-elle dit. (Quand son père était d'humeur espiègle, il avait l'habitude de citer cette phrase pour tous les composés en « quelque » qu'elle contenait.)

Quoi qu'il en soit, sa mère l'appela Harald, comme son oncle à elle, ce qui n'avait d'importance qu'à ses propres yeux. Et depuis la mort de leur mère, c'était la frangine qui avait pris le relais. C'était peut-être comme ça qu'elle comblait le vide que leur mère avait laissé. Harry n'en savait rien, il se passait tant de choses étranges dans la tête de cette fille. Par exemple, elle lui avait souri, les larmes aux yeux et de la crème sur le bout du nez, lorsqu'il lui avait promis d'arrêter de fumer, peut-être pas sur-le-champ, mais en tout cas sous peu.

À présent, il imaginait comment la fumée se lovait en lui comme un serpent. *Bubbur*.

Joseph sursauta. Il avait dormi.

« Mes ancêtres faisaient partie du peuple des corbeaux — *crow people*, dit-il sans autre introduction, avant de se redresser à grand peine. Ils savaient voler. » On eût dit que le sommeil lui avait donné un coup de fouet. Il se frictionna le visage des deux mains.

« C'est chouette, de voler. Tu n'aurais pas dix dollars ? »

Harry n'avait qu'un billet de vingt.

« Ça ira », dit Joseph en lui chipant le billet.

Les nuages s'amoncelèrent autour du cerveau embrumé de Joseph, comme si l'éclaircie n'avait été que passagère, et il poursuivit tout bas dans une langue incompréhensible qui ressemblait à celle qu'Andrew avait utilisée avec Toowoomba. N'était-ce pas du *créole*, selon Andrew ? Pour finir, le menton de l'Aborigène ivre retomba sur sa poitrine.

Harry avait décidé de terminer sa cigarette et de s'en aller, lorsque Robertson arriva. Harry s'était à moitié attendu à le voir en imper, d'après ce qu'il imaginait être la tenue standard de l'exhibitionniste, mais Robertson était simplement vêtu d'un T-shirt blanc et d'un jean. Il jeta un coup d'oeil à droite, puis à gauche, puis s'avança avec une curieuse oscillation verticale, comme s'il adaptait son pas à une chanson qu'il avait dans la tête. Il ne reconnut Harry qu'une fois parvenu tout près des bancs, et il y avait peu de choses dans l'expression de son visage qui indiquaient que ces retrouvailles le mettaient en joie.

« Bonsoir, Robertson. Nous avons essayé de vous joindre. Asseyez-vous. »

Robertson regarda alentour en piétinant sur place. Il avait l'air d'avoir davantage envie de partir en courant, mais il finit par s'asseoir avec un soupir de résignation.

« Je vous ai dit tout ce que je sais, dit-il. Pourquoi vous me cassez encore les pieds ?

— Parce qu'on a découvert que vous avez un passé où c'était vous, qui cassiez les pieds aux autres.

— Moi ? Mais putain, je n'ai cassé les pieds à personne ! »

Harry le regarda. Il était difficile d'aimer Robertson, mais Harry n'arrivait pas, quelle que fut sa bonne — ou mauvaise — volonté, à croire qu'il pouvait se trouver en face d'un tueur en série. Un élément qui le mettait de mauvaise humeur, car cela signifiait qu'il perdait son temps.

« Tu sais de combien de jeunes filles tu as bousillé le sommeil ? demanda Harry en essayant de faire passer dans sa voix autant de mépris que possible. Combien n'arrivent pas à oublier, et doivent continuer à vivre avec l'image d'un agresseur qui se tripotait, et qui les a violées psychologiquement ? La façon dont tu t'es introduit dans leur cerveau en leur faisant perdre confiance au point d'avoir peur de sortir le soir, comment tu les as humiliées en leur donnant l'impression d'être des objets ? »

Robertson ne put s'empêcher de rire.

« C'est tout ce que vous avez trouvé, Monsieur l'agent ? Et toutes celles dont j'ai anéanti la libido ? Et celles qui ont développé des crises d'angoisses, et qui resteront sous tranquillisants à vie ? Et à ce propos, je dois dire que votre collègue ferait bien de se méfier. Celui qui m'a dit que je pouvais prendre six ans pour complicité si je ne me mettais pas au garde-à-vous pour m'expliquer à deux *yobbos* comme vous. Mais j'en ai parlé avec mon avocat, et il va voir ça avec votre chef, il faut que vous le sachiez. Alors n'essayez plus de me raconter des bobards.

— O.K., on peut y arriver de deux façons, Robertson, dit Harry en s'apercevant qu'il lui manquait la même autorité qu'Andrew dans le rôle du policier peu délicat. Tu peux me dire ce que j'ai envie de savoir, ici et maintenant, ou bien...

— ... ou bien on voit ça au poste. Merci, je connais. Je vous en prie, embarquez-moi, et mon avocat passera me chercher dans l'heure, et en profitera pour déposer une plainte contre vous et votre collègue pour harcèlement. Vous êtes les bienvenus !

— Ce n'est pas exactement à ça que je pensais, répondit calmement Harry. Je voyais plutôt une espèce de fuite discrète, impossible à identifier, bien sûr, qui n'échapperait pas à l'un des tabloïds de Sydney, toujours à l'affût d'une nouveauté et n'ayant rien contre un peu de sensationnalisme. Tu vois ce que je veux dire ? "Le logeur d'Inger Holter (Voir photo), déjà condamné pour exhibitionnisme, est dans la ligne de mire de la police"...

— Condamné ! On m'a juste collé une prune ! Quarante dollars ! » Hunter Robertson ne se contenait plus.

« Oui, je sais, Robertson, c'était une petite infraction, dit Harry avec une commisération affectée. Tellement insignifiante que tu n'as eu jusqu'à présent aucun problème pour le cacher à ton voisinage, c'est ça ? Et c'est d'autant plus regrettable qu'ils lisent lesdits tabloïds, hmm ? Et au boulot... Et qu'en est-il de tes parents ? Ils savent lire ? »

Robertson s'affaissa. L'air s'échappa de lui tout simplement, comme d'un ballon de plage crevé. Harry eut l'impression de voir un pouf informe, et il comprit qu'il devait avoir trouvé le point faible en évoquant les parents de Robertson.

« Connard, impitoyable connard, chuchota Robertson d'une voix rauque et forcée. Où fabrique-t-on des gens comme vous ? » Il fit une pause. « Qu'est-ce que vous voulez savoir ?

— Tout d'abord, je veux savoir où tu étais le soir qui a précédé la découverte du cadavre d'Inger.

— J'ai déjà dit à la police que j'étais seul chez moi, et que je...

— Cet entretien est terminé. J'espère qu'ils trouveront une bonne photo, à la rédaction. »

Il se leva.

« O.K., O.K. Je n'étais pas chez moi ! » cria presque Robertson. Il bascula la tête en arrière et ferma les yeux. Harry se rassit.

« Quand j'étais étudiant, j'habitais un studio dans l'un des coins les plus chouettes de la ville, et en face de chez moi vivait une veuve, dit Harry. À sept heures, tapantes, tous les vendredis soirs, elle ouvrait tout grand les rideaux. J'habitais au même étage qu'elle, et j'avais une vue parfaite sur son salon. En particulier le vendredi, quand elle allumait son énorme lustre. Le restant de la semaine, c'était une veuve aux cheveux grisonnants, portant cardigan et lunettes, le genre de bonne femme que vous avez constamment l'impression de voir dans le tram, ou en train de faire la queue à la pharmacie.

« Mais le vendredi, à sept heures, quand la représentation démarrait, c'était tout sauf une vieille femme acariâtre, toussant sur sa canne. Elle portait un peignoir en soie orné de motifs japonais et des escarpins noirs à talon haut. À sept heures et demie, un homme venait la voir. À huit heures moins le quart, elle s'était débarrassée de son peignoir, et révélait son corset noir. À huit heures, elle avait à moitié quitté son corset, et s'activait sur le canapé Chesterfield. À huit heures et demie, le visiteur était parti, les rideaux étaient fermés et le spectacle était terminé.

— Intéressant, dit Robertson sur un ton sarcastique.

— Ce qui est intéressant, c'est premièrement que tout ça n'a jamais fait de vagues. Pour ceux qui habitaient de mon côté de la rue, il était impossible de ne pas voir ce qui se passait, et une grande partie de l'immeuble devait suivre régulièrement les représentations. Mais le sujet n'était jamais abordé, et, à ma connaissance, il n'y a jamais eu ni plainte ni dénonciation. Le deuxième point intéressant, c'est la régularité de ces séances. J'ai tout d'abord cru que ça tenait au partenaire, à ses disponibilités, son boulot, il était peut-être marié, etc. Mais petit à petit, j'ai vu changer les partenaires, mais jamais l'horaire. Et c'est à ce moment-là que j'ai compris : elle avait bien entendu compris ce que sait toute chaîne de télévision ; une fois que vous avez réussi à ferrer un public régulier, les changements de programmation sont désastreux. Et c'était justement ça, le sel de sa libido : le public. Pigé ?

— Pigé, répondit Robertson.

— Question superflue, évidemment. Ceci étant, pourquoi est-ce que je te raconte cette histoire ? C'est quelque chose qui m'a frappé quand notre ami Joseph, ici endormi, a eu l'air si sûr que tu viendrais ce soir. Alors j'ai vérifié dans mon agenda, et presque tout concordait. Ce soir, on est mercredi, Inger Holter a disparu un mercredi soir, et les deux fois où on t'a chopé pour exhibitionnisme étaient aussi des mercredis. Tu es régulier dans tes représentations, hein ? »

Robertson ne répondit pas.

« D'où ma question suivante : pourquoi n'y a-t-il pas eu davantage de plaintes ? Tout compte fait, la dernière remonte à quatre ans ? S'exhiber devant les petites filles, dans les squares, ce n'est pas ce que le commun des mortels apprécie particulièrement.

— Qui a parlé de fillettes ? demanda Robertson sur un ton mauvais. Et qui a parlé de ne pas apprécier ? »

Si Harry avait su siffler, il l'aurait fait tout bas. Le couple qui se chicanait, presque au même endroit, la veille au soir, lui revint à l'esprit.

« Alors comme ça, tu t'exhibes devant des hommes, dit-il, presque pour lui. Pour les tapioles du coin. Ça explique pourquoi on te fiche la paix. Tu as un public fidèle, en plus ? »

Robertson haussa les épaules.

« Ça va, ça vient. Mais en tout cas, ils savent où et quand ils peuvent me voir.

— Et les plaintes ?

— Des gens qui passaient par hasard. On fait plus attention, maintenant.

— Si je ne me trompe pas, je peux trouver un ou deux témoins qui confirmeront que tu étais bien ici le soir de la disparition d'Inger ? »

Robertson acquiesça.

Ils restèrent un moment à écouter le faible ronflement de Joseph.

« Il y a autre chose, qui ne colle pas bien, fit Harry après une pause. Ça fait un moment que ça me trotte dans la tête, mais je n'arrivais pas à dire ce que c'était jusqu'à ce que j'apprenne que ton voisin a l'habitude de sortir ton clébard, et de lui filer à manger, chaque mercredi. »

Quelques types passèrent lentement à leur hauteur, et s'arrêtèrent à la bordure de la zone éclairée par le réverbère.

« Alors, je me suis demandé : pourquoi le nourrir alors qu'Inger rentrait de l'Albury avec des restes de viande ? J'ai d'abord pensé que vous ne vous étiez pas concertés, et que la viande servirait le lendemain, ou quelque chose comme ça. Mais j'ai ensuite repensé à quelque chose que je n'aurais pas dû oublier : ton chien ne mange pas... euh, en tout cas, n'a pas le droit de manger de la viande. Dans ce cas, qu'est-ce qu'Inger pouvait bien faire avec ces restes ? Elle avait dit au bar que c'était pour le clebs, pourquoi aurait-elle menti ?

— Je ne sais pas. »

Harry remarqua que Robertson regardait l'heure. L'heure du show devait approcher.

« Juste une dernière chose, Robertson. Que sais-tu d'Evans White ? »

Robertson se tourna et le regarda de ses yeux bleu clair délavés. Y décelait-on un soupçon de peur ?

« Très peu de choses. »

Harry abandonna. Il n'avait pas beaucoup progressé. Il sentait monter en lui l'envie de chasser, de trouver et de piéger, mais il avait l'impression que ça lui échappait, purement et simplement. Et merde, dans quelques jours, il serait de toute façon parti, mais étrangement, cette idée ne l'aidait pas à se sentir mieux.

« Ce que vous avez dit à propos des témoins, fit Robertson. J'apprécierais que vous ne...

— Je ne vais pas foutre ton spectacle en l'air, Robertson. Je sais bien que ceux qui viennent en tirent profit. »

Il jeta un coup d'œil dans son paquet de cigarettes et en prit une, avant de mettre le reste dans la poche de la veste de Joseph.

« En tout cas, moi, j'aimais bien le numéro de la veuve », dit-il en se levant pour partir.

Comme à l'habitude, il y avait de l'ambiance à l'Albury. La sono diffusait *It's raining men* à fond, et trois des garçons dansaient sur la scène, ne portant en gros qu'une longue étole chacun ; le public les accompagnait en criant et en chantant. Harry s'arrêta un moment pour profiter un peu du spectacle avant d'aller retrouver Birgitta au bar.

« Pourquoi ne chantes-tu pas, beau gosse ? demanda une voix bien connue. Harry se retourna. Otto n'était pas "costumé", ce soir, mais portait une chemise cintrée de soie rose qui, en plus de la touche discrète de mascara et de rouge à lèvres, indiquait qu'il avait fait un effort quant à son apparence.

« Ma voix ne s'y prête pas, Otto, je suis désolé.

— Peuh, vous autres Scandinaves, vous êtes tous les mêmes. Vous ne savez pas vous lâcher sans avoir picolé au point de ne plus être en état de... tu vois ce que je veux dire. »

Harry sourit en voyant les paupières à demi closes d'Otto.

« Ne me fais pas de gringue, Otto. Je suis une cause perdue.

— Indécrottable hétéro, hein ? »

Harry hocha la tête.

« Laisse-moi au moins te payer un verre, beau gosse. Qu'est-ce que ce sera ? » Il commanda un jus de pamplemousse pour Harry et se prit un bloody mary. Ils trinquèrent et Otto liquida la moitié de son verre en une gorgée.

« C'est la seule chose qui soigne les peines de cœur », dit-il. Il vida son verre, frissonna, se commanda autre chose et plongea son regard dans celui de Harry :

« Alors, tu n'as jamais couché avec un homme. Et tu n'en as jamais rêvé ? »

Harry fit tourner son verre dans sa main.

« Ça dépend ce que tu entends par “rêver”. J'appellerais plutôt ça un cauchemar.

— Aïe, aïe, tu vois, dit Otto en agitant l'index. Tu t'es posé la question tout seul, en dormant. On ne peut pas tromper son inconscient, beau gosse. Je vois dans tes yeux que tu as *ça*. Il reste juste à savoir quand ça sera activé.

— J'ai toujours attendu que quelqu'un vienne éveiller la tarlouse qui sommeille en moi, dit sèchement Harry. Excuse-moi, mais ça, je n'y crois pas. C'est déterminé physiquement à la naissance. Ou on est hétéro, ou on ne l'est pas. Le rôle de l'environnement et de l'éducation, c'est des conneries.

— Qu'est-ce que tu dis ? Et moi qui ai toujours cru que c'était la faute de ma sœur et de ma mère... » s'écria Otto en levant une main vers son front en un geste dramatique.

Harry continua sans se soucier de lui :

« Les chercheurs en sont sûrs parce que ces dernières années, on a pu faire des recherches techniques sur le cerveau des homosexuels. Le SIDA a grandement facilité l'accès aux cadavres de personnes dont l'homosexualité était indiscutable...

— Sans aucun doute l'un des aspects positifs de la

maladie, dit Otto laconiquement avant de tirer sur sa paille.

— Ils ont découvert qu'il existe des différences physiques entre le cerveau d'un homosexuel et celui d'un hétérosexuel.

— Celui des hétéros est plus petit ; raconte-moi quelque chose que je ne sais pas encore, beau gosse.

— Le paradoxe, c'est que les chercheurs pensent que cette minuscule languette, ou dieu sait comment ça s'appelle, qui fait qu'un individu lambda est homosexuel, se transmet d'une génération sur l'autre. »

Otto leva les yeux au ciel.

« Et alors ? Tu crois que les pédés ne sautent pas des femmes, s'ils y sont contraints ? Si la société l'exige de lui ? Si on ne lui donne pas le choix ? demanda Otto en gesticulant de manière univoque. Si la femme peut faire office d'ersatz, pourquoi pas ? C'est exactement le même mécanisme social que celui qui fait que des hommes hétéros emprisonnés ensemble se sautent les uns les autres.

— Alors comme ça, les pédés sautent aussi des nanas ?

— Je n'ai heureusement jamais été dans cette prison mentale que connaissent la plupart des tapettes, je viens d'une famille d'artistes, et je me suis déclaré pédé quand j'avais dix ans, juste pour me rendre intéressant. Par la suite, je n'ai jamais trouvé de raison de revenir là-dessus. Alors c'est tout aussi difficile pour moi de m'imaginer ce qui pourrait me pousser à sauter une gonzesse, que toi d'imaginer ce qu'il faudrait pour te contraindre à sauter sur le gamin de la cellule voisine. Même si je pense que c'est peut-être un peu plus facile pour toi...

— Mollo, mollo ! fit Harry. De quel genre de discussion s'agit-il, au juste ?

— Tu poses des questions sur des sujets qui t'intriguent, beau gosse. »

Otto posa une main sur celle de Harry. « Peut-être qu'il faudra faire quelque chose concernant cette curiosité, un jour. »

Harry sentit que ses oreilles commençaient à chauffer. Il maudit intérieurement ce pédé de clown qui réussissait à ce que lui, un grand garçon, se sente gêné au point de ressembler à un Anglais qui a passé six heures au soleil sur une plage espagnole.

« Faisons un pari grossier, délicieusement vulgaire, dit Otto dont les yeux se mirent à pétiller joyeusement. Je parie cent dollars que ta douce et fine main va caresser mes bijoux de famille avant que tu ne repartes en Norvège. Tu tiens ? »

Otto battit des mains en ululant de joie lorsqu'il vit le visage cramoisi de Harry.

« Si tu tiens absolument à distribuer ton argent, pas de problème, dit Harry. Mais j'ai cru comprendre que tu avais des peines de cœur, Otto ? Tu ne devrais pas être chez toi, à penser à autre chose qu'au salut des hétéros ? » Il regretta sur-le-champ ce qu'il venait de dire. Il n'avait jamais su bien réagir lorsqu'on le chahutait.

Otto retira sa main et le regarda, blessé.

« Excuse-moi, ma langue s'emballe, ce n'est pas ce que je voulais dire », dit Harry.

Otto haussa les épaules.

« Du neuf, pour l'affaire ? demanda-t-il.

— Non, répondit Harry, soulagé que la conversation ait dévié. Il semblerait qu'il faille chercher en dehors de son entourage. Au fait, tu la connaissais ?

— Tous ceux qui viennent régulièrement ici connaissaient Inger.

— Tu avais parlé avec elle ?

— Mouais, j'avais dû échanger quelques mots avec elle. Elle avait des mœurs un peu trop légères à mon goût.

— Des mœurs légères ?

— Elle faisait tourner la tête à pas mal des clients hétéros. Elle s'habillait de manière provocante, jetait des regards langoureux et souriait un peu trop si ça pouvait augmenter ses pourboires. Ça peut être dangereux, ce genre de trucs.

— Est-ce que ça veut dire que quelques-uns des clients auraient pu... ?

— Tout ce que je veux dire, c'est que tu n'as sans doute pas besoin d'aller chercher midi à quatorze heures, Monsieur l'agent.

— C'est-à-dire ? »

Otto regarda autour de lui et termina son verre.

« Ma langue s'emballe, beau gosse. » Il s'apprêtait à partir. « Et maintenant, je vais faire ce que tu disais. Rentrer chez moi et me changer les idées ; ce n'est pas ce que le médecin a prescrit ? »

Il fit un signe de la main à l'un des garçons en étole, derrière le bar, et se fit remettre un sac en papier.

« N'oublie pas la représentation ! » cria Otto pardessus son épaule lorsqu'il sortit.

L'Albury était plein à craquer, et Harry s'assit au bar où officiait Birgitta, sur un tabouret un peu à l'écart, pour la voir à l'œuvre. Il suivait attentivement tous ses mouvements : les mains rapides qui tiraient la bière, rendaient la monnaie et confectionnaient les cocktails, la façon dont elle bougeait, ses déplacements sûrs et résolus derrière le bar qui démontraient qu'elle connaissait son espace par cœur : des tireuses au comptoir, en passant par la caisse. Il voyait ses cheveux qui tombaient sur son visage, le geste vif pour les chasser, et son regard qui, à intervalles réguliers, passait rapidement les clients en revue, pour prendre en compte les nouvelles commandes — et Harry.

Son visage couvert de taches de rousseur s'éclaira, et il sentit son cœur battre plus lourdement, délicieusement, dans sa poitrine.

« Un ami d'Andrew vient juste de passer, dit-elle en venant vers lui. Il était allé le voir à l'hôpital et avait été chargé de passer le bonjour. Il a aussi demandé si tu étais là, je crois qu'il est toujours assis quelque part. Oui, le voilà. »

Elle montra une table du doigt, et Harry reconnut instantanément le beau noir. C'était Toowoomba, le boxeur. Il alla jusqu'à sa table.

« Je dérange ? demanda-t-il avant de recevoir un grand sourire en guise de réponse.

— Absolument pas. Assieds-toi. Je m'attendais presque à ce qu'une vieille connaissance se pointe. »

Harry s'assit.

Robin Toowoomba, surnommé « The Murri », souriait toujours. Pour une raison indéterminée, il se fit l'un de ces silences pénibles que personne ne veut qualifier de pénible, mais qui ne sont rien d'autre. Harry se hâta de dire quelque chose :

« J'ai parlé avec un membre du peuple des corbeaux, aujourd'hui. Je ne savais pas que vous aviez ce genre de noms, pour vos tribus. À laquelle appartiens-tu ? »

Toowoomba le regarda sans comprendre.

« Comment ça, Harry ? Je viens du Queensland. »

Harry comprit à quel point sa question avait l'air idiote.

« Désolé, c'est moi qui pose des questions débiles.

Ma langue a tendance à réagir plus vite que ma cervelle, aujourd'hui. Je n'avais pas l'intention de... Je ne suis pas tellement au fait, en ce qui concerne votre culture. Je pensais que vous veniez peut-être d'une tribu bien précise... quelque chose dans le genre. »

Toowoomba donna une tape sur l'épaule de Harry. « Je te fais juste un peu tourner en bourrique, Harry. Ne te bile pas. » Il rit silencieusement, et Harry se sentit encore plus bête.

« Tu réagis comme la plupart des Blancs, expliqua Toowoomba. Pourrait-il en être autrement ? Tu es bourré de préjugés.

— Préjugés ? répéta Harry en sentant poindre la colère. Est-ce que j'ai dit quelque chose...

— Ce n'est pas ce que tu dis. Ce sont les choses que tu attends inconsciemment de moi. Tu crois que tu as dit une bêtise, et sans prendre la peine d'y réfléchir, tu crois que je vais réagir comme un enfant qui se vexe. Ça ne te vient pas à l'esprit que je puisse être suffisamment futé pour prendre en compte le fait que tu es étranger. Tu ne te vexes quand même pas quand tu rencontres des touristes japonais en Norvège, et qu'ils ne savent pas tout sur ton pays ? Comme par exemple que votre roi s'appelle Harald ? »

Toowoomba lui fit un clin d'œil.

« Et ça ne vaut pas seulement pour toi, Harry. Même les Blancs d'Australie ont cette obsession de faire attention à ne rien dire de travers. C'est ça, le plus paradoxal. Ils commencent par nous voler notre fierté, et une fois qu'elle a disparu, ils sont morts de peur de la piétiner. »

Il soupira et présenta ses larges paumes blanches à Harry, qui eut l'impression de voir deux plies se retourner.

L'agréable et profonde voix de Toowoomba semblait vibrer dans sa propre gamme de fréquences, de telle sorte qu'il n'avait pas besoin de parler fort pour couvrir le fracas environnant.

« Mais parle-moi plutôt de la Norvège, Harry. J'ai lu que c'est si beau, là-bas. Et froid. »

Harry raconta. Il parla des fjords, des montagnes et des gens qui s'étaient installés quelque part entre les deux. D'unions, d'oppression, d'Ibsen, de Nansen et de Grieg. De ce pays si septentrional qui se considérait comme un peuple industrieux et visionnaire mais qui faisait davantage penser à une république bananière. Ce pays qui possédait des forêts et des ports quand les Hollandais et les Anglais avaient besoin de bois, qui avait des chutes d'eau quand on avait découvert l'électricité, et où, pour couronner le tout, on trouvait du pétrole en creusant au petit bonheur.

« On n'a jamais fabriqué ni de Volvo, ni de Tuborg, dit Harry. On a juste exporté notre nature, et on n'a pas eu à réfléchir. Dans mon pays, on a le cul bordé de nouilles », traduisit mot à mot Harry sans tenter de trouver une expression anglaise équivalente.

Puis il parla d'Åndalsnes, un petit patelin dans le Romsdal, entouré de hautes montagnes, un endroit tellement beau que sa mère avait toujours dit que Dieu avait commencé par là lorsqu'il avait créé le monde, et qu'il avait passé tellement de temps à peaufiner la nature du Romsdal qu'Il avait dû s'occuper du reste du monde à la six-quatre-deux afin d'avoir terminé avant le dimanche.

Pêcher avec son père sur le fjord au petit matin, en juillet, s'allonger sur l'estran et sentir l'odeur de la mer — tandis que criaient les mouettes et que les montagnes se dressaient comme des gardes immobiles et silencieux autour de leur petit royaume.

« Mon père vient de Lesjaskog, un petit bled un peu plus haut dans la vallée, et il a rencontré ma mère lors d'une fête de village à Åndalsnes. Ils parlaient toujours de revenir vivre dans le Romsdal une fois à la retraite. »

Toowoomba hocha la tête et but un peu de bière, et Harry but une gorgée d'un nouveau jus de pamplemousse. Il commençait à avoir des aigreurs d'estomac.

« J'aurais bien aimé pouvoir te raconter d'où je viens, Harry, mais c'est juste que les gens comme moi n'ont aucun point de repère qui les rattache à un endroit ou une tribu en particulier. J'ai grandi dans une cabane sous l'autoroute, un peu en dehors de Brisbane. Personne ne sait de quelle tribu venait mon père, il est arrivé et a fichu le camp trop vite pour laisser à qui que ce soit le temps de lui demander. Et ma mère se fout de savoir d'où elle vient, tant qu'elle réussit à ramasser assez d'argent pour se payer une bouteille de vin. Il faut se contenter de *murri*.

— Et Andrew ?

— Il ne t'a pas raconté ?

— Quoi ? »

Toowoomba ramena les mains à lui. Une ride profonde était apparue entre ses yeux. « Andrew Kensington a encore moins de racines que moi. »

Harry ne le relança pas sur le sujet, mais Toowoomba y revint de lui-même une bière plus tard.

« Je devrais probablement le laisser te le raconter, parce qu'Andrew a eu une enfance des plus particulières. Parce qu'il faut que tu saches qu'il appartient à cette génération d'Aborigènes sans famille.

— C'est-à-dire ?

— C'est une longue histoire. Tout est une question

de mauvaise conscience. Depuis le tout début du vingtième siècle, les décisions politiques concernant les indigènes ont été conditionnées par la mauvaise conscience des pouvoirs publics en regard des exactions dont avait été victime notre peuple. C'est juste dommage que les bonnes intentions ne fassent pas avancer les choses. Pour diriger un peuple, il faut d'abord le comprendre.

— Et les Aborigènes n'ont pas été compris ?

— Différents types de politiques se sont succédé. J'appartiens à la génération de ceux qu'on a forcés à vivre en ville. Après la Deuxième Guerre mondiale, les autorités pensaient qu'il fallait changer les politiques existantes et essayer d'intégrer les autochtones au lieu de les exclure. Ils ont essayé en décidant où on devait habiter, et même avec qui on devait se marier. On a forcé beaucoup de gens à s'installer dans les villes pour qu'ils s'adaptent à la culture urbaine européenne. Les conséquences ont été catastrophiques. En peu de temps, on a grimpé en tête de tous les hit-parades foireux : alcoolisme, chômage, séparations, prostitution, délinquance, violence et toxicomanie. La totale. Les Aborigènes ont été et sont toujours les perdants au niveau social, en Australie.

— Et Andrew ?

— Andrew est né avant la guerre. À l'époque, la politique visait à nous “protéger”, comme si nous étions une espèce en voie de disparition. C'est pourquoi on s'est vu limiter nos possibilités d'acquérir de la terre et de trouver du travail. Mais le plus étrange, c'est que la loi autorisait les pouvoirs publics à retirer l'enfant d'une mère aborigène s'ils soupçonnaient que le père n'était pas un Aborigène. Même si je n'ai pas l'histoire la plus agréable à raconter sur mes origines, j'ai au moins quelque chose à raconter.

Andrew n'a rien. Il n'a jamais vu ses parents. Il était nourrisson lorsqu'on est venu le chercher pour le placer dans un orphelinat. Tout ce qu'il a jamais su, c'est qu'on a retrouvé sa mère morte à un arrêt de bus à Bankstown, à cinquante kilomètres au nord de l'orphelinat, juste après qu'on lui a eu pris l'enfant, et que personne ne savait comment elle était arrivée là, ni de quoi elle avait bien pu mourir. On a tenu secret le nom du père d'Andrew, un Blanc, jusqu'à ce que ça ne présente plus aucun intérêt pour lui. »

Harry tenta de tout assimiler.

« C'était vraiment autorisé, ce genre de trucs ? Et l'ONU, et la Déclaration des Droits de l'Homme ?

— Tout ça n'a vu le jour qu'après la guerre. Et n'oublie pas que la politique concernant les Aborigènes était animée des meilleures intentions, il s'agissait de préserver une culture, pas de l'anéantir.

— Qu'est-ce qui s'est passé, ensuite, pour Andrew ?

— Ils se sont aperçus qu'il était doué pour les études, et ils l'ont envoyé dans une école privée, en Angleterre.

— Je croyais que l'Australie était trop égalitaire pour qu'on envoie les gens dans des écoles privées.

— C'étaient les pouvoirs publics qui géraient tout ça, et qui mettaient la main à la poche. Je suppose qu'on souhaitait présenter l'histoire d'Andrew comme un conte de fées, dans le cadre d'un programme qui par ailleurs avait causé tant de souffrances et de tragédies humaines. À son retour, il est entré à l'université de Sydney. C'est à ce moment-là qu'ils ont commencé à perdre le contrôle qu'ils avaient sur lui. Il s'est retrouvé dans pas mal d'embrouilles, s'est fait la réputation de quelqu'un de violent, et ses notes ont baissé. D'après ce que j'ai compris, il y aurait eu une histoire d'amour qui a mal fini, une Blanche qui l'a laissé tomber parce que ses parents n'étaient pas ravis-ravis, mais Andrew n'a jamais voulu s'étendre sur le sujet. De toute façon, ça a été une période noire de son histoire, et ça aurait pu tourner beaucoup plus mal que ça. Pendant qu'il était en Angleterre, il avait appris la boxe, et il prétendait que c'était ça qui lui avait permis de survivre à l'internat. À la fac, il a repris les gants, et quand on lui a proposé de rejoindre les Chivers qui partaient en tournée, il en a profité pour laisser les études en plan et vivre un moment loin de Sydney.

— J'ai eu l'occasion de le voir boxer, il n'y a pas si longtemps, dit Harry. Il n'a pas tout perdu.

— En fait, il ne voyait la boxe que comme un break avant de reprendre les études, mais il a eu du succès chez Chivers, la presse a commencé à s'intéresser à lui, et il a continué. Quand il est arrivé en finale du championnat australien, des chasseurs de têtes sont même venus des États-Unis pour le voir boxer. Mais il s'est passé quelque chose le soir de la finale, à Melbourne. Ils étaient au restaurant, et certains prétendent qu'Andrew a tenté sa chance auprès de la petite copine de l'autre finaliste. Il s'appelait Campbell et sortait avec une jolie fille du nord de Sydney qui est devenue ensuite Miss Nouvelles-Galles du Sud. Il y a eu une baston dans les cuisines et ils ont apparemment tout foutu en l'air là-dedans, Andrew, l'entraîneur de Campbell, l'agent et un autre mec.

« Ils ont retrouvé Andrew dans l'évier, la lèvre fendue, un jeton au front et un poignet foulé. Aucune plainte n'a été déposée, et c'est probablement pour ça qu'on s'est mis à raconter qu'Andrew s'était livré à des approches musclées sur la copine de Campbell. En tout cas, il a dû déclarer forfait pour la finale, et sa carrière n'y a pas survécu. C'est vrai qu'il a sorti quelques pointures au cours de deux ou trois tournées, mais la presse regardait ailleurs et les agents pro n'ont jamais plus montré le bout de leur nez.

« Petit à petit, il a laissé tomber les tournées, une autre rumeur disait qu'il buvait, et au terme d'une tournée sur la côte ouest, on lui a demandé de quitter l'équipe Chivers, apparemment parce qu'il avait salement amoché quelques débutants. Andrew a alors disparu, et ça n'a pas été facile de le faire parler de cette époque, mais je sais en tout cas qu'il a glandouillé deux ou trois ans dans le pays, sans but précis, avant de reprendre la fac.

— Alors, la boxe, c'était fini ? demanda Harry.

— Oui.

— Qu'est-ce qui s'est passé ensuite ?

— Bof. » Toowoomba fit signe à l'un des serveurs qu'il désirait l'addition. « Andrew était certainement plus motivé quand il a repris ses études, et pendant un moment, ça a pas mal marché, à ce qu'on dit. Mais c'était le début des années soixante-dix, la période hippie, la fête vingt-quatre heures sur vingt-quatre, et la liberté sexuelle, et il n'est pas exclu qu'il ait consommé des substances illicites en quantités légèrement trop importantes. Il est apparu que ces substances n'accroissaient pas les performances intellectuelles sur le long terme, et il n'a pas cartonné aux examens. »

Il pouffa de rire.

« Un jour, donc, Andrew s'est réveillé, s'est levé, s'est regardé dans la glace et a fait un bilan. Il avait une gueule de bois monstrueuse, un œil poché dont la provenance lui était inconnue, trente ans passés, pas un diplôme et vivait vraisemblablement les prémices d'une dépendance à certaines compositions chimiques. Il avait derrière lui les ruines d'une carrière de boxeur, et devant lui un avenir incertain, c'est le moins qu'on puisse dire. Alors, à ce moment-là, que fais-tu ? Tu passes le concours de la police. »

Harry éclata de rire.

« Je ne fais que citer Andrew, dit Toowoomba. Aussi incroyable que ça puisse paraître, il a été accepté en dépit de son casier judiciaire et de son âge avancé, peut-être parce que les autorités souhaitaient que davantage d'Aborigènes entrent dans la police. Il s'est coupé les cheveux, a enlevé l'anneau qu'il avait à l'oreille, a arrêté les substances chimiques, et tu connais le reste. Bien sûr, d'un point de vue carriériste, il est complètement inutilisable, mais on le considère quand même comme l'un des meilleurs enquêteurs de la police de Sydney.

— Toujours d'après Andrew ? »

Ce fut à Toowoomba de rire.

« Bien sûr. »

De la scène leur parvint le bouquet final de la soirée drag queens : *Y.M.C.A.* dans la version des Village People, tabac garanti.

« Tu en sais, des choses, sur Andrew... dit Harry.

— Je le considère presque comme un père. Quand je suis arrivé à Sydney, je n'avais pas d'autre projet que d'aller le plus loin possible de chez moi. Andrew m'a littéralement tiré du ruisseau, et il a commencé à m'entraîner avec quelques autres gosses qui avaient eux aussi pris un mauvais départ. C'est aussi Andrew qui m'a poussé à aller à la fac.

— Fichtre, encore un boxeur avec un bagage universitaire ?

— Anglais et histoire. Mon rêve, c'est de pouvoir enseigner un jour à mon propre peuple, dit-il avec conviction et fierté.

— Et d'ici là, tu vas passer à tabac des marins imbibés et des ploucs ? »

Toowoomba eut un sourire.

« On ne peut pas s'en sortir dans la vie sans un capital de départ, et je ne me fais pas d'illusion : je ne gagnerai pas lourd comme prof. Mais je ne combats pas que contre des amateurs : je me suis inscrit au championnat d'Australie, cette année.

— Pour remporter le titre qu'Andrew n'a pas conquis ? »

Toowoomba leva son verre.

« Peut-être bien. »

Une fois le spectacle terminé, le bar commença à s'éclaircir. Birgitta avait dit avoir une surprise pour Harry, ce soir-là, et il attendait la fermeture avec impatience.

Toowoomba était toujours à sa table. Il avait payé, et jouait pour l'heure avec son verre. Harry eut tout à coup le sentiment diffus que Toowoomba désirait autre chose que raconter de vieilles histoires.

« Vous avez avancé, dans l'affaire qui t'a amené ici, Harry ?

— Je ne sais pas », répondit Harry, ce qui était la stricte vérité. « De temps en temps, on a l'impression de chercher aux jumelles une solution qui est si proche qu'on ne la voit que comme quelque chose de flou sur la lentille.

— Ou qu'on ne regarde pas dans la bonne direction. »

Harry l'observa tandis qu'il avalait le reste de son verre.

« Il faut que j'y aille, Harry, mais laisse-moi d'abord te raconter une histoire qui comblera peut-être une de tes lacunes à propos de notre culture. Tu as déjà entendu parler du *black snake* ? »

Harry hocha la tête. Avant d'arriver en Australie, il avait lu quelque chose sur les bestioles dont il faut se méfier. Si sa mémoire était bonne, le *black snake* était aussi insignifiant par sa taille que dangereux par son poison.

« C'est juste. Mais si on en croit la légende, il n'en a pas toujours été ainsi. Il y a longtemps, au temps des rêves, le *black snake* était un serpent inoffensif. En revanche, le guana était venimeux, et beaucoup plus gros qu'aujourd'hui. Il mangeait des hommes et des animaux, et un jour, le kangourou a convoqué tous les animaux pour trouver une façon de venir à bout de ce tueur insatiable — Mungoongali, le chef suprême des guanas. Ouyouboolooey — *black snake* — le petit serpent intrépide, s'est tout de suite chargé de la mission. »

Il était légèrement renversé sur sa chaise et parlait d'une voix douce et calme, mais il ne quittait pas Harry du regard.

« Les autres animaux se moquaient du petit serpent, en disant qu'il fallait probablement que quelqu'un de plus grand et de plus fort aille se battre contre Mungoongali. “Attendez, vous verrez bien”, dit Ouyouboolooey avant de partir en rampant vers le camp du chef des lézards. Une fois là-bas, il alla voir le monstrueux lézard et lui dit que lui-même n'était qu'un petit serpent, pas spécialement goûteux, et qu'il cherchait un endroit où se mettre à l'abri des autres animaux qui ne faisaient que se moquer de lui et le tourmenter. “Prends garde de ne pas déranger, ou bien gare à toi”, dit Mungoongali qui n'eut pas l'air de prêter attention au serpent noir.

« Le matin suivant, Mungoongali partit chasser, et Ouyouboolooey le suivit. Un voyageur était assis près de son feu de camp. Il n'eut pas le temps de cligner des yeux que Mungoongali s'était avancé et lui avait réduit le crâne en bouillie d'un coup puissant et bien ajusté. Le lézard rapporta ensuite le voyageur sur son dos, jusqu'au camp où il déposa son sac à venin avant de commencer à ingérer la viande de l'humain qu'il venait de tuer. Rapide comme l'éclair, Ouyouboolooey bondit, chipa le sac à venin et disparut dans les buissons. Mungoongali se lança à sa poursuite, mais ne réussit pas à retrouver le petit reptile. Les autres animaux tenaient toujours conseil lorsque Ouyouboolooey revint.

« "Regardez !" cria-t-il en ouvrant la bouche afin que tous puissent voir le sac à venin. Tous les animaux se groupèrent autour de lui et le félicitèrent de les avoir tous sauvés de Mungoongali. Quand les autres furent rentrés chez eux, le kangourou alla voir Ouyouboolooey et lui dit qu'il fallait maintenant qu'il recrache le poison à la rivière pour que tous puissent dès lors dormir tranquilles. Mais pour toute réponse, Ouyouboolooey mordit le kangourou qui tomba, paralysé.

« "Vous m'avez toujours méprisé, mais maintenant, à mon tour, dit Ouyouboolooey au kangourou mourant. Tant que j'aurai ce poison, vous ne pourrez jamais m'approcher. Aucun des autres animaux ne saura que j'ai toujours le poison. Ils penseront que moi, Ouyouboolooey, je suis leur sauveur, leur protecteur, alors que je me venge tranquillement de vous, l'un après l'autre." Puis il poussa le kangourou jusqu'à la rivière où il disparut. Ouyouboolooey, pour sa part, retourna en rampant dans les buissons, et c'est là qu'on le trouve aujourd'hui. Dans les buissons. »

Toowoomba but l'air qui emplissait son verre vide, et se leva.

« Il se fait tard. »

Harry se leva à son tour.

« Merci pour le récit, Toowoomba. Je pars bientôt, alors si je ne te revois pas, bonne chance pour les championnats. Et pour tes projets. »

Mais quand apprendras-tu ? se demanda-t-il en ayant l'impression d'avoir un tendre morceau de bavette à la place de la main qu'il avait tendue à Toowoomba.

« J'espère que tu trouveras ce qui rend ton optique floue », dit Toowoomba. Il n'était plus là lorsque Harry comprit de quoi il parlait.

10

Le Grand Revenant, Mr Bean et un patient supplémentaire

Le gardien confia une lampe de poche à Birgitta.

« Tu sais où me trouver, Birgitta. Fais attention à ce que rien ne vous dévore », dit-il en riant avant de retourner en boitant vers son poste de garde.

Birgitta et Harry avancèrent dans les couloirs tortueux et obscurs de ce gros bâtiment qu'est l'Aquarium de Sydney. Il était presque deux heures du matin, et Ben, le gardien de nuit, les avait laissés entrer.

Ils avaient eu droit à un exposé complet de la part du vieux vigile après que Harry avait innocemment demandé pourquoi toutes les lumières étaient éteintes.

« Bien sûr, ça permet d'économiser de l'électricité, mais ce n'est pas le point essentiel... Le plus important, c'est qu'on fait savoir aux poissons qu'il fait nuit. C'est mon avis, en tout cas. Au début, on éteignait au moyen d'un interrupteur classique, et on pouvait entendre le choc qu'éprouvaient les poissons en se retrouvant d'un seul coup dans le noir absolu. Il y avait comme un murmure qui traversait l'Aquarium tout entier, le bruit de centaines de poissons qui se dépêchaient d'aller se cacher ou qui partaient en nageant dans tous les sens, pris de panique. »

Ben baissa brusquement le ton et imita avec les mains le mouvement de poissons zigzaguant.

« On entendait clapoter et frémir pendant plusieurs minutes. Et certaines espèces, comme les maquereaux, devenaient complètement dingues au moment où la lumière s'éteignait, et allaient se bousiller contre les vitres. C'est pourquoi on a mis en place des variateurs qui diminuent progressivement la lumière en même temps que le jour décroît, pour imiter la nature. À la suite de ça, il y a eu beaucoup moins de poissons malades. C'est la lumière qui renseigne le corps sur le jour et la nuit, et je crois sincèrement que les poissons ont besoin d'un rythme journalier naturel pour ne pas être stressés. Ils ont une horloge biologique, tout comme nous, et on ne devrait pas essayer d'interférer avec. Je sais que certaines personnes qui s'occupent d'élevages de barramundi, en Tasmanie, par exemple, éclairent davantage les poissons en automne. Ils leur font croire que l'été continue, pour qu'ils fraient davantage. »

« Ben a tendance à ne plus pouvoir s'arrêter dès qu'on le lance sur un sujet, expliqua Birgitta. Ça lui fait presque autant plaisir de parler à des gens qu'à ses poissons. » Elle avait travaillé à l'Aquarium ces deux derniers étés, en renfort, et c'est comme ça qu'elle était à tu et à toi avec Ben, qui prétendait qu'il travaillait à l'Aquarium depuis sa création.

« C'est tellement paisible, ici, la nuit, dit-elle. Tellement calme. Regarde ! » Elle éclaira la paroi vitrée derrière laquelle une murène noire et jaune se glissait hors de son trou, et leur montrait une rangée de petites dents pointues. Un peu plus loin, elle éclaira deux raies manta tachetées qui glissaient de l'autre côté de la vitre verte, avec des mouvements qui rappelaient des battements d'ailes au ralenti. « C'est beau, hein ? chuchota-t-elle, les yeux luisants. C'est comme un ballet sans musique. »

Harry avait l'impression de traverser un dortoir sur la pointe des pieds. Ils n'entendaient que le bruit de leurs pas et le bouillonnement faible et régulier des aquariums.

Birgitta s'arrêta devant une grande vitre.

« C'est ici qu'on a notre *saltie*, Matilda du Queensland », dit-elle en braquant le faisceau de sa torche sur la paroi vitrée. Un tronc d'arbre desséché gisait sur le bord d'une reconstitution de rivière. Un rondin flottait dans le bassin qui se trouvait derrière.

« Qu'est-ce que c'est, un *saltie* ? » demanda Harry en tentant de déceler un signe de vie. Au même instant, le rondin leva les paupières et exhiba deux yeux verts qui luisaient faiblement dans le noir, comme deux catadioptres.

« C'est un crocodile qui vit dans l'eau salée, à la différence d'un *freshie*. Les *freshies* vivent surtout de poisson, et il n'y a pas de raison de les craindre.

— Et les *salties* ?

— Ceux-là, il faut les craindre. Beaucoup de prédateurs soi-disant dangereux n'attaquent l'homme que quand ils se sentent menacés, quand ils ont peur ou bien quand tu t'aventures sur leur territoire. Un *saltie*, en revanche est une âme simple, brute de décoffrage. Il n'en veut qu'à ton corps. Chaque année, dans les zones marécageuses du nord, plusieurs personnes se font tuer par les crocodiles. »

Harry s'appuya à la vitre.

« Est-ce que ce genre de chose ne provoque pas... euh... une certaine antipathie ? Dans certaines régions d'Inde, ils ont exterminé les tigres sous prétexte qu'ils dévoraient les bébés. Pourquoi ne se débarrasse-t-on pas de ces bouffeurs d'hommes ?

— Ici, la plupart des gens ont une attitude aussi cool concernant les attaques de crocodiles que les accidents de la route. Enfin, presque, en tout cas. Si on veut des routes, il faut accepter qu'elles puissent tuer quelques personnes, pas vrai ? Eh bien, si on veut des crocodiles, c'est la même chose. Ces animaux mangent les hommes, c'est comme ça. »

Harry frissonna. Matilda avait rabattu les paupières sur ses yeux comme les phares d'une Porsche. Pas une ride sur l'eau pour révéler que le rondin qui se trouvait à un demi-mètre de lui, derrière la vitre, était en réalité une double tonne de muscles, de dents et de mauvaise humeur.

« Poursuivons », proposa Harry.

« Et voici Mr Bean », annonça Birgitta en éclairant un petit poisson beigeasse qui ressemblait à une plie. C'est un *fiddler ray,* c'est comme ça qu'on appelle Alex, au bar, celui qu'Inger surnommait Mr Bean.

— Pourquoi *fiddler ray* ?

— Je ne sais pas. Ils l'appelaient déjà comme ça avant que j'arrive.

— Amusant sobriquet. Il a l'air de bien aimer s'aplatir sur le fond...

— Oui, et c'est pour ça qu'il faut que tu sois prudent quand tu vas te baigner. Il se trouve qu'il est venimeux, et il pique si tu lui marches dessus. »

Ils empruntèrent un escalier qui descendait en spirale jusqu'à l'un des grands bassins.

« Ces bassins ne sont pas des aquariums à proprement parler, ils se sont contentés de circonscrire une partie de Port Jackson », expliqua Birgitta tandis qu'ils entraient.

Une faible lumière verdâtre tombait du plafond en créant un effet de vagues. Elle glissait sur le corps et le visage de Birgitta, donnant à Harry l'impression d'être sous la boule à facettes d'une boîte de nuit. Ce ne fut que lorsqu'elle leva le faisceau de sa lampe qu'il s'aperçut qu'ils étaient complètement entourés d'eau. Ils se trouvaient tout bonnement dans un tunnel vitré sous la mer, et la lumière venait de l'extérieur, à travers l'eau. Une ombre énorme passa juste à côté d'eux, et il sursauta involontairement. Birgitta émit un petit rire et braqua sa lampe sur une raie gigantesque qui nageait le long de la vitre en traînant derrière elle son interminable queue.

« *Mobulidae*, dit-elle. Le diable de mer.

— Seigneur ! Ce que c'est gros ! » chuchota Harry.

La raie tout entière n'était qu'un seul mouvement ondulant, elle était comme un énorme matelas hydraulique, et Harry se sentait somnoler rien qu'en la regardant. Puis elle se retourna, vira de bord, leur fit un signe et partit en planant dans son univers marin obscur, comme un fantôme noir.

Ils s'assirent à même le sol, et Birgitta sortit de son sac à dos une couverture, deux verres, une bougie et une bouteille de vin rouge sans étiquette. Cadeau d'un ami qui travaillait dans un vignoble de la Hunter Valley, expliqua-t-elle en débouchant la bouteille. Puis ils s'allongèrent l'un à côté de l'autre sur la couverture, et se mirent à regarder l'eau qui les surplombait.

C'était comme se trouver au milieu d'un monde sens dessus dessous, comme regarder dans un ciel à l'envers plein de poissons de toutes les couleurs et de créatures bizarres qu'un type à l'imagination un peu trop vive aurait conçus. Un poisson bleu luisant, à la face lunaire, interrogatrice, se figea dans l'eau, juste au-dessus d'eux tandis que ses fines nageoires continuaient à frémir.

« Ce n'est pas agréable, de voir à quel point ils prennent leur temps, à quel point leurs activités semblent dénuées de sens ? chuchota Birgitta. Est-ce que tu sens qu'ils ralentissent la course du temps ? » Elle posa une main froide sur la gorge de Harry et serra légèrement.

« Est-ce que tu sens que ton pouls s'est pratiquement arrêté ? »

Harry avala.

« Ça ne me pose pas de problème, que le temps passe lentement, dit-il. Pas maintenant. Pas pour les deux jours à venir. »

Birgitta serra plus fort.

« Ne m'en parle pas. »

« Il m'arrive parfois de penser : "Harry, tu n'es pas si con, finalement." Je remarque par exemple que quand Andrew parle des Aborigènes, il dit toujours "eux", il parle de son propre peuple à la troisième personne. C'est pourquoi j'avais compris une bonne partie de son histoire avant que Toowoomba ne me donne les détails concrets. J'avais pratiquement deviné qu'Andrew n'avait pas grandi au milieu de ses semblables, qu'il n'a pas d'attaches géographiques précises, mais qu'il dérive et voit les choses de l'extérieur. Comme nous, ici, qui regardons un monde dans lequel on n'a pas notre rôle. Après avoir discuté avec Toowoomba, j'ai aussi compris autre chose : Andrew n'a pas reçu à la naissance la fierté naturelle inhérente à l'appartenance à un peuple, et c'est pour ça qu'il a dû s'en forger une propre. Au début, j'ai cru que c'était de ses frères qu'il avait honte, mais je sais maintenant que c'est contre la honte de lui-même qu'il se bat. »

Birgitta grogna quelque chose. Harry poursuivit.

« De temps en temps, je crois comprendre quelque chose. Rien que pour être à nouveau précipité l'instant d'après dans la plus grande des confusions. Je n'aime pas être paumé, je n'ai aucune tolérance envers la confusion. C'est pour ça que j'aurais aimé ou bien ne pas avoir cette faculté de remarquer les détails, ou bien de pouvoir les assembler en une image qui ait un sens. » Il se tourna vers Birgitta et enfouit son visage dans ses cheveux.

« Dieu n'a pas rendu service à un type si peu intelligent en le dotant d'un sens de l'observation aussi développé », dit-il tout en essayant de trouver ce qui pouvait sentir aussi bon que les cheveux de Birgitta. Mais le souvenir était tellement lointain qu'il dut abandonner.

« Et qu'est-ce que tu remarques ? demanda-t-elle.

— Que tout le monde essaie de me montrer quelque chose dont je ne comprends pas la nature.

— Comme quoi ?

— Je ne sais pas. Ils sont comme les gonzesses, voilà. Ils me racontent des histoires qui ont un sens caché. C'est sans doute plus qu'évident, ce qu'il y a entre les lignes, mais comme je te l'ai dit, je n'ai pas cette capacité. Pourquoi vous, les femmes, vous ne pouvez pas tout bonnement dire ce que vous pensez ? Vous surestimez la capacité d'interprétation des hommes.

— Parce que c'est de ma faute, maintenant ?! » cria-t-elle, hilare, en essayant de lui taper dessus. L'écho roula vers l'intérieur du tunnel sous-marin.

« Chhh, tu vas réveiller le Grand Revenant », dit Harry.

Birgitta mit un moment à remarquer qu'il n'avait pas touché à son verre de vin.

« Un petit verre de vin, ça ne peut quand même pas faire de mal... dit-elle.

— Si, ça peut faire du mal. » Il l'attira vers lui en souriant. « Mais n'en parlons pas. » Puis il l'embrassa, et elle inspira profondément, fiévreusement, comme si elle avait attendu ce baiser depuis la nuit des temps.

Harry s'éveilla en sursaut. La bougie était totalement consumée, et l'obscurité était totale. Il ne savait pas d'où était venue la lueur verte qui éclairait l'eau, si c'était de la lune au-dessus de Sydney ou des projecteurs, à terre, mais en tout cas, elle avait disparu. Il avait malgré tout le sentiment qu'on l'observait. Il attrapa la lampe de poche, près de Birgitta, et l'alluma — elle était enroulée dans sa moitié du plaid, nue, l'air serein. Il braqua sa lampe vers la vitre.

Il crut tout d'abord que c'était son propre reflet qu'il voyait, mais ses yeux s'habituèrent à la lumière et il sentit son cœur battre un dernier coup fracassant avant de se changer en glace. Le Grand Revenant était à ses côtés et le regardait de ses yeux froids et sans vie. Harry se remit à respirer et une tache de buée se forma sur la vitre, devant le visage pâle et gorgé d'eau, le fantôme d'un noyé, démesuré au point de sembler emplir tout le bassin. Les dents qui dépassaient de sa gueule donnaient l'impression d'avoir été dessinées par un enfant, un zigzag de poignards blancs et triangulaires alignés en deux rangées irrégulières avides de chair fraîche.

Puis il monta et passa en nageant au-dessus de lui, sans le quitter de ses yeux morts qui n'exprimaient que la haine, un interminable cadavre blanc qui traversa le faisceau de la lampe en circonvolutions indolentes.

« Alors tu pars demain ?

— Ouais. » Harry tenait sa tasse de café sur ses genoux, et ne savait absolument pas ce qu'il devait en faire. McCormack quitta son bureau et se mit à faire des allers et retours devant la fenêtre.

« Et tu crois qu'on est encore loin du dénouement ? Tu crois qu'on a affaire à un psychopathe, quelque part dans la foule, à un tueur sans visage qui tue à l'envi et ne laisse aucune trace ? Que tout ce qu'il nous reste à faire, c'est attendre et prier pour qu'il fasse une boulette, la prochaine fois qu'il frappera ?

— Je n'ai pas dit ça, *Sir*. C'est juste que je ne vois pas en quoi je peux vous être utile ici. En plus, ils ont téléphoné pour dire qu'ils ont besoin de moi, à Oslo.

— Bon. Je leur dirai que tu t'es bien comporté, ici, Holy. Il m'a semblé comprendre qu'on pensait te filer une promotion, au pays.

— Personne ne m'en a encore parlé, *Sir*.

— Prends le reste de ta journée, et profite un peu de Sydney avant ton départ, Holy.

— D'abord, je vais juste vérifier que cet Alex Tomaros n'a rien à voir dans cette affaire, *Sir*. »

McCormack resta devant la fenêtre, à contempler un Sydney nuageux et étouffant.

« De temps en temps, j'ai le mal du pays, Holy. Retourner sur cette superbe île.

— *Sir* ?

— Kiwi. Je suis kiwi, Holy. C'est comme ça qu'on

appelle les néo-zélandais, ici. Mes parents sont arrivés ici quand j'avais dix ans. Les gens sont plus sympas, entre eux, là-bas. C'est en tout cas comme ça dans mon souvenir. »

« On n'ouvre pas avant plusieurs heures, informa la grincheuse à l'entrée, un balai-brosse à la main.

— Il ne s'agit pas de ça. J'ai rendez-vous avec M. Tomaros », répondit Harry en se demandant si elle se laisserait convaincre par une plaque de police norvégienne. Ce ne fut pas nécessaire. Elle ouvrit la porte assez grand pour que Harry puisse se glisser à l'intérieur. L'Albury sentait la vieille bière et le savon, et semblait étrangement plus petit lorsqu'on le voyait vide et en plein jour.

Il trouva Alex Tomaros, alias « Mr Bean », alias « Fiddler Ray », dans son bureau, derrière le comptoir. Harry se présenta.

« Que puis-je faire pour vous, M. Holy ? » Il parlait vite et avec un accent marqué, comme le font les étrangers qui ont vécu un certain temps dans un pays — dans leur version cristallisée de la langue.

« Merci d'avoir pu me recevoir aussi rapidement, M. Tomaros. Je sais que je ne suis pas le premier à venir vous demander des tas de choses, alors je ne serai pas long, c'est juste...

— Tant mieux, comme vous le voyez, j'ai pas mal de choses à faire. La comptabilité, vous savez...

— Je comprends. Je vois dans votre déposition que vous avez contrôlé la caisse le soir où Inger Holter a disparu. Y avait-il quelqu'un d'autre avec vous ?

— Si vous aviez lu votre papier un tout petit peu plus attentivement, vous auriez sûrement vu que j'étais seul. Je suis toujours seul... »

Harry enregistra l'apparence arrogante d'Alex

Tomaros, et sa bouche humide et postillonnante : Tu m'étonnes... se dit-il.

« ... à faire la caisse. Absolument seul. Oui, si j'avais voulu, j'aurais pu arnaquer ce bar de plusieurs dizaines de milliers de dollars sans que personne ne remarque quoi que ce soit.

— Alors, concrètement parlant, vous n'avez pas d'alibi pour le soir où Mlle Holter a disparu ? »

Tomaros retira ses lunettes.

« Concrètement parlant, j'ai téléphoné à ma mère à deux heures pour lui dire que j'avais terminé, et que j'arrivais.

— Concrètement parlant, vous aviez le temps de faire beaucoup de choses entre la fermeture du bar, à une heure, et votre coup de fil à deux heures, M. Tomaros. Non que je vous soupçonne de quoi que ce soit... »

Tomaros le regardait sans ciller.

Harry passa en revue les pages vierges de son carnet de notes, comme s'il cherchait quelque chose de précis.

« Et d'ailleurs, pourquoi avez-vous téléphoné à votre mère ? Ce n'est pas un peu inhabituel, de passer un coup de fil à deux heures du matin, rien que pour transmettre un message de ce genre ?

— Ma mère tient à savoir où je suis. La police est aussi allée la voir, alors je ne vois pas pourquoi il faut reprendre tout ça.

— Vous êtes grec, n'est-ce pas ?

— Je suis australien, et ça fait vingt ans que j'habite ici. Mes parents étaient relativement grecs. Ma mère a la nationalité australienne, à présent. Autre chose ? » Il se contrôlait bien.

« Vous avez montré un intérêt envers Inger Holter sur un plan plus personnel. Comment avez-vous réagi quand elle vous a éconduit au bénéfice d'autres hommes ? »

Tomaros s'humecta les lèvres et s'apprêta à dire quelque chose, mais se contint. Le bout de sa langue apparut à nouveau. Comme celle d'un petit serpent, se dit Harry. Un pauvre petit serpent que tout le monde méprise et pense inoffensif.

« Mlle Holter et moi avions parlé de dîner ensemble, si c'est à ça que vous pensez. Elle n'était pas la seule de l'équipe que j'ai invitée à dîner. Allez-y, demandez aux autres. À Cathrine et Birgitta, par exemple. Je tiens en effet beaucoup à ce qu'il y ait une bonne relation entre mes employés et moi.

— *Tes* employés ?

— Eh bien, concrètement parlant, je suis...

— Gérant. Eh bien, gérant, tu as apprécié, quand son copain a déboulé ici ? »

La buée avait commencé à envahir les lunettes de Tomaros.

« Inger avait de bons rapports avec de nombreux clients, et il était donc impossible pour moi de savoir que l'un d'entre eux était son copain. Alors, comme ça, elle avait un copain ? Tant mieux pour elle... »

Il ne fallut pas à Harry de gros talents de psychologue pour s'apercevoir de la tentative que faisait Tomaros pour jouer les indifférents.

« Alors tu n'as aucune idée des gens avec qui elle entretenait une relation particulièrement amicale, Tomaros ? »

Celui-ci haussa les épaules.

« Il y avait le clown, bien sûr, mais il a d'autres centres d'intérêt...

— Le clown ?

— Otto Rechtnagel, un habitué. Elle avait l'habitude de lui fournir de la nourriture pour...

— ... le chien ! » cria Harry. Tomaros fit un bond sur sa chaise. Harry se leva et se frappa la paume de la main.

« C'est ça ! Otto s'est fait remettre un sac, hier, au bar. C'étaient des restes pour le chien ! Ça me revient, maintenant, il m'a dit qu'il avait un chien. Inger a dit à Birgitta qu'elle emportait des restes pour le chien, ce soir-là, avant de rentrer chez elle, et on s'est toujours dit que c'était pour le chien de son logeur. Mais le diable de Tasmanie est végétarien. Savez-vous de quel genre de restes il s'agissait ? Savez-vous où habite Rechtnagel ?

— Doux-Jésus ! Pourquoi le saurais-je ? » demanda Tomaros, épouvanté. Sa chaise avait reculé jusqu'aux étagères.

« O.K., écoutez-moi. Fermez-la sur ce qui vient de se passer, n'en parlez même pas à votre maman bien-aimée, ou je reviens pour vous arracher la tête. C'est compris, Mr Bea... M. Tomaros ? »

Alex Tomaros hocha la tête, rien de plus.

« Et maintenant, je vais vous emprunter votre téléphone. »

Le ventilateur grinçait pitoyablement, mais personne dans la pièce n'y prêtait attention. Tous se concentraient sur Yong, qui venait de poser un transparent représentant une carte de l'Australie sur la vitre du rétroprojecteur. Il y avait dessiné des petits points rouges, et des dates étaient notées en regard de chaque point.

« Ce sont les endroits et les dates des viols et des meurtres dont nous sommes sûrs que notre homme est responsable, expliqua-t-il. Nous avons déjà essayé de trouver une logique géographique ou temporelle, mais sans succès. Il semblerait maintenant que Harry l'ait trouvée pour nous. »

Yong superposa un autre transparent, orné de points bleus qui recouvraient pratiquement tous les points rouges de la première carte.

« Qu'est-ce que c'est que ça ? demanda Wadkins avec impatience.

— Ça, c'est tiré des dates de *The Australian Travelling Showpark*, une fête foraine itinérante, et ça montre où ils se trouvaient aux dates qui nous intéressent. »

Le ventilateur poursuivait sa complainte, mais hormis cela, le silence était total dans la salle de réunion.

« Corne de bouc, on le tient ! s'exclama Lebie.

— La probabilité qu'il s'agisse d'une coïncidence est d'environ une sur quatre millions, sourit Yong.

— Attends, attends, qui on cherche, ici ? s'immisça Wadkins.

— On cherche cet homme », répondit Yong en posant un troisième transparent. Deux yeux tristes surplombant un sourire timide, dans un visage pâle et un peu bouffi, les regardèrent depuis l'écran. « Harry peut vous dire qui c'est. »

Harry se leva.

« C'est Otto Rechtnagel, clown professionnel, quarante-deux ans, qui a parcouru le pays en compagnie de *The Australian Travelling Showpark* sur les dix dernières années. Quand la fête foraine est au repos, il vit seul à Sydney et exerce en tant qu'artiste indépendant. Il y a peu, il a monté une petite troupe de cirque qui fait des représentations en ville. Son casier judiciaire est vierge, à ce qu'on en connaît, il n'a jamais été dans la lumière des projecteurs pour des histoires d'attentat à la pudeur, et il est considéré comme un type calme et jovial, bien qu'un peu excentrique. Le point crucial, c'est qu'il connaissait la victime ; il faisait partie de la clientèle fidèle du restaurant où travaillait Inger Holter, et ils avaient fini par devenir bons amis. Elle allait apparemment chez Otto Rechtnagel la nuit où elle a été tuée. Lui porter de la nourriture, pour son chien.

— Pour le chien ? demanda Lebie en riant. À une heure et demie du matin ? Il devait bien y avoir un petit quelque chose pour notre clown aussi, selon moi.

— Justement, là, tu mets le doigt sur l'aspect un peu bizarre de l'affaire, dit Harry. Otto Rechtnagel entretient une image d'homosexuel inconditionnel depuis qu'il a dix ans. »

Cette information provoqua des murmures autour de la table.

Wadkins gémit :

« Tu veux dire qu'un type homosexuel à ce point aurait pu tuer sept femmes et en violer six fois plus ? »

McCormack les avait rejoints dans la salle de réunion. On l'avait informé à l'avance :

« Si tu as été un pédé heureux en n'ayant que des amis pédés toute ta vie, ce n'est peut-être pas étonnant que tu t'inquiètes le jour où tu t'aperçois que la vue d'une jolie paire de nichons fait que Popaul se sent tout chose. Bon Dieu, on est à Sydney, la seule ville au monde où on met son côté hétéro en sourdine. »

Le rire tonitruant de McCormack couvrit le cancan de Yong, qui riait tellement que ses yeux n'étaient plus que deux fentes.

Wadkins ne se laissa cependant pas entraîner par toute cette bonne humeur. Il se gratta la tête.

« Quoi qu'il en soit, il y a une ou deux choses qui ne collent pas. Pourquoi un type qui jusque-là a été aussi froid et calculateur devrait-il brusquement se dévoiler à ce point ? Inviter une victime chez soi, comme ça... Je veux dire... Il ne pouvait pas savoir si Inger dirait où elle allait. Dans ce cas, elle nous aurait conduits droit à lui. En plus, on a l'impression que toutes les autres victimes ont été choisies au hasard. Pourquoi devrait-il changer tout à coup de façon de faire, et choisir une fille qu'il connaissait ?

— Tout ce qu'on sait sur ce pauvre diable, c'est justement qu'il ne suit pas un schéma particulier, dit Lebie en soufflant sur un de ses anneaux. Au contraire, on dirait qu'il aime la diversité... Hormis le fait que les victimes doivent être blondes... » Il frotta son anneau contre la manche de sa chemise « ... et qu'il les étrangle volontiers ensuite.

— Une sur quatre millions », répéta Yong.

Wadkins soupira.

« O.K., je me rends. Peut-être que nos prières ont tout bonnement été entendues. Peut-être qu'il a fini par commettre l'erreur qu'on attendait.

— Qu'est-ce que vous faites, maintenant ? » demanda McCormack.

Ce fut à Harry de prendre la parole :

« Il y a peu de chances que Otto Rechtnagel soit chez lui, il doit participer à la première d'un nouveau spectacle avec sa troupe, ce soir, à Bondi Beach. Je propose que nous allions voir sa représentation et que nous lui mettions la main dessus sitôt le spectacle terminé.

— Je vois que notre collègue norvégien a le goût de ce qui est un peu théâtral, dit McCormack.

— S'il faut interrompre la représentation, les

médias seront sur l'affaire en quelques secondes, *Sir.* »

McCormack hocha lentement la tête.

« Wadkins ?

— Ça me va, *Sir.*

— O.K. Chopons-le, les gars. »

Andrew avait remonté sa couverture jusque sous son menton et donnait l'impression d'être déjà sur son lit de mort. Les gonflements, sur le côté de son visage, avaient pris tout un tas de couleurs intéressantes, et son visage se crispa de douleur lorsqu'il essaya de sourire à Harry.

« Bonté divine, ça fait si mal, de sourire ? demanda Harry.

— Tout me fait mal. Même de penser », répondit Andrew d'un ton mauvais.

Un bouquet de fleurs ornait sa table de chevet.

« D'une secrète admiratrice ?

— Si on veut. Il s'appelle Otto. Et demain, Toowoomba va venir me voir, et aujourd'hui, c'est toi. C'est chouette, de sentir qu'on vous aime.

— Moi aussi, je t'ai apporté quelque chose. À ne consommer que quand personne ne te verra, recommanda Harry en brandissant un énorme cigare presque noir.

— Ah, *maduro*. Bien sûr. De la part de mon cher *amarillo* norvégien. »

Andrew jubilait, et rit aussi prudemment qu'il le put.

« Ça fait combien de temps que je te connais, Andrew ? »

Andrew caressa le cigare comme s'il s'agissait d'un minou.

« Je dirais bien plusieurs jours, mon pote. On est pour ainsi dire frères.

— Et combien de temps crois-tu qu'il faille pour *vraiment* connaître quelqu'un ?

— Pour le connaître *vraiment* ? répéta Andrew en reniflant avec délice son cigare. Eh bien, Harry, il ne faut pas nécessairement beaucoup de temps pour avoir une certaine connaissance des sentiers les plus fréquentés du grand bois sombre. Certaines personnes ne sont faites que de chemins droits et soignés, aussi bien signalés qu'éclairés. C'est comme si elles voulaient tout te dire. Mais c'est à ce moment-là qu'il faut faire le plus attention à ne pas tout considérer comme acquis. Parce que ce n'est pas sur les routes éclairées que tu trouves la faune sylvestre, c'est dans les buissons et les fourrés.

— Et ça, combien de temps faut-il pour le connaître ?

— Tout dépend de qui s'y attelé. Et du bois. Certains sont plus sombres que d'autres.

— Et ton bois, il est comment ? » demanda Harry.

Andrew dissimula le cigare dans le tiroir de sa table de chevet.

« Sombre. Comme un *maduro*. » Il fit une pause, sans quitter Harry du regard.

« Mais ça, tu m'as bien l'air de l'avoir déjà découvert...

— J'ai discuté avec un de tes amis, qui a éclairé un peu la véritable personnalité d'Andrew Kensington, oui.

— Bon, alors dans ce cas, tu sais de quoi je parle. Quand je dis de ne pas se laisser abuser par les chemins bien éclairés. Mais toi aussi, tu n'es pas exempt de zones d'ombre, alors je ne dois pas avoir besoin de te l'expliquer en détail ?

— À quoi tu penses ?

— Disons que je sais reconnaître un homme qui a mis un terme à certaines choses. À la boisson, par exemple.

— C'est apparemment le cas de tout le monde, murmura Harry.

— Tout ce qu'on a derrière soi laisse des traces, n'est-ce pas ? La vie qu'une personne a menée se lit sur elle, à condition qu'on sache le faire.

— Et toi, tu sais ? »

Andrew posa sa grosse patte sur l'épaule de Harry, qui se dit qu'il avait repris du poil de la bête remarquablement vite.

« Je t'aime bien, Harry. Tu es mon ami. Je crois que tu comprends de quoi il s'agit, alors fais attention aux endroits où tu furètes. Je suis juste l'une de ces très nombreuses âmes esseulées qui tentent de vivre sur cette Terre. J'essaie de m'en tirer sans faire trop d'erreurs fatales. Il m'arrive parfois même d'avoir suffisamment pris le dessus pour essayer d'accomplir quelque chose de bien. C'est tout. Je ne représente pas grand-chose, dans cette histoire, Harry. Me comprendre ne te mènera pas loin. Merde, même moi, ça ne m'intéresse pas spécialement de me comprendre plus que nécessaire.

— Pourquoi ça ?

— Quand ta forêt est si sombre que même toi, tu n'arrives pas à la connaître, il peut être bon de ne pas trop chercher à faire des découvertes. Tu aurais vite fait de tomber dans un ravin. »

Harry hocha la tête, le regard perdu sur les fleurs dans leur vase.

« Tu crois aux coïncidences ? demanda-t-il.

— Mouais, répondit Andrew. Après tout, la vie n'est qu'une succession de coïncidences tout à fait incroyables. Quand tu achètes un billet de loterie, et que tu tombes par exemple sur le numéro 822531, il y a une chance sur un million pour que tu obtiennes ce numéro. »

Harry hocha à nouveau la tête.

« Ce qui me chiffonne, c'est que j'ai obtenu ce numéro, et pas un autre, trop de fois de suite.

— Ah oui ? » Andrew se redressa en gémissant sur son lit. « Raconte à Tonton.

— La première chose qui se passe quand j'arrive à Sydney, c'est que j'apprends qu'en fait, tu n'étais absolument pas censé t'occuper de cette affaire, mais que tu as insisté pour être mis sur le meurtre d'Inger Holter, et que tu as en plus insisté pour bosser avec moi, un étranger. Dès ce moment-là, on devrait commencer à se poser certaines questions. Ce que tu fais ensuite, c'est me présenter à l'un de tes amis sous prétexte d'aller voir un numéro de cirque modérément drôle afin de tuer un peu le temps. Sur les quatre millions d'habitants que compte Sydney, il faut que ce soit ce gars-là que je rencontre le soir de mon arrivée. *Un* type ! Quatre millions contre un. Ce même type réapparaît d'ailleurs, on fait même un pari de nature on ne peut plus personnel de cent dollars, mais ce qui est le plus important, c'est qu'il se pointe au bar où travaille Inger Holter, et qu'il se trouve qu'il la connaît ! Là aussi, quatre millions contre un ! Et pendant qu'on essaie de mettre le grappin sur un *prétendu* tueur, à savoir Evans White, toi, tu nous dégottes en moins de deux un contact qui a *vu* White, une personne sur dix-huit millions vivant sur ce continent, un contact qui comme par hasard est à Nimbin le soir du meurtre ! »

Andrew semblait avoir sombré dans de profondes pensées. Harry poursuivit :

« Alors je me dis que ce n'est vraiment pas surprenant que tu me donnes l'adresse du pub où la bande d'Evans White à comme par hasard l'habitude de zoner, de sorte qu'ils puissent confirmer sous la pression l'histoire que tout le monde a l'air de vouloir que je croie : que White n'a rien à voir dans cette histoire. »

Deux infirmières étaient entrées et l'une d'entre elles attrapa le pied du lit.

« Je suis sincèrement désolée, mais les visites sont terminées, dit l'autre d'un ton doux mais ferme. M. Kensington doit passer un électroencéphalogramme et les médecins attendent. »

Harry se pencha tout près d'Andrew et lui chuchota à l'oreille :

« Je ne suis au mieux qu'un homme moyennement intelligent, Andrew. Mais je sens qu'il y a quelque chose que tu essaies de me dire. Je n'arrive juste pas à comprendre pourquoi tu ne veux pas cracher le morceau. Et en quoi tu as besoin de moi. Est-ce qu'il y a quelqu'un qui te tient, Andrew ? »

Il marcha à tout petits pas à côté du lit que les infirmières sortirent de la chambre et commencèrent à pousser dans le couloir. Andrew avait posé la tête sur l'oreiller et fermé les yeux.

« Harry, tu m'as dit une fois que les Blancs et les Aborigènes avaient trouvé à peu près la même explication quant aux premiers hommes sur terre, parce que nous faisons les mêmes conclusions concernant les choses dont on ne sait rien, que nous avons ce qu'on pourrait appeler des schémas de pensée innés. D'une certaine façon, c'est probablement la chose la plus idiote qu'il m'ait été donné d'entendre, mais j'ai en même temps un peu l'espoir que tu aies raison.

Et si c'est le cas, il suffit de fermer les yeux, et de regarder...

— Andrew ! » feula Harry dans son oreille. Ils s'étaient arrêtés devant un monte-charge, et l'une des infirmières ouvrit la porte.

« Arrête de me prendre pour un con, Andrew ! Tu m'entends ? C'est Otto ? C'est Otto, qui est Bubbur ? »

Andrew ouvrit tout grand les yeux.

« Comment...

— On va le choper ce soir, Andrew. Après son spectacle.

— Non ! » Andrew s'assit à moitié sur le lit, mais l'une des infirmières le remit en place d'un geste doux mais déterminé.

« Le médecin vous a dit de ne pas bouger, M. Kensington. N'oubliez pas que vous avez subi un sérieux traumatisme. » Elle se tourna vers Harry : « Vous n'êtes pas autorisé à nous suivre, à partir d'ici. »

Andrew fit de nouveaux efforts pour se redresser sur son lit.

« Pas maintenant, Harry ! Laisse-moi deux jours. Pas maintenant. Promets-moi que vous attendrez deux jours ! Allez au Diable, vous ! » conclut-il en s'adressant à l'infirmière.

Il repoussa violemment la main qui tentait de le faire se rallonger.

Harry se tenait à la tête du lit, qu'il retenait. Il se pencha en avant et chuchota très vite, crachant presque les mots :

« Pour l'instant, aucun des autres ne sait que Otto te connaît, mais ce n'est bien sûr qu'une question de temps. Ils vont se demander quel est ton rôle dans tout ça, Andrew. Je ne peux pas retarder cette arrestation, à moins que tu ne me donnes une putain de bonne raison. Et tout de suite ! »

Andrew attrapa Harry par le col de sa chemise :

« Cherche mieux, Harry ! Utilise tes yeux ! Rends-toi compte que... commença-t-il avant d'abandonner et de retomber sur son oreiller.

— Que quoi ? » tenta Harry, mais Andrew avait fermé les yeux, et il le congédia d'un geste. Il avait tout à coup l'air si vieux et si petit, se dit Harry. Vieux, petit et noir dans un grand lit blanc.

L'une des infirmières écarta résolument Harry, et la dernière chose qu'il vit avant que les portes du monte-charge ne se referment, ce fut la grande main noire d'Andrew qui s'agitait toujours.

11

Une exécution et Birgitta se dénude

Une fine pellicule de nuages s'était formée entre le soleil et la colline derrière Bondi Beach. La plage avait commencé à se vider en un flux régulier de ces individus qui peuplent la plage la plus connue et la plus glamour d'Australie : des surfeurs aux lèvres et au nez barbouillés de blanc, des body-builders qui avançaient en se dandinant, des filles en jean coupé, sur des roller-blades, des semi-vedettes pleines de coups de soleil et des sirènes siliconées. En un mot : « The Beautiful People », les jeunes, les beaux et — en tout cas extérieurement — les réussis. Campbell Parade, où les magasins de mode, les petits hôtels en vogue et les petits restaurants aux tarifs délirants alternent en rang serré, était à cet instant de la journée un boulevard bouillant. Des cabriolets sport avançaient sans à-coup dans les embouteillages en émettant d'impatients beuglements de rut, tandis que leurs conducteurs scrutaient les trottoirs à travers les verres miroir de leurs lunettes de soleil.

Harry pensa à Kristin.

Il pensa à la fois où Kristin et lui voyageaient en Interrail et étaient descendus à Cannes. La saison touristique battait son plein, et ils n'avaient pu trouver aucune chambre d'hôtel à un prix raisonnable dans toute la ville. Ils avaient vadrouillé tant et tant qu'il leur avait fallu racler les fonds de tiroirs, et leur budget était loin de pouvoir supporter une nuit dans l'un des nombreux hôtels de luxe. Ils s'étaient donc renseignés sur l'heure du premier train pour Paris, avaient mis leurs sacs à dos en consigne à la gare et étaient allés sur la Croisette. Ils l'avaient parcourue dans tous les sens, en regardant les gens et les animaux, tous aussi beaux et riches, et les yachts insensés qui comptaient leur propre équipage —avec leurs navettes *cabin cruisers* amarrées à l'arrière et leur piste pour hélicoptère sur le dessus — ce qui les fit jurer à cet endroit et à cet instant de voter socialiste pour le restant de leurs jours.

Ils avaient fini par tant transpirer à se promener qu'ils sentirent qu'un bain s'imposait. Les serviettes et les maillots étant dans les sacs, ils durent se baigner en sous-vêtements. Kristin n'avait plus de culotte propre, et portait l'un des slips-kangourou de Harry. Ils se jetèrent dans la Méditerranée, au milieu d'onéreux et élégants maillots de bain et de lourds bijoux en or, gloussant, heureux, dans leurs slips blancs HOM.

Harry se souvenait qu'il était étendu sur le dos dans le sable, et qu'il regardait Kristin debout à côté de lui, un T-shirt noué à la va-vite autour de la taille tandis qu'elle retirait le slip trempé et informe. Il jouit de la vue de sa peau en feu sur laquelle les gouttes d'eau brillaient sous le soleil, de son T-shirt qui remontait le long d'une longue cuisse bronzée, de la courbe délicate de ses hanches, de l'envie qu'il lisait dans le regard des Français, et du coup d'œil qu'elle lui jeta à un moment, le prenant en flagrant délit, avant d'enfiler lentement son jean sans le quitter des yeux... Elle passa une main sous son T-shirt, comme pour remonter la fermeture éclair, mais l'y laissa, tandis qu'elle basculait la tête en arrière en fermant les yeux... Puis elle promena un bout de langue rouge et taquin sur ses lèvres, mais elle fut emportée dans son élan et atterrit lourdement sur lui en hoquetant de rire.

Ils dînèrent ensuite à la terrasse donnant sur la mer d'un restaurant beaucoup trop cher, et ils regardèrent le soleil se coucher, enlacés sur la plage, et Kristin pleurait un peu parce que c'était si beau ; ils se mirent d'accord pour descendre au Carlton et foutre le camp sans payer la note, éventuellement laisser tomber les deux journées qu'ils avaient prévu de passer à Paris.

Cet été-là était toujours la première chose qui lui revenait en mémoire lorsqu'il pensait à Kristin. Ça avait été si intense, et on pouvait facilement dire après coup que c'était parce que la séparation se profilait à l'horizon. Mais Harry ne pouvait pas se rappeler y avoir pensé à cet instant précis.

L'automne de la même année, Harry partit au service militaire, et avant Noël, Kristin avait rencontré un musicien qu'elle suivit à Londres.

Harry, Lebie et Wadkins occupaient une table sur le trottoir à l'angle de Campbell Parade et Lamrock Avenue. La table était à l'ombre, à cette heure tardive de l'après-midi, mais pas suffisamment tardive pour que leurs lunettes de soleil n'éveillent l'attention. Leurs vestes, cependant, posaient davantage problème, dans cette chaleur, mais c'était ça ou les manches courtes et les holsters. Ils ne disaient pas grand-chose, ils se contentaient d'attendre.

À mi-chemin de la promenade qui séparait la plage de Campbell Parade, se trouvait le St George's Theatre, un beau bâtiment jaune dans lequel Otto Rechtnagel se produirait sous peu.

« Tu as déjà utilisé un Browning Hi-Power ? » demanda Wadkins.

Harry secoua la tête. Ils lui avaient montré comment le charger et comment enclencher la sécurité quand on le lui avait donné au dépôt, point final. Ça n'avait pas d'importance, Harry ne pensait vraiment pas que Otto sortirait un pistolet automatique pour essayer de les descendre.

Lebie vérifia l'heure. « Il est temps qu'on y aille », dit-il. Une couronne de gouttelettes de sueur lui ceignait la tête.

Wadkins toussota.

« O.K., dernière répétition : au moment où tout le monde est sur scène et salue le public après le numéro final, Harry et moi passons par la porte sur le côté de la scène. J'ai convenu avec le gardien qu'elle devrait rester ouverte. Il a aussi placardé une grosse pancarte sur la porte de la loge de Rechtnagel. On l'attendra devant, et on l'arrêtera à ce moment-là. Clic — les menottes et pas une arme si la situation ne dégénère pas. Sortie par la porte de derrière où une voiture de police nous attendra. Lebie restera dans la salle et informera par talkie-walkie de l'arrivée de Rechtnagel. Même chose si Rechtnagel sent venir le vent et tente de se barrer en traversant la salle, vers la porte principale. Allons-y, installons-nous et prions pour qu'ils aient la clim. »

La petite salle intime du St George's Theatre était bondée, et l'ambiance était déjà bonne quand le rideau se leva. À vrai dire, le rideau ne monta pas, il descendit. Les clowns regardèrent tout d'abord d'un air perdu le plafond d'où il s'était détaché, puis se mirent à discuter en faisant de grands gestes avant de partir en courant dans tous les sens pour ôter le rideau de la scène, en trébuchant les uns sur les autres et en levant leurs chapeaux comme pour s'excuser auprès du public. Des rires et des cris joyeux fusèrent. Les artistes semblaient avoir de nombreux amis ou connaissances dans la salle. La scène fut débarrassée et transformée en échafaud, et Otto entra sur un rythme de marche funèbre lente et monotone jouée par un tambour seul.

En voyant la guillotine, Harry comprit immédiatement qu'il s'agissait d'une variante du numéro qu'il avait vu à la Power House. C'était manifestement à la reine de s'y coller, ce soir, car Otto portait une robe de bal rouge et une imposante perruque blanche qui surplombait son visage poudré. Le bourreau avait lui aussi une autre tenue, un costume moulant noir muni de grandes oreilles et d'une membrane sous chaque bras, ce qui le faisait ressembler à un démon.

Ou à une chauve-souris, se dit Harry.

On hissa le couperet de la guillotine, et on plaça une citrouille dessous avant de laisser retomber la lame, qui toucha le socle de la guillotine comme si la citrouille n'avait jamais été là. Le bourreau brandit triomphalement les deux moitiés du gros légume, sous les cris et les sifflets du public. Après quelques scènes déchirantes dans lesquelles la reine pleurait et demandait pitié en essayant en vain de s'attirer les bonnes grâces de l'homme vêtu de noir, la reine fut traînée jusqu'à la guillotine, sur le dos et les jambes battant le vide sous sa robe, au grand amusement du public.

On remonta le couperet, et le tambour se mit à

jouer un roulement qui s'enfla encore et encore tandis qu'on diminuait l'éclairage sur scène.

Wadkins se pencha vers l'avant :

« Alors il tue des blondinettes aussi sur scène ? »

Le roulement enflait toujours. Harry regarda autour de lui. Les gens semblaient assis sur des punaises, certains étaient penchés en avant, la bouche ouverte, tandis que d'autres avaient mis leurs mains devant les yeux. Des générations s'étaient ainsi laissé réjouir et terrifier par le même numéro, depuis plus de cent ans.

Comme en réponse à ses pensées, Wadkins se pencha à nouveau :

« La violence, c'est comme le coca-cola et la Bible : un classique. »

Le roulement de tambour continuait, et Harry prit conscience que ça commençait à être un petit peu long. Ils n'avaient pourtant pas mis autant de temps avant de lâcher la lame, la première fois qu'il avait vu le numéro... Le bourreau s'impatientait, il avança en piétinant et jeta un coup d'œil vers le sommet de la guillotine, comme si quelque chose clochait. Puis, tout à coup, sans que quelqu'un ait semblé faire quoi que ce fût, la lame s'abattit. Harry se figea malgré lui, et un halètement traversa le public au moment où le couperet atteignit la nuque. Le tambour s'interrompit subitement, et la tête tomba au sol avec un bruit sinistre. Un silence assourdissant s'installa, avant qu'un cri ne monte de quelque part devant Wadkins et Harry. L'inquiétude se propagea dans la salle, et Harry plissa les yeux pour voir ce qui se passait dans la pénombre. Il ne vit que le bourreau qui reculait.

« Seigneur ! » murmura Wadkins.

Le son de quelqu'un qui applaudissait leur parvint depuis la scène. C'est alors que Harry le vit. La colonne vertébrale pointait de l'encolure de la décapitée, comme un serpent blanc balançant lentement la tête de bas en haut. Le sang jaillissait par à-coups de l'ouverture béante et giclait sur le sol.

« Il savait qu'on venait ! chuchota Wadkins. Il savait qu'on serait là ! Il s'est même déguisé comme l'une de ses putains de victimes ! » Il approcha son visage tout près de celui de Harry. « Merde, Holy ! Merde ! »

Harry ne savait pas ce qui le rendait tout à coup aussi nauséeux, si c'était tout ce sang, la façon peu raffinée dont Wadkins avait utilisé « putain de... » juste avant « victime » ou tout bonnement l'haleine incroyablement fétide de Wadkins.

En un clin d'œil, une mare rouge s'était formée, dans laquelle le bourreau, visiblement en état de choc, glissa lorsqu'il courut pour aller ramasser la tête. Il tomba avec un bruit sourd, et deux autres clowns arrivèrent en courant sur scène en criant en même temps :

« Allumez la lumière !

— Remontez le rideau ! »

Deux des autres clowns arrivèrent à toute allure avec le rideau, et tous les quatre se figèrent, et passèrent un moment à échanger des regards et à lever les yeux au plafond. On entendit un cri de derrière la scène, les rampes lumineuses se mirent à faire des étincelles avant de s'éteindre avec fracas, plongeant la salle dans l'obscurité totale.

« Ça pue, Holy ! Suis-moi ! » Wadkins attrapa Harry par la manche, se leva et fit mine d'avancer.

« Assieds-toi, chuchota Harry en le tirant vers le bas.

— Plaît-il ? »

La lumière se fit, et la scène qui quelques secondes auparavant n'avait été qu'un chaos de sang, de têtes, de guillotines, de clowns et de rideaux apparut vide, à l'exception du bourreau et d'Otto Rechtnagel qui se tenait sur le bord de la scène avec la tête de la reine sous le bras. Ils furent accueillis avec un hurlement de joie de la salle, qu'ils reçurent avec une profonde révérence.

« Qu'on me les coupe ! » fit Wadkins.

À l'entracte, Wadkins s'accorda une bière.

« Le premier numéro, là, a failli me tuer, dit-il. Putain, j'en tremble encore. Peut-être qu'on devrait lui mettre la main dessus tout de suite, ça me rend nerveux, d'attendre. »

Harry haussa les épaules.

« Pourquoi ? Il n'ira nulle part, et il ne se doute de rien. Tenons-nous-en à ce qui a été prévu. »

Wadkins enclencha discrètement son talkie-walkie pour vérifier qu'il avait bien le contact avec Lebie, qui, par acquit de conscience, était resté dans la salle. La voiture de police était à sa place, près de la porte de derrière.

Harry dut reconnaître que les nouveaux perfectionnements techniques faisaient leur effet, mais il ruminait toujours sur les raisons pour lesquelles Otto avait échangé Louis XVI contre cette blonde que personne ne pourrait reconnaître à coup sûr. Il était certainement parti du principe que Harry profitait de ses entrées gratuites, et qu'il était dans la salle. Était-ce sa façon de jouer avec la police ? Harry avait lu qu'il n'était pas rare que les tueurs en série développent une confiance en soi de plus en plus nette à mesure que le temps passait sans qu'ils se fassent prendre. Ou bien était-ce une supplique pour que quelqu'un l'arrête ? Et il y avait bien sûr une troisième possibilité — que c'était un numéro de cirque qu'ils avaient un peu modifié.

Une sonnerie retentit.

« Et c'est reparti, dit Wadkins. J'espère que personne d'autre ne se fera tuer ce soir. »

Un peu après le début de la deuxième partie, Otto arriva en catimini sur scène, déguisé en chasseur, un pistolet à la main, tout en observant le feuillage de quelques arbres qu'on avait ajoutés au décor. On y entendait des chants d'oiseaux, que le chasseur d'Otto essayait d'imiter tout en visant au milieu des branches. Un claquement sec retentit, un petit nuage de fumée s'éleva du pistolet, et quelque chose de noir tomba de l'arbre et toucha la scène dans un choc mou. Le chasseur se précipita et ramassa, ô surprise, un chat noir ! Otto fit une profonde révérence et quitta la scène sous des applaudissement tempérés.

« Pas compris », chuchota Wadkins.

Harry aurait peut-être apprécié le spectacle s'il avait été moins tendu. Mais dans l'état actuel des choses, il surveillait davantage l'heure que ce qui se passait sur scène. De plus, plusieurs numéros faisaient des allusions mordantes typiquement locales, qui passaient à des kilomètres au-dessus de Harry, mais que le public avait l'air de beaucoup aimer. Pour conclure, on joua de la musique, et les lumières s'allumèrent et s'éteignirent tandis que tous les artistes montaient sur scène.

Harry et Wadkins passèrent en s'excusant devant la rangée de personnes qui durent se lever pour les laisser sortir, et gagnèrent à pas rapides la porte qui se trouvait sur le côté de la scène. Elle était ouverte, comme convenu, et ils entrèrent dans un couloir qui partait en demi-cercle derrière la scène. Au bout de ce couloir, ils virent une porte indiquant *Otto Rechtnagel, clown* et attendirent devant. La musique et l'ovation du public faisaient trembler les murs. Au même moment, un grésillement s'échappa du talkie-walkie de Wadkins. Il l'attrapa.

« Déjà ? demanda-t-il. Mais il y a toujours de la musique. *Over.* »

Il ouvrit tout grands les yeux.

« Quoi ?! Répète ! *Over*. »

Harry comprit que quelque chose ne tournait pas rond.

« Reste assis et ne quitte pas la porte des yeux. *Over and out* ! » Wadkins remit l'appareil en place dans sa poche intérieure et dégaina son pistolet :

« Lebie ne voit pas Rechtnagel sur scène !

— Il ne le reconnaît peut-être pas ; après tout, ils utilisent pas mal de maquillage, quand ils...

— Ce porc n'est pas sur scène, répéta-t-il en secouant la poignée de la porte de la loge, mais elle était verrouillée. Bordel, Holy, je sens que tout ça ne se passe pas comme il faut. Merde ! »

Le couloir était étroit, ce qui permit à Wadkins de s'appuyer au mur pour donner des coups de pied sur la serrure. Au troisième coup, la porte céda et les éclats de bois volèrent. Ils déboulèrent dans une loge déserte pleine de vapeur blanche. Le sol était mouillé. L'eau et la vapeur provenaient de l'autre côté d'une porte entrouverte qui semblait conduire à la salle de bains. Ils se positionnèrent chacun d'un côté de la porte, Harry avait lui aussi sorti son pistolet et cherchait le cran de sécurité en tâtonnant.

« Rechtnagel ! cria Wadkins. Rechtnagel ! »

Pas de réponse.

« J'aime pas ça ! » chuchota-t-il d'une voix étranglée.

En ce qui le concernait, Harry avait regardé un peu trop de polars à la télévision pour être ravi de la situation. On trouvait globalement des choses modérément sympa dans ce genre de baignoires où l'eau coule toute seule et d'où personne ne répond.

Wadkins pointa l'index sur Harry, puis désigna l'intérieur de la salle de bains avec le pouce. Harry eut vraiment envie de lui retourner un majeur, mais comprit que c'était à lui de s'y coller. Il ouvrit la porte d'un coup de pied, fit deux pas dans le brouillard bouillant et se sentit trempé en l'espace d'une seconde. Il distingua un rideau de douche juste devant son visage. En gardant le pistolet braqué devant lui, il repoussa d'un coup sec le rideau sur le côté.

Vide.

Il se brûla le bras en coupant l'eau chaude, et jura tout haut en norvégien. Ses chaussures gargouillèrent lorsqu'il recula pour se faire une idée plus générale tandis que la vapeur se dissipait.

« Rien ici !

— Pourquoi y a-t-il tant d'eau, bordel de merde ?

— Quelque chose bouche l'évacuation. Un instant. »

Harry plongea la main dans l'eau, où il pensait trouver la bonde. Il tâtonna un peu, mais sentit bientôt quelque chose de mou et lisse qui était coincé. Il s'en saisit et le tira à lui. La nausée qu'il avait éprouvée un peu auparavant le reprit à la gorge, il déglutit et tenta de respirer normalement, mais il eut brusquement l'impression que toute la vapeur qu'il inspirait allait l'étouffer.

« Qu'est-ce qui se passe ? » demanda Wadkins. Il était à la porte et regardait Harry, accroupi devant la baignoire.

« Je crois que j'ai perdu un pari, et que je dois cent dollars à Otto Rechtnagel, dit Harry d'une voix qui ne trahissait rien. Ou en tout cas à ce qu'il en reste. »

Par la suite, Harry se souvint de ce qui s'était passé au St George's Theatre comme à travers du brouillard, comme si la vapeur de la baignoire d'Otto s'était répandue jusqu'à tout envahir : dans le couloir où elle rendait floue la silhouette du gardien qui tentait d'ouvrir la porte de la remise — dans les serrures où elle faisait comme un filtre rougeâtre sur la vision qui les attendait lorsqu'ils forcèrent la porte pour découvrir la guillotine ensanglantée — dans les conduits auditifs où elle assourdissait curieusement, comme du coton, les cris des collègues qu'on n'avait pas réussi à garder au dehors pour qu'ils ne voient pas les morceaux d'Otto Rechtnagel qui jonchaient la pièce.

Ses extrémités étaient éparpillées dans les coins comme les bras et jambes d'une poupée. Les murs et le sol étaient couverts de véritable sang gluant qui, le temps aidant, coagulerait et noircirait. Un tronc gisait sur le banc de la guillotine, un tronc de viande et de sang aux yeux grands ouverts, portant un nez de clown, les joues et le tour de la bouche barbouillés de rouge à lèvres.

La vapeur se collait à la peau de Harry, à sa bouche et à son palais. Comme au ralenti, il vit Lebie émerger du brouillard et venir lui chuchoter à l'oreille : « Andrew a disparu de l'hôpital. »

Wadkins était toujours comme cloué près du banc de la guillotine.

« Quelle putain d'arrogance », entendit Harry au loin.

Quelle évidence, se dit Harry.

Sur la tête d'Otto, le tueur avait enfoncé une perruque blanche.

Quelqu'un avait dû graisser le ventilateur, il tournait régulièrement et presque sans bruit.

« La seule personne que les policiers qui étaient dans la voiture ont vu sortir par la porte de derrière, c'était donc ce bourreau, en noir, c'est bien ça ? »

McCormack avait convoqué tout le monde dans son bureau.

Wadkins acquiesça.

« C'est ça, *Sir*. Attendons de savoir ce que les artistes et les vigiles ont vu, on les interroge en ce moment. Ou bien le meurtrier était dans la salle, et il a réussi à passer par la porte sur le côté de la scène, ou bien il est entré par l'arrière avant que la voiture de police ne se mette en place. »

Il soupira.

« Le gardien confirme que la porte était fermée à clé pendant le spectacle, ce qui implique que le meurtrier avait la clé, ou bien qu'on l'a fait entrer, ou bien qu'il est entré en même temps que les artistes, sans qu'on le remarque, et qu'il s'est caché quelque part. Ensuite, il est allé frapper après le numéro avec le chat, pendant que Otto se préparait dans sa loge pour le numéro final. On l'a probablement endormi — on peut l'espérer, en tout cas, s'interrompit Wadkins — ou bien dans sa loge, ou bien une fois dans la remise. Les gars de la section technique ont retrouvé des traces de diéthyléther. Quoi qu'il en soit, ce type n'est pas la moitié d'un monstre. Après l'équarrissage, il prend les parties génitales de Rechtnagel, retourne dans la loge et ouvre le robinet pour que ceux qui seraient susceptibles de vouloir lui parler entendent l'eau et pensent qu'il prend une douche. »

McCormack se racla la gorge.

« Et cette guillotine ? Il y a des façons plus simples de tuer un homme...

— Eh bien, *Sir*, je parierais que le coup de la guillotine lui est venu comme ça, sur l'instant. Il ne pouvait certainement pas prévoir que celle-ci serait emportée dans la remise, pendant la pause.

— Un type bien, bien dérangé... dit Lebie à ses ongles.

— Et les portes ? Toutes étaient verrouillées, je le rappelle. Comment ont-ils eu accès à la remise ?

— J'ai parlé avec le gardien, dit Harry. En tant que directeur de la troupe, Otto avait l'un des jeux de clés du théâtre dans sa loge. Et il a disparu.

— Et ce... costume de démon ?

— On l'a retrouvé dans le panier de la guillotine, avec la fausse tête et la perruque, *Sir*. Le tueur l'a enfilé après le meurtre, et s'en est servi comme déguisement. Très rusé, ça aussi. Et certainement pas prémédité. »

McCormack appuya pesamment son menton dans ses mains.

« Qu'est-ce que tu en dis, Yong ? »

Yong avait tapoté sur son clavier pendant tout le temps que les autres parlaient.

« Oublions le démon en noir un petit moment, dit-il. Selon toute logique, le meurtrier fait partie de la troupe. »

Wadkins renâcla tout fort.

« Laissez-moi finir, *Sir*, poursuivit Yong. On cherche quelqu'un qui connaissait le spectacle, assez pour savoir que Otto n'avait pas d'autre numéro tout de suite après celui du chat, et qu'on ne le chercherait pas sur scène avant le numéro final, en gros vingt minutes plus tard. En plus, un membre de la troupe n'avait pas besoin d'essayer d'entrer en douce, ce qui me paraît pratiquement impossible pour quelqu'un de l'extérieur. L'un de vous l'aurait vraisemblablement remarqué, s'il était entré par la porte de côté. »

Les autres ne purent qu'acquiescer.

« De plus, j'ai vérifié, et j'ai découvert que trois des membres de cette troupe faisaient également partie de "The Australian Travelling Showpark". Ce qui veut dire qu'il y avait trois autres personnes ce soir qui étaient sur les lieux les jours où les autres crimes ont été commis. Otto était peut-être tout simplement un innocent qui en savait trop ? Je suis d'avis de commencer à chercher là où on a des chances de trouver quelque chose. Je propose de commencer par la troupe, au lieu de courir après un Fantôme de l'Opéra qui doit déjà être loin. »

Wadkins secoua la tête.

« On ne peut pas se permettre de fermer les yeux sur ce qui est évident — un inconnu qui quitte le lieu du crime dans un déguisement trouvé près de l'arme du crime. Il est impossible qu'il n'ait rien à voir dans ce meurtre. »

Harry était d'accord :

« Je crois qu'on peut oublier le reste de la troupe. Tout d'abord, rien ne permet de penser que Otto n'a pas pu tuer et violer toutes ces filles. Les raisons de vouloir supprimer un tueur en série ne manquent pas. L'autre pouvait par exemple être impliqué d'une façon ou d'une autre. Il savait peut-être que Otto était sur le point d'être rejoint par la police, et il n'a pas voulu prendre le risque que Otto parle et l'entraîne dans sa chute. De plus, il n'est pas sûr que le meurtrier ait su à l'avance tout le temps dont il disposerait — il a peut-être forcé Otto à vider son sac au moment de retourner sur scène. Et pour finir : faites confiance à votre instinct ! »

Il ferma les yeux.

« Vous le sentez, hein ? C'est l'homme chauve-souris, celui qu'on cherche. *Narahdarn !*

— Plaît-il ? » demanda Wadkins.

McCormack pouffa.

« On dirait que notre ami norvégien remplace au pied levé notre cher inspecteur Kensington.

— *Narahdarn,* répéta Yong. L'emblème de la mort, pour les Aborigènes ; l'homme chauve-souris.

— Il y a autre chose qui me chiffonne, poursuivit McCormack. Notre type peut se tirer par la porte de derrière pendant le spectacle, à dix pas d'une des rues les plus animées de Sydney, où il est sûr de disparaître en quelques secondes. Pourtant, il prend le temps de passer un déguisement avec lequel il est sûr d'attirer l'attention. Mais qui nous interdit en même temps d'avoir son signalement. On a presque le sentiment qu'il savait que la voiture serait là pour surveiller la porte arrière. Et dans ce cas : comment le savait-il ? »

Silence.

« D'ailleurs, l'hôpital a donné des nouvelles de Kensington ? » McCormack dénicha une pastille qu'il se mit à mâchonner.

Il ne se passait absolument plus rien. Seul le ventilateur continuait à tourner sans bruit.

« Il n'y est plus, finit par dire Lebie.

— Pétard, c'est ce que j'appelle une convalescence express ! fit McCormack. Oui, oui, ce n'est pas plus mal, on a besoin de toutes les ressources disponibles, le plus vite possible, parce que je peux maintenant vous dire une chose : des clowns en petits morceaux font des manchettes encore plus grosses que les filles violées. Et comme je vous l'ai déjà dit, les gars : ceux qui pensent qu'on s'en balance, des journaux, ils se trompent. Les journaux ont déjà réussi à faire nommer et renvoyer des chefs de police dans ce pays. Alors à moins que vous souhaitiez me voir foutu à la porte, vous savez ce qu'il reste à faire. Mais d'abord, rentrez chez vous, dormir un peu. Oui, Harry ?

— Bien, *Sir*.

— O.K. Bonne nuit. »

C'était différent. Les rideaux de sa chambre d'hôtel étaient tirés, et Birgitta se dénudait pour lui, dans la lueur des néons sur King's Cross.

Il était allongé sur le lit, tandis qu'elle laissait tomber vêtement après vêtement, depuis le milieu de la pièce, tout en le fixant d'un regard grave, presque mélancolique. Birgitta avait de longs membres, elle était mince et blanche comme la neige dans la faible lumière. Le bourdonnement d'une intense vie nocturne leur parvenait à travers la fenêtre entrebâillée — voitures, motos, machines à sous diffusant des versions électroniques de vieilles scies, et martèlement du disco. Et en fond — comme des stridulations humaines — le bruit de discussions animées, de cris d'indignation et de rires excités.

Birgitta déboutonna son chemisier, pas avec une langueur ou une sensualité intentionnelle, mais juste lentement.

Elle se déshabillait, point.

Pour moi, se dit Harry.

Il l'avait déjà vue nue, mais ce soir, donc, c'était différent. Elle était si belle qu'il en sentait comme une boule dans la gorge. Jusque-là, il n'avait pas compris sa timidité, pourquoi elle n'enlevait pas son T-shirt et sa culotte avant d'être sous la couverture, ni pourquoi elle se couvrait d'une serviette quand elle allait du lit à la salle de bains. Mais il avait peu à peu compris qu'il n'était pas question de timidité ou de honte de son propre corps ; c'était s'exposer, qui posait problème. Il s'agissait d'abord de jouer sur le temps et les sentiments, de se construire un petit nid de sécurité ; c'était la seule façon pour lui d'avoir *le droit*. C'est pour cela que les choses étaient différentes, ce soir-là. Sa façon de se déshabiller avait quelque chose de rituel, comme si elle voulait montrer par sa nudité à quel point elle était fragile. Qu'elle osait le faire parce qu'elle avait confiance en lui.

Harry sentait battre son cœur, en partie parce qu'il éprouvait de la fierté et du bonheur que cette femme belle et forte lui donne cette preuve de confiance, et en partie parce qu'il était terrifié de ne pas s'en révéler digne. Mais surtout parce qu'il avait la conviction que tout ce qu'il pouvait penser et ressentir était visible aux yeux de tous, dans la lumière rouge, puis bleue, puis verdâtre des néons. Qu'en se déshabillant, elle le déshabillait, lui.

Elle s'immobilisa une fois complètement nue, et toute la pièce sembla éclairée par tant de peau blanche.

« Viens », dit-il d'une voix qui était plus pâteuse qu'il n'aurait voulu, en rejetant le drap de côté ; mais elle ne bougea pas.

« Regarde, chuchota-t-elle. Regarde. »

12

Une grosse dame et un médecin-légiste

Il était huit heures, et Gengis Khan dormait quand l'infirmière, au terme d'intenses négociations, laissa Harry entrer à l'infirmerie. Il ouvrit brusquement les yeux quand Harry approcha une chaise du lit sans la décoller du sol.

« Bonjour, dit Harry. J'espère que tu as bien dormi. Tu te souviens de moi ? Celui qui suffoquait sur la table ? »

Gengis Khan gémit. Il avait un gros bandage blanc autour de la tête, et l'air nettement moins dangereux que lorsqu'il était penché sur Harry, au Cricket.

Harry sortit une balle de cricket de sa poche.

« Je viens de parler avec ton avocat. Il m'a dit que tu renonçais à porter plainte contre mon collègue. »

Il lança la balle de sa main droite dans sa main gauche.

« Étant donné que tu étais en train de m'envoyer ad patres, j'aurais bien sûr été très ennuyé que tu déposes plainte contre le type qui m'a sauvé la vie. Mais l'avocat que tu t'es dégotté a bien l'air de penser que tu pourrais avoir gain de cause. Il prétend pour commencer que tu ne m'as pas *agressé*, que tu m'as simplement *écarté* de ton ami à qui j'étais en train de causer de graves dommages. Il affirme ensuite que ce n'est que par hasard que tu t'en es tiré avec une fêlure à la boîte crânienne, au lieu d'être tué par cette balle de cricket. »

Il lança la balle en l'air, et la rattrapa juste devant le nez de ce pâle prince guerrier.

« Et tu sais quoi ? Je suis bien d'accord. Une *fast ball* en plein dans le front, à quatre mètres — ce n'est vraiment pas de bol que tu aies survécu. Ton avocat m'a appelé au boulot, aujourd'hui, pour savoir comment ça s'était réellement passé. Il pense qu'une procédure visant à des dommages et intérêts se justifie, en tout cas si tu gardes des séquelles. Cet avocaillon appartient à la famille des vautours, c'est bien connu, ils se sucrent d'un tiers du montant des dommages et intérêts, mais il a bien dû te le dire ? Je lui ai demandé pourquoi il n'avait pas réussi à te convaincre d'engager une procédure. Il a déclaré que ce n'était qu'une question de temps. Alors, je me demande... est-ce que c'est juste une question de temps, Gengis ? »

Gengis secoua précautionneusement la tête.

« Non. Allez-vous-en, maintenant, s'il vous plaît, gargouilla-t-il faiblement.

— Mais pourquoi ? Qu'est-ce que tu as à y perdre ? Si tu dois rester invalide, tu sais bien qu'il y a beaucoup à gagner dans une affaire comme ça. Ne perds pas de vue que ce n'est pas un pauvre miséreux que tu traînes en justice, c'est l'État en personne. J'ai vérifié, et j'ai pu constater que tu as même réussi à conserver ton casier judiciaire presque vierge. Alors qui sait, un jury populaire te donnerait peut-être raison, et te rendrait richissime. Mais toi, alors, tu ne veux même pas essayer ? »

Gengis ne répondait pas, il se contentait de regarder Harry de ses yeux bridés et tristes, sous son bandage blanc.

« Je commence à en avoir marre, de traîner dans les hostos, Gengis, alors je vais être bref. De ton agression sur ma personne ont résulté deux côtes cassées et un poumon perforé. Puisque je ne portais pas d'uniforme, que je n'ai pas montré de plaque d'identification, que je n'agissais pas suivant des ordres et qu'en plus l'Australie se trouve légèrement en dehors de mon ressort, le parquet en est venu à la conclusion qu'en termes de droit, j'agissais en tant que particulier, et non en tant qu'officier de police. Ce qui veut dire que je peux moi-même décider si je veux porter plainte contre toi pour voies de fait ou non. Ce qui nous ramène à ton casier judiciaire *presque* vierge. Il se trouve que tu as déjà été condamné à six mois de prison avec sursis pour coups et blessures, pas vrai ? Si on ajoute six mois pour ce que tu viens de faire, on arrive à un an. Un an, ou bien tu me racontes... — il se pencha vers l'oreille qui pointait comme un champignon rose de la tête bandée, et hurla — ... CE QUI SE PASSE, BORDEL DE MERDE !! »

Harry se rassit sur sa chaise.

« Alors, qu'est-ce que tu en dis ? »

McCormack tournait le dos à Harry, regardant par la fenêtre, les bras croisés, une main sur le visage. Le brouillard compact avait effacé les couleurs et gelé les mouvements, faisant ressembler la ville à une photographie floue, en noir et blanc. Le silence fut rompu par un crépitement. Harry comprit petit à petit que c'était McCormack qui faisait claquer ses ongles sur les dents de sa mâchoire supérieure.

« Alors, Kensington connaissait Otto Rechtnagel. Et tu l'as toujours su ? »

Harry haussa les épaules.

« Je sais que j'aurais dû le dire avant, *Sir*. Mais je n'avais pas l'impression que...

— ... que c'est ton rôle de raconter qui Andrew Kensington connaît ou ne connaît pas. Admettons. Mais maintenant, donc, Kensington a fichu le camp de l'hôpital, personne ne sait où il est et tu commences à sentir l'embrouille ? »

Harry hocha la tête à l'attention du dos.

McCormack le regarda dans la vitre. Puis il se retourna vivement pour lui faire face.

« Tu as l'air un tantinet... — il acheva son tour complet et présenta de nouveau son dos à Harry — ... agité, Holy. Il y a quelque chose qui te tracasse ? Tu as autre chose à me raconter ? »

Harry secoua la tête.

L'appartement d'Otto Rechtnagel se trouvait effectivement entre l'Albury et l'appartement d'Inger Holter à Glebe, dans Surrey Hills. Une bonne femme monstrueusement grosse tenait toute la largeur de l'escalier, leur barrant le passage.

« J'ai vu la voiture. Vous êtes de la police ? » glapit-elle d'une voix forte avant de poursuivre sans attendre la réponse : « Vous entendez vous-même son cabot. Ça dure depuis ce matin. »

Ils entendaient des aboiements rauques de derrière la porte de l'appartement d'Otto Rechtnagel.

« C'est triste, ce qui est arrivé à M. Rechtnagel, je ne dis pas, mais il faut absolument que vous emmeniez sa bestiole. Il n'a pas arrêté d'aboyer, et menace de rendre tout le monde cinglé. On ne devrait pas avoir le droit de garder un chien ici. Si vous ne faites rien, on sera obligé de... oh, oui, vous voyez de quoi je parle. »

La bonne femme leva les yeux au ciel et écarta ses bras adipeux, en dégageant une forte odeur de vieille transpiration qu'elle avait essayé de dissimuler sous une grande quantité de parfum.

Harry éprouvait déjà une violente aversion envers l'imposante matrone.

« Les chiens savent », dit Lebie en laissant deux doigts glisser sur la balustrade, avant de jeter un coup d'œil sceptique à son index, comme s'il était venu contrôler la qualité du ménage.

« Que voulez-vous dire, jeune homme ? demanda la montagne de viande en posant les poings sur sa taille, sans avoir l'air de vouloir bouger d'un pouce.

— Il sait que son patron est mort, madame, dit Harry. Les chiens ont un sixième sens, pour ce genre de choses. Il est en deuil.

— En deuil ? répéta-t-elle en les regardant soupçonneusement. Un clebs ? Quelle connerie !

— Que feriez-vous si quelqu'un avait coupé les bras et les jambes de votre maître, madame ? » Lebie regarda la bonne femme, qui resta pétrifiée, la bouche ouverte.

« Et sa bite », ajouta Harry. Il partait du principe que *dick* était un mot que tout le monde comprenait, en Australie aussi.

« Si vous avez un maître. » Lebie la toisa de haut en bas et de long en large.

Après que le tas de viande eut dégagé l'accès, ils essayèrent les différentes clés du trousseau trouvé dans la poche du pantalon d'Otto, dans sa loge. Les aboiements s'étaient changés en grognements, le chien d'Otto Rechtnagel sentant sans doute que c'étaient des étrangers qui tentaient d'entrer.

Le bull-terrier leur faisait face dans le couloir, bien campé sur ses pattes, prêt au combat, quand la porte s'ouvrit. Lebie et Harry s'arrêtèrent pour regarder le drôle de petit chien blanc, comme pour lui faire comprendre que la balle était dans son camp. Le grognement céda la place à des aboiements moins convaincants, et le chien finit par abandonner et détaler dans le salon. Harry lui emboîta le pas.

La lumière diurne déferlait par les grandes fenêtres du salon. Celui-ci était surchargé, en regard du standard de l'immeuble, encombré d'un énorme canapé rouge plein de coussins de couleurs vives, de grands tableaux et d'une monumentale table basse verte à plateau vitré qui prenait presque tout l'espace central. Deux léopards de porcelaine occupaient chacun un coin de la pièce.

Un abat-jour était posé sur la table, où il n'avait strictement rien à faire.

Le chien s'était placé le nez dans une tache humide au milieu du salon. Deux chaussures d'homme pendaient au-dessus de ladite tache. La pièce sentait la pisse et les excréments. Harry suivit des yeux la chaussette qui prolongeait la chaussure, la peau noire entre le haut de la chaussette et le bas du pantalon. Il leva lentement les yeux, vit les grosses pattes qui pendaient, inertes, et dut se forcer pour continuer jusqu'à la chemise blanche. Pas parce que c'était le premier pendu qu'il voyait, mais parce qu'il avait reconnu les chaussures.

La tête était penchée sur une épaule, et une ampoule grise oscillait devant sa poitrine, au bout d'un fil électrique. Le fil était attaché à un fort crochet au plafond, auquel un lustre pouvait avoir été accroché en son temps, et faisait trois fois le tour du cou d'Andrew dont la tête touchait presque le plafond. Un regard rêveur, terni par la mort, fixait le néant, et une langue bleu nuit s'échappait de la bouche, comme pour narguer la mort. Ou la vie. Une chaise était renversée contre la table basse.

« Bordel de merde, Andrew, chuchota Harry. Merde, merde, merde. » Il se laissa tomber sur une chaise. Lebie entra et un petit cri lui échappa.

« Va chercher un couteau, lui dit Harry. Et appelle une ambulance. Ou ce que vous avez l'habitude d'appeler, dans ce genre de situation. »

De sa place, Harry voyait Andrew à contre-jour, et le corps qui flottait n'était qu'une silhouette noire et étrangère se détachant sur la fenêtre. Harry suggéra au créateur de mettre quelqu'un d'autre au bout du fil avant qu'il ne se relève. Il promit de fermer sa gueule sur ce miracle. Et ce n'était qu'une suggestion. Pas une prière. En tout cas pas si elles ne marchent pas. Puis il entendit des pas dans le couloir, et Lebie qui cria tout à coup : « Casse-toi de là, grosse vache !! »

Les cinq jours qui avaient suivi l'enterrement de sa mère, Harry n'avait rien éprouvé, si ce n'est qu'il aurait dû éprouver quelque chose. On lui avait dit que la réaction de deuil se fait souvent attendre chez les hommes qui ont depuis longtemps l'habitude de maîtriser leurs sentiments. Il fut par conséquent surpris en sentant les larmes emplir ses yeux et une envie de pleurer jouer des coudes dans sa gorge, au moment où il s'écroula au milieu des coussins du canapé.

Non pas qu'il n'ait jamais pleuré auparavant. Il avait déjà senti cette boule dans la gorge quand, seul dans sa chambre au camp militaire de Bardufoss, il lisait la lettre de Kristin lui révélant qu'il était « ... la meilleure chose qui m'est arrivé de toute ma vie... ».

Il ne ressortait pas du contexte si elle parlait de Harry ou du musicien anglais avec qui elle allait partir. Tout ce qu'il savait, c'est que c'était la pire chose qui lui était arrivée de toute sa vie. Pourtant, les pleurs s'étaient arrêtés là, quelque part dans sa gorge. Comme s'il se sentait malade sans parvenir à vomir.

Il se leva et regarda Andrew. Il n'avait pas été remplacé. Harry voulait avancer de quelques pas et remettre la chaise d'aplomb afin d'avoir quelque chose sur quoi grimper au moment de couper le fil électrique, mais il ne parvint pas à bouger. Il resta ainsi jusqu'à ce que Lebie revienne avec un couteau de cuisine. En voyant le regard interloqué de Lebie, Harry se rendit compte que de chaudes larmes coulaient sur sa joue.

Tiens, ce n'est pas plus compliqué que ça, constata-t-il avec étonnement.

Sans mot dire, ils dépendirent Andrew et l'allongèrent sur le sol avant de fouiller ses poches. Il avait deux trousseaux de clés sur lui, un petit et un gros, plus une clé isolée qui, après vérification immédiate de Lebie, se trouva être celle de la porte d'entrée.

« Aucune trace extérieure de violence », dit Lebie après un examen rapide.

Harry déboutonna la chemise d'Andrew, découvrant un crocodile tatoué sur la poitrine. Il retroussa également le pantalon et jeta un coup d'œil aux mollets.

« Rien, dit-il. Absolument rien.

— Attendons de voir ce que va dire le toubib », dit Lebie.

Harry sentit que les larmes étaient de retour, et ne parvint qu'à hausser les épaules.

Ils traversèrent à grand-peine les bouchons de la matinée en retournant au bureau.

« *Merde !* »[1] cria Lebie en se jetant sur l'avertisseur.

Harry avait pris *The Australian* au passage, et le meurtre du clown emplissait toute la première page. « Équarri par sa propre machine infernale », pouvait-on lire au-dessus de la photo de la guillotine ensanglantée, avec un Otto Rechtnagel dans son costume de clown, en médaillon, extrait du programme.

Le sujet était traité de façon légère, presque humoristique, vraisemblablement à cause du caractère étrange de l'affaire. « Pour des raisons inconnues, le meurtrier a laissé sa tête au clown », écrivait le reporter, qui en concluait qu'il y avait peu de chances que le meurtre reflétât l'avis du public quant au spectacle : « ... il n'était pas mauvais *à ce point*. » Il louait quelque peu ironiquement la rapidité inhabituelle avec laquelle la police s'était rendue sur les lieux. « Le chef de la brigade criminelle de la police de Sydney ne fait cependant pas de commentaire hormis que la police a découvert l'arme du crime... »

Harry faisait la lecture.

« Très amusant », dit Lebie avant de donner un coup de klaxon et d'adresser un doigt à un taxi qui avait quitté la file voisine pour se glisser devant eux.

« Ta mère est...

— Ce numéro, dans lequel un type chasse un oiseau... »

La phrase resta en suspens l'espace de deux feux.

« Tu disais... dit Lebie.

— Non, rien. C'est juste que ce numéro m'a intrigué, il n'avait pour ainsi dire aucun intérêt. Un chasseur qui croit s'en prendre à un oiseau et qui décou-

1. En français dans le texte.

vre tout à coup que c'est un chat qu'il a abattu, c'est-à-dire quelqu'un qui chassait aussi l'oiseau. Bon, d'accord, mais après ? »

Mais Lebie, largement penché à sa vitre, n'entendit pas :

« Torche mon putain de cul poilu avec ta gueule, sale enculeur de porcs... »

C'était la première fois que Harry le voyait aussi expansif.

Comme Harry s'y était attendu, l'activité au bureau était fébrile.

« Reuters en parle, dit Yong. L'AP veut envoyer un photographe, et quelqu'un de la mairie a téléphoné pour dire que la NBC veut faire venir une équipe télé par avion pour s'occuper de l'affaire. »

Wadkins secoua la tête.

« Six mille personnes meurent dans un raz-de-marée en Inde, et ça fait un entrefilet. *Un* clown pédé se fait ébrancher de quelques membres, et c'est un événement planétaire. »

Harry pria les autres d'entrer dans la salle de réunions. Il ferma la porte.

« Andrew Kensington est mort », dit-il.

Wadkins et Yong le regardèrent, incrédules. Harry raconta alors brièvement et sans détour comment ils avaient découvert Andrew qui se balançait au plafond, dans l'appartement d'Otto Rechtnagel.

Il les regardait bien dans les yeux, et sa voix était posée :

« On voulait vous le dire de vive voix pour éviter tout risque de fuites. Il est possible que nous devions provisoirement essayer de tenir ça secret. »

Il prit conscience qu'il était plus facile pour lui d'en parler dès lors qu'il l'envisageait comme une affaire criminelle. Cela devenait quelque chose de concret, dont il connaissait la nature. Un corps, une cause de décès et une succession d'événements qu'il fallait essayer de reconstituer. Cela repoussait la Mort — l'étrangère avec laquelle il ne savait pas quel rapport entretenir — un peu plus loin, pour un court moment.

« O.K., fit Wadkins, ahuri. On se calme, maintenant. Ne tirons pas de conclusions hâtives. »

Il essuya la sueur qui couvrait sa lèvre supérieure.

« Laissez-moi aller chercher McCormack. Merde, merde ! Qu'est-ce que tu as fait, Kensington ? Si la presse fourre son pif dans ce merdier... » Il disparut par la porte.

Les trois autres restèrent un moment à écouter la complainte du ventilateur.

« C'est vrai qu'il travaillait un peu pour la brigade criminelle, de temps en temps, dit Lebie. Vu comme ça, il ne faisait pas vraiment partie de notre groupe, mais quand même.

— Un chouette type, dit Yong tout en regardant par terre. Un chouette type. Il m'a aidé quand je suis arrivé ici, c'était... un chouette type. »

McCormack décréta le port de la muselière. Il n'était pas dans son assiette, piétinait plus lourdement que d'habitude, et ses sourcils broussailleux qui se rejoignaient formaient comme une dépression grise à la naissance de son nez.

Après la réunion, Harry s'assit au bureau d'Andrew et jeta un œil à ses notes. Il n'y avait pas grand-chose à en tirer, juste quelques adresses, deux numéros de téléphone qui se révélèrent être ceux de garages, et quelques gribouillis indéchiffrables sur un bout de papier. Les tiroirs étaient pratiquement vides, ne contenant que quelques fournitures de bureau. Harry étudia ensuite les deux trousseaux de clés qu'ils avaient trouvé sur Andrew. L'un d'eux portait les initiales AK sur un porte-clés en cuir, et il en déduisit que ce devaient être ses clés personnelles.

Il décrocha le téléphone et appela Birgitta chez elle. Elle accusa le coup, posa quelques questions, mais laissa ensuite la parole à Harry.

« Je ne comprends pas, dit-il, que quand un type que j'ai connu un peu plus d'une semaine passe l'arme à gauche, je pleure comme un enfant, alors que je n'ai pas réussi à verser ne serait-ce qu'une seule larme pour ma mère. Ma mère, la femme la plus géniale qui ait été ! Alors que ce type... Je ne sais même pas à quel degré on se connaissait. Où est la logique ?

— La logique, répéta Birgitta. Ce n'est peut-être pas le moment de parler de logique. De toute façon, on ne devrait peut-être pas se reposer autant sur la logique comme sur une référence absolue.

— Eh bien, je voulais juste que tu le saches. Garde-le pour toi. J'aurai de la visite, une fois que tu auras fini de bosser ? »

Elle hésita. Elle attendait un coup de fil de Suède, cette nuit-là. De ses parents.

« C'est mon anniversaire, dit-elle.

— Alors, bon anniversaire. »

Harry raccrocha. Il sentait un vieil ennemi gronder en lui.

Au terme d'un trajet d'une demi-heure en voiture, Harry et Lebie parvinrent au domicile d'Andrew Kensington, dans Sydney Road, à Chatwick, une rue sympathique d'un agréable quartier périphérique.

« Fichtre, on ne s'est pas trompés ? » dit Harry lorsqu'ils s'arrêtèrent au numéro que leur avait donné le service du personnel. Il s'agissait d'une grande villa de brique, avec garage pour deux véhicules, une pelouse bien entretenue, et une fontaine sur le devant. Une allée conduisait à une impressionnante porte en acajou. Un garçonnet vint ouvrir lorsqu'ils sonnèrent. Il hocha gravement la tête lorsqu'ils demandèrent si Andrew habitait là, se désigna de l'index avant de poser une main sur sa bouche, pour leur faire comprendre qu'il était muet. Puis il les guida à l'arrière de la villa et indiqua une petite maison basse, en brique, à l'autre bout de l'énorme jardin. S'il s'était agi d'un domaine anglais, on eût pu parler de la maison du jardinier.

« Nous avions l'intention d'entrer, dit Harry qui se rendit compte qu'il articulait exagérément, comme si l'ouïe du garçonnet était également défectueuse. Nous sommes... nous étions des collègues d'Andrew. Andrew est mort. »

Il lui montra le porte-clés de cuir. Le garçon y jeta un coup d'œil interloqué, et se mit à respirer avec peine.

« Il est mort cette nuit, comme ça », dit Harry. Le garçon s'était figé devant eux, les bras ballants, tandis que ses yeux se faisaient progressivement plus brillants. Harry comprit que ces deux-là devaient se connaître depuis pas mal de temps. Il avait appris qu'Andrew habitait ici depuis presque vingt ans, et il se dit tout à coup que le garçon devait avoir grandi dans la grande maison. Sans vraiment le vouloir, Harry se les représenta — le petit garçon et l'homme noir qui jouaient au ballon dans le jardin, le petit qui se vautrait, recevait un peu de réconfort et de l'argent pour acheter de la glace et de la bière. Peut-être avait-il été nourri aux conseils plus ou moins valables, et aux histoires plus ou moins vraies du policier qui habitait dans la maison du jardinier, et une fois suffisamment grand, il aurait appris comment s'y prendre avec les filles et comment décocher un gauche sans baisser sa garde.

« Et d'ailleurs, ce n'est pas vrai ; on était plus que des collègues. On était amis. Nous aussi, ajouta Harry. Ça ne te pose pas de problème, si on entre ? »

Le gamin cligna des yeux, pinça les lèvres et hocha la tête.

Harry se maudit tout bas. Ressaisis-toi, Hole, se dit-il. Tu ne vas pas tarder à sombrer dans le plus pur mélo américain.

La première chose qui le frappa en entrant dans le petit appartement de célibataire, ce fut l'ordre et la propreté qui y régnaient. Dans le salon dépouillé, aucun journal ne traînait sur la table basse devant la télévision, et aucune vaisselle n'attendait à la cuisine. Dans l'entrée, des bottines et des chaussures étaient soigneusement alignées, les lacets rentrés. Cet ordre rigoureux ne lui était pas étranger.

Dans la chambre à coucher, le lit était impeccablement garni de draps blancs bien bordés sur les côtés, de telle sorte qu'il fallait être un acrobate averti pour s'introduire dans la fente séparant les draps du drap-housse, et se retrouver « au lit ». Harry avait déjà pesté, dans sa propre chambre d'hôtel, contre cette manière comique de faire le lit. Il alla jeter un œil à la salle de bains. Rasoir et savon étaient alignés sur l'étagère, sous le miroir, à côté de l'après-rasage, du dentifrice, de la brosse à dents et du shampooing. Rien d'autre. Aucune extravagance dans le choix des affaires de toilette non plus, constata Harry — en se rendant soudain compte de ce que cette rigueur lui rappelait : son propre appartement, après qu'il avait arrêté de boire.

La nouvelle vie de Harry avait en fait commencé à ce stade, avec la mise en pratique d'exercices d'autodiscipline simples qui imposait que chaque chose ait une place, sur une étagère ou dans un tiroir, où elle devait retourner sitôt qu'il en avait fait usage. Rien ne traînait, pas même un stylo-bille à un endroit incongru, pas un seul fusible grillé dans l'armoire électrique. La raison en était bien sûr symbolique autant que pratique — à juste titre ou non, il utilisait le niveau de désordre dans l'appartement comme un indicateur de celui régnant dans sa propre vie.

Harry demanda à Lebie de passer en revue le placard et la commode de la chambre à coucher, et attendit d'être seul pour ouvrir l'armoire à pharmacie qui se trouvait à côté du miroir. Sur les deux étagères supérieures, soigneusement alignées et pointant vers lui comme un stock d'ogives miniatures, il trouva une vingtaine de seringues jetables dans leur emballage hermétique.

Bien sûr, Andrew Kensington pouvait souffrir de diabète et être contraint de s'injecter de l'insuline, mais Harry ne fut pas dupe. En démolissant la moitié de la baraque, ils trouveraient certainement l'endroit où était caché le matos : la poudre et le matériel qui allait avec, mais ce serait sans intérêt. Harry savait ce qu'il devait savoir.

Gengis Khan n'avait pas menti en disant qu'Andrew était camé. Harry n'avait d'ailleurs pas eu de doute après l'avoir trouvé dans l'appartement d'Otto. Il savait que quand le climat impose la plupart du temps le port de chemisettes et de T-shirts, un policier ne peut pas se trimballer avec un avant-bras criblé de marques d'injection. Il se faisait donc ses shoots là où ils passeraient davantage inaperçus — comme par exemple l'arrière des mollets. Les mollets et creux poplités d'Andrew en avaient été pleins.

Aussi loin que remontaient les souvenirs de Gengis, Andrew avait été client du type qui avait la même voix que Rod Stewart. Selon lui, Andrew était le genre de personne qui peut consommer de l'héroïne tout en continuant à fonctionner plus ou moins normalement, professionnellement et socialement. « Et ça, c'est pas si rare qu'on pourrait le penser, avait dit Gengis. Mais quand Speedy a su, par des moyens détournés, que ce type était un poulet, il a pété les plombs, et il voulait le buter. Pensait qu'il était infiltré. Mais on l'a dissuadé. Après tout, ce type était un des meilleurs clients de Speedy, et depuis des années. Jamais de marchandage, toujours le fric en temps et en heure, réglo, pas de discussions, pas d'histoires. Je n'ai jamais vu un Aborigène gérer sa conso aussi bien. Merde, j'ai jamais vu *qui que ce soit* gérer aussi bien la schnouff ! »

Il n'avait jamais vu Andrew discuter avec Evans White, et n'avait jamais entendu dire que ça s'était fait.

« White ne s'occupe absolument pas des clients, là-bas, il est grossiste, point. Mais à ce qu'on m'a dit, il a dealé un peu, du côté de King's Cross, pendant un moment. Je ne sais pas pourquoi, il gagne suffisamment comme ça. Mais il est censé avoir arrêté — il a eu des emmerdes avec quelques putes, à ce qu'on m'a dit. »

Gengis avait vidé son sac. Plus que nécessaire pour sauver sa peau. Oui, on aurait même dit que ça l'amusait. Il devait se dire qu'il n'y avait pas de danger qu'ils revoient débarquer Harry tant qu'ils avaient au moins un de ses collègues sur la liste de leurs clients.

« Passe le bonjour à ce gusse, et dis-lui de pas se gêner pour revenir nous voir. On n'est pas rancuniers, avait fini par dire Gengis en rigolant. Ils reviennent toujours, tu sais, quels qu'ils soient. Toujours. »

Harry alla dans la chambre où Lebie parcourait sans grand enthousiasme sous-vêtements et papiers qui emplissaient les tiroirs.

« Tu trouves quelque chose ? demanda Harry.

— Non, pas vraiment. Et toi ?

— Non. »

Ils échangèrent un regard.

« Tirons-nous », proposa Harry.

Le gardien du St George's Theatre, qu'ils retrouvèrent dans la salle de déjeuner, n'avait pas oublié Harry depuis la veille au soir. Il avait presque l'air soulagé.

« En-Enfin quelqu'un qui n'est pas venu pour savoir de quoi tout ça avait l'air. Des journalistes ont traîné dans les parages t-toute la journée, dit-il. Plus ces techniciens, de chez vous, bien sûr. Mais eux, ils font leur boulot, ils ne s-s'occupent pas de nous.

— Oui, ils ont vraiment de quoi faire, là-dedans.

— Ah ça, oui. Je n'ai pas beaucoup dormi, cette nuit. Ma femme a dû finir par me filer de ses s-somnifères. Personne ne mérite de vivre ce genre de choses. Mais vous, vous devez avoir l'habitude, vous...

— Eh bien, ça, c'était un peu plus costaud que ce qu'on voit d'habitude, quand même.

— Je ne sais pas si je réussirai un jour à remettre les pieds dans cette p-pièce.

— Oh, vous vous en remettrez.

— Vous n'avez qu'à écouter, maintenant, je suis infoutu de l'appeler r-remise. Je dis *cette* pièce. » Le gardien secoua la tête, éperdu.

« Il suffit de laisser le temps passer, dit Harry. Faites-moi confiance, j'en sais quelque chose.

— J'espère que vous avez raison, monsieur.

— Appelez-moi Harry.

— Café, Harry ? »

Harry accepta et posa un trousseau de clés sur la table, entre eux deux.

« Tiens, fit le gardien. Le trousseau que Rechtnagel avait emprunté. J'avais p-peur qu'on ne le retrouve pas, et qu'on soit obligés de changer toutes les serrures. Où l'avez-vous retrouvé ?

— Chez Otto Rechtnagel.

— Quoi ? Mais il s'est servi des clés hier au soir. La porte de sa loge...

— N'y pense plus. Ce que je voudrais savoir, c'est s'il y avait quelqu'un d'autre que les acteurs, en coulisses, hier.

— Ah, oui. Attendez... L-l'éclairagiste, les deux assistants et l'ingénieur du son étaient là, bien sûr. Aucun habilleur ou aucune maquilleuse, mais ce n'est pas une grosse production, vous avez vu. Oui, ça doit être tout. Pendant la représentation à proprement parler, il n'y avait que les assistants et les autres artistes. Et moi, bien sûr.

— Tu n'as vu personne d'autre ?

— Nan, répondit le gardien, catégorique.

— Est-ce que quelqu'un aurait pu entrer par autre part que la porte de derrière, ou par celle qui est sur le côté de la scène ?

— Eh bien, il y a un passage, en haut, sur le balcon. I-il était fermé, hier, c'est vrai, mais la porte était ouverte parce que l'ingénieur du son y a sa place. Allez en parler avec lui. »

Les yeux globuleux de l'ingénieur du son faisaient penser à ceux d'un poisson qu'on vient de pêcher dans les abysses.

« Si, attendez. Avant la pause, il y avait un gars, assis là-haut. On ne vend des billets que pour les fauteuils d'orchestre, quand on sait à l'avance que la salle ne sera pas pleine, mais le fait qu'il soit là n'avait rien d'étonnant, parce que la porte reste ouverte même si les billets concernent en réalité le bas de la salle. Il était tout seul, au dernier rang. Je me souviens avoir été surpris qu'il veuille rester là, si loin de la scène. Il n'y avait pas beaucoup de lumière, d'accord, mais je l'ai vu. Quand je suis revenu de la pause, comme je vous l'ai dit, il était parti.

— Est-ce qu'il a pu descendre en coulisses en passant par la même porte que vous ?

— Eh bien... » L'ingénieur du son se gratta la tête. « Je suppose que oui. S'il est allé directement jusqu'à la remise, il a même pu passer sans que personne le voie. Maintenant que j'y pense, ce type n'avait vraiment pas l'air net. Ouais. Je me rends compte maintenant qu'il y avait quelque chose qui clochait, quelque chose qui est resté dans un coin de mon crâne, à me turlupiner, quelque chose qui ne collait pas, d'une certaine façon...

— Écoutez, dit Harry. Tout ça, c'est bien joli. Je vais vous montrer une photo...

— Il y avait autre chose, en fait, avec ce type...

— ... mais d'abord, l'interrompit Harry, je voudrais que vous essayiez de vous remémorer l'homme que vous avez vu hier, et quand je vous montrerai la photo, ne réfléchissez pas, dites seulement ce qui vous passe par la tête. Ensuite, je vous donnerai un peu plus de temps pour réfléchir, et éventuellement changer d'avis ; mais pour l'instant, je veux quelque chose de spontané. D'accord ?

— D'accord, répondit l'ingénieur du son en écarquillant ses yeux globuleux jusqu'à finir par ressembler à une grenouille. Je suis prêt. »

Harry lui montra la photo.

« C'est lui ! coassa aussi sec l'hypothyroïdien.

— Prenez un peu plus de temps et donnez-moi votre impression, dit Harry.

— Il n'y a aucun doute. C'est exactement ce que j'essaie de vous dire, ce type était un nègre... un Aborigène. C'est votre homme ! »

Harry était épuisé. La journée avait déjà été longue, et il essayait de ne pas penser à ce qu'il en restait. Quand un assistant le laissa entrer dans la salle d'autopsie, il vit la petite silhouette compacte du docteur Engelsohn penchée sur un énorme corps de femme étendu sur une sorte de table d'opération qu'éclairaient de grosses lampes. Harry pensait avoir eu sa dose quotidienne, en matière de grosses femmes, et il pria donc l'assistant de faire savoir au docteur que Holy, celui qui avait appelé plus tôt dans la journée, était arrivé.

Avec son apparence grincheuse, Engelsohn était une illustration parfaite du savant fou. Le peu de cheveux qui lui restaient partaient dans tous les sens, et de courts poils de barbe claire parsemaient au hasard son visage rougeaud et porcin.

« Oui ? »

Harry en déduisit que l'autre avait oublié la conversation téléphonique vieille de deux heures.

« Je m'appelle Harry Holy, je vous ai appelé pour

avoir les premiers résultats de l'autopsie d'Andrew Kensington... »

En dépit des odeurs chimiques peu familières qui emplissaient la pièce, Harry put reconnaître l'arôme univoque d'une haleine parfumée au gin.

« Ah oui. Bien sûr. Kensington. Sale affaire. J'ai eu l'occasion de lui parler, à plusieurs reprises. Quand il était encore de ce monde, s'entend. Et maintenant, il est muet comme une carpe, dans ce tiroir. »

Engelsohn indiqua vaguement du pouce une direction, derrière lui.

« Ça, je n'en doute pas un seul instant, docteur. Qu'avez-vous trouvé ?

— Écoutez, Monsieur... Comment, déjà ?... Holy, c'est ça ! J'ai tout un tas de cadavres, ici, qui me cassent les pieds pour pouvoir passer en premier. Oui, enfin, pas les cadavres, mais les enquêteurs. Mais il faut tous qu'ils attendent gentiment leur tour. C'est la règle, ici, pas de resquille, vous comprenez ? Alors ce matin, quand le grand chef en personne appelle ici pour dire qu'il faut donner la priorité à un suicide, je commence vraiment à me poser des questions. Je n'ai pas eu le temps d'en savoir plus par McCormack, mais peut-être que vous, M. Hogan, vous pouvez me dire ce qui fait que M. Kensington se croit quelqu'un de si exceptionnel ? »

Il rejeta dédaigneusement la tête en arrière, vaporisant encore un peu de son haleine au gin sur Harry.

« Eh bien, c'est la question à laquelle nous espérions que vous sauriez répondre, docteur. Est-ce qu'il est exceptionnel ?

— Exceptionnel ? Qu'est-ce que ça veut dire, *exceptionnel* ? S'il a une jambe de bois, quatre poumons ou des tétons dans le dos ? »

Harry était épuisé. Ce dont il se serait bien passé,

c'était un médecin-légiste imbibé qui faisait des difficultés parce qu'il avait l'impression de se faire marcher sur les pieds. Et les gens dont les diplômes ont couronné de longues études ont en général des orteils beaucoup plus délicats que les autres.

« Y avait-il quelque chose de... d'inhabituel ? » se paraphrasa Harry.

Engelsohn lui adressa un regard légèrement voilé.

« Non, répondit-il. Il n'y avait rien d'inhabituel. Du tout. »

Le docteur continua à le regarder en branlant du chef, et Harry comprit que l'autre n'avait pas terminé. Il ménageait juste ses effets, en une pause qui ne devait pas, au regard de son cerveau alcoolisé, lui sembler aussi exagérément longue qu'à Harry.

« Chez nous, il n'est pas inhabituel, finit-il par dire, que les cadavres soient gonflés à bloc de stupéfiants. Comme, dans ce cas, d'héroïne. La seule chose inhabituelle, à la rigueur, c'est qu'il se soit agi d'un policier, mais puisqu'on ne voit pas tant de vos collègues sur nos tables, je n'ose pas dire exactement à quel point ça, c'est inhabituel.

— Cause du décès ?

— Vous ne m'avez pas dit que c'était vous qui l'aviez trouvé ? De quoi croyez-vous qu'on meurt, lorsqu'on est accroché au plafond avec un fil enroulé autour du cou ? De la coqueluche ? »

Les oreilles de Harry avaient progressivement commencé à chauffer, mais il garda provisoirement le masque.

« Alors il est mort par asphyxie, pas d'une overdose ?

— Dans le mille, Hogan.

— O.K. Question suivante : heure du décès.

— Disons quelque part entre minuit et deux heures ce matin.

— Il n'y a pas moyen d'avoir quelque chose d'un peu plus précis ?

— Vous serez plus heureux, si je vous dis une heure zéro quatre ? » Le visage déjà rougeaud du docteur s'était encore empourpré. « Bon, disons une heure zéro quatre. »

Harry respira à fond deux ou trois fois.

« Je suis désolé si je m'exprime... si je vous semble insolent, docteur, mais mon anglais n'est pas toujours...

— ... ce qu'il devrait être, compléta Engelsohn.

— Exactement. Vous êtes sans aucun doute possible un homme occupé, docteur, alors je ne vous dérangerai pas davantage, si ce n'est pour m'assurer que vous avez bien compris que McCormack désire que ce rapport d'autopsie ne remonte pas par les voies classiques, mais qu'il lui soit directement transmis.

— Désolé, ce ne sera pas possible. Là-dessus, les instructions sont claires, Horgan. N'hésitez pas à aller le dire à McCormack de ma part. »

Le petit savant fou était bien campé devant Harry, sûr de lui et les bras croisés. Son regard s'était animé d'une lueur combative.

« Instructions ? Je ne connais pas le rôle des instructions, dans la police de Sydney, mais d'où je viens, elles sont là pour que les gens sachent ce qu'il faut faire quand leur patron ne le leur dit pas, dit Harry.

— Oubliez, Horgan. L'éthique professionnelle n'est apparemment pas une qualité particulièrement prisée dans votre service, alors je doute que nous puissions avoir une discussion réellement fructueuse sur ce sujet. Que diriez-vous de tirer un trait là-dessus, avant que nous nous séparions, M. Horgan ? »

Harry ne broncha pas.

« Alors, qu'en dites-vous ? » demanda Engelsohn avec impatience.

Harry dévisagea un homme qui pensait ne plus rien avoir à perdre. Un médecin-légiste médiocre, alcoolisé, dans la force de l'âge, qui n'avait plus d'espoir ni de promotion, ni de carrière, et qui par conséquent ne craignait rien ni personne. Car que pouvaient-ils lui faire, en réalité ? Pour Harry, cette journée avait été la plus longue et la plus pénible de toute sa vie. Et la coupe était pleine. Il attrapa le médecin par le col de sa blouse blanche, et leva le tout.

On entendit craquer les coutures.

« Ce que j'en dis ? Je dis qu'on va vous faire une prise de sang, et on parlera éthique professionnelle ensuite, docteur Engelsohn. Je dis qu'on va parler du nombre de témoins qui peuvent affirmer que vous étiez beurré au moment où vous avez autopsié Inger Holter. Et je dis qu'on va parler avec quelqu'un qui travaille à un endroit où l'éthique professionnelle est vraiment présente, quelqu'un qui peut vous foutre à la porte, non seulement d'ici, mais de n'importe quel poste pour lequel il faut une licence de médecine. Qu'en dites-vous, M. Engelsohn ? Comment trouvez-vous mon anglais, à présent ? »

Le docteur Engelsohn trouvait que Harry parlait un anglais des plus corrects, et après avoir réfléchi un peu, conclut que pour cette seule et unique fois, il devait pouvoir transmettre le rapport sans passer par les voies habituelles.

13

Le plongeoir de dix mètres de la piscine de Frogner et le réveil d'un vieil ennemi

À nouveau, McCormack tournait le dos à Harry, et regardait par la fenêtre. Le soleil était sur le point de se coucher, mais on pouvait toujours voir une partie de la mer bleue et tentatrice, entre les gratte-ciel et le vert vif des Royal Botanic Gardens. Harry avait la bouche sèche et une migraine naissante. Il avait tenu un monologue pratiquement ininterrompu pendant plus de trois quarts d'heure. Sur Otto Rechtnagel, Andrew Kensington, l'héroïne, The Cricket, l'ingénieur du son, Engelsohn, bref sur tout ce qui s'était passé.

McCormack joignit le bout des doigts. Ça faisait longtemps qu'il n'avait rien dit.

« Tu savais que là-bas, en Nouvelle-Zélande, vit le peuple le plus bête qui soit ? Ils habitent tout seuls, sur une île, sans voisin qui pourrait avoir une raison de venir les emmerder, avec plein, plein d'eau autour. Pourtant, le peuple de cette île a pris part à presque tout ce que ce siècle a compté de conflits majeurs. Aucun autre pays, même pas l'Union Soviétique pendant la Deuxième Guerre mondiale, n'a perdu autant de jeunes hommes à la guerre, proportionnellement. La sur-représentation féminine de Nouvelle-Zélande est devenue légendaire. Et pourquoi tout ce bellicisme ? Pour aider. Pour rendre service. Ces bonnes poires ne se sont même pas battues sur leurs propres champs de bataille, oh non, ils se sont entassés dans des bateaux et des avions pour aller mourir le plus loin possible de chez eux. Ils ont aidé les alliés contre les Allemands et les Italiens, les Sud-Coréens contre les Nord-Coréens, et les Américains contre les Japonais et les Nord-Vietnamiens. Mon père était l'une de ces bonnes poires. »

Il se retourna et fit face à Harry.

« Mon père m'a raconté l'histoire d'un des canonniers du bateau sur lequel il servait, pendant la bataille d'Okinawa, contre les Japonais en 1945. Les Japonais utilisaient déjà les kamikazes et ils attaquaient en formation, en suivant la tactique qui consistait à « tomber comme une feuille de pavot sur l'eau ». Et c'est exactement ce qu'ils faisaient. Il arrivait d'abord un premier avion, et s'il était abattu, il en venait deux autres, puis quatre, et ainsi de suite en une pyramide apparemment infinie d'avions qui leur plongeaient dessus. Tout le monde sur le navire était vert de trouille. C'était de la folie furieuse, ces pilotes qui allaient volontairement à la mort, juste pour être sûrs que leurs bombes tomberaient où il fallait. La seule façon de les arrêter, c'était de constituer le rideau le plus compact possible, un mur de missiles anti-aériens. Au moindre trou dans ce mur, les Japonais étaient sur eux. On avait calculé que si un avion n'avait pas été abattu dans les vingt secondes qui suivaient son apparition dans les viseurs, alors il était trop tard, il y avait de grandes chances pour qu'il s'écrase sur le bateau. Les tireurs savaient qu'ils devaient faire mouche à chaque fois, et il arrivait que les attaques aériennes se prolongent toute la journée. Mon père m'a décrit les coups de canon réguliers et le hurlement croissant des avions qui approchaient en piqué. Il m'a dit qu'il continuait à les entendre chaque nuit, et que ça le poursuivrait jusqu'à sa mort.

« Le dernier jour de la bataille, il était sur le pont au moment où ils ont vu un premier avion passer à travers le tir de barrage, et foncer droit sur leur bateau. Les canons se sont déchaînés tandis que l'avion approchait lentement. Ils avaient l'impression qu'il était immobile sur le ciel, et qu'il ne faisait que grossir un peu plus à chaque seconde qui passait. Ils ont fini par distinguer le cockpit et la silhouette du pilote. Les balles que tirait l'avion ont commencé à frapper le pont. Au même moment, les missiles anti-aériens ont commencé à faire mouche, et ils ont déchiré les ailes et le corps de l'avion. Le gouvernail s'est détaché, et au fur à mesure, comme vu au ralenti, l'avion est parti en petits morceaux jusqu'à ce qu'il ne reste qu'un tout petit bout avec l'hélice, qui s'est écrasé sur le pont en traînant une queue de flammes et de fumée noire. Les artilleurs avaient déjà aligné leurs mires sur d'autres cibles qu'un type qui se trouvait dans la tour à canon, juste sous le pont, un jeune caporal que mon père connaissait parce que, comme lui, il venait de Wellington, a grimpé hors de sa tour, a fait un grand sourire et un petit signe à mon père, et lui a dit : “Il fait chaud, aujourd'hui”, avant de sauter dans l'eau où il a disparu. »

C'était peut-être la lumière, mais Harry trouva que McCormack avait tout à coup l'air extrêmement vieux.

« Il fait chaud, aujourd'hui, répéta McCormack.

— La nature humaine est une grande forêt sombre, *Sir*. »

McCormack acquiesça.

« J'ai déjà entendu ça, Holy, et c'est peut-être vrai. Vous avez eu le temps de bien faire connaissance, Kensington et toi, je vois. J'ai aussi entendu dire que certains pensent qu'il faudrait s'interroger sur la façon dont Kensington s'occupait de cette affaire. Qu'en penses-tu, Holy ? »

Harry regarda son pantalon sombre. Il était froissé d'avoir passé tant de temps dans sa valise, et le pli partait de travers. L'enterrement devait avoir lieu à midi.

« Je ne sais pas ce que j'en pense, *Sir*. »

McCormack se leva et recommença son petit manège devant la fenêtre, manège qu'Harry avait fini par bien connaître.

« J'ai été policier toute ma vie, Holy, mais ça ne m'empêche pas de continuer à observer mes collègues, et à me demander ce qui pousse les gens à le faire, à combattre dans les guerres des autres. Qu'est-ce qui les anime ? Qui accepterait de traverser tant de souffrance juste pour que d'autres puissent accéder à ce qu'ils croient être la justice ? Les imbéciles, Holy. Nous. Nous sommes dotés d'une bêtise si énorme que nous croyons pouvoir arriver à quelque chose.

« On nous transforme en passoires, on nous fout en l'air, et un jour, on saute dans la mer, mais dans l'intervalle, notre infinie stupidité nous pousse à croire que quelqu'un a besoin de nous. Et si par malheur tu révèles la supercherie, il est déjà trop tard, car nous sommes *devenus* flics, nous sommes déjà dans les nids de mitrailleuses, sans aucune possibilité de retraite. Tout ce qu'on peut faire, c'est se demander ce qui a bien pu se passer, à quel instant nous avons fait le mauvais choix. Nous sommes condamnés à être des *faiseurs de bien* pour le restant de nos jours, et condamnés à l'échec. Mais heureusement, la vérité est une chose plutôt relative. Et flexible. On la plie et on la tord de sorte qu'elle puisse trouver sa place dans nos vies. En partie, en tout cas. Quelquefois, il suffit de choper un malfrat pour trouver un peu de réconfort spirituel. Mais tout le monde sait que ce n'est pas bon de bosser longtemps dans la destruction de nuisibles. On finit par s'empoisonner soi-même.

« Alors où est l'intérêt, Holy ? Ce type est resté toute sa vie dans sa tour à canon, et à présent, il est mort. Que peut-on dire de plus ? La vérité est relative. Ce n'est pas si facile de comprendre ce que des épreuves extrêmes peuvent faire d'un individu, pour ceux qui ne l'ont pas vécu personnellement. Nous avons des experts psychiatres qui tentent de tracer une ligne entre les fous et les criminels, et ils plient et tordent la vérité afin de pouvoir la caser dans leurs paradigmes. Nous pouvons au mieux espérer de notre système juridique qu'il éloigne de la rue une partie des comportements destructeurs, et les journalistes passent sans problème pour des idéalistes parce qu'ils embellissent leur image en dénonçant ceux qui violent les règles du jeu, des règles qui seraient garantes d'une espèce de justice. Mais la *vérité* ?

La vérité, c'est que personne ne vit de la vérité, et, partant, que personne ne s'y intéresse. La vérité que nous élaborons n'est que la somme de ce qui arrange tout le monde, pondéré du pouvoir que chacun a. »

Il planta son regard dans celui de Harry.

« Alors, qui ça peut bien intéresser, la vérité à propos d'Andrew Kensington ? Ça fait l'affaire de qui, si nous forgeons une vérité laide et torturée avec des éléments coupants et dangereux qui pointent dans tous les sens et ne se casent nulle part ? Pas celle du chef de la police. Pas celle de la municipalité. Pas celle des défenseurs de la cause aborigène. Pas celle des syndicats de policiers. Pas celle de nos ambassades. Celle de personne. Ou alors ? »

Harry avait envie de répondre que les proches d'Inger Holter seraient peut-être intéressés, mais il laissa tomber. McCormack s'arrêta près d'un portrait d'une jeune reine Elizabeth II.

« Je préférerais que ce que tu m'as raconté reste entre nous. Tu comprends sans doute que c'est mieux comme ça. »

Harry détacha un long cheveu roux de sa jambe de pantalon.

« J'en ai discuté avec les services municipaux, dit McCormack. Pour que ça ne paraisse pas trop ahurissant, on donnera la priorité à l'affaire Inger Holter pendant encore un petit moment. Si nous ne découvrons rien d'autre, les gens finiront par se faire à l'idée que c'est le clown qui a tué la jeune Norvégienne. Ça peut être plus dur de découvrir qui a tué le clown, mais beaucoup d'éléments tendent vers le *crime passionnel*[1], un meurtre provoqué par la jalousie, peut-être un amant secret, éconduit, qui sait ? Dans ce genre de situations, les gens peuvent accepter que le meurtrier s'en sorte. Rien ne sera jamais confirmé, d'accord, mais les indices sont clairs, et dans quelques années, tout le monde aura oublié de quoi il était question. Qu'il ait pu s'agir d'un tueur en série, ce n'était qu'une hypothèse sur laquelle a

1. En français dans le texte.

travaillé un instant la police, mais qu'elle a ensuite rejetée. »

Harry se prépara à partir. McCormack se racla la gorge.

« J'étais sur le point d'écrire cette attestation, Holy. Je l'enverrai au chef de la police d'Oslo une fois que tu seras parti. C'est demain, que tu t'en vas, c'est ça ? »

Harry hocha brièvement la tête et sortit.

La douce brise qui soufflait ce soir-là ne calma pas la migraine. Et l'obscurité conciliante ne rendait pas le tableau plus agréable. Harry errait sans but à travers les rues. Un petit animal traversa en trottant dans le chemin qui allait d'un bout à l'autre de Hyde Park. Harry crut d'abord que c'était un gros rat, mais lorsqu'il passa, il vit un petit voyou poilu qui le regardait, et dans les yeux duquel les lumières du parc se reflétaient. Harry n'avait jamais vu d'animal de ce genre auparavant, mais il supposa que ce devait être un opossum. Le voyou n'avait pas l'air d'avoir peur, bien au contraire, il reniflait l'air avec curiosité tout en émettant de drôles de petits bruits plaintifs.

Harry s'accroupit.

« Toi aussi, tu te demandes ce que tu fous au milieu de cette grande ville ? » demanda-t-il.

L'animal avait penché la tête de côté, en guise de réponse.

« Qu'est-ce que tu en penses ? On se casse demain ? Toi, dans ta forêt, et moi dans la mienne ? »

L'opossum poursuivit son chemin en trottinant, ne voulant pas se laisser convaincre d'aller où que ce fût. Sa maison se trouvait précisément dans ce parc, au milieu des voitures, des gens et des poubelles.

Près de Woolomollo, Harry passa devant un bar. L'ambassade avait téléphoné. Il avait dit qu'il rappellerait. Que se passait-il dans la tête de Birgitta ? Elle ne disait pas grand-chose. Et lui ne posait pas beaucoup de questions. Elle n'avait peut-être rien dit de son anniversaire parce qu'elle avait compris qu'il ferait une boulette. Qu'il en ferait trop. Qu'il lui offrirait un cadeau beaucoup trop onéreux, ou qu'il dirait des choses qui ne s'imposaient pas, juste parce que ce serait leur dernière soirée ensemble et qu'il avait mauvaise conscience de devoir repartir. « À quoi ça sert ? » s'était-elle peut-être demandé.

Comme Kristin quand elle était rentrée d'Angleterre.

Ils s'étaient retrouvés à la terrasse du Frognerkaféen, et Kristin lui avait dit qu'elle resterait deux mois. Elle était toute bronzée, heureuse, elle souriait par-dessus son verre de bière, de ce sourire qu'il connaissait si bien, et il avait su exactement quoi dire et quoi faire. C'était comme jouer au piano une vieille mélodie que vous pensiez avoir oubliée — sa tête était vide, mais ses doigts trouvaient tout seuls leurs repères. Ils s'étaient saoulés, mais c'était avant que le seul intérêt de la boisson soit pour Harry de prendre des cuites, et il se souvenait donc également de ce qui avait suivi. Ils étaient redescendus en ville avec le tramway, et Kristin, à force de sourires, avait réussi à leur faire remonter toute la file d'attente devant Sardines. Dans la nuit, en nage à force d'avoir dansé, ils étaient remontés en taxi jusqu'à Frogner, passés par-dessus les grilles de la piscine et montés au sommet du plongeoir, dix mètres au-dessus du parc désert ; là, ils avaient partagé une bouteille de vin que Kristin avait dans son sac, tout en admirant la ville et en se racontant ce qu'ils allaient faire, ce qui changeait sans arrêt d'une fois sur l'autre. Puis ils s'étaient pris la main, s'étaient élancés et avaient sauté dans le vide. Elle avait crié durant toute leur chute, en un hurlement strident qui rappelait à Harry une délicieuse sirène d'incendie loufoque. Plié de rire sur le bord de la piscine, il l'avait regardée s'en extraire et venir vers lui, dans sa robe qui lui collait au corps.

Le matin suivant, ils s'étaient réveillés en sueur, serrés l'un contre l'autre dans son lit à lui, pris d'une excitation sexuelle aussi violente que leur gueule de bois ; il était allé ouvrir en grand la porte du balcon et était revenu au lit avec une belle érection post-cuite, qu'elle avait accueillie avec enthousiasme. Il l'avait baisée à couilles rabattues, pertinemment et de tout son cœur, et le bruit des enfants qui jouaient dans la cour intérieure s'était tu lorsque l'alarme d'incendie s'était à nouveau déclenchée.

Ce n'était qu'après qu'elle avait posé l'insondable question :

« À quoi ça sert ? »

À quoi ça servait, puisqu'il n'y aurait jamais rien de plus entre eux ? Puisqu'elle repartirait en Angleterre, puisqu'il était à ce point égoïste, puisqu'ils étaient si différents et qu'ils ne se marieraient jamais, ne feraient jamais d'enfant et ne construiraient pas un foyer ensemble. Puisque ça ne *menait* nulle part.

« Et les dernières vingt-quatre heures, est-ce que ce n'est pas une raison suffisante ? avait-il demandé. Et s'ils découvrent demain que tu as une tumeur au sein, à quoi ça aura servi ? Si tu les as, ta baraque, tes gamins, un cocard et que tu espères que ton mari sera endormi au moment d'aller te coucher, à quoi ça aura servi ? Est-ce que tu es si sûre d'arriver au bonheur, avec ton super-plan d'avenir ? »

Elle l'avait traité d'hédoniste immoral et superficiel, en lui disant que la vie ne se résumait pas à une partie de jambes en l'air.

« Je comprends que tu veuilles tout ça, avait dit Harry, mais est-ce que tout ce que tu fais doit être un pas vers ton petit paradis domestique tout rose ? Quand tu seras dans une maison de vieux, tu auras oublié la couleur du service qu'on t'a offert pour ton mariage, mais je suis sûr que tu te souviendras des dix mètres et qu'on avait baisé sur le bord de la piscine, juste après. »

C'était en réalité elle, la Bohème, l'iconoclaste, celle qui profitait à fond de la vie ; mais la dernière chose qu'elle avait dite avant de claquer la porte, c'est qu'il ne comprenait rien à rien, et qu'il était temps qu'il grandisse.

« À quoi ça sert ? » cria Harry, ce qui fit se retourner un couple qui se promenait dans Harmer Street.

Birgitta ne voyait-elle pas à quoi ça servait, elle non plus, avait-elle peur que les choses s'intensifient parce qu'il partait le lendemain ? Était-ce pour cela qu'elle préférait fêter son anniversaire avec un téléphone la reliant à la Suède ? Il aurait évidemment dû lui poser clairement ces questions, mais, encore une fois : à quoi ça sert ?

Harry sentit à quel point il était fatigué, et sut qu'il n'arriverait pas à dormir. Il fit demi-tour et retourna au bar. Celui-ci était éclairé depuis le plafond par des tubes néon garnis d'insectes morts, et des machines à sous étaient alignées contre les murs. Il se trouva une table près de la fenêtre, attendit le serveur et se décida à ne rien commander dans le cas où personne ne remarquerait sa présence. Il voulait juste s'asseoir.

Le serveur arriva et demanda ce que voulait boire Harry, qui regarda longuement la carte avant d'opter pour un coca. Il avait demandé à Birgitta d'aller à l'enterrement d'Andrew. Elle avait hoché la tête et dit oui bien sûr.

Il regardait le double reflet de son visage que lui renvoyait la fenêtre, en pensant qu'il aurait aimé qu'Andrew soit là, pour avoir quelqu'un avec qui discuter de l'affaire. Il se disait que si ça avait été un polar à la télé, on aurait peut-être passé le générique à ce moment-là, sous le regard de Harry et de son père et au milieu des questions idiotes de sa mère, à qui l'essentiel avait échappé. Mais ce n'était pas un polar à la télé, et c'était à Harry que l'essentiel avait échappé.

Andrew avait-il essayé de lui faire comprendre que c'était Otto Rechtnagel qui avait tué Inger Holter ? Et dans ce cas : pourquoi ? Y avait-il quelque chose d'aussi follement risible qu'une hétérosexualité refoulée, et est-ce que ça pouvait créer des tueurs en série qui se vengeaient sur des blondes ? Comment Harry était-il parvenu à *ne pas* comprendre ce qu'Andrew voulait lui faire comprendre ? Leur rencontre, les messages malicieux, le mensonge criant concernant ce témoin qui avait vu White à Nimbin — est-ce que tout ça n'avait pas été une façon de lui faire oublier White, pour qu'il *voie* vraiment ?

Andrew avait lui-même veillé à ce qu'on le mette sur l'affaire, en équipe avec un étranger qu'il avait pensé pouvoir contrôler. Mais pourquoi Andrew n'avait-il pas arrêté Otto Rechtnagel lui-même ? Quel lien existait-il entre eux deux, qui nécessite Harry comme un intermédiaire ? Otto et Andrew avaient-ils été amants, c'était ça, la raison ? Était-ce Andrew, la peine de cœur d'Otto ? Dans ce cas, pourquoi avoir tué Otto juste au moment où ils allaient lui mettre la main dessus ? Parce qu'Andrew avait prévu autre chose, prévu d'arrêter Otto sans que soit révélé que lui, Andrew, était l'amant en question ? Comme par exemple faire endosser à Harry la responsabilité de désigner Otto comme coupable, pour ensuite arranger une arrestation express au cours de laquelle il aurait tué Otto « en légitime défense » ou bien à cause d'une « tentative de fuite ». Quelque chose comme ça. Harry renifla l'ensemble, mais trouva que ça puait. Si c'était vrai, Otto avait été condamné dès le début. Mais parce qu'Andrew avait été hospitalisé au moment où ils résolvaient l'énigme, les choses s'étaient passées trop vite et il n'avait pas pu suivre le plan initialement prévu. « Donne-moi deux jours », avait-il dit.

Harry congédia d'un geste une bonne femme ivre et tenant à peine debout qui voulait s'asseoir à sa table.

Mais pourquoi se suicider après le meurtre, Andrew aurait bien pu s'en tirer comme ça ? Ou bien... L'ingénieur du son l'avait vu, Harry était au courant de l'amitié qu'il entretenait avec Otto, et il n'avait pour ainsi dire pas d'alibi pour l'instant du meurtre.

Très bien, il était peut-être temps d'envoyer le générique, malgré tout ? Non, merde, attends !

Harry pouvait à la rigueur comprendre qu'Andrew veuille organiser une arrestation manquée, au cours de laquelle Otto se ferait descendre. La survie de ce dernier après l'arrestation aurait entraîné un procès aussi colossal que sa médiatisation. Le risque pour Andrew, c'était alors que tout se sache. Des manchettes telles que « l'enquêteur noir était l'ex-amant du tueur en série » ornées d'une grande photo — c'est le genre de choses qui changent complètement une vie. De plus, il se pouvait qu'Andrew ait été guidé par un sentiment de culpabilité, qu'il se soit senti responsable de ne pas avoir réussi à arrêter Otto avant, et qu'il l'ait condamné à une peine qu'aucun tribunal d'Australie ne pouvait prononcer : la mort.

Andrew avait parfaitement la possibilité d'organiser de A à Z une fusillade sans témoin, mais s'en tirer après avoir commis un meurtre classique posait d'autres problèmes.

Quelque chose aboyait dans le ventre de Harry.

Andrew avait pris des risques insensés pour venir à bout d'Otto avant que Harry et les autres ne lui mettent le grappin dessus. Et d'ailleurs, était-ce logique de découper un ex-amant en morceaux pour cacher sa sexualité dans une ville où on était pour ainsi dire considéré comme un déviant jusqu'à preuve du contraire ? Et était-ce logique de se suicider ensuite ?

La migraine naissante de Harry avait graduellement empiré, et il avait l'impression que quelqu'un se servait de sa tête comme d'une enclume. Derrière la pluie d'étincelles qu'il voyait, il essayait de se contraindre à ne penser qu'à une chose à la fois, mais il en venait constamment une pour bousculer la précédente. McCormack avait peut-être raison — la journée avait peut-être été trop chaude pour une âme égarée, rien de plus. Harry n'avait pas le courage de réfléchir à l'autre possibilité... qu'il y avait autre chose. Qu'Andrew Kensington avait eu pire à cacher, des choses plus effrayantes à fuir que son goût récurrent pour la gent masculine.

Une ombre tomba sur lui, et il leva les yeux. La tête du serveur lui barrait la lumière, et Harry eut l'impression de voir jaillir de cette silhouette la langue bleue d'Andrew.

« Autre chose, *Sir* ?

— Je vois que vous servez une boisson qui s'appelle Black Snake...

— Jim Beam et coca. »

Les aboiements étaient sauvages.

« Super. Servez-moi un double Black Snake sans coca. »

Harry s'était perdu. Il avait devant lui des marches, et derrière de l'eau et encore des marches. Le degré de désordre était en hausse, les sommets des mâts, au loin dans la baie, oscillaient de droite à gauche, et il ne savait absolument pas comment il avait atterri sur ces marches. Il se décida à monter. « Vers le haut, c'est mieux », comme disait toujours son père.

Ce ne fut pas chose facile, mais il y parvint avec l'aide des façades des maisons. Une pancarte indiquait Challis Avenue, mais ça ne lui disait rien, et il continua donc tout droit. Il essaya de regarder sa montre, mais ne parvint pas à la localiser. Il faisait noir et les rues étaient pratiquement désertes, et Harry en déduisit qu'il était tard. Lorsqu'il arriva devant de nouvelles marches, il se dit que celles-ci étaient de trop, et tourna à droite, vers le haut de Macleay Street. Il devait avoir marché longtemps, parce que la plante de ses pieds le brûlait. Ou bien avait-il couru ? Un accroc au genou gauche de son pantalon laissait supposer une chute.

Il passa devant quelques bars et restaurants, mais ils étaient tous fermés. Même en dépit de l'heure tardive, il devait bien être possible de se payer un canon dans une mégalopole comme Sydney ? Il quitta le trottoir et fit signe de s'arrêter à un taxi jaune dont la lumière était allumée. Le taxi ralentit, mais changea bientôt d'avis et poursuivit son chemin.

Merde, je dois vraiment faire peur, se dit Harry en gloussant.

Un peu plus haut dans la rue, il commença à croiser des gens, et entendit un vacarme croissant fait de voix, de bruits de voitures et de musique, et se repéra instantanément en dépassant le coin de la rue. Quel coup de bol, il était tombé sur le Carrefour du Roi ! Devant lui, les lumières et le boucan de Darlinghurst l'accueillaient. À présent, tout était possible. On lui refusa l'accès dans le premier bar où il tenta sa chance, mais il put entrer dans un petit bouge chinois où on lui servit son whisky dans un grand verre en plastique. Le bar était étroit et sombre, les machines à sous faisaient un ramdam de tous les diables, et il évacua le bar après avoir liquidé son verre. Il se cramponna à un poteau pour regarder les voitures qui passaient, en essayant de repousser la vague réminiscence d'avoir vomi sur le sol d'un bar, plus tôt dans la soirée.

Courbé sur son poteau, il sentit quelqu'un lui donner de petites tapes dans le dos. Il se retourna pour faire face à une grande bouche rouge qui s'ouvrit bientôt, révélant qu'il lui manquait une canine.

« On m'a dit, pour Andrew. Je suis désolée », dit la bouche. Puis elle recommença à mâcher son chewing-gum. C'était Sandra.

Harry tenta de dire un ou deux trucs, mais sa diction devait être assez mauvaise, car Sandra le regarda sans comprendre.

« Tu es libre ? » finit-il par demander.

Sandra éclata de rire.

« Oui, mais je ne crois pas que tu sois en état.

— Est-ce que c'est une condition absolue ? » parvint à demander Harry après quelques difficultés.

Sandra regarda autour d'elle. Harry crut apercevoir un costume brillant dans l'ombre. Teddy Mongabi n'était sans doute pas loin.

« Écoute, je bosse, là. Tu devrais peut-être rentrer dormir un peu, et on pourra discuter demain.

— J'ai de quoi payer, dit Harry en commençant à sortir son portefeuille.

— Range ça tout de suite ! intima Sandra en remettant d'une tape le portefeuille à sa place. Je viens avec toi, et tu vas me payer un peu, mais pas ici, O.K. ?

— On va à mon hôtel, c'est juste après le coin, là-bas, Crescent Hôtel », dit Harry.

Sandra haussa les épaules.

« Si ça te chante. »

Sur le chemin, ils passèrent par un *bottle-shop* où Harry se procura deux bouteilles de Jim Beam.

Le portier de nuit du Crescent Hôtel toisa Sandra de la tête aux pieds lorsqu'ils accédèrent à la réception. Il eut l'air de vouloir dire quelque chose, mais Harry lui coupa l'herbe sous le pied.

« Vous n'avez jamais vu de femme policier autrement qu'en uniforme ? »

Le portier de nuit, un jeune Asiatique en costume, lui fit un sourire hésitant.

« Eh bien, oubliez que vous l'avez vue, et donnez-moi la clé de ma chambre. On a du pain sur la planche. »

Harry avait de gros doutes sur la crédulité du portier de nuit, mais il reçut quand même sa clé sans plus d'histoires.

Une fois dans sa chambre, Harry ouvrit le mini-bar et en sortit tout ce qui contenait de l'alcool.

« Ça, c'est pour moi, dit Harry en s'emparant d'une mignonnette de Jim Beam. Le reste est à toi.

— Tu dois vraiment aimer le whisky », répondit Sandra en s'ouvrant une bière.

Harry la regarda avec une certaine perplexité. « Ah oui ?

— La plupart des gens aiment bien varier les poisons. Juste pour changer, tu vois ?

— Ah oui ? Tu bois ? »

Sandra hésita.

« Pas vraiment. J'essaie de réduire les doses. J'suis au régime.

— Pas vraiment, répéta Harry. Donc, tu ne sais pas de quoi tu parles. Est-ce que tu as vu *Leaving Las Vegas*, avec Nicolas Cage ?

— Hein ?

— Oublie. C'était censé parler d'un alcoolo qui décide de se saouler à mort. Ça, je n'ai eu aucun mal à y croire. Le problème, c'est que ce mec buvait tout et n'importe quoi. Gin, vodka, whisky, bourbon, brandy... absolument tout. Je ne dis pas, si tu n'as pas d'autre possibilité. Mais ce type était dans la boutique la mieux achalandée qu'on puisse trouver à Las Vegas, il était plein aux as et il n'avait aucune préférence. Aucune putain de préférence ! Je n'ai jamais rencontré d'alcoolo qui se fout de ce qu'il boit. Si tu as fini par trouver ton poison, tu lui restes fidèle, pas vrai ? Il a même été nominé pour les Oscars. »

Harry rejeta la tête en arrière, vida la mignonnette et alla ouvrir la porte-fenêtre.

« Comment ça s'est terminé ?

— Il s'est bourré à mort, répondit Harry.

— Je veux dire, il l'a eu, son Oscar ?

— Attrape une des bouteilles qui sont dans ce sac, et arrive. Je veux qu'on admire la ville, de ce balcon. Je viens juste d'avoir une impression de déjà-vu. »

Sandra prit deux verres et la bouteille, et vint s'asseoir à côté de lui, dos au mur.

« Oublions un instant ce que ce diable a pu faire de son vivant. Portons un toast à Andrew Kensington. » Harry remplit les deux verres.

Ils burent un moment en silence. Puis Harry se mit à rire.

« Prends par exemple ce type dans The Band, Richard Manuel. Il avait de sérieux problèmes, pas seulement avec la boisson, mais aussi avec... eh bien, la vie. Il a fini par s'en lasser, et il s'est pendu dans une chambre d'hôtel. Chez lui, on a trouvé deux mille bouteilles, toutes de la même marque — Grand Marnier. Rien que ça. Tu piges ? *Fucking* liqueur d'orange ! Voilà un homme qui avait trouvé sa drogue. Nicolas Cage... Hah ! On vit dans un drôle de monde... »

Il embrassa d'un large geste le ciel nocturne, plein d'étoiles, au-dessus de Sydney, et ils burent encore un peu. Harry avait commencé à lutter pour garder les yeux ouverts lorsque Sandra lui posa une main sur la joue.

« Écoute, Harry, il faut que je retourne bosser. J'ai l'impression que tu es mûr pour aller te coucher.

— Combien, la nuit complète ? » Harry remplit à nouveau son verre de whisky.

« Je ne crois pas...

— Reste. On finit de boire, et on s'y met. Je te promets de venir vite. » Harry pouffa de rire.

« Non, Harry. J'y vais. » Sandra se leva et resta à côté de lui, les bras croisés. Harry réussit à se mettre sur ses quilles, perdit l'équilibre et recula de deux pas vers la balustrade avant que Sandra ne parvienne à le rattraper. Il passa péniblement ses bras autour des frêles épaules, pesa de tout son poids contre elle et lui chuchota :

« Tu ne peux pas veiller un peu sur moi, Sandra ? Juste cette nuit. Pour Andrew. Qu'est-ce que je raconte ? Pour moi.

— Teddy ne va pas tarder à se demander où je...

— Teddy aura son fric, et il fermera sa gueule. S'il te plaît ? »

Sandra hésita, puis soupira :

« D'accord. Mais d'abord, il faut quitter ces frusques, M. Holy. »

Elle le flanqua au lit, lui retira ses chaussures, puis son pantalon. Il réussit miraculeusement à déboutonner tout seul sa chemise. La minirobe noire de Sandra passa à toute vitesse par-dessus sa tête. Elle avait l'air encore plus menue sans ses vêtements, ses épaules et ses hanches saillaient, et ses côtes faisaient comme de la tôle ondulée sous ses petits seins. Quand elle se leva pour aller éteindre la lumière, Harry vit qu'elle avait de gros bleus dans le dos et sur l'arrière des cuisses. Elle s'allongea à côté de lui dans le lit, et caressa sa poitrine et son ventre glabres.

Sandra dégageait une faible odeur de sueur et d'ail. Harry se mit à fixer le plafond.

Il fut surpris de parvenir à discerner encore les odeurs, compte tenu de son état.

« Cette odeur, dit-il, c'est la tienne, ou celle des autres hommes avec qui tu as couché cette nuit ?

— Les deux, je suppose. Ça te perturbe ?

— Non, répondit Harry sans savoir vraiment si elle faisait référence à l'odeur ou aux autres hommes.

— Tu es pas mal éméché, Harry, on n'a pas besoin de...

— Regarde », dit Harry en prenant sa petite main chaude et en la posant entre ses jambes. Sandra rit.

« Par exemple ! Et ma mère qui me disait que les hommes qui boivent ne peuvent que frimer...

— Chez moi, c'est le contraire. L'alcool m'engourdit la langue, mais me dope la zigounette. Je ne déconne pas. Je ne sais pas pourquoi, mais ça a toujours été comme ça, c'est tout. »

Sandra s'assit sur lui, écarta la fine culotte sur le côté et le guida en elle sans plus de chichis.

Il la regarda tressauter. Elle croisa son regard, lui fit un petit sourire rapide et regarda ailleurs. C'était le genre de sourire qu'on vous fait quand vous soutenez un peu trop longtemps le regard de quelqu'un dans le tram, sans le vouloir.

Harry ferma les yeux, écouta le grincement régulier du lit et pensa que ce n'était pas tout à fait vrai ; l'alcool l'engourdissait. La sensibilité selon laquelle il ne tarderait pas, tel qu'il l'avait promis, avait disparu. Sandra continuait imperturbablement à s'activer, tandis que l'esprit de Harry glissait sous l'édredon, hors du lit et sortait par la fenêtre. Il voyagea sous un ciel étoile, à l'envers, au-dessus d'un océan et parvint à une côte bordée d'une bande blanche.

Il s'aperçut en descendant que c'était une plage de sable que rencontrait l'océan, et il reconnut en approchant une ville dans laquelle il était déjà venu, et une fille allongée sur la plage. Elle dormait, et il atterrit tout doucement à côté d'elle, pour ne pas la réveiller. Puis il s'étendit et ferma les yeux. À son réveil, le soleil était sur le point de se coucher, et il était seul. Des gens déambulaient sur la plage, derrière lui, et il lui semblait les reconnaître. Ne se souvenait-il pas de certains pour les avoir vus dans des films ? Quelques-uns portaient des lunettes de soleil et étaient accompagnés de chiens minuscules et squelettiques qu'ils promenaient en laisse, devant les façades des hôtels qui bordaient l'autre côté de la rue.

Harry descendit jusqu'à l'eau et s'apprêtait à y entrer lorsqu'il s'aperçut qu'elle était pleine de méduses. Elles flottaient à la surface, en étirant de longs fils roux, et il put distinguer plus bas, dans le miroir gélatineux, les contours de visages. Un bateau passa en toussant. Il s'approcha de plus en plus, et Harry se réveilla tout à coup. C'était Sandra qui le secouait.

« Il y a quelqu'un ! » chuchota-t-elle. Harry entendit que l'on cognait à la porte.

« Enfoiré de réceptionniste ! » fit-il en bondissant hors du lit avant d'aller ouvrir la porte, un coussin sur le bas-ventre.

C'était Birgitta.

« Salut ! » dit-elle, mais son sourire se figea lorsqu'elle vit l'expression mortifiée de Harry.

« Qu'est-ce qui se passe ? Il y a un problème, Harry ?

— Oui. Il y a un problème. » Son crâne battait la mesure, si fort que tout blanchissait à chaque coup. « Qu'est-ce que tu fais là ?

— Ils n'appelaient pas. J'ai attendu, encore et encore, et puis j'ai appelé à la maison, mais personne ne répondait. Ils avaient dû se tromper sur l'heure, et appeler pendant que je bossais. Avec l'heure d'été, ce genre de trucs, ils se sont sûrement plantés sur le décalage horaire. C'est tout papa, ça. »

Elle parlait vite et essayait certainement de faire comme si c'était la chose la plus naturelle au monde que de discuter de tout et de rien avec un type qui n'avait manifestement pas l'intention de la laisser entrer, dans un couloir d'hôtel, au milieu de la nuit.

Ils se regardèrent un moment en silence.

« Tu n'es pas seul ? demanda-t-elle.

— Oui », répondit Harry. La gifle qu'elle lui envoya claqua comme une branche sèche que l'on rompt.

« Tu es bourré ! s'exclama-t-elle, les larmes aux yeux.

— Écoute, Birgitta... »

Elle le poussa brutalement, et il partit en arrière dans la pièce, tandis qu'elle entrait à sa suite. Sandra avait déjà remis sa minijupe, et elle essayait de remettre ses chaussures, assise sur le bord du lit. Birgitta se cassa en deux, comme si elle éprouvait de soudaines douleurs abdominales.

« Sale pute ! hurla-t-elle.

— Tout juste », rétorqua sèchement Sandra. Elle vivait l'incident avec nettement plus de calme que les deux autres dans la pièce, mais comptait cependant faire une sortie rapide.

« Ramasse tes affaires et dérape ! » cria Birgitta d'une voix étranglée par les larmes, avant de jeter vers Sandra le sac à main qui se trouvait sur le fauteuil.

Il atteignit le lit et son contenu s'éparpilla. Harry, nu et vacillant au milieu de la pièce, vit à sa grande surprise qu'un pékinois était brusquement apparu sur le lit. À côté du machin poilu s'étalaient une brosse, des cigarettes, des clés, un morceau de kryptonite vert brillant et le plus vaste assortiment de préservatifs que Harry ait jamais vu. Sandra leva un regard résigné au ciel, attrapa le pékinois par la peau du cou et le fourra à nouveau dans son sac.

« Et n'oublions pas les *monetas*, mon lapin », dit-elle.

Harry ne bougea pas, et ce fut donc elle qui ramassa le pantalon et prit le portefeuille. Birgitta s'était écroulée sur une chaise, et on n'entendit pendant un court instant que Sandra qui comptait tout bas avec application, et les sanglots à demi étouffés de Birgitta.

« Je fous le camp, dit Sandra une fois qu'elle eut obtenu ce qu'elle voulait, et elle avait foutu le camp.

— Attends ! » dit Harry, mais il était trop tard. La porte claqua.

« Attends ?! fit Birgitta. Tu as dit “attends” ? cria-t-elle en bondissant de sa chaise. Sale sauteur de putes, pochetron d'Enfer. Tu n'as pas le droit... »

Harry tenta de la prendre dans ses bras, mais elle se débattit. Ils se firent face comme deux lutteurs. Birgitta avait l'air d'être dans une sorte de transe : son regard était brillant et débordait de haine, et sa bouche tremblait de rage. Harry se dit que si elle avait eu un moyen de le supprimer, elle l'aurait fait sans hésiter un seul instant.

« Birgitta, je...

— Continue à boire et crèves-en, sors de ma vie ! » Elle tourna les talons et partit en trombe. Les murs tremblèrent lorsque la porte claqua derechef.

Le téléphone sonna. C'était la réception. « Que se passe-t-il, M. Holy ? La cliente qui occupe la chambre voisine de la vôtre a appelé, et... »

Harry raccrocha. Une rage soudaine s'empara de lui, et il chercha du regard quelque chose à détruire. Il arracha la bouteille de whisky qui était sur la table et s'apprêtait à la lancer contre le mur, mais il changea d'avis au tout dernier moment.

Un entraînement de toute une vie en matière de self-control, se dit-il avant de dévisser le bouchon et de porter la bouteille à ses lèvres.

Des clés jouèrent dans une serrure, et Harry s'éveilla lorsque la porte s'ouvrit.

« Ne faites pas la chambre maintenant, revenez plus tard, s'il vous plaît ! cria Harry, le nez dans l'oreiller.

— M. Holy, je représente la direction de l'hôtel. » Harry se retourna. Deux personnes en costume étaient entrées. Elles se tenaient à distance respectable du lit, mais leur détermination ne faisait aucun doute. Harry reconnut en l'une des deux le réceptionniste de la veille au soir. L'autre poursuivit :

« Vous avez enfreint le règlement intérieur de l'hôtel, et j'ai le regret de vous faire savoir que nous sommes dans l'obligation de vous demander de régler votre note et de quitter l'hôtel dans les plus brefs délais, M. Holy.

— Le règlement intérieur ? » Harry sentit qu'il n'allait pas tarder à vomir.

Le costume se racla la gorge.

« Vous êtes monté avec une femme que nous soupçonnons être... eh bien, une prostituée. De plus, vous avez réveillé par votre tapage une bonne partie de l'étage au beau milieu de la nuit. Nous sommes dans un hôtel respectable, et nous avons l'obligation de nous protéger contre ce genre de choses, comme vous le comprenez certainement, M. Holy. »

Harry grogna une réponse et leur tourna le dos.

« Pas de problème, Messieurs-les-représentants-de-la-direction-de-l'hôtel. De toute façon, c'est aujourd'hui que je mets les bouts. Laissez-moi juste dormir tranquille jusqu'à ce que je libère la chambre.

— Vous devriez déjà avoir libéré la chambre, M. Holy », dit le réceptionniste.

Harry plissa les yeux vers sa montre. Il était deux heures et quart.

« Nous avons essayé de vous réveiller.

— Mon avion... » dit Harry en essayant de tirer ses jambes du lit. Il réussit au terme de deux tentatives à retrouver la terre ferme, et se leva. Il avait oublié qu'il était nu, et le réceptionniste et son supérieur reculèrent, effrayés. La pièce se mit à tourner, le plafond effectua quelques révolutions, et il dut se rasseoir sur le bord du lit. C'est alors qu'il vomit.

BUBBUR

14

Un réceptionniste, deux videurs et un type nommé Speedy

Le serveur du Bourbon & Beef desservit les Œufs Benedicte intacts et regarda son client avec compassion. Il était venu tous les matins depuis plus d'une semaine, pour lire son journal et prendre son petit déjeuner. Il est vrai qu'il avait à quelques reprises eu l'air fatigué, mais le serveur ne se souvenait pas l'avoir vu aussi bas que ce jour-là. Sans compter le fait qu'il était presque deux heures et demie quand il s'était pointé.

« Dure nuit, *Sir* ? »

Le client mal rasé avait posé sa valise à côté de lui, près de la table, et ses yeux rougis fixaient le vide devant lui.

« Oui. Ça a été une dure nuit. J'ai fait... plein de choses.

— Tant mieux. C'est à ça que ça sert, King's Cross. Autre chose, *Sir* ?

— Je vous remercie, mais j'ai un avion à prendre... »

Le serveur le déplora intérieurement. Il avait fini par apprécier ce calme Norvégien qui semblait un peu seul, mais qui était aimable et qui ne chipotait pas sur les pourboires.

« Oui, j'ai vu la valise. Si ça doit vouloir dire qu'on ne vous reverra pas avant un certain temps, j'aimerais vous demander de ne pas payer, aujourd'hui. Vous êtes sûr que je ne peux pas vous offrir un bourbon, un Jack Daniels ? Un pour la route, *Sir* ? »

Le Norvégien leva un regard surpris. Comme si le serveur venait juste de lui proposer quelque chose que lui, le client, n'avait pas su trouver lui-même, mais dont il comprenait que ça avait été évident depuis le début.

« Mets-m'en un double, s'il te plaît. »

Le propriétaire de Springfield Lodge s'appelait Joe, un type obèse et sympathique qui gérait avec parcimonie et bon sens son petit établissement légèrement décrépi dans King's Cross depuis presque vingt ans. Il n'était ni pire ni meilleur que les autres hôtels premier prix dans ce quartier, et les plaintes étaient rares, voire inexistantes. Une des raisons tenait au fait que Joe, on l'a dit, était un type sympathique. Une autre raison était qu'il insistait toujours pour que les clients aillent voir la chambre d'abord, et qu'il leur faisait une ristourne de cinq dollars s'ils restaient plus d'une nuit. La troisième — et peut-être principale — raison tenait au fait qu'il avait réussi, dans la mesure du possible, à conserver l'endroit exempt de jeunes en transit, d'ivrognes, de toxicomanes et de prostituées.

Même les clients indésirables avaient du mal à ne pas aimer Joe. Parce qu'on n'accueillait personne à Springfield Lodge avec un regard inquisiteur ou un renvoi immédiat, juste avec un sourire d'excuse et l'information que l'hôtel était malheureusement complet, mais qu'il y aurait peut-être des désistements sur la semaine à venir, et qu'on serait les bienvenus à ce moment-là. S'appuyant sur un bon sens des relations humaines et un coup d'œil sûr et rapide pour classer les demandeurs de gîte, il y arrivait sans une seconde d'hésitation et avec un regard bien assuré, ce qui lui évitait pas mal de problèmes avec les impulsifs belliqueux. Joe ne se trompait que très rarement sur les gens qu'il avait devant lui, mais il s'en était à deux ou trois reprises mordu les doigts.

Ce furent quelques-uns de ces ratages qui lui revinrent en mémoire lorsqu'il essaya rapidement de faire le tri entre les impressions contradictoires que lui inspirait le grand blond qu'il avait devant lui. Il portait des vêtements simples mais de bonne qualité, qui laissaient entendre qu'il avait de l'argent, mais que celui-ci ne lui brûlait pas les doigts. Il avait pour lui d'être étranger, c'étaient en général les Australiens qui étaient source de problèmes. Les jeunes itinérants, avec leur sac à dos et leur sac de couchage, étaient souvent synonymes de noubas à tout casser et de serviettes disparues, mais celui-ci avait une valise qui semblait bien ordonnée et trop peu usée pour qu'elle appartînt à quelqu'un qui ne se posait jamais durablement. Il est vrai que l'homme n'était pas rasé, mais ses cheveux semblaient avoir récemment vu l'intérieur d'un salon de coiffure. De plus, ses ongles étaient propres, soignés, et ses pupilles avaient une taille à peu près normale.

Tout ceci pris en compte, en plus de la carte VISA que l'homme posa sur le comptoir en se présentant comme un policier norvégien fit que le « Désolé, mais... » qui sortait habituellement si vite resta coincé quelque part.

Parce qu'il n'y avait aucun doute : l'homme était rond. Bien rond, même.

« Je sais que tu sais que je m'en suis jeté quelques-uns, dit l'individu laborieusement mais dans un étonnamment bon anglais, en voyant Joe hésiter. Supposons que je pique une méga-crise dans la chambre. Admettons-le carrément. Je bousille la télé et le miroir de la salle de bains, et je dégobille sur la moquette. Ça ne serait pas la première fois. Est-ce qu'une caution de mille dollars couvre l'essentiel ? J'ai de plus l'intention de me maintenir dans un état d'ébriété assez convenable pour ne pas être en mesure de faire beaucoup de foin, d'emmerder les autres clients ou de me montrer tant que ça dans les couloirs ou à la réception.

— Je suis désolé, mais on est complet pour toute la semaine. Peut-être...

— Greg, du Bourbon & Beef, m'a recommandé cet endroit et m'a demandé de dire à Joe que je venais de sa part. C'est toi, Joe ? »

Celui-ci dévisagea l'homme.

« Fais en sorte que je n'aie pas à le regretter », dit-il en lui tendant la clé de la chambre 73.

« *Hello* ?

— Salut, Birgitta, c'est Harry. Je...

— J'ai de la visite, Harry, tu ne tombes pas très bien...

— Je voulais juste te dire que je n'avais pas l'intention de...

— Écoute, Harry. Je ne suis pas fâchée, et il n'y a pas de mal. Heureusement, il y a des limites au mal que peut te faire quelqu'un que tu ne connais que depuis une bonne semaine, mais je préférerais que tu arrêtes de m'appeler. D'accord ?

— Eh bien, non, en fait, non...

— Comme je te l'ai dit, je ne suis pas seule, alors

je te souhaite une bonne fin de séjour, et j'espère que tu arriveras entier en Norvège. Salut. »

...

« Salut. »

Teddy Mongabi n'avait pas apprécié que Sandra disparaisse toute la nuit avec ce policier scandinave. Il trouvait que ça sentait les ennuis à plusieurs kilomètres. Lorsqu'il vit l'individu en question arriver dans Darlinghurst Road, les genoux faibles et les bras ballants, sa première envie fut de reculer de deux pas et de disparaître dans la foule. Sa curiosité finit cependant par l'emporter, et il se posta, bras croisé, sur le chemin du policier chancelant. Teddy l'attrapa par l'épaule au moment où celui-ci tenta de le contourner, et le retourna vers lui.

« On ne dit plus bonjour, mon pote ? »

Le pote lui jeta un regard éteint. « Le mac... dit-il d'une voix qui n'exprimait rien.

— J'espère que Sandra a su répondre à vos attentes, monsieur l'agent.

— Sandra ? Attends un peu... Pas de problème avec Sandra. Où est-elle ?

— Elle ne bosse pas, ce soir. Mais je peux peut-être tenter l'officier avec autre chose, qui sait ? »

Le policier fit un pas pour retrouver son équilibre. « C'est ça, c'est ça. Vas-y, mac. Tente-moi. »

Teddy éclata de rire.

« Par ici, monsieur l'agent. » Il soutint le policier ivre dans les escaliers qui descendaient au club, et l'assit en face de lui à une table d'où ils pouvaient voir la scène. Teddy claqua des doigts et une fille court-vêtue arriva instantanément.

« Apporte-nous deux bières, Amy. Et dis à Claudia de venir danser pour nous.

— Le prochain spectacle n'aura pas lieu avant huit heures, M. Mongabi.

— Appelle ça un spectacle extraordinaire. Tout de suite, Amy !

— Bien, M. Mongabi. »

Le policier avait un sourire crétin sur les lèvres.

« Je sais qui va venir, dit-il. Le meurtrier. C'est le meurtrier, qui va venir.

— Qui ?

— Nick Cave.

— Nick qui ?

— Et cette chanteuse blonde. Elle doit porter une perruque, elle aussi. Écoute... »

Le martèlement du disco s'était tu, et le policier pointa les deux index vers le haut, comme s'il allait diriger un orchestre symphonique, mais la musique se faisait attendre.

« On m'a dit, pour Andrew, dit Teddy. C'est dégueulasse. Vraiment dégueulasse. Si j'ai bien compris, il s'est pendu. Est-ce que tu peux m'expliquer ce qui peut pousser un homme avec une telle joie de vivre à...

— Sandra porte une perruque, dit le policier. Elle est tombée de son sac. C'est pour ça que je ne l'ai pas reconnue, quand je l'ai vue, ici. À cet endroit précis ! Andrew et moi étions assis là-bas. Je l'avais déjà vue à Darlinghurst les jours qui avaient suivi mon arrivée, mais à ce moment-là, elle portait une perruque. Une perruque blonde. Pourquoi est-ce qu'elle ne l'utilise plus ?

— Ah-ha... L'officier préfère les blondes. Dans ce cas, je crois que j'ai quelque chose qui va te plaire...

— Pourquoi ? »

Teddy haussa les épaules.

« Sandra ? Va savoir... Il y a un type qui l'a un peu trop secouée, l'autre jour. Sandra a prétendu que ça avait un rapport avec la perruque, et elle a décidé de laisser tomber pour un moment. Au cas où il se pointerait à nouveau, tu vois.

— Qui ?

— Je ne sais pas. Et si je savais quelque chose, je ne te dirais rien. Dans notre branche, la discrétion est une vertu. Et je suis sûr que tu y attaches toi aussi une grande importance. Je n'ai aucune mémoire des noms, mais ce n'était pas Ronny, le tien ?

— Harry. Il faut que je parle à Sandra. » Il essaya de se relever et manqua de renverser le plateau sur lequel Amy apportait les bières. Il se pencha lourdement par-dessus la table.

« Où ? Tu as un numéro où on peut la joindre, mac ? »

Teddy renvoya Amy d'un geste.

« Par principe, on ne donne jamais ni le numéro de téléphone, ni l'adresse des filles aux clients. Juste pour des raisons de sécurité, tu comprends ? Je suis sûr que tu comprends... » Teddy regretta de ne pas avoir agi selon son instinct, et de ne pas être resté loin de ce Norvégien imbibé et compliqué.

« Je comprends. File son numéro. »

Teddy sourit.

« Comme je viens de te le dire, nous ne...

— Tout de suite ! » Harry attrapa le revers du costume gris brillant et souffla un mélange de whisky et d'odeur de vomi au visage de Teddy. Un séduisant arrangement d'instruments à cordes déferla des enceintes.

« Je compte jusqu'à trois, poulet. Si à trois, tu ne m'as pas lâché, j'appelle Ivan et Geoff. Ça implique un vol plané par la porte de derrière. De l'autre côté de cette porte, il y a des marches, sais-tu. Une vingtaine de marches bien raides, en ciment. »

Harry sourit de toutes ses dents et resserra son étreinte.

« Tu crois me faire peur, trou-du-cul-de-mac ? Regarde-moi bien. Je suis tellement pété que je sentirai que dalle. Rien ne peut me détruire, ducon. Geoff ! Ivan ! »

Un mouvement agita l'ombre, derrière le bar. Lorsque Harry tourna la tête pour regarder derrière lui, Teddy s'arracha à sa prise. Il poussa violemment, et Harry tituba vers l'arrière. Il renversa sa chaise et la table de derrière avant de s'abattre sur le sol. Au lieu de se relever, il resta étendu par terre, à glousser, jusqu'à ce que Geoff et Ivan arrivent et interrogent Teddy du regard.

« Foutez-le dehors, par derrière », dit Teddy avant de regarder le policier que l'on ramassait comme une poupée de chiffons et qu'une montagne de muscles en smoking noir posait sur son épaule.

« Je n'arrive vraiment pas à comprendre ce qu'ils ont tous, ces jours-ci », dit Teddy en rajustant sa veste infroissable.

Ivan marchait en tête, et il ouvrit la porte.

« Qu'est-ce qu'il a bouffé, ce mec ? fit Geoff. Il se marre comme un bossu.

— On va voir, s'il continue à se marrer, répondit Ivan. Mets-le là. »

Geoff reposa précautionneusement Harry, qui vacilla légèrement devant eux, mais parvint à rester sur ses jambes.

« Tu peux garder un secret, mister ? demanda Ivan avec un sourire timide, les yeux baissés. Je sais que c'est un affreux cliché, pour un malfrat, mais je déteste la violence. »

Geoff pouffa de rire.

« Arrête, Geoff, c'est vrai. Tu n'as qu'à demander à

ceux qui me connaissent. Ivan ne la supporte pas, voilà ce qu'ils te répondraient. Ça l'empêche de dormir, ça le déprime. Le monde est suffisamment dur comme ça pour tout un chacun sans qu'on complique les choses en se brisant les bras et les jambes les uns les autres, pas vrai ? Et voilà. Et voilà pourquoi tu vas bien sagement rentrer chez toi, et on n'en parle plus. O.K. ? »

Harry hocha la tête et fouilla dans ses poches.

« Même si c'est toi, le bandit, ce soir, dit Ivan. Toi ! »

La pointe de son index frappa le sternum de Harry.

« Toi ! » répéta Ivan en frappant un peu plus fort. Le policier éméché oscillait dangereusement.

« Toi ! »

Harry, en équilibre sur les talons, se mit à battre des bras. Il ne s'était pas retourné pour voir ce qu'il avait derrière lui, mais il avait probablement déjà compris. Un sourire lui barra le visage lorsque son regard vitreux rencontra celui d'Ivan. Il tomba en arrière et gémit au moment où son dos et sa nuque touchèrent les premières marches. Il n'émit pas un son sur le reste du trajet.

Joe entendit quelqu'un gratter à la porte d'entrée, et lorsqu'il vit à travers la vitre son nouveau client recroquevillé à l'extérieur, il sut qu'il avait commis l'une de ses rares erreurs. Lorsqu'il ouvrit la porte, son client s'effondra vers lui. Si le centre de gravité de Joe n'avait pas été aussi bas, ils seraient certainement tombés tous les deux à la renverse. Joe réussit à passer le bras du client autour de ses épaules et le traîna jusqu'à un fauteuil, un peu plus loin dans l'entrée, où il put le regarder d'un peu plus près. Non pas que le pochard blond ait été particulièrement beau à voir quand il était arrivé dans l'hôtel, mais il avait maintenant vraiment l'air mal en point. L'un de ses coudes était écorché, et on y voyait aussi bien de la chair que de l'os ; l'une de ses joues était enflée, et du sang gouttait de son nez sur son pantalon sale. Sa chemise était déchirée, et un vilain ronflement était audible dans sa poitrine lorsqu'il respirait. Mais en tout cas, il respirait.

« Qu'est-ce qui s'est passé ? demanda Joe.

— Me suis cassé la gueule dans un escalier. Rien de cassé, faut juste que je me repose un peu. »

Joe n'était pas médecin, certes, mais à en juger au son de sa respiration, il pensa qu'une côte ou deux y avaient laissé la vie. Il alla chercher de la pommade antiseptique et des pansements, raccommoda son client là où c'était le plus urgent et acheva son œuvre en lui enfilant un bout de coton dans la narine. Le client secoua la tête quand Joe voulut lui donner un calmant.

« J'ai des remèdes de cheval dans ma piaule, dit-il.

— Il te faut un médecin, dit Joe. Je vais...

— Pas de toubib. Je serai en pleine forme dans une paire d'heures.

— Ta respiration n'est pas rassurante...

— Elle ne l'a jamais été. C'est de l'asthme. Laisse-moi m'allonger deux heures, et je fous le camp. »

Joe soupira. Il savait qu'il était en train de faire sa deuxième erreur.

« Ne t'en fais pas, dit-il. Il te faut davantage que deux ou trois heures. En plus, ce n'est pas ta faute si les escaliers sont foutrement raides, à Sydney. Je passerai voir comment ça va, tôt demain matin. »

Il l'aida à regagner sa chambre, à s'allonger et à ôter ses chaussures. Trois bouteilles vides de Jim Beam en côtoyaient deux pleines sur la table. Joe ne buvait pas, mais il avait vécu suffisamment longtemps pour savoir qu'il ne fallait pas tergiverser avec un alcoolique. Il ouvrit l'une des bouteilles et la posa sur la table de chevet. Ce type douillerait suffisamment à son réveil.

« Crystal Castle, j'écoute.

— Bonjour, pourrais-je parler à Margaret Dawson ?

— Elle-même.

— Je peux aider votre fils si vous me dites que c'est lui qui a tué Inger Holter.

— Pardon ? Qui est à l'appareil ?

— Un ami. Il faut me faire confiance, Mme Dawson, sinon, votre fils est perdu. Vous comprenez ? Est-ce qu'il a tué Inger Holter ?

— Qu'est-ce que c'est que cette histoire ? C'est une blague ? Qui est Inger Holter ?

— Vous êtes la mère d'Evans, Mme Dawson. Inger Holter aussi avait une mère. Vous et moi sommes les seuls à pouvoir aider votre fils. Dites que c'est lui qui a tué Inger Holter ! Vous entendez ?

— Ce que j'entends, c'est que vous avez bu. Je vais appeler la police.

— Dites-le !

— Je raccroche.

— Dites-l... Pouffiasse ! »

Alex Tomaros joignit ses mains dans sa nuque et se renversa dans son fauteuil quand Birgitta entra dans la pièce.

« Assieds-toi, Birgitta. »

Elle prit place sur la chaise qui se trouvait de l'autre côté du modeste bureau, et Alex en profita pour l'observer plus attentivement. Il lui trouvait un air fatigué. Elle avait des cernes sous les yeux, n'avait pas l'air contente et était encore plus pâle que d'habitude.

« Un policier est venu m'interroger, il y a quelques jours, Birgitta. Un certain M. Holy, un étranger. Il est ressorti de notre conversation qu'il avait discuté avec plusieurs employés, ici, auprès de qui il avait obtenu des informations de nature... disons, indiscrète. Nous voulons bien sûr tous que celui qui a tué Inger soit retrouvé, mais je voudrais juste que tu sois consciente que dans le futur, de telles déclarations seront considérées comme... hmm, déloyales. Et compte tenu des difficultés que connaît en ce moment notre branche, je n'ai pas besoin de te dire que nous ne pouvons pas nous permettre de rémunérer des gens en qui nous n'avons pas confiance. »

Birgitta ne répondit pas.

« Quelqu'un a téléphoné, un peu plus tôt dans la journée, et il se trouve que c'est moi qui ai décroché. Il a bien essayé de camoufler sa voix en parlant indistinctement, mais j'ai reconnu l'accent. C'était à nouveau M. Holy, et il a demandé à te parler, Birgitta. »

Birgitta releva d'un coup la tête.

« Harry ? Aujourd'hui ? »

Alex retira ses lunettes.

« Tu sais que je t'aime bien, Birgitta, et je dois reconnaître que je prends ces... hmm, fuites, un peu personnellement. J'avais imaginé qu'avec le temps, nous pourrirons devenir de très bons amis. Alors ne fais pas l'idiote, et ne saccage pas tout, s'il te plaît.

— Il a téléphoné de Norvège ?

— J'aurais aimé pouvoir te répondre par l'affirmative, mais malheureusement, on aurait dit une ligne très locale. Tu sais que je n'ai rien à cacher, Birgitta, en tout cas rien qui puisse avoir de l'importance dans cette affaire. Et c'est ça, qu'ils cherchent, n'est-ce pas ? Ça ne va pas aider Inger, que tu n'arrives pas à tenir ta langue sur tout le reste. Alors est-ce que je peux te faire confiance, chère Birgitta ?

— C'est quoi, tout le reste, Alex ? »

Il eut l'air surpris.

« Je m'étais dit qu'Inger t'avait peut-être raconté. La balade en voiture.

— Quelle balade ?

— Après le boulot. J'ai perçu Inger comme très engageante, et ça a un peu dérapé. J'allais juste la raccompagner chez elle, je ne voulais pas l'effrayer, mais elle a pris ma petite plaisanterie un peu trop au pied de la lettre, j'en ai peur.

— Je ne sais pas de quoi tu parles, Alex, et je ne suis pas sûre de vouloir le savoir. Est-ce que Harry a dit où il était ? Qu'il allait rappeler ?

— Hé, hé, attends un peu. Tu es comme cul et chemise avec ce type, et tu t'enflammes dès que je prononce son nom de famille. Qu'est-ce qui se passe, exactement ? Il y a quelque chose, entre vous deux ? »

Birgitta frotta ses mains l'une contre l'autre, désemparée.

Il se pencha par-dessus le bureau et tendit une main pour lui caresser les cheveux, mais elle l'écarta d'un geste agacé.

« Arrête ça, Alex. Tu es un péquenaud, et je te l'ai déjà dit. Essaie d'être un peu moins crétin la prochaine fois qu'il appellera, s'il te plaît. Et demande-lui où je peux le joindre, O.K. ? »

Elle se leva et sortit au pas de charge.

Speedy en crut à peine ses yeux lorsqu'il entra au Cricket. Derrière son comptoir, Borroughs haussa les épaules.

« Ça fait deux heures qu'il est là, dit-il. Il en tient une chouette. »

Au fond dans un coin, le type qui était indirectement responsable du séjour à l'hôpital de deux des potes de Speedy était assis à leur table. Speedy vérifia que le HK. 45 AGP qu'il venait de se procurer était bien à sa place dans son étui, à sa cheville, puis se dirigea vers la table. Le menton du quidam était tombé jusque sur sa poitrine, et il semblait dormir. Il avait une bouteille de whisky à moitié vide sur la table, devant lui.

« Hé ! » cria Speedy.

Le type leva lentement la tête et lui adressa un sourire débile.

« Je t'attendais, bafouilla-t-il.

— Tu n'es pas à la bonne table », dit Speedy sans bouger. Il avait une soirée bien remplie devant lui, et il ne pouvait pas risquer que cet abruti le retarde. Ses premiers clients pouvaient arriver d'un moment à l'autre.

« D'abord, je voudrais que tu m'expliques quelque chose, dit l'individu.

— Pourquoi je ferais ça ? » Speedy sentit le pistolet qui tendait la toile de son pantalon.

« Parce que c'est ici que tu tiens boutique, parce que tu viens d'entrer et que c'est le moment de la journée où tu es le plus vulnérable, puisque tu as ta marchandise sur toi et que tu n'aimerais pas que je te fasse une fouille devant tous ces témoins. Ne bouge pas. »

Ce ne fut qu'alors que Speedy vit le canon du Hi-Power que le type avait sur ses genoux et qu'il braquait avec une nonchalance apparente sur lui.

« Qu'est-ce que tu veux savoir ?

— Je veux savoir avec quelle régularité Andrew

Kensington se fournissait, et quand il t'en a acheté la dernière fois. »

Speedy essaya de réfléchir. Il avait horreur qu'on pointe une arme sur lui.

« Est-ce que tu as un magnéto sur toi, poulet ? »

Le poulet sourit.

« Relax. Un témoignage donné sous la menace d'une arme n'a aucune valeur. Le pire qui puisse arriver, c'est que je t'allume.

— O.K., O.K. »

Speedy sentit qu'il commençait à transpirer. Il évalua la distance qui le séparait de son holster.

« Si on ne m'a pas raconté de char, il est mort. Alors qu'est-ce que ça peut faire... Il était prudent, il ne voulait pas en avoir trop. Il achetait deux fois par semaine, un sachet à chaque fois. Toujours la même routine.

— Ça faisait combien de temps qu'il n'avait pas acheté, quand il est venu ici pour la dernière fois, le jour où il a joué au cricket ?

— Trois jours. Il devait en acheter le lendemain.

— Est-ce qu'il lui arrivait de se fournir chez quelqu'un d'autre ?

— Jamais. J'en suis sûr. Ce genre de choses devient un rapport personnel — une question de confiance, en quelque sorte. En plus, il était policier, il ne pouvait pas se permettre de ne pas être discret.

— Alors, ce jour-là, il était pratiquement à court de matos. Pourtant, quelques jours plus tard, il en avait suffisamment pour se payer une overdose qui l'aurait probablement laissé sur le carreau si un fil électrique ne l'avait pas retenu en l'air. Comment tu m'expliques ça ?

— Il était à l'hosto, tu sais. C'est bien entendu le

manque de drogue qui l'a fait se tailler. Qui sait, il en avait peut-être un peu en réserve, finalement. »

Le flic poussa un soupir las.

« Tu as raison, dit-il en remettant son pistolet à l'intérieur de sa veste, avant de reprendre le verre qu'il avait devant lui. Le monde tout entier est truffé de ces *peut-être*. Pourquoi personne n'arrive à trancher, à dire tout simplement que c'est comme ça, basta, deux et deux font ce que ça fait, et point final. Ça faciliterait le quotidien de pas mal de gens, tu peux me croire. »

Speedy commença à remonter la jambe de son pantalon, mais se ravisa.

« Et où est passé la seringue ? murmura le flic, plus pour lui que pour son interlocuteur.

— Hein ?

— On n'a pas été fichus de retrouver de seringue, sur les lieux. Il l'a peut-être foutue dans les chiottes. Comme tu dis — il était prudent. Même au moment de mourir.

— Tu me paies un verre, peut-être ? demanda Speedy en s'asseyant.

— C'est ton foie, pas le mien », dit le flic en lui envoyant la bouteille.

15

Erik Mykland, parachutisme et un canapé rococo

Harry s'enfonça en courant dans la ruelle baignée de fumée. Le groupe jouait si fort que tout vibrait à proximité. L'odeur âcre du soufre flottait, et les nuages étaient tellement bas qu'il les effleurait de la tête. Un son était toutefois perceptible à travers le mur de bruit, un grincement intense qui avait trouvé une fréquence inoccupée. C'était des dents qui grinçaient les unes contre les autres, et des chaînes qu'on traînait sur le goudron. Il était poursuivi par une meute de chiens haletants.

La ruelle se fit de plus en plus étroite, et il finit par devoir courir les bras en avant pour ne pas rester coincé entre les hautes murailles rouges. Il leva les yeux. De petites têtes sortaient des fenêtres, très loin au-dessus de lui. Ils agitaient des drapeaux bleus et verts, tout en chantant sur l'assourdissante musique.

« *This is the lucky country, this is the lucky country, we live in the lucky country !* »

Harry entendit des jappements humides, juste derrière lui. Il se mit à hurler et tomba. À sa grande surprise, le noir se fit autour de lui, et au lieu de heurter le goudron, il continua à tomber. Il avait dû passer par un trou dans le sol. Et ou bien Harry était tombé très lentement, ou bien le trou était très profond, parce que sa chute n'avait pas de fin. La musique, à la surface, s'assourdit, et à mesure que ses yeux s'habituaient à l'obscurité, il s'aperçut que les parois du trou étaient percées de fenêtres par lesquelles il pouvait voir chez des gens.

Bon sang, est-ce que je vais traverser toute la terre ? se dit Harry.

« Vous êtes suédois », dit une voix de femme.

Harry regarda autour de lui, et ce faisant, la lumière et la musique revinrent. Il se trouvait sur une place, il faisait nuit, et un groupe jouait sur une scène, derrière lui. Il faisait lui-même face à une vitrine, plus précisément la vitrine d'un magasin de télévisions, où une douzaine de récepteurs étaient allumés, chacun sur une chaîne différente.

« Alors comme ça, vous fêtez l'*Australian Day*, vous aussi ? » demanda une autre voix, masculine cette fois, dans une langue qu'il connaissait.

Harry se retourna. Un couple lui souriait de façon engageante. Il donna aux coins de sa bouche l'ordre de renvoyer un sourire, mais il ne put qu'espérer que cet ordre serait respecté. La sensation d'une certaine tension sur son visage lui indiqua pourtant qu'il avait toujours le contrôle de cette fonction physiologique. Il avait dû renoncer à certaines autres. Son subconscient s'était en effet insurgé, et la bataille faisait pour l'heure rage entre son ouïe et sa vue. Son cerveau fonctionnait à plein régime pour comprendre ce qui se passait, mais la tâche n'était pas aisée parce qu'il était constamment bombardé d'informations distordues et en partie absurdes.

« Nous sommes danois, au fait. Je m'appelle Poul, et voici ma femme Gina.

— Pourquoi pensez-vous que je suis suédois ? » s'entendit dire Harry.

Le couple danois échangea un regard.

« Vous parliez tout seul, vous ne vous êtes pas rendu compte ? Vous regardiez la télé et vous vous demandiez si Alice allait traverser toute la terre. Et c'est bien ce qu'elle a fait, ah ah !

— Ah oui, ça... fit Harry sans avoir la moindre idée de ce dont ils pouvaient parler.

— Ce n'est pas tout à fait ce qu'on appelle la Saint-Jean, hein ? Pour l'instant, c'est vraiment risible. On entend les feux d'artifice, mais personne ne voit rien à cause du brouillard. Si ça se trouve, les fusées ont peut-être foutu le feu à l'un des gratte-ciel, là-haut. Ah ah ! Vous sentez l'odeur de la poudre ? C'est en fait l'humidité qui la fait stagner comme ça, près du sol. Vous êtes ici comme touriste, vous aussi ? »

Harry réfléchit. Il dut réfléchir longtemps, parce que les Danois étaient partis lorsqu'il fut prêt à répondre.

Il tourna de nouveau son attention vers les écrans télé. Des collines en flammes sur l'un, du tennis sur un autre. C'étaient les événements annuels à Melbourne ; des feux de forêt et les internationaux d'Australie, un adolescent vêtu de blanc devenait millionnaire en même temps qu'une famille supplémentaire se retrouvait à la rue, quelques kilomètres plus loin. Un autre écran diffusait des images de Gro Harlem Brundtland suivies d'images de bateaux de pêche norvégiens et de corps de cétacés bleu nuit qui glissaient près de la surface, en émergeant de temps en temps. Et comme si ça ne suffisait pas, il vit sur un quatrième écran — ô surprise ! — quelque chose qui devait être l'équipe nationale de Norvège disputant un match de football contre une équipe en blanc.

Harry se remémora qu'il avait lu dans le Sydney Morning Herald quelque chose sur un tournoi rassemblant l'Australie, la Nouvelle-Zélande et la Norvège. Tout à coup, une caméra fit un gros plan sur Erik Mykland, dit « le moustique », et Harry s'esclaffa.

« Ah, tu es là aussi, Moustique ? chuchota-t-il en direction de la vitre. Ou bien est-ce moi qui ai des hallucinations ? Qu'est-ce que tu dirais d'un peu d'acide, Moustique ?

— Tu es dingue ? répondit le moustique. Je suis un modèle pour les jeunes.

— Hendrix le fait bien. Bjørneboe aussi. Harry Hole itou. L'acide t'ouvre les yeux, Moustique. Et même plus. Il te fait voir des liens qui n'existent même pas... » Harry éclata à nouveau de rire.

Le moustique rata un tacle.

« Tu peux même parler à un écran TV à travers une vitrine, et on te répond. Tu connais Rod Stewart ? Il m'a offert ce petit bout de papier et maintenant, mon cerveau arrive à capter six émissions de télé, deux Danois et un groupe de musiciens, tout ça en même temps. Il y a longtemps que cette substance aurait dû être légalisée, Moustique, qu'en dis-tu ? L'île aux enfants ! »

Des images de véliplanchistes, d'une femme en larmes et de morceaux d'un shorty jaune portant des traces de morsure apparurent dans le cadre d'un journal télévisé.

« C'est le Grand Revenant, qui a quitté son aquarium pour aller prendre l'air, Moustique. Déjeuner en plein air[1], Ah, ah ! »

Sur le poste voisin, la tresse orange de la police flottait dans le vent en bordure d'une forêt, tandis

1. *Lunch i det grønne* est une chanson des Dum-dum Boys.

que des policiers en uniforme allaient et venaient, des sacs en plastique à la main. Puis un grand visage pâle emplit l'écran. C'était une mauvaise photo d'identité d'une jeune fille blonde pas belle. Elle avait une expression de tristesse dans le regard, comme si elle était désolée de ne pas être plus jolie.

« Jolie, dit Harry. Drôle de truc, ça. Tu savais que... »

Lebie passa dans le champ de la caméra, derrière un policier que l'on interviewait.

« Bon Dieu ! cria Harry. Merde ! » Il abattit la paume d'une main contre la vitre.

« Monte le son ! Hé, là-dedans, plus fort ! Quelqu'un... »

L'image avait cédé la place à une carte météo de la côte est de l'Australie. Harry écrasa son nez contre la vitre, et vit dans un écran éteint le reflet du visage de John Belushi.

« Est-ce que c'est seulement quelque chose que je me suis imaginé, Moustique ? N'oublie pas que je suis sous l'emprise d'un hallucinogène particulièrement puissant, en ce moment. »

Le moustique tenta un dribble, mais se fit piquer la balle.

« Ressaisis-toi ! Ressaisis-toi pour de bon ! »

« Laissez-moi entrer ! Il faut que je lui parle...

— Rentre dessaouler chez toi. Les pochards... Hé !

— Lâche-moi. Je te dis que je suis un ami de Birgitta, elle travaille au bar.

— Ça, on le sait, mais notre job, c'est de faire en sorte que les gens comme toi restent dehors, tu vois, *blondie* ?

— Aïe !

— Va-t'en sans faire d'histoires, ou il me faudra te péter le br...Ouff ! Bob ! Bob !

— Désolé, mais je commence à en avoir marre, qu'on me touche. À la revoyure.

— Qu'est-ce qu'il y a, Nickie ? C'est lui, là-bas ?

— *Shit* ! Laisse-le filer. Il s'est juste débattu et m'en a mis un dans l'estomac. Aide-moi un peu, veux-tu...

— Si tu veux mon avis, cette putain de ville part en couille. Tu as vu les infos, ce soir ? Encore une fille violée et butée. On l'a retrouvée cet après-midi, dans le Centennial Park. Je crois que je ne vais pas tarder à rentrer à Melbourne. »

Harry se réveilla avec un mal de crâne phénoménal. La lumière lui piquait les yeux, et il eut à peine le temps de se rendre compte qu'il était étendu sous une couverture avant de devoir se jeter sur le côté. Les spasmes se succédaient à un rythme soutenu, et le contenu de son estomac éclaboussa le sol de ciment. Il retomba sur le banc et sentit la brûlure de la bile dans ses narines tandis qu'il se posait la sempiternelle question : où est-ce que je peux bien être ?

Il se souvenait être entré dans Green Park, sous l'œil accusateur de la cigogne. Puis plus rien. À ce qu'il percevait, il se trouvait dans une pièce ronde, meublée de bancs le long des murs et de quelques tables en bois dans le milieu. Des outils, des pelles, des râteaux et un tuyau d'arrosage étaient suspendus aux murs, et une bouche d'évacuation perçait le sol au milieu de la pièce. La lumière déferlait à travers de nombreuses petites fenêtres sales, et un escalier métallique en colimaçon conduisait au niveau supérieur. Ce qui devait être une tondeuse électrique gisait sous l'escalier. Puis celui-ci se mit à trembler et à résonner. Un homme descendit.

« Bonjour, frère blanc », fit une voix grave qui lui rappela quelque chose. « Frère *très* blanc, dit-il quand il se fut approché. Ne bouge pas. »

C'était Joseph, l'Aborigène gris — l'homme du peuple des corbeaux.

Il ouvrit un robinet au mur, prit le jet et évacua le vomi.

« Où suis-je ? demanda Harry pour lancer la conversation.

— Dans Green Park.

— Mais...

— Dans le pavillon. Tu t'es endormi sur l'herbe, et la pluie menaçait, alors j'ai réussi à te traîner ici.

— Mais...

— Détends-toi. J'ai les clés. C'est mon deuxième foyer. » Il jeta un coup d'œil par une des fenêtres. « Il fait beau, aujourd'hui. »

Harry leva les yeux sur Joseph. Il avait l'air étonnamment en forme, pour un clochard.

« Ça fait un moment qu'on se connaît, avec le gardien, et on a ce qu'on pourrait appeler un arrangement spécial, expliqua Joseph. Il lui arrive de se prendre un jour de congé sans le signaler à la direction des espaces verts, et à ce moment-là, c'est moi qui m'occupe de ce qu'il y a à faire — ramasser un peu les ordures, vider les poubelles, tondre les pelouses, ce genre de choses. En échange, je peux squatter ici de temps en temps. Des fois, il y a même de quoi manger, ici, mais pas aujourd'hui, malheureusement. »

Harry essaya de trouver autre chose à dire que « mais... », et renonça. Joseph, en revanche, était d'humeur bavarde :

« Pour être honnête, ce qui me plaît le plus, dans cet arrangement, c'est que ça me permet de m'occuper. Ça remplit la journée, et fait que tu penses à autre chose, tu vois ? Il y a même des fois où j'ai l'impression de me rendre utile. »

Joseph fit un grand sourire et dodelina de la tête. Harry n'arrivait pas à croire que c'était la personne qu'il avait vue peu de temps avant dans un état quasi-comateux, sur un banc à l'extérieur, et avec qui il avait en vain essayé de communiquer.

« Je ne pouvais presque pas le croire, quand je t'ai vu hier, dit Joseph. Que tu étais la personne si sobre qui s'était fait taxer des cigarettes deux ou trois jours avant. Et hier, il était complètement impossible d'entrer en contact avec toi. Hé, hé !

— Touché », dit Harry.

Joseph disparut et revint avec une barquette de frites et un gobelet de coca. Il regarda Harry ingurgiter précautionneusement ce petit déjeuner simple mais étonnamment efficace.

« L'ancêtre du coca-cola a été inventé par un pharmacien américain qui voulait créer un remède contre la gueule de bois, dit Joseph. Mais il lui sembla qu'il avait loupé son coup, et il a cédé sa recette pour huit dollars. Si tu veux mon avis, on n'a encore rien inventé de plus efficace.

— Jim Beam, dit Harry entre deux bouchées.

— Oui, exception faite de Jim Beam. Et Jack, et Johnny, et quelques autres gonzes. Hé hé. Comment te sens- tu ?

— Mieux. »

Joseph posa deux bouteilles sur la table.

« Le vin rouge le moins cher de Hunter Valley, dit-il. Hé hé. Tu prends un verre avec moi, visage pâle ?

— Merci beaucoup, Joseph, mais le vin rouge, ce

n'est pas vraiment mon... Tu n'as rien d'autre ? De brun, par exemple ?

— Tu crois que j'ai tout un stock, ou quoi ? »

Joseph sembla un peu vexé d'être rembarré sur une offre aussi généreuse.

Harry se redressa tant bien que mal. Il tenta de combler le gouffre dans sa mémoire, entre le moment où il pointait un pistolet sur Rod Stewart et celui où ils s'étaient littéralement tombés dans les bras l'un de l'autre avant de partager un peu d'acide. Il n'arrivait pas à se souvenir ce qui avait pu déclencher tant de joie sans mélange et de sympathie réciproque, exception faite de l'inévitable... Jim Beam. Au lieu de cela, il se souvenait avoir frappé le videur de l'Albury.

« Harry Hole, tu es un pochard affligeant », murmura-t-il.

Ils allèrent s'asseoir sur la pelouse, devant le pavillon. Le soleil piquait les yeux, et l'alcool de la veille piquait la peau, mais abstraction faite de cela, ce n'était en fait pas si mal. Une brise légère soufflait, et ils s'allongèrent sur le dos pour regarder les petits nuages blancs qui glissaient lentement dans le ciel.

« Il fait un temps idéal pour sauter, aujourd'hui, dit Joseph.

— Je n'ai pas l'intention de sauter, dit Harry. Je vais rester assis sans bouger, ou au pire faire quelques pas prudents. »

Joseph plissa les yeux face à toute cette lumière.

« Je ne pensais pas à ce genre de saut, je pensais à un saut dans le ciel. *Skydiving* — saut en parachute.

— Mazette, tu fais du parachutisme ? »

Joseph acquiesça.

Harry mit une main en visière au-dessus de ses yeux et regarda la voûte céleste.

« Et les nuages, là-haut ; ça ne pose pas de problème ?

— Aucun. Ce sont des cirrus, légers comme des plumes. Ils sont à plus de quinze mille pieds.

— Tu m'épates, Joseph. Pas que je sache à quoi doit ressembler un parachutiste, mais je n'avais pas vraiment l'impression qu'il puisse être...

— Un pochard ?

— Par exemple.

— Hé hé. C'est du pareil au même.

— Sérieux ?

— Est-ce que tu t'es déjà trouvé seul en l'air, Harry ? Tu as déjà volé ? Est-ce que tu as sauté de très, très haut, et senti l'air essayer de te porter, te recevoir et caresser ton corps ? »

Joseph avait déjà correctement entamé la première bouteille, et sa voix s'était enrichie d'un timbre chaud.

Le regard brûlant, il décrivit à Harry la beauté d'un saut en chute libre :

« Ça réveille tous les sens. Tout ton corps te crie que tu ne peux pas voler. "Mais je n'ai pas d'ailes", te crie-t-il en essayant de couvrir le boucan de l'air qui siffle dans tes oreilles. Ton corps est persuadé qu'il va mourir et tire tous les signaux d'alarme — réveille complètement tous tes sens pour savoir si l'un d'entre eux arrive à trouver une issue. Ton cerveau devient l'ordinateur le plus puissant qui soit, il enregistre tout ; ta peau sent la température qui monte au fur et à mesure que tu tombes, tes oreilles sentent la pression qui augmente, et aucune ride ni aucune nuance chromatique ne t'échappe dans la carte que tu as sous toi. Tu peux même *sentir* la planète qui s'approche. Et si, à ce moment-là, tu arrives à repousser la peur de la mort au second plan, Harry, tu es pour un instant un ange, à tes propres yeux. Tu vis une vie entière en quarante secondes.

— Et si tu n'arrives pas à repousser cette peur de la mort ?

— Il ne s'agit pas de la repousser complètement, juste de la mettre au second plan. Parce qu'elle doit être présente, comme un son clair et perçant, comme de l'eau froide contre la peau. Ce n'est pas la chute, mais la peur de mourir, qui réveille les sens. Elle apparaît d'un coup, comme un rush dans tes veines, au moment où tu quittes l'avion. Comme se piquer. Elle se mélange ensuite à ton sang, et te rend bienheureux et fort. Si tu fermes les yeux, tu peux la voir comme un beau serpent venimeux qui te regarde de ses yeux reptiliens.

— Tu parles de ça comme si c'était une drogue, Joseph.

— Mais c'est une drogue ! répondit Joseph qui gesticulait maintenant à qui-mieux-mieux. C'est exactement ça. Tu veux que la chute dure toujours, et quand tu auras sauté un certain nombre de fois, tu remarqueras qu'il t'est de plus en plus difficile de tirer sur la poignée d'ouverture du parachute. Tu finiras par avoir peur de prendre une overdose, un jour, et de ne pas tirer sur la poignée, et là, tu arrêtes de sauter. Et c'est là que tu te rends compte que tu es devenu dépendant. L'abstinence te déchire, la vie te semble dénuée de sens, triviale, et tu te retrouves à nouveau tassé derrière le pilote dans un vieux Cessna qui met des plombes à monter jusqu'à dix mille pieds, ce qui ne l'empêche pas de te grignoter toutes tes économies. »

Joseph inspira profondément et ferma les yeux.

« En bref, Harry, c'est du pareil au même. La vie devient un enfer, mais l'autre option est encore pire. Hé hé. »

Joseph se dressa sur un coude et but une bonne gorgée de vin.

« Je suis un oiseau qui ne sait plus voler. Tu sais ce que c'est qu'un émeu, Harry ?

— *An Australian ostrich* — une autruche australienne.

— Tu en sais, des choses... »

Quand Harry ferma les yeux, il eut l'impression d'entendre la voix d'Andrew.

Parce que c'était bien sûr Andrew qui était dans l'herbe à côté de lui, et qui psalmodiait sans suite à propos de choses plus ou moins importantes.

« Est-ce que tu connais l'histoire qui raconte pourquoi l'émeu ne sait pas voler ? »

Harry secoua la tête.

« O.K., écoute bien, Harry. Au temps des rêves, l'émeu avait des ailes, et il savait voler. Il habitait avec sa femme près d'un lac, et sa fille avait épousé Jabiru, la cigogne. Un jour, Jabiru et sa femme étaient allés pêcher, et ils avaient fait une grosse et belle prise ; ils mangèrent presque tout, et oublièrent sur l'instant de mettre les plus beaux morceaux de côté pour les beaux-parents, comme ils le faisaient d'habitude. Quand la fille alla voir ses parents avec le poisson qui restait, le père émeu piqua une colère noire. “Est-ce que je ne vous donne pas toujours les meilleurs morceaux, quand je reviens de la chasse ?” dit-il ; il attrapa son gourdin, une lance et vola jusqu'à Jabiru pour lui filer une volée de bois vert.

« Jabiru n'avait toutefois pas l'intention de se faire taper dessus sans résistance, et il décrocha une grosse branche avec laquelle il désarma le père. Puis il le frappa d'abord à gauche, puis à droite, lui brisant les deux ailes. L'émeu se remit péniblement debout et jeta sa lance sur le mari de sa fille. Elle se planta dans son dos et ressortit par sa bouche. Ivre de douleur, la cigogne vola jusqu'aux marécages, où il apparut par la suite que la lance était utile pour attraper du poisson. L'émeu se retira dans les plaines sèches, où on peut encore le voir courir en agitant ses courtes ailes brisées, incapable de voler. »

Joseph porta la bouteille à ses lèvres, mais n'en tira que quelques gouttes. Il jeta un regard peiné à la bouteille, et la rebroucha. Puis il ouvrit l'autre.

« Et elle est à peu près comme celle-là, ton histoire, Joseph ?

— Eh bien... »

La bouteille glouglouta, et il fut prêt :

« J'ai bossé comme moniteur de parachutisme pendant huit ans, à Cessnok. On faisait une chouette bande, super soudée. Personne n'est devenu riche comme ça, ni nous, ni les proprios, le club ne tournant que grâce à l'enthousiasme collectif. On dépensait l'argent de nos leçons pour nos propres sauts. J'étais un bon moniteur. Certains disent que j'étais le meilleur. Pourtant, ils m'ont supprimé mon brevet à cause d'un épisode malheureux. Ils ont prétendu que j'étais ivre lors d'un saut avec un élève. Comme si j'allais laisser l'alcool saboter un saut.

— Qu'est-ce qui s'est passé ?

— Comment ça ? Tu veux les détails ?

— Tu es pressé ?

— Hé hé. Oui, on peut le dire. »

La bouteille brilla dans le soleil.

« O.K., voilà comment ça s'est passé. C'est un malheureux concours de circonstances, complètement improbable, qui est à l'origine de tout ça, et pas un ou deux petits remontants. Pour commencer, il y avait le temps. Au moment où nous avions décollé, il y avait une couche de nuages, à environ huit mille pieds. Ça ne pose pas de problème, quand les nuages sont aussi hauts, parce que ce n'est pas avant quatre mille pieds que tu dois tirer la poignée. Le plus important, c'est que l'élève voie le sol une fois le parachute ouvert, pour qu'il n'aille pas se paumer du côté de Newcastle, et pour qu'il puisse voir les signaux au sol, qui lui disent comment il doit manœuvrer en fonction du vent et du terrain pour pouvoir atterrir bien comme il faut dans la zone prévue, tu vois ? Au moment de décoller, il y avait d'autres nuages qui arrivaient, c'est vrai, mais ils avaient l'air d'être encore assez loin. Le problème, c'est que le club avait un vieux Cessna qui tenait à grand renfort de scotch, de prières et de bonne volonté.. Il fallait plus de vingt minutes pour arriver jusqu'à dix mille pieds, d'où on devait sauter. Le vent s'est levé après le décollage, et quand on a eu dépassé les nuages qui étaient à huit mille pieds, la seconde couche de nuages est arrivée sous la première, sans qu'on s'en rende compte. Tu vois un peu ?

— Vous n'aviez pas de contact radio avec le sol, ils ne pouvaient pas vous prévenir, de ces nuages bas ?

— La radio, ouais. Hé hé. Ça aussi, c'est quelque chose qu'on a dû étouffer, par la suite, que le pilote passait toujours les Stones à fond dans le cockpit, quand on s'approchait des dix mille pieds, histoire d'aiguillonner les élèves, pour remplacer la trouille qu'ils pouvaient éprouver par de l'agressivité. S'ils ont signalé quelque chose via la radio, ce n'est en tout cas pas nous qui pouvions l'entendre.

— Et vous n'avez même pas fait un dernier contrôle avec les gars qui étaient au sol, avant de sauter ?

— Harry. Ne me complique pas les choses, elles le sont suffisamment comme ça. O.K. ?

— O.K.

— Le deuxième problème, c'est qu'on a déconné avec l'altimètre. En principe, il faut le réinitialiser avant le décollage, pour qu'il montre l'altitude comme la distance qui nous sépare du sol. Juste avant le moment de sauter, je me suis rendu compte que j'avais oublié mon altimètre, mais comme le pilote avait toujours tout son barda pour sauter, je lui ai emprunté le sien. Il avait aussi peur que nous qu'un jour, l'avion décide de tomber en morceaux. On était déjà à dix mille pieds, et en baissant les Stones, le pilote a compris que la radio nous prévenait que des nuages bas arrivaient, mais pas qu'ils étaient déjà présents. C'est pour ça qu'on a dû faire vite. Il a fallu que je me dépêche d'aller sur l'aile, et je n'ai pas eu le temps de comparer ce qu'indiquait mon altimètre avec ce qu'indiquait celui de mon élève — dont j'avais bien sûr vérifié qu'il était réinitialisé avant le décollage. Je partais quand même du principe que celui du pilote donnait des indications plus ou moins valables, même s'il ne le réinitialisait pas à chaque fois. Mais bon, ça ne m'a pas inquiété plus que ça. Quand, comme moi, tu en es à plus de cinq mille sauts, tu sais de toute façon évaluer la hauteur visuellement, à la louche, rien qu'en regardant en bas.

« On était sur l'aile, l'élève avait déjà fait trois sauts plus qu'honnêtes, alors je ne m'inquiétais pas. Pas de problème au moment de sauter, nous étions bras et jambes écartés, et il avait une bonne assiette quand on a traversé à toute vitesse la première couche de nuages. J'ai été un peu surpris de voir une autre couche en dessous, mais je m'étais dit qu'on n'avait qu'à faire les exercices prévus, et vérifier l'altitude juste avant d'atteindre la seconde couche de nuages.

L'élève a fait quelques rotations à quatre-vingt-dix degrés et quelques déplacements horizontaux corrects avant qu'on ne reprenne la position initiale, en X. Mon altimètre indiquait six mille pieds quand l'élève a approché la main de sa poignée, alors je lui ai fait signe d'attendre. Il m'a regardé, mais ce n'est pas évident de lire l'expression d'un type qui a les joues et les lèvres qui battent dans le vent autour de ses oreilles, comme du linge sur sa corde en pleine tempête. »

Joseph fit une pause, et hocha la tête d'un air satisfait.

« Du linge sur sa corde en pleine tempête, répéta-t-il. Mazette, jolie formule. Tchin. »

Le cul de la bouteille prit le chemin des airs.

« Mon altimètre indiquait cinq mille pieds quand on est arrivés à la seconde couche de nuages, poursuivit-il après avoir repris son souffle. Il nous restait mille pieds avant d'ouvrir le parachute. J'ai agrippé l'élève et je n'ai plus quitté mon altimètre des yeux, pour le cas où la couche aurait été plus épaisse que prévu et où nous aurions dû ouvrir le parachute dans les nuages, mais on en est sortis aussitôt. J'ai senti que mon cœur s'arrêtait quand j'ai vu le sol galoper vers nous : les arbres, l'herbe, le bitume, c'était comme zoomer à toute vitesse. J'ai tout de suite tiré les deux poignées. S'il y avait eu un problème avec nos parachutes classiques, on n'aurait absolument pas eu le temps d'ouvrir nos parachutes de secours. On s'est aperçu que les nuages bas étaient en réalité à une altitude d'environ deux mille pieds. Les mecs au sol avaient pas mal pâli quand ils nous avaient vus sortir des nuages sans parachute. Cet imbécile d'élève a en plus cédé à la panique après l'ouverture de son parachute, et il a réussi à aller se foutre dans un arbre. Ça, ça s'est bien passé, mais il est resté suspendu à quatre mètres du sol, et au lieu d'attendre qu'on vienne l'aider, il a détaché son baudrier, il est tombé et s'est pété une quille. Il s'est plaint, a dit que je sentais l'alcool, et c'est la direction du club qui a statué. J'ai été radié, à vie. »

Joseph acheva la deuxième bouteille.

« Et après, Joseph ? »

Il balança la bouteille.

« Ça. Alloc, mauvaises fréquentations, et pinard. » Son élocution commençait à être pâteuse. « Ils m'ont cassé les ailes, Harry. Je fais partie du peuple des corbeaux, je ne suis pas fait pour vivre comme un émeu. »

Dans le parc, les ombres s'étaient ratatinées avant de s'allonger à nouveau. Harry se réveilla en sentant Joseph penché sur lui.

« Je me tire chez moi, Harry. Tu veux peut-être récupérer un ou deux trucs dans le pavillon, avant que je me taille ?

— Ah, merde. Mon pistolet. Et ma veste. »

Harry se leva. Il était grand temps de se trouver un coup à boire. Après que Joseph eut refermé la porte, ils restèrent un moment devant le pavillon, à passer d'un pied sur l'autre, et à se mordiller bruyamment les lèvres.

« Alors, tu comptes rentrer bientôt en Norvège ? demanda Joseph.

— Oh, d'un jour à l'autre.

— J'espère que tu ne rateras pas ton avion, la prochaine fois.

— Je me suis dit que j'allais appeler la compagnie aérienne cet après-midi. Et le boulot. Ils doivent se demander ce que je suis devenu.

— Merde ! » fit Joseph en se frappant le front. Il sortit à nouveau ses clés. « Je crois qu'il y a trop de tanins dans mon rouge. Il me ronge les neurones. Je n'arrive jamais à me souvenir si j'ai éteint ou non la lumière, et ça rend le gardien hystérique de retrouver la lumière allumée. »

Il ouvrit la porte. La lumière était éteinte.

« Hé hé. Tu sais comment c'est, quand tu connais un endroit par cœur, tu éteins la lumière machinalement, sans y penser. Et ensuite, tu es infoutu de te souvenir si tu as éteint ou pas... Quelque chose ne va pas, Harry ? »

Harry s'était figé et regardait Joseph, interdit.

« La lumière, dit-il simplement. Elle était éteinte. »

Le gardien du St George's Theatre secouait la tête, atterré, tout en resservant Harry en café.

« Je n'ai jamais vu rien de t-tel. C'est complet presque tous les soirs. Quand ils présentent ce numéro, avec la guillotine, les gens deviennent fous, ils se mettent à crier et à p-piquer des crises. On a même une nouvelle affiche : « La guillotine de la mort — Vue à la TV et dans les journaux — Elle a déjà tué... » Je n'en reviens pas, elle est devenue le clou du spectacle. B-b-bizarre.

— Bizarre. Alors comme ça, ils ont trouvé un remplaçant à Otto Rechtnagel, et ils n'ont rien changé au spectacle ?

— Quasiment rien. Ils n'ont jamais approché un tel s-succès auparavant.

— Et ce numéro, avec le chat qui se fait tirer dessus ?

— Ils l'ont supprimé. Ça n'a pas trop marché. »

Harry se tortilla. La sueur dégoulinait sous sa chemise.

« Non, d'ailleurs, je n'ai pas vraiment compris pourquoi ils présentaient ce numéro...

— C'était l'idée de Rechtnagel. J'ai tenté ma chance comme clown, quand j'étais jeune, ce qui fait que j'aime bien garder un œil sur ce qui se passe sur scène, quand il s'agit de numéros de cirque, et je me souviens que ce numéro ne faisait pas partie du spectacle avant le dernier jour de répétitions, la veille du spectacle.

— Je m'étais bien douté que c'était Otto, qui était derrière... »

Il gratta son menton rasé de près.

« Il y a une chose qui me chiffonne, et je me demandais si tu pourrais m'aider. Il est possible que je sois complètement à côté de la plaque, mais écoute juste, et dis-moi ce que tu en penses : Otto sait que je suis dans le public, il sait quelque chose que je ne sais pas, et il doit essayer de me le faire comprendre, sans pouvoir me le dire tout de go. Pour tout un tas de raisons. Peut-être parce qu'il est lui-même impliqué. C'est à mon égard qu'il fait ce numéro. Il veut me faire comprendre que celui que je chasse, chasse lui-même, et que c'est quelqu'un comme moi, un collègue. Je sais que c'est un peu tordu, mais tu sais bien à quel point Otto pouvait être excentrique. Qu'en dis-tu ? Ça lui ressemble ? »

Le gardien regarda longtemps Harry, sans rien dire.

« Je dis que tu devrais reprendre un peu de c-café. Ce numéro n'était pas destiné à te raconter quoi que ce soit. C'est un numéro classique de Jandy J-jandaschewsky, et n'importe qui dans ce milieu te le dira. Et c'est t-tout. Désolé si ça fout tes théories en l'air, mais...

— Bien au contraire, répondit Harry, soulagé.

C'était en fait une réponse dans ce genre, que j'espérais. Comme ça, je peux balayer cette théorie en toute quiétude. Tu as encore du café, tu as dit ? »

Il demanda à voir la guillotine, et le gardien le mena à la remise.

« J'ai encore des frissons quand j'entre là-dedans, mais maintenant, au moins, j'arrive à dormir, la n-nuit, dit le gardien avant d'ouvrir la porte. On a briqué la pièce pendant deux jours. »

Une bouffée d'air froid les accueillit lorsque la porte s'ouvrit.

« Remettez vos fringues » cria le gardien, et il alluma la lumière. La guillotine trônait au milieu de la pièce, couverte d'un drap, comme une diva au repos.

« Remettez vos fringues ?

— Oh, c'est juste une blague interne. On a l'habitude de crier ça, au St George's Theatre, quand on entre dans une pièce s-sombre. Ouais.

— Pourquoi ? » Harry souleva le drap et éprouva le tranchant de la lame.

« Oh, c'est une vieille histoire à la con, qui date des années s-soixante-dix. Le directeur, à l'époque, était belge, Albert Mosceau, un type au caractère bien trempé, mais nous autres qui travaillions pour lui, on l'aimait bien, un véritable homme de théâtre, Dieu ait son âme. On dit bien que les gens de théâtre sont d'affreux coureurs de jupons et des l-libertins, et c'est peut-être vrai, ouais, je ne fais que dire les choses comme elles sont. Quoi qu'il en soit, à l'époque, on avait un comédien renommé et de belle prestance, qui jouait dans la troupe, et qui était un vieux taureau en rut — je ne nommerai personne. Les femmes se pâmaient, et les hommes étaient verts de jalousie. Il nous arrivait de temps à autre de recevoir des gens qui demandaient à visiter le théâtre, et un jour, le guide est entré dans la remise en compagnie d'un groupe scolaire ; il a allumé la lumière, et ils sont tombés sur le taureau en rut, sur le canapé rococo qu'on utilisait dans *La ménagerie de verre*, Tennessee Williams, en pleine action avec une des nanas de la cantoche.

« Le guide aurait bien sûr pu sauver la situation, parce que l'acteur en question — je ne nomme toujours personne — leur tournait le dos. Mais le guide était un jeune vaurien qui espérait devenir un jour comédien, et comme la plupart des gens du théâtre, c'était un demeuré vaniteux. C'est pourquoi ce type ne portait pas de lunettes en dépit d'une myopie carabinée. Enfin bref, il n'a pas vu qu'il se passait des choses sur le canapé, et il a dû croire que la foule qui se massait d-d'un seul coup à la porte n'était pas là pour autre chose que pour son talent inné de conteur, ou un truc comme ça. Quand le guide a continué imperturbablement à parler de Tennessee Williams, le v-vieux bouc s'est mis à gueuler, tout en veillant à ce qu'on ne voie pas son visage, juste son cul poilu. Mais le guide a reconnu sa voix, et il a dit : “Tiens, vous êtes là, Bruce Lieslington ?” »

Le gardien se mordit l'intérieur de la joue.

« Ou-oups... »

Harry éclata de rire et leva les deux mains : « Ne t'en fais pas, je ne sais déjà plus comment il s'appelait.

— Quoi qu'il en soit. Le l-lendemain, Mosceau a convoqué tout le monde. Il a rapidement expliqué ce qui s'était passé, et ajouté qu'il prenait ça très à cœur. “On ne peut pas se permettre ce genre de publicité, a-t-il dit. C'est pourquoi je me vois dans l'obligation de supprimer sur-le-champ ce genre de v-v-visites.” »

Le rire du gardien se répercuta entre les murs de la remise. Harry ne put s'empêcher de sourire. Seule la diva de bois et d'acier demeura silencieuse et imperturbable.

« Dans ce cas, je comprends pourquoi vous criez “remettez vos fringues”. Et ce malheureux guide, qu'est-ce qu'il est devenu ? Il a fini par devenir comédien ?

— Malheureusement pour lui, et heureusement pour le théâtre : n-non. Mais il a continué dans cette branche, et il est aujourd'hui ingénieur du s-son, ici, au St George's. Oui, j'avais oublié, c'est vrai que tu l'as rencontré... »

Harry inspira lentement. Ça grognait, et les chaînes étaient secouées, en bas. Bon Dieu, bon Dieu, qu'est-ce qu'il faisait chaud !

« Oui. Oui, c'est vrai. Il a des lentilles, maintenant, c'est ça ?

— Nan. Il prétend qu'il travaille mieux quand il v-voit la scène un peu flou. Il dit que comme ça, il peut se concentrer sur l'ensemble, sans se laisser obnubiler par les détails. C'est vraiment un mec b-bizarre.

— Un mec bizarre », répéta Harry.

16

Des kangourous morts, une perruque et un enterrement

Kristin était revenue à Oslo après quelques années. Harry avait appris par des amis qu'elle avait une fille de deux ans, mais qu'elle avait abandonné l'Anglais à Londres. Et puis, un soir, il l'avait vue au Sardines. De plus près, il avait vu à quel point elle avait changé. Sa peau était blanche et ses cheveux pendaient, sans vie, devant son visage. Quand elle se rendit compte de sa présence, son visage se barra d'une sorte de sourire horrifié. Il salua Kjartan, « un ami musicien » qu'il avait l'impression de reconnaître. Elle parlait vite et nerveusement de choses triviales, et ne laissa pas à Harry l'occasion de poser les questions qu'elle savait inévitables. Puis elle parla de ses projets, mais ses yeux n'exprimaient rien, et les moulinets exubérants de la Kristin dont il se souvenait avaient cédé la place à des mouvements lents et apathiques.

À un moment donné, Harry eut l'impression qu'elle pleurait, mais il était déjà tellement bourré qu'il ne pouvait pas être catégorique là-dessus.

Kjartan était parti, puis revenu, et avait murmuré quelque chose à l'oreille de Kristin avant de se libérer de son étreinte en adressant un sourire condescendant à Harry. Tout le monde avait fini par partir, et Harry et Kristin étaient restés seuls dans la salle vide, au milieu des paquets de cigarettes et des débris de verre, jusqu'à ce qu'on les mît à la porte. Il était difficile de dire qui avait soutenu qui vers la sortie, et lequel des deux avait proposé l'hôtel mais toujours est-il qu'ils avaient atterri au Savoy, où ils avaient torpillé le mini-bar avant de se coucher. Par simple devoir, Harry avait fait une vaine tentative pour la pénétrer, mais il était trop tard. Bien sûr, qu'il était trop tard. Kristin avait enfoui son visage dans l'oreiller, et elle pleurait à chaudes larmes. À son réveil, Harry avait filé à l'anglaise, et pris un taxi jusqu'au Postkaféen qui ouvrait une heure avant les autres débits de boisson. Et où il avait ressassé la vitesse du temps qui passe.

« Oui ?

— Désolé de téléphoner si tard, Lebie. C'est Harry Holy.

— Holy ? Fichtre. Quelle heure est-il, en Norvège ?

— Je ne sais pas. Écoute, je ne suis pas en Norvège. Il y a eu une merde avec mon avion.

— C'est-à-dire ?

— Il est parti un peu trop tôt, si on peut dire, et ça n'a pas été facile de trouver une autre place. Il me faudrait de l'aide pour deux ou trois trucs.

— Je t'écoute.

— Il faut qu'on se retrouve à l'appartement d'Otto Rechtnagel. Prends un pied de biche, si tu n'es pas très doué avec les passe-partout.

— O.K. Tout de suite ?

— Ce serait super. Merci, mon pote.

— De toute façon, je dormais mal... »

« Allo ?

— Docteur Engelsohn ? Il s'agit d'un cadavre, je m'appelle...

— Je n'ai strictement rien à foutre de comment vous vous appelez, il est... trois heures du matin, et vous pouvez vous adresser au médecin de garde, le docteur Hansson. Bonne nuit. »

« Vous êtes sourd ? J'ai dit bo...

— C'est Holy. Soyez gentil, ne me raccrochez pas à nouveau au nez. »

...

« *Le* Holy ?

— Je suis heureux que vous ayez l'air de vous souvenir de mon nom, docteur. J'ai trouvé quelque chose d'intéressant dans l'appartement où on a retrouvé le corps d'Andrew Kensington. Il faut que je le voie, enfin, les vêtements qu'il portait quand on l'a retrouvé. Vous les avez encore, n'est-ce pas ?

— Oui, mais...

— Rendez-vous devant la morgue, dans une demi-heure.

— Mon cher M. Holy, je ne vois vraiment pas pourquoi...

— Évitez-moi d'avoir à le répéter, docteur. Radiation de l'ordre des médecins, demande de dommages et intérêts de la part des proches, pub d'enfer dans les journaux... Voulez-vous que je continue ?

— De toute façon, je ne peux pas y être dans une demi-heure.

— Il y a très peu de circulation, à cette heure-ci, docteur. J'ai comme l'impression que vous y arriverez. »

McCormack entra dans son bureau, referma la porte derrière lui et prit sa place devant la fenêtre.

Le temps estival instable de Sydney était égal à lui-même, il avait plu toute la nuit. McCormack avait plus de soixante ans, il avait dépassé l'âge de la retraite dans la police, et avait petit à petit commencé à parler tout seul dans ses moments solitaires, à la façon des retraités.

C'était la plupart du temps des réflexions à caractère quotidien qu'il pensait être le seul à apprécier à leur juste valeur. Comme par exemple : « Tiens, tiens, on dirait que le temps se lève, aujourd'hui aussi, bien-bien-bien. » Il se hissa plusieurs fois de suite sur la pointe des pieds, tout en regardant sa ville. Ou bien : « Premier arrivé, aujourd'hui aussi, bien-bien-bien. »

Ce ne fut qu'après avoir suspendu sa veste dans le placard qu'il avait derrière son bureau qu'il prit conscience que des sons lui parvenaient du canapé. Un homme tentait tant bien que mal de passer de la position allongée à la position assise.

« Holy ? s'exclama McCormack, estomaqué.

— Excusez-moi, *Sir*. J'espère que vous ne m'en voulez pas d'avoir utilisé le canapé...

— Comment es-tu entré ?

— Je n'ai jamais trouvé le temps de rendre le badge d'accès, et le planton de nuit m'a laissé entrer. Votre porte était ouverte, et comme c'est vous que je venais voir, j'ai pioncé ici.

— Tu devrais être en Norvège. Ton chef a appelé. Tu as une tronche à faire peur, Holy.

— Qu'avez-vous répondu, *Sir* ?

— Qu'a priori, tu allais rester ici pour assister aux funérailles de Kensington. En tant que représentant de la Norvège.

— Mais comment...

— Tu avais donné notre numéro à la compagnie aérienne, alors quand ils ont appelé une demi-heure avant le départ parce qu'ils ne t'avaient pas vu te pointer, on n'a pas eu besoin de me faire un dessin. Un coup de fil au directeur du Crescent Hôtel, avec qui j'ai eu une conversation qui restera confidentielle, m'a éclairé sur le reste. Nous avons essayé de te joindre, mais sans succès. Je sais comment c'est, Holy, et je propose qu'on n'en fasse pas tout un fromage. Tout le monde sait que c'est une réaction normale, après ce genre d'épreuve. Le plus important, c'est que tu aies retrouvé tes esprits, et qu'on puisse te mettre dans un avion.

— Merci beaucoup, *Sir*.

— Je t'en prie. Je vais demander à ma secrétaire de passer un coup de fil à la compagnie aérienne.

— Juste deux ou trois petites choses, avant, *Sir*. On a un peu travaillé, cette nuit, et les résultats définitifs ne seront pas connus avant que les types de la police scientifique ne viennent vérifier, mais j'ai peu de doutes quant aux conclusions, *Sir*.

En dépit du graissage, le vieux ventilateur avait finalement rendu l'âme, et avait été remplacé par un nouveau, plus grand et pratiquement silencieux. Harry constatait que la vie continuait, même en son absence.

Parmi les présents, seul Wadkins et Yong n'étaient pas au courant des détails, mais Harry reprit depuis le début.

« Nous n'y avons pas pensé quand nous avons trouvé Andrew, parce qu'on était au milieu de la journée. Je n'y ai même pas pensé quand on m'a communiqué l'heure du décès. Ce n'est que plus tard que ça m'a frappé : la lumière était éteinte chez Otto Rechtnagel. Si les choses se sont réellement passées comme on l'a supposé jusqu'à maintenant, on peut les résumer comme ça : Andrew a éteint la lumière, près de la porte du salon, puis il est allé à tâtons jusqu'à la chaise, sous l'emprise de l'héroïne et dans une pièce où il fait évidemment plus noir que dans un four, à deux heures du matin, il a grimpé sur la chaise bancale et a attrapé le nœud coulant, au-dessus de lui. »

Le silence qui suivit démontra que même les nouvelles technologies sont difficilement en mesure de concevoir des ventilateurs qui ne fassent pas un bruit horripilant, aussi faible soit-il.

« Ça a l'air farfelu, oui, dit Wadkins. Il ne faisait peut-être pas si noir que ça, l'éclairage public, ou une autre lumière venue de l'extérieur, rend peut-être la pièce moins sombre, la nuit.

— Lebie et moi y étions, la nuit dernière, à deux heures, pour vérifier. Il y faisait noir comme dans une tombe.

— Est-ce que la lumière ne pouvait pas être allumée, quand vous êtes arrivés, sans que vous le remarquiez ? demanda Yong. Vous avez dit qu'il faisait plein jour. Peut-être que quelqu'un de la police a éteint la lumière, ensuite.

— On a dépendu Andrew en coupant le fil, répondit Lebie. Je ne voulais pas prendre une châtaigne, c'est pour ça que j'ai vérifié que la lumière était bien éteinte.

— Bon, dit Wadkins. Supposons qu'il préférait se pendre dans le noir ; ça fait de Kensington un mec un peu spécial, qu'est-ce que ça nous apprend d'autre ?

— Mais il ne s'est pas pendu dans le noir », dit Harry. On entendit McCormack se racler la gorge, depuis le fond de la pièce.

« Voici ce que nous avons trouvé dans l'appartement de Rechtnagel, dit Harry en tenant une ampoule électrique devant lui. Vous voyez la tache brune, là ? C'est de la rayonne brûlée, calcinée. » Il brandit un vêtement blanc. « Et voici la chemise que portait Andrew quand on l'a retrouvé. *Ne pas repasser. Soixante pour cent rayonne.* Cette fibre fond à deux cent soixante degrés Celsius. Il fait environ quatre cent cinquante degrés à la surface d'une ampoule. Vous voyez, la tache marron, sur la poche de poitrine ? C'est là que l'ampoule appuyait sur la chemise d'Andrew, quand on l'a trouvé.

— Tes connaissances en physique m'impressionnent, Holy. Dis-nous voir ce qui s'est passé, selon toi ?

— De deux choses l'une. Quelqu'un a pu passer avant nous, voir Andrew pendu, éteindre la lumière et repartir. Le problème, c'est que les deux seules clés qu'on connaisse à cet appartement ont été retrouvées l'une sur Andrew et l'autre sur Otto.

— Il y a des serrures à fermeture automatique, à cet appartement, non ? fit remarquer Wadkins. Cette personne a peut-être ouvert, avant de mettre la clé dans la poche d'An... non, c'est vrai, à ce moment-là, Andrew n'était pas encore entré. »

Wadkins rougit légèrement.

« Ce n'est pourtant peut-être pas si absurde. Ma théorie, c'est qu'Andrew n'avait pas la clé de l'appartement, loin de là, mais qu'il a pu entrer grâce à quelqu'un qui était déjà présent, ou qui est arrivé en même temps que lui, quelqu'un qui avait l'autre clé. Cette personne était sur les lieux quand Andrew est mort. Ensuite, il a mis la clé dans la poche d'Andrew pour faire croire que celui-ci était entré par ses propres moyens. Le fait que cette clé ne soit pas sur un trousseau, avec les autres, tendrait à le confirmer.

Ensuite, il a éteint, et est parti en sachant que personne ne pourrait entrer sans clé. »

Un ange passa.

« Est-ce que tu es en train de nous dire qu'Andrew Kensington a été tué ? demanda Wadkins. Et si oui : comment ?

— Je crois qu'on a d'abord forcé Andrew à s'injecter une dose d'héroïne, une overdose, vraisemblablement sous la menace d'une arme.

— Est-ce qu'il n'est pas possible qu'il se la soit injectée tout seul, avant d'arriver ? demanda Yong.

— Tout d'abord, je ne crois pas qu'un toxicomane qui se maîtrise aussi bien que le faisait Andrew puisse se flanquer une overdose comme ça, par accident. Ensuite, Andrew n'avait plus assez de drogue pour se coller une overdose.

— Alors pourquoi l'avoir pendu ?

— La technique de l'overdose ne relève pas des sciences exactes. Il n'est pas toujours à la portée du premier venu de dire comment va réagir un corps mithridatisé. Il aurait peut-être survécu jusqu'à ce que quelqu'un le retrouve en vie. Le but du jeu, c'était bien de l'étourdir suffisamment pour qu'il ne résiste pas quand on le mettrait sur la chaise pour lui passer le fil autour du cou. Et puisqu'on parle du fil, Lebie ? »

Lebie manœuvra son cure-dents pour l'amener dans un coin de sa bouche, à force de gymnastique des lèvres et de la langue.

« On a demandé aux mecs du département technique d'y jeter un œil. Les fils qui pendent du plafond sont rarement nettoyés, n'est-ce pas, et nous pensions qu'il serait tout simple d'y trouver des empreintes. Mais le fil était aussi propre que... euh... »

Lebie agita une main devant lui.

« Quelque chose qui est très propre ? proposa Yong, en désespoir de cause.

— Exactement. Les seules empreintes qu'on a trouvées, c'est les nôtres.

— Donc, à moins qu'Andrew ait essuyé le fil avant de se pendre, il y a quelqu'un d'autre qui l'a fait pour lui. C'est ça, que vous nous dites ?

— Ça y ressemble, chef.

— Mais si ce type est aussi malin que vous le supposez, pourquoi est-ce qu'il éteint en partant ? demanda Wadkins en faisant de petits moulinets avec les bras et en regardant autour de la table.

— Parce que, répondit Harry, il le fait automatiquement, sans y penser. C'est ce que font les gens quand ils sortent de chez eux. Où d'un appartement dont ils ont la clé, et où ils ont l'habitude d'aller et venir comme ils veulent. »

Harry se renversa sur sa chaise. Il suait comme un goret et ne savait pas combien de temps il arriverait à attendre avant de s'en jeter un.

« Je crois que l'homme que l'on recherche est l'amant secret d'Otto Rechtnagel. »

Lebie entra dans l'ascenseur à la suite de Harry.

« Tu vas déjeuner ? demanda-t-il.

— J'y pensais.

— Ça t'ennuie, si je viens avec toi ?

— Absolument pas. »

Lebie était une compagnie idéale quand on souhaitait parler un minimum.

Ils s'installèrent à une table au Southern, dans Market Street. Harry commanda un Jim Beam. Lebie leva les yeux de son menu.

« Apportez-nous deux salades de barramundi [1], du café noir et du bon pain frais. »

Harry regarda Lebie, étonné.

« Merci, mais je crois que je ne vais rien prendre, pour l'instant, dit-il à l'adresse du serveur.

— Faites comme je vous dis, dit Lebie avec un sourire. Mon pote changera d'avis quand il aura goûté le barramundi que vous servez ici. »

Le serveur disparut et Harry regarda Lebie. Celui-ci avait posé ses deux mains bien à plat sur la table, doigts écartés, et son regard allait de l'une à l'autre, comme s'il cherchait une différence.

« Quand j'étais jeune, j'ai remonté la côte en stop, jusqu'à Cairns, dans la Grande Barrière de Corail, dit-il à ses deux mains glabres. Dans une auberge de jeunesse pour routards, j'ai rencontré deux jeunes Allemandes qui faisaient le tour du monde. Elles avaient loué une voiture, étaient venues depuis Sydney, et parlaient en détail de tous les endroits où elles étaient allées et de ceux où elles comptaient aller jusqu'à la fin de leur voyage. Il ressortait clairement que le hasard n'avait pas une place importante dans l'affaire. C'est peut-être caractéristique de l'esprit allemand. Alors, quand je leur ai demandé si elles avaient vu des kangourous, sur leur route, elles ont ri avec condescendance et m'ont dit que oui, bien sûr, elles en avaient vu. Sous-entendu : ça faisait partie de leur liste "on est allé là, on a fait ça". "Vous vous êtes arrêtées, pour leur donner à manger ?" j'ai demandé, mais elles se

1. Le barramundi est un gros poisson (jusqu'à 1,80 m) élevé sur toute la côte nord de l'Australie) entre Brisbane et Carnavon. Il est aussi appelé perche géante, et *Asian sea bass* en Asie du Sud-Est.

sont regardées, déconcertées, et puis se sont tournées vers moi :

“Mais non !

— Pourquoi ? Ils sont très gentils, vous savez.

— Mais ils étaient morts !” »

Harry était si ahuri par le long soliloque de Lebie qu'il en oublia de rire. Les kangourous qui traversent n'importe comment sont un problème de circulation bien connu en Australie, et tous ceux qui sont allés conduire un peu en dehors des villes ont vu les cadavres de kangourous qui jonchent le bord des routes.

Le serveur revint et posa à boire devant Harry. Lebie regarda le verre.

« Avant-hier, j'ai vu une fille si mignonne que j'ai eu envie de lui caresser la joue et de lui dire quelque chose de gentil. Elle avait vingt et quelques années, portait une robe bleue et pas de godasses. Mais elle était morte. Comme tu le sais, elle était blonde, avait été violée, et des traces bleues au cou montraient qu'on l'avait étranglée.

« Et cette nuit, j'ai rêvé que ces cadavres de filles absurdement jeunes et inutilement belles emplissaient les fossés qui bordent les routes de toute l'Australie — de Sydney à Cairns, d'Adelaide à Perth, de Darwin à Melbourne. Et tout ça pour une seule et unique raison. Nous avions fermé les yeux parce que nous ne supportions pas la vérité. Nous n'avions pas fait assez. Nous nous étions autorisés à être faibles et humains. »

Harry voyait où Lebie voulait en venir. Le serveur arriva avec le poisson.

« Tu es celui qui l'a approché de plus près, Harry. C'est toi qui t'es collé l'oreille au sol, et tu peux peut-être reconnaître les vibrations de ses pas, s'il approche à nouveau. Il y aura toujours cent bonnes raisons de se pinter, mais si tu gerbes dans une chambre d'hôtel, tu ne sers plus à rien, à personne. Il n'est pas humain. Et donc, nous, nous ne pouvons pas être humains. Nous devons tout supporter, tout refuser. »

Lebie déplia sa serviette. « Mais nous devons manger. »

Harry porta le verre à ses lèvres et regarda Lebie tout en éclusant lentement. Puis il posa son verre vide sur la table, fit une grimace et attrapa couteau et fourchette. Le reste du repas se déroula en silence.

Harry ne put s'empêcher de sourire en entendant que Wadkins avait dépêché Yong auprès de l'adipeuse voisine d'Otto Rechtnagel pour lui tirer les vers du nez.

« On n'a plus qu'à espérer qu'elle ne s'assiéra pas sur lui », dit Lebie.

Harry et Lebie remontèrent en voiture à King's Cross, où Harry sauta de voiture.

« Merci, Sergueï, mais comme je te l'ai dit, il vaut mieux que je m'en occupe seul, à partir d'ici. »

Lebie lui fit un petit salut et disparut.

Sandra était au même endroit que d'habitude. Elle ne le reconnut pas avant qu'il soit arrivé tout près d'elle.

« Salut », dit-elle. Son regard était lointain, ses pupilles petites.

Ils allèrent au Beef & Bourbon, où le serveur se dépêcha de venir avancer une chaise à la jeune femme.

Harry demanda à Sandra ce qu'elle voulait manger, et commanda un Coca et un grand whisky.

« Pétard, j'ai cru qu'il arrivait pour me lourder, dit-elle, soulagée.

— Je suis ce qu'on pourrait appeler un client régulier, expliqua Harry.

— Et ta copine, comment va-t-elle ?

— Birgitta ? » Harry ne répondit pas immédiatement. « Je n'en sais rien. Elle ne veut pas me parler. Super mal, j'espère.

— Pourquoi ?

— J'espère bien qu'elle m'aime. »

Sandra partit d'un rire rauque.

« Et comment vas-tu, Harry Holy ?

— Super mal. » Harry lui fit un sourire triste. « Mais il est possible que je me sente un petit peu mieux si je mets le grappin sur un meurtrier.

— Et pour ça, tu crois que je peux t'aider ? » demanda-t-elle en s'allumant une cigarette. Son visage était — si possible — encore plus pâle et tiré que la dernière fois, et elle avait des cernes rouges sous les yeux.

« On se ressemble », dit Harry en montrant du doigt leur reflet dans la vitre encrassée, près de leur table.

Sandra ne dit mot.

« Je me souviens, bien qu'un peu vaguement, que Birgitta a balancé ton sac sur le lit, et que tout son contenu a voltigé. J'ai tout d'abord cru que c'était un pékinois, que tu avais dans ton sac. » Il fit une petite pause. « Dis-moi, qu'est-ce que tu fais exactement, avec une perruque blonde ? »

Sandra regarda par la vitre. Ou plutôt, elle regarda *dans* la vitre, peut-être leur reflet.

« C'est un client qui me l'a payée. Il veut que je la mette, quand il est avec moi.

— Qui est...

— Oublie, Harry. Je ne te le dirai pas. Il n'y a pas beaucoup de règles, dans ma profession, mais la boucler sur l'identité de mes clients, il se trouve que c'en est une. Et c'est une bonne règle. »

Harry soupira.

« Tu as peur », dit-il.

Les yeux de Sandra lancèrent des éclairs.

« Ne me cherche pas, Harry. Il n'y a rien à glaner par là, O.K. ?

— Tu n'as pas besoin de me le dire, Sandra. Je sais qui c'est. Je voulais juste m'assurer d'abord que tu avais peur de le dire.

— "Je sais qui c'est", le singea Sandra, piquée au vif. Et comment le sais-tu ?

— J'ai vu la pierre qui a roulé de ton sac, Sandra. Le cristal vert. Je l'ai reconnu à cause de l'étoile qui est peinte dessus. Il te l'a donné. Il vient de la boutique de sa mère, The Crystal Castle. »

Ses yeux s'agrandirent, et elle lui lança un regard noir. Sa bouche rouge s'était figée en une grimace hideuse. Harry posa doucement une main sur son avant-bras.

« Pourquoi as-tu si peur d'Evans White, Sandra ? Pourquoi tu ne veux pas le donner ? »

Sandra ramena brusquement son bras vers elle. Elle se tourna de nouveau vers la fenêtre. Harry attendit. Elle renifla, et Harry lui tendit un mouchoir qu'il avait dans sa poche sans trop savoir pourquoi.

« Il n'y a pas que toi, qui va super mal, tu sais », chuchota-t-elle après un moment. Les cernes sous ses yeux étaient encore plus rouges quand elle lui fit face.

« Tu sais ce que c'est, ça ? » Elle remonta sa manche, découvrant un avant-bras blanc taché de marques rouge vif, croûteuses pour certaines.

« Héroïne ? fit Harry.

— Morph'. Morphine, répondit Sandra. Il n'y en a

pas tant que ça à Sydney, qui en ont dans leur assortiment, parce que la plupart finissent à l'héroïne, de toute façon. Mais je suis allergique à l'héroïne. Mon corps ne la supporte pas. J'ai essayé une seule fois, et j'ai failli mourir. Donc, mon poison, c'est la morphine. Et de toute l'année dernière, il n'y a qu'une personne à King's Cross qui a été en mesure d'en fournir en quantité suffisante. Et sa rétribution, c'est que j'accepte de me livrer à une sorte de jeu de rôle. Je me maquille, et je mets une perruque blanche. Pourquoi pas, je me fous bien de savoir quel pied il peut prendre avec ça, du moment que moi, j'ai ce que je veux ! Et puis, les gens qui veulent que tu t'habilles comme leur mère ne sont pas les plus atteints...

— Leur mère ?

— Je crois qu'il déteste sa mère. Ou bien qu'il l'aime un petit peu plus que ce qu'on a l'habitude de voir. L'un ou l'autre, je ne sais pas exactement, il ne veut pas en parler, et Dieu sait que moi non plus, je n'en ai vraiment pas envie ! » Elle éclata d'un rire caverneux.

« Pourquoi penses-tu qu'il la déteste ? demanda-t-il.

— Les dernières fois, il a été un peu plus brutal que d'habitude. Ça m'a valu quelques bleus.

— Au cou ? »

Sandra secoua la tête.

« Il a essayé, une fois. C'était le jour qui a suivi celui où on a retrouvé cette Norvégienne, étranglée. Il a simplement posé ses mains autour de mon cou, en me demandant de rester calme et de ne pas avoir peur. Je n'y ai pas repensé, par la suite.

— Pourquoi ?

— Les gens sont influencés par ce qu'ils lisent et ce qu'ils voient, répondit-elle en haussant les épaules.

Prends par exemple *Neuf semaines et demie,* quand c'est passé en salles, ici. Tout à coup, il y a eu des tas de clients qui voulaient que je rampe à poil par terre pendant qu'ils regardaient, assis sur une chaise.

— Une merde, ce film, dit Harry. Qu'est-ce qui s'est passé ?

— Il a posé ses mains autour de mon cou, et il a laissé ses pouces aller et venir sur mon larynx. Rien de violent. Mais j'ai retiré la perruque, et je lui ai dit que je ne marchais pas. Il a repris ses esprits et a laissé tomber. Il a dit que ce n'était rien, que c'était juste quelque chose qui lui était passé par la tête. Que ça ne signifiait rien.

— Et tu l'as cru ? »

Sandra haussa les épaules.

« Tu ne sais pas à quel point un chouïa de dépendance peut conditionner la façon dont tu vois les choses, dit-elle en terminant son whisky.

— Ah non ? » fit Harry en regardant d'un œil soupçonneux la bouteille de coca, encore intacte devant lui.

Les doigts de McCormack tambourinaient impatiemment. Harry transpirait, bien que le ventilateur tournât à fond. La grasse voisine d'Otto Rechtnagel avait eu beaucoup de choses dans son sac. Beaucoup trop. Malheureusement, rien de ce qui lui venait à l'esprit n'avait d'intérêt. On eût dit que Yong lui-même avait du mal à se comporter comme un bon spectateur en sa désagréable compagnie.

« Gros cul », répondit-il avec un sourire quand Wadkins lui demanda son impression.

« Du neuf, sur la fille de Centennial Park ? demanda McCormack.

— Pas bézef, répondit Lebie. Mais en tout cas, on

a découvert que ce n'était pas une sainte, qu'elle prenait du *speed* et qu'elle venait tout juste de commencer dans une boîte de strip-tease de King's Cross. C'est de là qu'elle revenait quand elle a été tuée. On a deux témoins qui disent l'avoir vue entrer dans le parc.

— Autre chose ?

— Pas pour l'instant, *Sir*.

— Harry, fit McCormack en essuyant un peu de sueur. Donne-nous ton point de vue.

— Le dernier en date, murmura Wadkins suffisamment fort pour que tout le monde l'entende.

— Eh bien, commença Harry. Nous n'avons jamais retrouvé ce témoin dont parlait Andrew, qui avait vu Evans White à Nimbin le jour où Inger Holter a été tuée. Ce qu'on sait, maintenant, c'est que White a un penchant plus que marqué pour les femmes blondes, qu'il a eu une enfance et une adolescence mouvementées, et qu'il pourrait être intéressant de connaître plus en détail le genre de rapports qu'il a pu avoir avec sa mère. Il n'a jamais eu de travail fixe, ni d'adresse stable, et c'est pour ça qu'il a été difficile de suivre son parcours. Il n'est absolument pas impossible qu'il ait eu une relation secrète avec Otto Rechtnagel, et il n'est pas non plus impensable qu'il ait pu suivre Otto pendant ses tournées, en se prenant une chambre d'hôtel et en trouvant ses victimes là où la troupe a donné des représentations. Mais ceci n'est donc qu'une théorie.

— C'est peut-être Otto Rechtnagel, le tueur en série, dit Wadkins. C'est peut-être quelqu'un d'autre qui a tué Rechtnagel et Kensington, quelqu'un qui n'a rien à voir avec les autres meurtres.

— Centennial Park, dit Lebie. C'était notre tueur en série. Je suis prêt à parier tout ce que je possède.

Même si je n'ai pas grand-chose à perdre, sur ce point précis...

— Lebie a raison, dit Harry. Il est toujours quelque part, dehors.

— O.K., dit McCormack. Je remarque pour ma part que notre ami Holy s'est mis à utiliser des expressions comme "pas impossible" ou "pas impensable" pour exposer son point de vue, ce qui n'est pas forcément idiot. Nous n'arriverons à rien en étant trop sûrs de nous. De plus, il doit paraître évident à tout le monde maintenant que nous avons affaire à un type très intelligent. Et très sûr de lui. Il nous a concocté les réponses qu'il savait que nous attendions, nous a donné le tueur sur un plateau d'argent et pense qu'on est content avec ces réponses. Que nous considérons l'affaire comme réglée puisque le coupable s'est donné la mort. En montrant Kensington du doigt, il savait pertinemment que nous choisirions d'étouffer l'affaire... ce qui, je dois dire, était très finement joué. »

McCormack ne quitta pas Harry des yeux en prononçant ces derniers mots.

« En étouffant cette affaire, continua-t-il, nous aurions aussi été obligés de renoncer à poursuivre l'enquête. L'avantage que l'on a, c'est qu'il croit être en sécurité. Les gens qui se sentent en sécurité sont souvent imprudents. Il est cependant temps pour nous de déterminer comment nous allons nous y prendre, à partir de maintenant. Nous avons un suspect en plus, et pas le droit de nous planter une fois encore. Le problème, c'est que si nous faisons trop de vagues, nous risquons de faire peur au gros poisson. Il faut qu'on garde la tête froide jusqu'à ce qu'on le voie bien net, près de nous, suffisamment net pour qu'il n'y ait pas de doute, et suffisamment près pour ne pas le louper. À ce moment-là, et à ce moment-là seulement, on pourra lancer le harpon. »

Il fit le tour de la pièce du regard. Tous hochaient la tête, devant le bon sens incontestable du chef.

« Et pour en arriver là, il faut que nous jouions défensif, calmement et systématiquement.

— Pas d'accord », dit Harry.

Les autres se tournèrent vers lui.

« Il y a un autre moyen de prendre le poisson sans faire de vagues, dit-il. Un fil, un hameçon et un appât auquel nous sommes sûrs qu'il mordra. »

Le vent poussait des nuages de poussière devant lui, tandis qu'il tournoyait le long du chemin, et les envoyait par-dessus le mur qui entourait le cimetière, vers la petite assemblée. Harry dut fermer les yeux pour qu'ils ne s'emplissent pas de sable. Le vent soulevait les jupes et les pans de manteaux, ce qui pouvait de loin donner l'illusion que les gens qui étaient venus dansaient sur la tombe d'Andrew Kensington.

« Putain, quel vent infernal... » chuchota Wadkins pendant le laïus du prêtre.

Harry pensa à ce que venait de dire Wadkins, en espérant que celui-ci se trompait. Ce n'était bien sûr pas évident de savoir où allait ce vent, mais ce qui était sûr, c'est qu'il était pressé d'y arriver. S'il devait emporter l'âme d'Andrew, personne ne pouvait dire qu'il prenait la tâche à la légère. Les pages des psautiers et la bâche sur laquelle on avait entassé la terre battaient dans le vent, et ceux qui n'avaient pas de chapeau à retenir devaient se résoudre à ce que leurs précieuses mises en plis, et éventuellement d'autres dispositifs capillaires, n'aillent à vau-l'eau.

Harry n'entendait pas le prêtre, mais regardait de l'autre côté de la tombe, les yeux plissés. Il voyait les cheveux de Birgitta, comme un énorme jet de flammes rouges. Elle croisa son regard, sans exprimer quoi que ce soit. Une vieille femme chenue était assise sur une chaise, une canne sur ses genoux tremblants. Sa peau était jaunie, et l'âge ne parvenait pas à dissimuler le côté britannique que lui conférait son visage équin. Le vent avait légèrement fait pencher son chapeau. Harry avait fini par comprendre qu'elle était la mère adoptive d'Andrew, mais elle était si vieille et ratatinée qu'elle avait à peine enregistré les condoléances que lui avait présentées Harry, devant l'église — elle s'était contentée de branler du chef en murmurant une phrase incompréhensible, encore et encore. Une petite bonne femme noire se trouvait derrière elle, presque invisible, tenant deux fillettes par la main.

Le prêtre jeta de la terre sur le cercueil, à la mode luthérienne. Harry avait été informé au préalable qu'Andrew appartenait à l'Église Anglicane, la plus importante en Australie, avec l'Église Catholique, mais Harry, qui n'avait assisté qu'à deux enterrements depuis qu'il était adulte, ne voyait pas vraiment en quoi ils différaient de ceux qui avaient lieu en Norvège. Même le temps était identique. Quand ils avaient enterré sa mère, des nuages bleu gris menaçants avaient survolé à toute allure Vestre Gravlund, mais heureusement avec trop d'empressement pour leur lâcher de l'eau dessus. Il avait fait beau pour l'enterrement de Ronny. Mais à ce moment-là, Harry était dans sa chambre d'hôpital, les rideaux soigneusement fermés car la lumière lui filait mal au crâne. Tout comme aujourd'hui, la plupart des présents avaient dû faire partie de la police. Peut-être avaient-ils aussi fini en chantant le même psaume : « Plus près de toi, mon Dieu ! »

L'assemblée se sépara, on commença à redescendre vers les voitures, et Harry se trouva à marcher juste derrière Birgitta. Elle s'arrêta pour qu'il puisse arriver à sa hauteur.

« Tu as l'air malade, lui dit-elle sans lever les yeux.

— Tu ne sais pas à quoi je ressemble, quand je suis malade.

— Tu n'as pas l'air malade, quand tu l'es ? demanda-t-elle. De toute façon, je te dis juste que tu *as l'air* malade. Est-ce que tu *l'es ?* »

Une rafale de vent fit décoller la cravate de Harry, qui la reçut en plein visage.

« Il se pourrait bien que je sois un peu malade, dit-il. Pas *très* malade. Tu ressembles à une méduse, avec tous ces cheveux qui volent dans... mon visage. » Harry retira un cheveu roux de sa bouche.

Birgitta sourit.

« Estime-toi heureux que je ne sois pas un *jelly box-fish*.

— Jelly quoi ? demanda Harry.

— *Jelly box-fish*. répéta Birgitta. C'est une méduse assez fréquente en Australie. Elle est un chouïa moins sympa que la méduse, si on peut dire...

— *Jelly box-fish* ? demanda une voix que Harry connaissait, derrière eux. Il se retourna. C'était Toowoomba.

— Comment vas-tu ? » demanda Harry, avant d'expliquer en anglais que c'étaient les cheveux de Birgitta sur son visage qui étaient à l'origine de l'association d'idées.

« Eh bien, si ça avait été un *jelly box-fish*, des lignes rouges auraient commencé à apparaître sur ton visage, et tu aurais gueulé comme si on te fouettait, dit Toowoomba. Et en quelques secondes, tu serais tombé, le poison aurait paralysé ton système respiratoire, te faisant suffoquer, et en l'absence de soins immédiats, tu serais mort dans d'atroces souffrances. »

Harry brandit ses deux paumes devant lui.

« Merci, mais ce sera tout pour aujourd'hui, rayon décès, Toowoomba. »

Toowoomba acquiesça. Il portait un smoking de soie noire et un nœud papillon. Il remarqua le regard de Harry.

« C'est la seule chose que j'ai qui puisse faire penser à un costume. En plus, je l'ai hérité de lui. »

Il fit un signe de tête vers la tombe.

« Pas à sa mort, bien sûr, mais il y a quelques années, ajouta-t-il. Andrew disait qu'il ne lui allait plus. Ce n'était pas vrai, bien sûr. Il ne voulait pas l'admettre, mais je savais qu'il l'avait acheté en son temps pour l'utiliser au cours des banquets, après les championnats australiens. Je suppose qu'il espérait que ce smoking vivrait avec moi ce qu'il n'avait jamais vécu avec lui. »

Ils suivirent le chemin à pied, et des voitures les doublaient lentement.

« Je peux te poser une question personnelle, Toowoomba ? demanda Harry.

— Essaie toujours...

— Où crois-tu qu'Andrew est allé ?

— Qu'est-ce que tu veux dire ?

— Est-ce que tu crois que son âme est montée, ou qu'elle est descendue ? »

Toowoomba prit un air grave.

« Je suis quelqu'un de simple, Harry. Je ne sais pas grand-chose là-dessus, et je ne sais pas grand-chose sur les âmes. Mais je sais un ou deux trucs sur Andrew Kensington, et s'il y a quelque chose là-haut, et si c'est de belles âmes qu'ils veulent, alors c'est là-haut que doit aller la sienne. » Son visage s'éclaira. « Mais s'il doit y avoir quelque chose en bas, je crois que c'est là qu'il préférerait être. Il détestait les endroits barbants. »

Ils pouffèrent.

« Mais vu que c'est une question personnelle, Harry, je vais te donner une réponse personnelle. Je pense que mes ancêtres et ceux d'Andrew avaient vu juste. Ils avaient une vision très terre-à-terre de la mort. Il est vrai que dans beaucoup de tribus, on croyait à une vie après la mort. Certains croyaient à la réincarnation, que l'âme errait d'une vie humaine à une autre, et certains pensaient que les âmes pouvaient revenir comme esprits. Certaines tribus pensaient qu'on pouvait voir les âmes des morts sur la voûte céleste, que c'étaient les étoiles. Et ainsi de suite. Mais ce que tous avaient en commun, c'est que tôt ou tard après toutes ces étapes, l'homme mourait pour de bon, une mort définitive, finale. Et à ce moment-là, il n'y avait plus rien à faire. On devenait un tas de cailloux, il n'y avait plus personne. Sans trop savoir pourquoi, j'aime bien cette idée. Toutes ces perspectives d'éternité, c'est un peu décourageant, ce n'est pas ton avis ?

— Mon avis, c'est qu'on dirait qu'Andrew t'a légué plus que son smoking, voilà ce que je pense », dit Harry.

Toowoomba s'esclaffa. « Ça s'entend tant que ça ?

— La voix de son maître, dit Harry. Ce mec-là aurait dû être prêtre. »

Ils s'arrêtèrent près d'une petite voiture poussiéreuse qui était manifestement celle de Toowoomba.

« Écoute, Toowoomba, dit Harry sur un coup de tête. J'aurai peut-être besoin de quelqu'un qui a bien connu Andrew. Sa façon de penser. Pourquoi il faisait ce qu'il faisait. »

Harry se redressa, et leurs regards se croisèrent.

« Je crois que quelqu'un a tué Andrew, poursuivit-il.

— Foutaises ! réagit vivement Toowoomba. Tu ne le crois pas, tu le *sais* ! Tous ceux qui ont connu Andrew savent qu'il ne quittait jamais une fête de son plein gré. Et pour lui, la vie, c'était la fête absolue. Je ne connais personne qui aime la vie plus que lui. Peu importe ce qu'elle lui réservait. S'il avait été prêt à quitter la partie, il aurait eu plein d'occasions — et de raisons — avant.

— Alors on est d'accord.

— Tu pourras presque toujours me joindre à ce numéro, dit Toowoomba en griffonnant sur une boîte d'allumettes. C'est un numéro de mobile. »

Birgitta et Harry regardèrent la vieille Holden blanche de Toowoomba s'éloigner dans un boucan infernal. Il allait vers le nord, et Harry avait proposé à Birgitta d'essayer de trouver un collègue qui puisse les reconduire en ville. Mais il semblait que la plupart des gens étaient déjà repartis. À ce moment-là, une vieille Buick imposante s'arrêta devant eux, le conducteur baissa sa vitre, et un visage rouge agrémenté d'un nez hors du commun apparut. Ce nez ressemblait à l'une de ces pommes de terre composites qui sont en fait des agrégats de plusieurs petites, il était dans la mesure du possible encore plus rouge que le reste du visage, et présentait un joli réseau de fins vaisseaux sanguins.

« Vous allez en ville, les copains ? » demanda le nez avant de les prier de monter. « Je m'appelle Jim Conolly. Voici ma femme, Claudia », leur dit-il une fois qu'ils eurent pris place à l'arrière. Un minuscule visage basané fendu d'un sourire radieux se tourna vers eux, depuis le siège passager. Elle avait un type indien, et elle était si petite qu'ils voyaient tout juste son visage par-dessus le dossier.

Jim regarda Harry et Birgitta dans son rétroviseur intérieur.

« Amis d'Andrew ? Collègues ? »

Il dirigea prudemment sa grosse bagnole sur le chemin tandis que Harry expliquait qui ils étaient.

« Bien, bien, vous venez de Suède et de Norvège. Ce n'est pas à côté, ça. Oui, oui, presque tous ceux qui sont dans ce pays viennent de très, très loin. Prenez Claudia, par exemple ; elle vient du Venezuela, là où ils ont toutes les miss que vous savez. Combien de titres de Miss Univers vous avez, là-bas, Claudia ? Le tien compris, hé, hé. » Il rit tant et si bien que ses yeux disparurent dans les rides qui entouraient le haut de son nez, et Claudia se joignit à lui.

« Je suis australien, poursuivit Jim. Mon trisaïeul est venu d'Irlande. C'était un meurtrier, et un voleur. Hé, hé, hé. Vous saviez que les gens, dans le temps, ne reconnaissaient pas facilement qu'ils descendaient de condamnés, même si ça faisait plus de deux cents ans ? Mais moi, j'en ai toujours été fier. C'est ce qu'ils étaient, plus un paquet de matelots et de soldats qui ont fondé ce pays. Et c'est un beau pays. On l'appelle « *the lucky country* », ici. Oui, oui, les choses changent. J'ai entendu dire que maintenant, ça fait bien, de pouvoir remonter son ascendance, jusqu'aux condamnés. Hé, hé, hé. C'est vraiment dégueulasse, pour Andrew, hein ? »

Jim était une mitrailleuse verbale, et il y avait peu de phrases que Harry et Birgitta recevaient avant qu'il n'en fasse partir une nouvelle. Et plus il parlait vite, plus il conduisait lentement. Comme David Bowie sur le vieil appareil à piles de Harry. Quand il était petit, son père lui avait donné un magnétophone à piles, et la bande tournait de plus en plus lentement à mesure qu'on montait le son.

« Andrew et moi avons boxé ensemble, sur les tournées de Jim Chivers. Vous savez qu'Andrew n'a jamais eu le nez cassé ? Que nenni, *Sir*, personne ne lui a jamais pris ce pucelage. C'est vrai que de toute façon, ils ont le nez plat dès le départ, ces Aborigènes, ce qui fait que personne n'a dû se poser la question. Mais à l'intérieur, Andrew était un type entier, un mec bien. Cœur entier et nez entier. Oui, enfin, aussi entier que peut l'être le cœur de celui qui a été kidnappé par les pouvoirs publics à sa naissance. C'est-à-dire, le cœur n'y était plus trop après tout le ramdam qu'il y a eu autour du championnat d'Australie, à Melbourne. Vous devez bien en avoir entendu parler ? Il a perdu énormément, ça, c'est sûr. » La vitesse de la voiture était tombée à moins de quarante.

« La gonzesse de ce champion, Campbell, elle était raide dingue d'Andrew, mais ça avait été un tel canon toute sa vie qu'elle n'avait pas l'habitude qu'on l'envoie promener. Si ça avait été le cas, les choses se seraient passées tout à fait différemment. Mais quand elle est allée frapper à la porte d'Andrew, à l'hôtel, et qu'il l'a gentiment priée d'aller voir ailleurs s'il y était, elle n'a pas encaissé le coup et elle a filé illico raconter à son mec qu'Andrew l'avait importunée. Ils l'ont appelé dans sa chambre, et lui ont demandé de descendre aux cuisines. La baston qui y a eu lieu est devenue légendaire. La vie d'Andrew a pris une voie de garage, à la suite de ça. Mais son pif, ils ne l'ont jamais eu. Hé, hé, hé. Vous êtes fiancés ?

— Pas exactement, réussit à dire Harry.

— On pourrait le croire, dit Jim en leur adressant un regard par son rétroviseur. Vous ne le savez peut-être pas, mais même si la gravité de la situation semble vous peser, vous avez cette aura. Corrigez-moi si je me trompe, mais vous ressemblez à ce que Claudia et moi étions juste après notre rencontre, pendant les vingt ou trente années qui ont suivi. Hé, hé, hé. À présent, on est juste amoureux. Hé, hé, hé. »

Claudia regarda son mari, les yeux pétillants.

« J'ai rencontré Claudia au cours d'une des tournées. Elle était contorsionniste. Elle peut se plier sur elle-même comme une enveloppe, aujourd'hui encore. Alors, je ne comprends pas ce que je fais avec cette énorme Buick. Hé, hé, hé. Je lui ai fait la cour jour après jour, pendant plus d'un an, avant qu'elle daigne que je l'embrasse. Et elle m'a raconté ensuite qu'elle était tombée amoureuse de moi le jour où elle m'avait vu. Rien que ça, c'était un exploit, vous savez, vu que ce nez en avait déjà plus ramassé à ce moment-là que celui d'Andrew dans toute sa vie. Mais qu'elle joue les Sainte-Nitouche pendant une longue et douloureuse année entière ? Les femmes me terrifient, parfois. Qu'est-ce que tu en penses, Harry ?

— Oui, je vois ce que tu veux dire. »

Il regarda Birgitta, qui avait un petit sourire.

Après avoir fait en quarante-cinq minutes un trajet qui en prend vingt en temps normal, ils arrivèrent devant Town Hall, où Harry et Birgitta remercièrent pour le bout de conduite et descendirent. Le vent était parvenu en ville, et ils restèrent un moment dans les rafales, ne sachant manifestement pas ce qu'ils devaient dire.

« Un couple des plus inhabituels, dit Harry.

— Oui. Ils sont heureux. »

Un tourbillon fit frissonner un arbre du parc, et Harry crut voir une ombre poilue foncer se mettre à l'abri.

« Et maintenant, que fait-on ? demanda Harry.

— Tu viens chez moi.

— Oui. »

17

Des mouches mortes, un remboursement et un hameçon

Birgitta plaça une cigarette entre les lèvres de Harry et l'alluma.

« C'est mérité », dit-elle.

Harry analysa ce qu'il ressentait. Tout compte fait, il ne se sentait pas si mal que ça. Il tira le drap sur lui.

« Tu es gêné ? lui demanda Birgitta en riant.

— C'est juste que je n'aime pas ton regard gourmand, esquiva Harry. Tu refuses peut-être de le croire, mais je ne suis pas une machine.

— Ah non ? » Birgitta lui mordilla passionnément la lèvre inférieure. « J'aurais cru. Ce piston...

— Là, là. As-tu besoin d'être vulgaire, maintenant que la vie est idyllique, chérie ? »

Elle se glissa près de lui et posa la tête sur son torse.

« Tu m'avais promis le reste de l'histoire, murmura-t-elle.

— Ah oui. » Harry prit une profonde inspiration. « Voyons voir. Voici donc le début. Quand j'étais en troisième, une fille est arrivée à l'école, dans une autre troisième. Elle s'appelait Kristin, et il n'a fallu que trois semaines pour qu'elle et mon meilleur pote,

Terje, qui avait les dents les plus blanches de l'école et qui jouait de la guitare dans un groupe, deviennent un petit couple officiel, reconnu. Le hic, c'est qu'elle était la fille que j'avais attendue toute ma vie. »

Il se tut.

« Alors, qu'est-ce que tu as fait ? demanda-t-elle.

— Rien du tout. J'ai continué à attendre. Dans l'intervalle, je suis devenu ce copain de Terje avec qui elle trouvait si agréable de parler de tout et de rien. À qui elle pouvait se confier quand il y avait du flottement entre eux, sans savoir qu'il se réjouissait en silence, et qu'il ne faisait qu'attendre son heure pour frapper. »

Il eut un petit rire.

« Bon Dieu, qu'est-ce que je me détestais.

— Je suis outrée, murmura Birgitta en lui caressant amoureusement les cheveux.

— Un copain a invité toute la bande dans la ferme abandonnée de ses grands-parents, un week-end où Terje avait un concert. On a bu du vin maison, et un peu plus tard dans la soirée, on s'est retrouvés avec Kristin à discuter sur le canapé. Un moment après, on a décidé de partir à la découverte de cette grande maison, et on est montés au grenier. La porte était fermée, mais elle a trouvé une clé qui pendait à un crochet, et elle a ouvert. On s'est couchés l'un à côté de l'autre sur l'édredon d'un lit à baldaquin trop court. Il y avait une couche de trucs noirs dans les renfoncements de la literie, et j'ai fait un bond quand je me suis aperçu que c'étaient des mouches mortes. Il devait y en avoir des milliers. Je voyais son visage près du mien, couronné de mouches mortes sur l'oreiller blanc, baigné dans la lumière bleutée d'une grosse lune ronde qu'on voyait par la fenêtre, et qui rendait sa peau presque transparente.

— Houh ! » cria Birgitta en se jetant sur lui. Il la regarda longuement.

« On a parlé de tout et de rien. On est restés immobiles, à écouter rien du tout. Dans la nuit, de rares voitures sont passées devant la maison, les lumières des phares balayaient le plafond, et toutes sortes d'ombres erraient dans la pièce. Kristin a cassé avec Terje deux jours plus tard. »

Il se mit sur le côté, tournant le dos à Birgitta, qui se colla contre lui.

« Et ensuite, Valentino ?

— Kristin et moi avons commencé à nous voir en cachette. Jusqu'au moment où on n'a plus pu le cacher.

— Et comment l'a pris Terje ?

— Eh bien... Parfois, les gens réagissent exactement comme on s'y attend. Il a demandé aux potes de choisir : lui ou moi. Je crois qu'on peut parler d'un raz-de-marée électoral. En faveur de celui qui avait les dents les plus blanches de tout le bahut.

— Tu as dû en chier... Tu te sentais seul ?

— Je ne sais pas ce qui était le pire. Et qui je plaignais le plus. Terje ou moi.

— En tout cas, tu avais Kristin, et vice-versa.

— Ouais. Mais d'une certaine façon, la magie avait un peu disparu. En fait, la femme idéale était morte.

— C'est-à-dire ?

— Une femme avait quitté son mec au profit du meilleur ami de ce dernier.

— Et pour elle, tu étais le type qui s'était sans aucun scrupule servi de son meilleur poteau pour entrer dans la place.

— Tout juste. Et ça devait ne jamais s'effacer. C'est resté un peu sous la surface, d'accord, mais ça a couvé tout le temps dans une sorte de mépris réciproque non exprimé. Comme si on était des conjurés dans un meurtre infâme.

— D'accord, tu as dû te contenter d'une relation qui n'était pas parfaite en tout. Bienvenue dans la réalité !

— Ne te méprends pas. En fait, je crois que nos péchés communs nous rapprochaient, en bien des points. Et je crois qu'on s'est aimés sincèrement, pendant un temps. Quelques jours ont été... parfaits. Comme des gouttes d'eau. Comme un beau tableau. »

Birgitta rit.

« Je t'aime bien, quand tu parles, Harry. C'est comme si tes yeux brillaient, quand tu dis ce genre de trucs. Comme si tu le revivais. Est-ce que ça te manque, de temps en temps ?

— Kristin ? » Harry réfléchit un instant. « Il m'arrive d'avoir la nostalgie des instants qu'on a passés ensemble, mais elle en particulier ? Les gens changent. La personne qui nous manque n'existe peut-être plus. Merde, on change tous. Quand on a vécu quelque chose, c'est fini pour de bon, on ne peut jamais revivre la même chose avec le sentiment que c'est la première fois. C'est triste, mais c'est comme ça.

— Comme être amoureux pour la première fois ? demanda tout doucement Birgitta.

— Comme être amoureux... pour la première fois », répondit Harry en lui caressant la joue. Puis il inspira profondément :

« J'ai quelque chose à te demander, Birgitta. Un service. »

La musique était assourdissante, et Harry dut se pencher vers lui pour entendre ce qu'il disait. Teddy était intarissable au sujet de sa dernière trouvaille, Melissa, dix-neuf ans, en passe de mettre l'endroit sens dessus dessous, ce qui n'était pas exagéré, Harry dut le reconnaître.

« Le bouche-à-oreille. C'est le plus important, tu sais, dit Teddy. Tu peux faire autant de pub et de coups commerciaux que tu veux, mais en fin de compte, il n'y a qu'une seule chose qui fait vendre, et c'est le bouche-à-oreille. »

Et le bouche-à-oreille avait manifestement fonctionné, puisque le club était presque plein pour la première fois depuis longtemps. À la fin du numéro où Melissa manipulait un lasso, déguisée en cow-boy, les hommes étaient debout sur leur chaise, et même la minorité féminine applaudissait poliment.

« Regarde, dit Teddy. Ce n'est pas parce que c'est un numéro de strip-tease original, parce que Dieu sait que ça n'en est pas un, tu sais. On a eu une douzaine de filles qui ont fait exactement le même numéro, sans que le public ne daigne ne serait-ce que se réveiller. Ce qui rend cette prestation différente, c'est deux choses : l'innocence et l'implication. »

Mais Teddy savait par expérience que ce genre de vague de popularité n'était en général — et malheureusement — qu'un stade passager. D'une part, le public était sans arrêt à l'affût de quelque chose de nouveau, et d'autre part, cette branche avait une fâcheuse tendance à dévorer ses propres enfants.

« Un bon strip-tease exige de l'enthousiasme, tu sais, gueula Teddy pour couvrir le rythme du disco. Très peu de ces filles réussissent à conserver leur enthousiasme, vu la dose de travail qu'elles doivent fournir. Quatre shows chaque putain de jour, tu sais. Elles finissent par s'ennuyer, et elles oublient le public. J'ai déjà vu ça trop de fois. Peu importe leur popularité, un œil averti sait quand une vedette est sur le déclin.

— Comment ?

— Eh bien... Ce sont des danseuses, non ? Elles doivent écouter la musique, s'en imprégner, tu sais. Quand elles commencent à être un peu "sur les dents", et qu'elles sont un poil en avance sur le rythme, ce n'est pas comme on pourrait le croire parce qu'elles en font un peu trop. Au contraire, ça montre qu'elles en ont marre, et qu'elles ont hâte que ça se termine. En plus, elles tronquent inconsciemment leurs gestes, les suggèrent plus qu'elles ne les font vraiment. C'est comme ces gens qui ont raconté la même blague à trop de reprises : ils commencent à laisser tomber les petits détails, mais qui ont leur importance, et grâce auxquels la chute fait rire. C'est ce genre de choses sur lesquelles il n'y a pas grand-chose à faire, c'est difficile de faire mentir son corps, et ça, le public le sent, tu sais. La fille remarque le problème, et pour dynamiser le show, pour pouvoir décoller, elle s'en jette deux ou trois avant de monter sur scène. Un peu trop, des fois. Et puis... » Teddy appuya un index contre sa narine et inspira de l'autre.

Harry hocha la tête. Cette histoire lui disait quelque chose.

« Elle découvre la poudre, qui la booste, contrairement à l'alcool, et dont elle a entendu dire qu'elle faisait maigrir, en plus. Petit à petit, elle doit en prendre de plus en plus pour avoir la pêche qu'il lui faut pour donner le maximum chaque soir. Ensuite, elle est obligée d'en prendre pour pouvoir monter sur scène, rien que ça. Progressivement, les effets indésirables vont devenir visibles, elle va sentir qu'elle n'arrive plus à se concentrer comme avant, et elle va commencer à détester ce public hurlant et bourré. Jusqu'à ce qu'un soir, elle se barre de la scène en plein numéro. Furax, en larmes. Elle se frite avec le gérant, se met une semaine au vert, et revient. Mais elle n'arrive plus à sentir l'ambiance comme avant, ni à nourrir cette conscience qui l'aidait à orchestrer les choses correctement, au début. La salle se vide aussi, et pour finir, il ne reste plus que la rue et le marché de l'emploi. »

Ouais, Teddy connaissait la chanson. Mais tout ça était loin dans le futur. Il s'agissait à présent de traire la vache, la vache qui était à ce moment sur scène, regardant le public de ses grands yeux, pointant vers lui ses pis prêts à exploser, vraisemblablement — et tout compte fait — une vache très heureuse.

« Tu ne me croirais pas si je te disais qui vient ici regarder nos nouveaux talents, gloussa Teddy en époussetant le revers de sa veste. Certains viennent de ta propre branche, si tu vois ce que je veux dire. Et ce ne sont pas vraiment les hommes du rang, tu sais.

— Un peu de strip-tease ne peut faire de mal à personne, que je sache.

— Faire du mal... dit Teddy lentement. Mais bon. À partir du moment où on paie pour les pots cassés, je suppose que quelques égratignures ne font de mal à personne.

— Qu'est-ce que tu veux dire par là ?

— Pas grand-chose, répondit Teddy. Mais assez de tout cela. — Qu'est-ce qui te fait revenir dans ce coin ?

— Deux choses. La fille qu'on a retrouvé dans Centennial Park s'est trouvée être moins innocente que ce qui pouvait apparaître au premier coup d'œil. Les analyses sanguines ont montré qu'elle était bourrée d'amphétamines, et une courte enquête nous a menés ici. En fait, on a découvert qu'elle était passée sur cette scène un peu plus tôt le soir où elle a disparu.

— Ah oui, Barbara. C'est tragique, pas vrai ? » Teddy essaya d'afficher une expression chagrinée. « Ce n'était pas un talent inné pour le strip-tease, mais c'était une fille vraiment chouette. Vous avez trouvé quelque chose ?

— On pensait que tu pourrais peut-être nous aider, Mongabi ? »

Teddy passa nerveusement une main sur sa frange noire gominée.

« Désolé, elle ne faisait pas partie de mon écurie. Parles-en à Sammy, il va sûrement se pointer un peu plus tard. »

Le contact visuel fut interrompu un instant par une paire d'énormes nichons enveloppés dans du satin qui disparurent bientôt, ne laissant comme trace qu'un cocktail coloré, sur la table, devant Harry.

« Tu as dit que tu venais ici pour deux choses. C'était quoi, la deuxième ?

— Ah oui. Une affaire des plus privées, Mongabi. Je voudrais savoir si tu as déjà vu mon pote qui est là-bas. » Harry pointa le doigt vers le bar. Une grande silhouette noire vêtue d'un smoking leur fit un petit signe. Teddy secoua la tête.

« Tu en es sûr et certain, Mongabi ? Il est assez connu. Dans pas longtemps, il sera champion de boxe d'Australie. »

Un ange passa. Le regard de Teddy Mongabi se mit à vaciller.

« Qu'est-ce que tu essaies de...

— Chez les poids lourds, bien entendu. » Harry trouva la paille au milieu des parasols et des tranches de citron qui encombraient son jus de fruit et se mit à pomper.

Teddy lui fit un sourire crispé.

« Écoute, je me trompe, ou on était en train de discuter tranquillement ?

— Bien sûr, c'est ce qu'on faisait, répondit Harry en souriant. Mais on est rarement tranquille bien longtemps, n'est-ce pas ? Et cet instant de tranquillité est terminé.

— Écoute, agent Holy, ce qui s'est passé la dernière fois n'était pas plus agréable pour moi que pour toi. Je le regrette. Même si tu dois balayer un peu devant ta porte, tu sais. Quand tu es arrivé, tout à l'heure, je suis parti du principe que nous étions bien d'accord : tout ça, c'était du passé. Je crois qu'on peut se mettre d'accord sur pas mal de choses. Tu sais, on parle la même langue, toi et moi. »

Il y eut une seconde de silence total quand le disco cessa. Teddy n'osait plus rien dire. Un grand bruit de succion déchira le silence quand ce qui restait du jus de fruit de Harry disparut dans la paille.

Teddy déglutit.

« Par exemple, je sais que Melissa n'a rien de prévu pour le restant de la soirée. » Il lança à Harry un regard suppliant.

« Merci, Mongabi, ta sollicitude me touche beaucoup. Mais là, il se trouve que je n'ai pas le temps. Il faut que je me débarrasse de ce qui m'amène ici, et puis je me tire. »

Il sortit une matraque en caoutchouc noir de sous sa veste.

« On a si peu de temps devant nous que je ne sais

même pas si j'aurai le temps de te démolir correctement la tronche.

— Bordel de m... »

Harry se leva.

« J'espère que Geoff et Ivan sont de garde, ce soir. Mon pote brûle littéralement d'envie de les rencontrer. Tu sais. »

Teddy essaya de se lever de son siège.

« Ferme les yeux », dit Harry avant de cogner.

« Hein ?

— Allo, c'est Evans ?

— Peut-être. Qui le demande ?

— Salut. C'est Birgitta. Tu sais, la copine suédoise d'Inger. On s'est vu deux ou trois fois, à l'Albury. J'ai les cheveux longs et blonds, tirant sur le roux. Tu te rappelles ?

— Bien sûr, que je me souviens de toi. Birgitta, c'est bien ça ? Comment ça va ? Et comment as-tu eu ce numéro ?

— Ça va bien. Des hauts et des bas. *You know*. Un peu déprimée, à cause de ce qui est arrivé à Inger, entre autres. Mais tu dois bien savoir de quoi je parle, alors je ne vais pas te bassiner avec. Inger m'avait donné ton numéro, au cas où il faudrait pouvoir la joindre à Nimbin.

— Bon. »

...

« Ouais, en fait, je sais que tu peux me fournir quelque chose dont j'ai besoin, Evans.

— Ah oui ?

— Des choses.

— Je vois. Ça m'ennuie de te décevoir, mais je ne crois pas avoir ce que tu cherches. Écoute... euh, Birgitta...

— Tu n'as pas compris, il *faut* que je te voie !

— On se calme... Ce dont tu as besoin, il y en a des centaines qui peuvent te le fournir, et on discute sur une ligne non-sécurisée, alors je te conseille de faire attention à ce que tu dis. Je suis désolé de ne pas pouvoir t'aider.

— Ce que je veux, ça commence par un *m*, pas par un *h*. Et il n'y a que toi qui en aies.

— Foutaises !

— Je sais qu'il y en a quelques autres, mais je ne fais confiance à aucun. J'en achète pour plusieurs personnes. Il m'en faut beaucoup, et je paierai bien.

— Je suis un peu occupé, Birgitta. Sois gentille, ne m'appelle plus à ce numéro.

— Attends ! Je peux... Je sais deux ou trois trucs. Je sais ce que tu aimes.

— Ce que j'aime ?

— Ce que tu aimes... vraiment. Ce qui te fait grimper aux rideaux. »

...

« Attends une seconde. »

...

...

« Désolé, il fallait juste que je foute quelqu'un dehors. C'est tout le temps la prise de tête. Alors. Qu'est-ce que tu crois que j'aime, Birgitta ?

— Je ne peux pas le dire au téléphone, mais... Mais j'ai les cheveux blonds, et je... j'aime ça, moi aussi.

— Ça par exemple. Ah, les copines ! Vous me surprendrez toujours. Sérieusement, je pensais qu'Inger l'avait bouclée, sur ce genre de choses.

— Quand est-ce que je peux te voir, Evans ? C'est urgent. »

...

« Je dois aller à Sydney, après-demain, mais je devrais peut-être envisager de prendre un avion avant...

— Oui !

— Hmm.

— Quand est-ce qu'on...

— Chut, Birgitta, je réfléchis. »

...

« O.K., Birgitta, écoute-moi bien. Demain, huit heures, descends Darlinghurst Road. Arrête-toi devant Hungry John, sur le trottoir de gauche. Cherche une Holden noire avec des vitres teintées. Si tu ne l'as pas vue à huit heures et demie, tu peux t'en aller. Et veille à ce que je puisse voir tes cheveux. »

« La dernière fois ? Eh bien, Kristin m'a appelé une nuit, comme ça. Elle avait un peu picolé, je crois. Elle s'est mise à m'engueuler pour je ne sais quelle connerie. Je ne me souviens pas quoi. Pour avoir bousillé sa vie, probablement. Elle avait tendance à penser que les gens qui l'entouraient passaient leur temps à détruire les choses qu'elle avait patiemment mises sur pied.

— Voilà ce qui arrive aux petites filles qui ont joué un peu trop toutes seules à la poupée, tu sais, intervint Birgitta.

— Peut-être. Mais comme je te l'ai dit, je ne me souviens pas. Je crois que je n'étais pas parfaitement étanche, moi non plus. »

Harry, sur le sable, se releva sur les coudes pour regarder la mer. Les vagues se dressaient, leur sommet blanchissait, l'écume restait un instant suspendue en l'air avant de s'abattre sur la falaise près de Bondi Beach, en scintillant dans le soleil comme du verre pilé.

« Mais je l'ai revue une fois, après ça. Elle est venue me voir à l'hôpital après mon accident. Au début, j'ai cru que je rêvais quand j'ai ouvert les yeux et que je l'ai vue assise à côté de mon lit, pâle, presque translucide. Elle était aussi belle que la première fois que je l'avais vue. »

Birgitta le pinça au flanc.

« J'en fais trop ? » demanda Harry.

Birgitta, allongée sur le ventre, pouffa de rire.

« Non, non, vas-y continue...

— Non, mais ?! En fait, on s'attend à un soupçon de jalousie quand on parle d'anciennes conquêtes de cette façon, tu ne savais pas ? Hein ? Toi, au contraire, plus je rajoute des détails sur mon passé romantique, plus tu apprécies. »

Birgitta plissa les yeux par-dessus le bord des ses lunettes de soleil.

« J'aime bien apprendre que mon macho de flic a réellement eu une vie sentimentale. Même si c'est une époque révolue.

— Révolue ? Et ce qu'on fait, en ce moment, c'est quoi ? »

Elle éclata de rire.

« Ça, c'est la passade bien calibrée de deux adultes en vacances, avec suffisamment de recul pour que ça ne devienne pas trop sérieux, et suffisamment de cul pour que ça vaille le coup. »

Harry secoua la tête.

« Ça, ce n'est pas vrai, Birgitta ; et tu le sais.

— Si, si. Mais ce n'est pas grave, Harry. Maintenant, ce n'est plus grave. J'ai juste traversé une petite période de doute. Continue à raconter. S'il y a trop de passion dans les détails, je te le dirai. En plus, je te rendrai la pareille quand ce sera à moi de te parler de mon ex. »

Elle se pelotonna dans le sable chaud, un air réjoui sur le visage.

« *Mes* ex, devrais-je dire. »

Harry épousseta un peu de sable du dos blanc de Birgitta.

« Tu es sûre que tu ne vas pas attraper un coup de soleil ? Avec ce cagnard, et ta peau...

— C'est toi qui m'as tartinée de crème, monsieur Holy !

— Je me demande juste si l'indice de protection était suffisamment élevé. D'accord, oublie. C'est juste que je ne voudrais pas que tu crames... »

Harry regarda sa peau qui semblait si sensible à la lumière. Quand il lui parla du service qu'il voulait lui demander, elle accepta immédiatement — sans hésiter.

« Relax, Papa, et vide ton sac. »

Le ventilateur ne fonctionnait pas.

« Et merde, et en plus, il est tout neuf ! » dit Wadkins en tapant sur l'arrière et en manœuvrant l'interrupteur. En pure perte. Ce n'était plus qu'un bout d'aluminium muet et de l'électronique morte.

McCormack gronda.

« Laisse tomber, Larry. Demande à Laura d'en trouver un nouveau. C'est le jour J, et on a des choses plus importantes à faire. Larry ? »

Larry reposa le ventilo en un geste de mauvaise humeur.

« Tout est prêt, *Sir*. On aura trois voitures dans le secteur. Mademoiselle Enquist sera équipée d'un radio-émetteur qui nous permettra de la localiser n'importe quand, en plus d'un micro pour qu'on puisse écouter et évaluer la situation. D'après ce qui est prévu, elle rentre chez elle avec lui où les attendent Holy, Lebie et moi-même, respectivement dans le placard de la chambre, sur le balcon et dans le couloir, à l'extérieur de l'appartement. S'il doit se passer quelque chose dans la voiture ou s'ils vont ailleurs, les trois voitures les suivent.

— Et la tactique ? » Yong rajusta ses lunettes.

« Sa mission est de le faire parler des meurtres, *Sir.* Elle lui mettra la pression en disant qu'elle ira voir la police pour leur répéter ce que lui avait dit Inger Holter sur les petites manies sexuelles de monsieur. Quand il sera sûr qu'elle ne peut plus lui échapper, il se peut qu'il vende la mèche.

— Et combien de temps attend-on avant d'entrer ?

— Jusqu'à ce qu'on ait des preuves irréfutables sur la bande. Au pire : jusqu'à ce qu'il l'attaque.

— Risque ?

— Pas de risque zéro, bien sûr, mais on n'étrangle pas quelqu'un en deux coups de cuiller à pot. On sera à quelques secondes seulement, en permanence.

— Et s'il est armé ? »

Yong haussa les épaules.

« Ce serait un comportement atypique compte tenu de ce que l'on sait, *Sir.* »

McCormack s'était levé et avait commencé à faire comme à son habitude les cent pas dans le peu d'espace dont il disposait. Il rappela à Harry un vieux léopard grassouillet qu'il avait vu au zoo, quand il était petit. La cage était si petite que l'avant du corps commençait à repartir dans l'autre sens avant que l'arrière n'en ait terminé avec le virage précédent. En long, en large. En long, en large.

« Et s'il veut tirer son coup avant que quoi que ce soit n'ait été dit, ou avant qu'il se soit passé quelque chose ?

— Elle refuse. Elle dira qu'elle a changé d'avis,

qu'elle avait dit ça juste pour le convaincre de lui procurer de la morphine.

— Et on le laisse repartir, rien d'autre ?

— On ne va pas faire de vague si on n'est pas sûrs de pouvoir l'alpaguer, *Sir*. »

McCormack enfouit sa lèvre supérieure sous sa lèvre inférieure.

« Pourquoi elle le fait ? »

Silence.

« Parce qu'elle n'aime ni les violeurs, ni les tueurs, dit Harry après une longue pause. En particulier ceux qui tuent des gens qu'elle connaît.

— Mais encore ? »

Un autre ange passa, encore plus lentement.

« Parce que je le lui ai demandé », dit finalement Harry.

« Je peux t'embêter un peu, Yong ? »

Yong Sue leva les yeux de son PC et sourit.

« *Sure, mate.* »

Harry se laissa tomber sur une chaise. L'actif Chinois continua à taper à toute vitesse en gardant un œil sur l'écran, et l'autre sur Harry.

« Ce serait bien que ça reste entre nous, Yong, mais je n'y crois plus. »

Yong cessa de taper.

« Je crois qu'Evans White est une fausse piste », continua Harry.

Yong eut l'air paumé.

« Pourquoi ça ?

— C'est un peu difficile à expliquer, mais il y a deux ou trois choses que je n'arrive pas à me sortir du crâne. Andrew a essayé de me faire comprendre quelque chose, quand il était à l'hôpital. Et même avant, d'ailleurs. »

Harry se tut. D'un signe de tête, Yong l'encouragea à continuer.

« Il a essayé de me convaincre que la solution était plus proche que je ne le pensais. Je crois que le coupable est une personne qu'Andrew, pour une raison indéterminée, ne pouvait pas prendre lui-même. Qu'il avait besoin d'un intervenant extérieur. Moi, par exemple — un Norvégien qui débarque avec ses gros sabots, et qui devait en principe repartir par le premier vol. Je me suis dit qu'il devait s'agir d'un truc de ce genre quand je pensais que c'était Otto Rechtnagel, le tueur, que parce que c'était un ami proche, Andrew voulait que ce soit quelqu'un d'autre qui l'arrête. Mais au fond de moi, j'avais l'impression que quelque chose devait merder. Maintenant, je sais que ce n'était pas lui qu'Andrew voulait que j'arrête, mais quelqu'un d'autre. »

Yong s'éclaircit la voix :

« Je n'en ai pas parlé plus tôt, Harry, mais j'ai tiqué quand Andrew a parlé de ce témoin qui avait clairement vu Evans White à Nimbin, le jour du meurtre. Après coup, je me dis qu'Andrew pouvait avoir une bonne raison pour éloigner les soupçons d'Evans White. Précisément le fait qu'Evans White le tenait. Il savait qu'Andrew était héroïnomane, et que ça aurait pu lui valoir de se faire virer de la police et de se retrouver en prison. Je n'aime pas cette idée, mais est-ce que tu as pensé qu'Andrew et White pouvaient avoir un petit accord visant à ce qu'Andrew détourne notre attention de White ?

— Ça commence à être compliqué, Yong, mais... Oui, j'ai envisagé cette possibilité. Et je l'ai rejetée. N'oublie pas que c'est Andrew qui a fait en sorte qu'on puisse identifier et retrouver Evans White à partir de cette photo.

— Mouais, concéda Yong en se grattant la tête avec son crayon. On aurait pu y arriver sans lui, mais ça aurait sûrement pris plus de temps. Est-ce que tu connais le pourcentage de chances pour que, dans une affaire donnée, ce soit le conjoint le meurtrier de la personne assassinée ? Cinquante-huit pour cent. Andrew savait qu'on mettrait beaucoup en œuvre pour retrouver le petit ami caché d'Inger Holter, une fois la lettre traduite. Alors s'il voulait réellement protéger White tout en le dissimulant, il avait tout intérêt à apporter son aide. Pour sauver la face. Par exemple, tu n'as pas trouvé un poil stupéfiant qu'il reconnaisse comme ça quelques façades, à un endroit où il était passé une fois un siècle avant, et sous l'emprise de la marijuana, par-dessus le marché ?

— Tu as peut-être raison, Yong, je ne sais pas. De toute façon, je ne pense pas que ça ait un intérêt de semer le doute maintenant que nos gars savent ce qu'ils doivent faire. Peut-être qu'Evans White est notre homme, tout compte fait. Mais si j'en étais persuadé, je n'aurais jamais mêlé Birgitta à tout ça.

— Alors à ton avis, qui est notre homme ?

— Cette fois-ci, tu veux dire ? »

Yong sourit.

« Pourquoi pas. »

Harry se frotta le menton.

« J'ai déjà sonné le tocsin deux fois, Yong. Ce n'est pas la troisième fois que le garçon a crié “au loup” que les gens ne s'en sont plus préoccupé ? C'est pour ça que cette fois, il faut que je sois tout à fait sûr.

— Pourquoi tu es venu me raconter ça à moi, Harry ? Pourquoi pas à un des chefs ?

— Parce que tu peux me rendre un ou deux menus services, faire quelques recherches discrètes et trouver les informations que je recherche sans que personne de la baraque ne le sache.

— Personne d'autre ne doit le savoir ?

— Je sais que ça a l'air un peu bancal. Et je sais que tu as plus à perdre ici que la plupart des autres. Mais tu es le seul qui puisse m'aider, Yong. Alors ? »

Yong regarda longuement Harry.

« Est-ce que ça t'aidera à trouver le meurtrier ?

— Je l'espère. »

18

La mission et une balade dans le parc

« *Bravo*, vous me recevez ? »

Le récepteur crachota.

« La radio fonctionne normalement, cria Lebie. Ça va comment, dedans ?

— Bien », répondit Harry.

Assis sur le lit, il regarda la photo de Birgitta qui était sur la table de nuit. C'était une photo de confirmation. Les cheveux frisés, et le fait qu'on ne voyait pas ses taches de rousseur parce que le cliché était surexposé, lui donnaient une apparence juvénile, sérieuse et étrangère. Elle n'avait pas l'air dans son assiette. Elle lui avait dit qu'elle gardait ce portrait en prévision des mauvaises journées, pour se remonter le moral et se prouver que malgré tout, les choses allaient mieux.

« Ça donne quoi, au niveau du planning ? cria Lebie depuis la cuisine.

— Elle quitte le boulot dans cinq minutes. Ils sont à l'Albury, en train de lui poser le micro et l'émetteur.

— Ils la conduisent à Darlinghurst Road, ensuite ?

— Non. On ne sait pas où est exactement White, il pourrait la voir par hasard descendre de voiture, et il se méfierait. Elle y va à pied de l'Albury. »

Wadkins arriva du couloir.

« Ça se présente bien. Je peux me poster au coin de la porte cochère pour qu'ils ne me voient pas, et les suivre ensuite. On ne va pas quitter ta poule des yeux une seule seconde, Holy. Où es-tu, Holy ?

— Ici, *Sir*. J'ai entendu. Ça fait plaisir, *Sir*.

— Radio, Lebie ?

— On a le contact, *Sir*. Tout le monde est en place. On démarre n'importe quand. »

Harry y avait repensé et repensé. En long, en large et en travers. Il en avait débattu avec lui-même, avait adopté tous les points de vue, et avait finalement décrété qu'il se foutait bien qu'elle puisse le prendre comme un cliché navrant, comme une façon puérile de le dire ou comme une échappatoire facile. Il déballa la rose rouge qu'il avait achetée et la mit dans le verre d'eau qui jouxtait la photographie, sur la table de chevet.

Il hésita un instant. Ça allait peut-être la distraire ? Evans White allait peut-être se mettre à poser des questions en voyant une rose à côté du lit ? Il éprouva prudemment une des épines du doigt. Non. Birgitta comprendrait l'encouragement, et la vue de la rose la rendrait au contraire plus forte.

Il regarda sa montre. Il était huit heures.

« Allez, expédions tout le bazar ! » cria-t-il en direction du salon.

Quelque chose clochait. Harry ne pouvait pas entendre ce qu'ils disaient, mais il entendait le grésillement de la radio, depuis le salon. Et elle grésillait beaucoup trop. Tous savaient à l'avance exactement ce qu'ils devaient faire, ce qui voulait dire qu'il n'était pas nécessaire de tant communiquer par la radio si tout se passait comme prévu.

« Merde, merde, merde », dit Wadkins. Lebie se débarrassa de ses écouteurs et se tourna vers Harry.

« Elle ne se pointe pas, dit-il.

— Qu'est-ce que tu racontes ?

— Elle a quitté l'Albury à huit heures moins le quart précises. De là, il ne faut pas plus de dix minutes à pied pour se rendre à King's Cross. Et ça fait maintenant vingt-cinq minutes.

— Je croyais que vous m'aviez dit que vous ne la quitteriez pas des yeux !

— À partir du moment où elle serait sur le lieu de rendez-vous, oui. Pourquoi quelqu'un aurait...

— Et le micro ? Elle était bien reliée au récepteur, quand elle est partie.

— Ils ont perdu le contact. Ils l'avaient, et puis tout à coup, plus rien. Plus un son.

— On a une carte ? Par où est-elle passée ? » Il parlait rapidement, à voix basse. Lebie prit le plan de sa sacoche et le tendit à Harry, qui l'ouvrit à la page de Paddington et King's Cross.

« Par où devait-elle passer ? demanda Lebie dans l'appareil.

— Par le trajet le plus simple. En descendant Victoria Street.

— Voilà, c'est là. Tourner d'Oxford Street dans Victoria Street, passer devant St Vincent Hospital et Green Park, continuer jusqu'au carrefour où commence Darlinghurst Road, puis deux cents mètres tout droit jusqu'à Hungry John. Bordel, ça ne peut pas être plus simple ! »

Wadkins s'empara du micro.

« Smith, envoie deux voitures remonter Victoria Street, pour retrouver la fille. Passe la consigne à ceux qui étaient à l'Albury qu'ils doivent nous aider. Une voiture reste près de Hungry John au cas où elle se pointerait. Faites vite, et soyez le plus discrets possible. Faites-moi un rapport dès que vous savez quelque chose. »

Wadkins balança le micro.

« Merde, merde, merde ! Mais qu'est-ce qui se passe, exactement, bon Dieu ? Elle s'est fait écraser ? Détrousser ? Violer ? Merde, merde ! »

Harry et Lebie se regardèrent.

« Est-il possible que White ait remonté Victoria Street par hasard, qu'il l'ait vue et ramassée là-haut ? proposa Lebie. Parce qu'il l'a déjà vue, à l'Albury, et il a pu la reconnaître.

— L'émetteur, dit Harry. Il doit bien encore fonctionner !

— *Bravo, Bravo !* Ici Wadkins. Vous recevez un signal de l'émetteur ? Oui ? Direction l'Albury ? Alors elle n'est pas loin. Vite, vite, vite ! Bon. Terminé. »

Les trois hommes restèrent silencieux. Lebie regarda Harry à la dérobée.

« Demande-leur s'ils ont aperçu la bagnole d'Evans White, dit Harry.

— *Bravo*, vous me recevez ? Ici Lebie. Et la Holden noire ? Est-ce que vous l'avez vue ?

— *Negative*. »

Wadkins bondit de son siège et commença à faire des allers et retours tout en jurant à voix basse. Harry était resté accroupi depuis qu'il était entré au salon, et commençait seulement à sentir que les muscles de ses cuisses tremblaient.

La radio grésilla.

« *Charlie*, ici *Bravo*, vous me recevez ? »

Lebie alluma le haut-parleur.

« Ici *Charlie*. On vous reçoit, *Bravo*.

— Ici *Stoltz*. On a trouvé le micro et l'émetteur dans son sac, à Green Park. La fille a disparu.

— Dans son sac ? demanda Harry. Elle ne devait pas l'avoir fixé sur elle ? »

Wadkins se tortilla.

« J'ai dû oublier de te le dire, mais on s'est demandé ce qui arriverait s'il l'approchait... euh, s'il la touchait et, oui, enfin, tu sais... S'il s'échauffait. Mademoiselle Enquist était d'accord avec nous, c'était plus sûr d'avoir le matériel dans son sac. »

Harry avait déjà mis sa veste.

« Où vas-tu ? demanda Wadkins.

— Il l'attendait, dit Harry. Il l'a peut-être suivie depuis l'Albury. Elle n'a même pas eu le temps de crier. Je parie qu'il s'est servi d'un tampon de diéthyl. Comme pour Otto Rechtnagel.

— En pleine rue ? demanda Lebie, sceptique.

— Non. Dans le parc. J'y vais. J'y connais du monde. »

Joseph n'arrêtait pas de cligner des yeux. Il était tellement pété qu'il donnait à Harry envie de pleurer.

« Je pensais qu'ils étaient en train de se rouler un patin, moi, Harry.

— Ça fait quatre fois que tu me ressers ça, Joseph. De quoi avait-il l'air ? Où sont-ils allés ? Ils étaient en voiture ?

— Mikke et moi nous sommes fait la remarque quand il est passé en la soutenant, qu'elle était encore plus défoncée que nous, rien que ça. Je crois que Mikke a été jaloux d'elle, à ce moment. Hi, hi. Dis-lui bonjour. Il est finlandais. »

Mikke était allongé sur l'autre banc, et la journée était depuis belle lurette terminée pour lui.

« Regarde-moi, Joseph. Regarde-moi ! Il faut que

je la retrouve. Tu piges ? Ce mec est vraisemblablement un meurtrier.

— J'essaie, Harry, j'essaie vraiment. Merde, j'aimerais sincèrement pouvoir t'aider. »

Joseph ferma fort les yeux et posa un poing sur son front tout en gémissant.

« Il fait tellement noir, dans ce putain de parc, je n'ai pas vu grand-chose. Il m'a semblé qu'il était assez baraqué.

— Gros ? Grand ? Blond ? Brun ? Il boitait ? Il avait des lunettes ? De la barbe ? Un chapeau ? »

Joseph roula des yeux en guise de réponse.

« Tu as une clope, mon pote ? Ça me fait mieux réfléchir, tu sais. »

Mais toutes les cigarettes du monde ne pouvaient chasser le brouillard éthylique qui baignait la cervelle de Joseph. Harry lui donna le reste de son paquet et le pria de demander à Mikke de quoi celui-ci se souvenait, à son réveil. Sans se faire trop d'illusions.

Il était deux heures du matin quand Harry revint à l'appartement de Birgitta. Assis à côté de la radio, Lebie lui adressa un regard plein de compassion.

« T'as tenté le coup, hein ? Pas bon, hein ? »

Harry ne comprit pas un traître mot, mais approuva de la tête.

« Pas bon, répéta-t-il en se laissant tomber sur une chaise.

— Comment était l'ambiance, au poste ? » demanda Lebie.

Harry chercha maladroitement une cigarette avant de se souvenir qu'il les avait données à Joseph.

« Un cran en dessous du bordel généralisé. Wadkins est en train de perdre totalement les pédales, et des voitures de police parcourent la moitié de Sydney en faisant gueuler leurs sirènes, comme des poules sans tête. Tout ce qu'ils savent sur White, c'est qu'il a quitté sa ferme de Nimbin plus tôt aujourd'hui et qu'il a pris l'avion de quatre heures pour Sydney. Depuis, personne ne l'a vu. »

Il tapa une cigarette à Lebie, et ils fumèrent un moment en silence.

« Rentre chez toi dormir quelques heures, Sergueï. Je vais rester ici cette nuit, au cas où Birgitta rentrerait. Laisse la radio allumée, ça me permettra de me tenir au courant.

— Je peux dormir ici, Harry. »

Celui-ci secoua la tête.

« Rentre chez toi. Je t'appellerai pour te réveiller, s'il se passe quelque chose. »

Lebie mit une casquette des Bears sur son crâne lisse comme une boule de billard. Il resta un instant près de la porte.

« On va la retrouver, Harry. J'en ai la conviction. Alors cramponne-toi, mon pote. »

Harry le regarda. Il était difficile de dire si Lebie croyait à ce qu'il disait.

Aussitôt seul, il ouvrit la fenêtre et se mit à regarder les toits, devant lui. La température avait baissé, mais l'air était toujours doux, portant les effluves de la ville, des hommes et de nourriture venant de tous les coins de la planète. C'était l'une des plus belles nuits d'été du globe, dans l'une des plus belles villes du globe. Il leva les yeux vers les étoiles. Une infinité de petites lumières clignotantes qui semblaient battre et vivre quand il les regardait assez longtemps. Toute cette beauté insensée.

Il essaya prudemment de sonder ce qu'il ressentait. Prudemment, parce qu'il ne pouvait pas se permettre de s'y abandonner. Pas encore, pas maintenant. Juste un peu. Il ne savait pas si ça le rendait plus fort, ou plus faible. Le visage de Birgitta entre ses mains, le reste de son rire qui demeurait dans sa mémoire. Ce qui faisait mal. C'était ça qu'il fallait qu'il arrive à tenir à l'écart de sa vie, mais il l'évaluait, comme pour se faire une idée de la puissance que ça avait.

Il avait l'impression d'être dans un sous-marin, au fond d'un océan de désespoir et de résignation trop profond. L'eau faisait pression et voulait entrer, et des grincements et des claquements étaient déjà audibles autour de lui. Il ne lui restait plus qu'à espérer que la coque tiendrait, qu'un entraînement de toute une vie en matière de self-control pourrait trouver son utilité. Harry pensa aux âmes qui se changeaient en étoiles, à la mort de l'enveloppe corporelle. Mais il parvint à éviter de chercher une étoile en particulier.

19

Deux conversations avec un meurtrier, un kookaburra et le sommeil paradoxal

Après son accident, Harry s'était posé la question à maintes reprises : aurait-il préféré être à la place de Ronny, s'il avait pu ? Pour que ce soit lui qui torde le piquet de clôture dans Sørkedalsveien, qui ait un enterrement solennel rassemblant policiers en uniformes et parents éplorés, qui ait sa photo dans le couloir, au poste de Grønland, pour n'être petit à petit plus qu'un souvenir lointain mais cher pour les collègues et les proches. N'était-ce pas plus attirant que le mensonge avec lequel il devait vivre, qui par bien des aspects était encore plus humiliant que d'accepter la culpabilité et la honte ?

Apparemment, une question inutile et autodestructrice. Mais Harry se rendait compte que sa réponse lui donnait la certitude nécessaire pour recommencer à zéro. Parce qu'il n'aurait en fait pas voulu faire l'échange. Il était heureux d'être en vie.

Chaque matin, quand il se réveillait à l'hôpital, assommé de cachets et vide de toute pensée, c'était avec le sentiment que quelque chose n'était vraiment pas comme ça aurait dû. Il lui fallait en général quelques secondes ensommeillées avant que la mémoire revienne, lui dise qui et où il était, et reconstitue la situation pour lui, avec une noirceur implacable. Pourtant, ce qui lui venait ensuite à l'esprit, c'est qu'il était vivant. Qu'il était toujours dans la course, que ce n'était pas encore terminé. Ce n'était peut-être pas énorme, mais à ce moment-là, ça lui suffisait.

Après être sorti de l'hôpital, il avait pris rendez-vous avec un psychiatre.

« En vérité, tu viens un peu tard, lui avait-il dit. Ton subconscient a probablement déjà décidé comment il va gérer ce qui s'est passé, alors on ne peut plus influencer ce premier choix. Il a par exemple pu choisir de faire le black-out sur ce qui est arrivé. Mais s'il a vraiment fait un si mauvais choix, on peut essayer de le faire changer d'avis. »

Tout ce que savait Harry, c'est que son subconscient lui disait que c'était une bonne chose qu'il soit en vie, et il ne voulait pas risquer qu'un psychiatre réussisse à le faire changer d'avis, et ce fut donc la première et dernière fois qu'il y alla.

Il avait appris par la suite que ce n'était pas une bonne chose de lutter contre tous ses sentiments à la fois. Tout d'abord, il ne savait pas ce qu'il ressentait, en tout cas pas de façon générale, ce qui revenait à défier un monstre qu'il ne voyait même pas. Ensuite, il avait plus de chance de gagner s'il parvenait à fractionner la guerre en plusieurs petites batailles dans lesquelles il avait un meilleur aperçu des ressources de l'ennemi, il pouvait trouver ses points faibles et le battre sur le long terme. C'était comme passer des feuilles au broyeur. Si on en met trop, la machine panique, tousse et meurt dans un bruit sourd. Et à ce moment-là, il faut tout reprendre depuis le début.

Un ami d'un collègue, que Harry avait vu lors de dîners occasionnels, officiait comme psychologue communal. Il avait regardé Harry curieusement quand celui-ci lui avait présenté sa méthode pour gérer ses sentiments.

« La guerre ? avait-il demandé. Le broyeur ? »

Il avait eu l'air de vraiment s'inquiéter.

Harry ouvrit brusquement les yeux. Les premières lueurs du jour filtraient à travers les rideaux. Il regarda sa montre. Il était six heures. La radio grésillait.

« Ici *Delta*. Vous me recevez, *Charlie ?* » Harry bondit hors du canapé et attrapa le micro.

« *Delta*, ici Holy. Qu'est-ce qui se passe ?

— On a trouvé Evans White. On a reçu un tuyau anonyme d'une bonne femme qui l'avait vu à King's Cross, alors on a envoyé trois voitures après lui. On l'interroge en ce moment même.

— Et qu'est-ce qu'il dit ?

— Il a tout nié en bloc jusqu'à ce qu'on lui repasse sa conversation avec mademoiselle Enquist. Après ça, il nous a dit être passé trois fois devant Hungry John après huit heures, dans une Honda blanche. Mais ne la voyant pas, il avait abandonné et était rentré à un appartement qu'on lui prête. Plus tard dans la soirée, il est sorti en boîte, et c'est là qu'on l'a trouvé. La fille qui nous a filé le tuyau a demandé après toi, d'ailleurs.

— C'est bien ce que je pensais. Elle s'appelle Sandra. Vous avez passé son appartement au peigne fin ?

— Ouais. *Nada.* Que dalle. Et Smith confirme qu'il a vu passer la Honda blanche trois fois devant Hungry John.

— Pourquoi est-ce qu'il n'avait pas une Holden noire, comme prévu ?

— White dit qu'il a bobardé mademoiselle Enquist au cas où quelqu'un aurait voulu le coincer — dans l'éventualité d'un coup monté — et il pouvait donc faire quelques allées et venues sans que personne ne le remarque, et vérifier que la voie était libre.

— D'accord. J'arrive. Appelle les autres pour les réveiller, s'il te plaît.

— Les autres sont rentrés chez eux il y a deux heures, Holy. Ils sont restés debout toute la nuit, et Wadkins nous a demandé...

— Je me fous complètement de ce qu'a dit Wadkins. Réveille-les. »

Le vieux ventilateur avait repris du service. Il était malaisé de dire si la pause lui avait été bénéfique, mais il exprimait en tout cas sa désapprobation d'avoir été rappelé de sa paisible retraite.

La réunion était terminée, mais Harry n'avait pas quitté la pièce. Il avait de grandes auréoles de transpiration sous les bras, et il avait installé un téléphone sur la table devant lui. Il ferma les yeux et murmura quelques phrases. Puis il décrocha et composa un numéro.

« *Hello* ?

— C'est Harry Holy.

— Harry ! Je suis content de constater que tu es debout de si bonne heure, même un dimanche matin. C'est une bonne habitude. J'attendais ton coup de fil, Harry. Tu es seul ?

— Je suis seul. »

Pendant un instant, on n'entendit que des respirations de part et d'autre de la ligne.

« Tu es à mes trousses, pas vrai, mon pote ?

— Ça fait un moment que j'ai compris que c'était toi, oui.

— Bon travail, Harry. Et maintenant, tu m'appelles

parce que j'ai quelque chose que tu voudrais récupérer, c'est ça ?

— C'est ça. »

Harry s'épongea le visage.

« Tu comprends pourquoi j'ai dû la prendre, Harry ?

— Non. Non, je ne comprends pas.

— Allez, Harry ; tu n'es pas idiot. Quand j'ai appris que quelqu'un commençait à enquêter, j'ai tout naturellement compris que c'était toi. J'espère juste pour toi que tu as eu l'intelligence de ne rien dire de tout ça aux autres. Hmm ?

— Je n'ai rien dit.

— Alors il y a encore une chance que tu revoies ta copine rousse.

— Comment tu t'y es pris ? Pour la prendre.

— Je savais à quelle heure elle finissait, alors j'ai attendu dans ma voiture, devant l'Albury, et je l'ai suivie. Quand elle est entrée dans le parc, je me suis dit qu'il fallait que quelqu'un la prévienne que ce n'est pas recommandé, de passer par là le soir. Je suis descendu de voiture et je lui ai couru après. Je l'ai laissée renifler un chiffon que j'avais sur moi, et après ça, il a fallu que je l'aide à monter dans ma bagnole. »

Harry comprit que son interlocuteur n'avait pas découvert le magnétophone dans le sac.

« Qu'est-ce que tu attends de moi ?

— Tu as l'air nerveux, Harry. Détends-toi. Je n'ai pas l'intention de demander grand-chose. Ton boulot, c'est d'arrêter des meurtriers, et c'est exactement ce que je compte te demander de faire. Continuer à faire ton boulot. En effet, Birgitta m'a dit que le suspect principal est un dealer, un certain Evans White. Innocent ou pas, lui et ses homologues tuent plus de personnes en une année que moi dans toute ma vie. Ce qui n'est pas un mince exploit. Hé, hé. Je ne crois pas avoir besoin de t'expliquer tout ça en détail, tout ce que je veux que tu fasses pour moi, c'est veiller à ce que cet Evans White soit condamné pour ses crimes. Plus quelques-uns des miens. L'élément décisif, ce sera peut-être qu'on trouve des traces de sang et de peau d'Inger Holter dans l'appartement de White ? Si tu connais le médecin-légiste, il peut peut-être te procurer quelques échantillons des preuves nécessaires, pour que tu les places sur les lieux ? Hé, hé. Je déconne, Harry. Mais peut-être que moi, je peux t'en procurer ? Peut-être que j'ai quelque part le sang, des fragments de peau et un ou deux cheveux de différentes victimes, bien rangés dans des sacs plastiques ? Juste au cas où, c'est vrai qu'on ne sait jamais quand on peut en avoir besoin pour brouiller les pistes. Hé, hé. »

Harry étreignit le combiné moite. Il essaya de réfléchir. Cet homme ne savait apparemment pas que la police avait appris l'enlèvement de Birgitta et qu'elle était en train de se raviser sur l'identité de l'assassin. Ça ne pouvait signifier qu'une chose : Birgitta ne lui avait pas dit que c'était sur les instructions de la police qu'elle avait prévu de rencontrer White. Il l'avait purement et simplement subtilisée sous le nez d'une douzaine de policiers, sans en avoir conscience !

La voix le tira de ses réflexions :

« Une hypothèse alléchante, Harry, non ? Que le meurtrier t'aide à foutre à l'ombre un autre ennemi public. Bien, bien, restons en contact. Tu as... disons quarante-huit heures pour préparer les chefs d'inculpation. J'attends de bonnes nouvelles aux infos de mardi soir. D'ici là, je te promets de traiter la rouquine avec toutes les bonnes manières que tu es en droit d'attendre d'un gentleman. Si je reste sur ma faim, j'ai peur qu'elle ne vive pas jusqu'à mercredi. Mais je peux lui promettre un mardi soir à tout casser. »

Harry raccrocha. Le ventilo rotait vilainement, de façon déchirante. Il regarda ses mains. Elles tremblaient à peine.

« Qu'est-ce que vous en pensez, *Sir* ? » demanda Harry.

Le large dos qui avait bouché sans interruption la vue du tableau se mit en mouvement.

« J'en pense qu'il faut qu'on mette la paluche sur cet enculé, répondit McCormack. Avant que les autres n'arrivent, Harry... dis-moi exactement quand tu as compris que c'était lui...

— Pour être honnête, ça n'a pas vraiment été une question de compréhension, *Sir*. C'était seulement l'une des nombreuses théories qui m'ont traversé le caberlot, et à laquelle je n'ai d'abord pas cru du tout. Après l'enterrement, Jim Conolly, un vieux camarade de boxe d'Andrew, m'a ramené en ville. Sa femme était avec lui, et il m'a raconté qu'elle était artiste dans un cirque, quand il l'avait rencontrée. Il m'a dit lui avoir fait la cour tous les jours pendant un an avant d'arriver à quoi que ce soit. Au début, je ne m'y suis pas spécialement intéressé, mais je me suis ensuite dit qu'il l'entendait peut-être au sens propre — autrement dit, que ces deux-là avaient eu l'occasion de se voir tous les jours, pendant un an. Je me suis tout à coup souvenu que les gars de Jim Chivers boxaient sous une grande tente, quand Andrew et moi les avons vus à Lithgow, et qu'il y avait également une fête foraine. Alors j'ai demandé à Yong d'appeler l'agent de Jim Chivers pour vérifier. Et ça collait. Quand la troupe de Jim Chivers fait une tournée, c'est presque toujours dans le cadre d'un cirque itinérant ou d'une fête foraine. Ce matin, on a faxé à Yong les dates des anciennes tournées, et il est apparu que la fête foraine avec laquelle Jim Chivers a tourné ces dernières années comprenait aussi une troupe de cirque, jusqu'à une date récente. Celle d'Otto Rechtnagel.

— Bon. Alors les boxeurs de Jim Chivers étaient eux aussi sur les lieux des crimes aux dates qui nous intéressent. Mais il y en a beaucoup chez Jim Chivers qui connaissaient Andrew ?

— Andrew ne m'en a présenté qu'un, et j'aurais dû piger que ce n'était pas pour enquêter sur un viol sans intérêt pour nous qu'il me traînait à Lithgow. Andrew le considérait comme un fils. Ils avaient vécu tant de choses identiques, et il y avait des liens si forts entre eux qu'il était possible que ce mec-là soit le seul sur cette terre qu'Andrew Kensington l'orphelin pouvait considérer comme sa famille. Même si Andrew n'aurait jamais admis qu'il éprouvait des sentiments forts pour son peuple, je crois qu'il aimait Toowoomba plus que n'importe qui d'autre, justement parce qu'ils étaient issus du même peuple. C'est pour ça qu'Andrew ne pouvait pas le prendre lui-même. Toute sa batterie de préceptes moraux, appris ou innés, se retrouvait en contradiction avec son sens de la loyauté vis-à-vis de son peuple et son affection pour Toowoomba. Je ne sais pas si quelqu'un peut imaginer à quel point ce conflit a dû être un cauchemar pour lui. Il devait essayer de trouver un moyen de l'arrêter sans devoir commettre un infanticide. C'est pourquoi il avait besoin de moi, un intervenant extérieur qu'il pouvait orienter vers la cible.

— Toowoomba ?

— Toowoomba. Andrew avait découvert que c'était lui qui était derrière tous les meurtres. Peut-être que Otto Rechtnagel, l'amant désespéré et éconduit l'avait dit à Andrew après s'être fait plaquer par Toowoomba. Peut-être qu'Andrew avait réussi à faire promettre à Otto de ne pas aller voir la police, en échange de la promesse qu'il résoudrait l'affaire sans que ni l'un, ni l'autre ne soit impliqué. Mais je crois que Otto était sur le point de craquer. Il commençait à juste titre à craindre pour sa propre vie, puisqu'il avait compris que Toowoomba ne serait pas aux anges à l'idée qu'un ex-amant soit dans la nature et puisse le dénoncer à tout instant. Toowoomba savait que Otto m'avait parlé, et que ça commençait à sentir le roussi. Il a donc prévu d'éliminer Otto pendant son spectacle. Puisqu'ils avaient tourné ensemble et que le spectacle était pratiquement identique à chaque fois, Toowoomba savait exactement quand il devait frapper.

— Pourquoi ne pas l'avoir fait dans l'appartement d'Otto ? Il avait les clés, que je sache ?

— Je me suis posé la même question. » Harry n'en dit pas plus.

McCormack agita la main devant lui.

« Harry, ce que tu m'as dit jusque-là est si énorme pour un vieux policier que quelques théories originales de plus ou de moins ne changeront pas grand-chose.

— Le syndrome du coq.

— Le syndrome du coq ?

— Toowoomba n'est pas seulement un psychopathe, c'est aussi un coq. Et il ne faut pas sous-estimer la vanité du coq. Alors que les meurtres conditionnés par des motifs sexuels suivent un schéma qui peut ressembler à des troubles obsessionnels compulsifs, "le meurtre du clown" est tout à fait différent, à savoir un meurtre rationnel et nécessaire. Devant ce meurtre, il se trouve tout à coup libre, débarrassé des psychoses qui avaient déterminé le cours des autres meurtres. La possibilité de faire quelque chose de *vraiment* spectaculaire, un couronnement de son œuvre. Et on ne peut pas nier qu'il ait réussi — "le meurtre du clown" restera dans les mémoires bien plus longtemps que ceux des filles.

— O.K. Et Andrew a filé de l'hosto pour nous stopper quand il a compris qu'on voulait arrêter Otto ?

— Ma théorie, c'est qu'il a foncé chez Otto pour lui parler, le préparer à l'arrestation et lui expliquer en long, en large et en travers à quel point il était crucial qu'il la boucle sur Toowoomba, de sorte que ni Otto ni Andrew ne soient mêlés davantage à l'affaire. Le tranquilliser en lui disant que Toowoomba se ferait prendre comme l'avait prévu Andrew, il suffisait de lui en laisser le temps. Il suffisait de m'en laisser le temps, à moi. Mais quelque chose a foiré. Je ne sais pas du tout quoi. Mais je ne doute pas une seule seconde que ce soit Toowoomba qui ait fini par se faire le meurtrier d'Andrew Kensington.

— Pourquoi ça ?

— Intuition. Bon sens. Et un petit détail.

— Quoi ?

— Quand je suis allé voir Andrew, il m'a dit que Toowoomba devait venir le lendemain.

— Et ?

— À l'hôpital Saint-Etienne, tous les visiteurs sont inscrits sur le registre de l'accueil. J'ai demandé à Yong d'appeler l'hôpital, et ils n'ont enregistré ni visite, ni coup de téléphone pour Andrew après que j'y suis allé.

— Je ne te suis plus trop, Harry...

— S'il avait eu un contretemps, on peut supposer que Toowoomba aurait prévenu Andrew par téléphone. Puisqu'il ne l'a pas fait, il n'avait aucun moyen de savoir qu'Andrew avait quitté l'hôpital, avant d'arriver à l'accueil. Après avoir été inscrit au registre des visiteurs. À moins que...

— À moins qu'il ne l'ait tué la veille au soir. »

Harry écarta les bras.

« On ne va pas voir quelqu'un qu'on est sûr de ne pas trouver, *Sir.* »

Le dimanche promettait d'être long. Merde, il avait déjà été long, se dit Harry. Ils étaient tous en salle de réunion, les manches retroussées, et essayaient d'être géniaux.

« Alors tu l'appelles sur son mobile, dit Wadkins. Et tu penses qu'il n'est pas à l'adresse qu'on a ? »

Harry secoua la tête.

« Il est prudent. Il garde Birgitta ailleurs.

— On peut peut-être trouver quelque chose chez lui qui nous indiquera où il la séquestre ? suggéra Lebie.

— Non ! fit Harry fermement. S'il découvre qu'on est allé chez lui, il en déduira que j'ai ouvert ma gueule, et c'en est fait de Birgitta.

— Eh bien, il faut attendre qu'il rentre, et être prêts à lui tomber dessus, dit Lebie.

— Et s'il avait envisagé cette possibilité, et qu'il avait fait en sorte de pouvoir tuer Birgitta sans être sur place ? demanda Harry. Si elle est attachée quelque part, et si Toowoomba refuse de nous dire où ? » Son regard fit le tour de la pièce. « Et si elle est sur un stock d'explosifs reliés à un détonateur à minuterie, qui doit être neutralisé en un temps déterminé ?

— Stop ! » Wadkins abattit une paume sur la table. « On est en train de virer dans le plus pur style cartoons. Merde, il faudrait que ce type soit un expert en explosifs, rien que parce qu'il a occis quelques filles ? Le temps passe, et on ne peut plus se permettre de rester sur notre cul, à attendre. Je pense que c'est une bonne idée d'aller jeter un coup d'œil chez Toowoomba. Et on va aussi se démerder pour monter un piège qui se refermera s'il essaie de revenir près de chez lui, tu peux me croire !

— Ce type n'est pas un abruti ! dit Harry. On met la vie de Birgitta en jeu en essayant quelque chose de ce genre, vous ne comprenez pas ça ? »

Wadkins secoua la tête.

« Désolé, Holy, mais j'ai peur que tes rapports avec la personne qui a été enlevée diminuent tes capacités à évaluer la situation de façon rationnelle. On fait ce que j'ai dit. »

Le soleil de l'après-midi brillait à travers les arbres de Victoria Street. Un petit kookaburra s'était posé sur le dossier de l'autre banc, et s'échauffait la voix en prévision de son concert vespéral.

« Tu penses certainement que c'est bizarre que les gens puissent se balader en souriant, aujourd'hui, dit Joseph. Que tout ce à quoi ils pensent en ce moment, c'est à leur repas dominical, chez eux, alors qu'ils reviennent de la plage, du zoo ou de chez leur grand-mère qui habite Wollongong. Tu prends sans doute comme une insulte personnelle le fait que le soleil joue dans la futaie à un moment où tu préférerais voir le monde ravagé par la misère et déchiré par les larmes. Eh bien, Harry, mon ami, que veux-tu que je te dise ? Ce n'est pas comme ça. Le rôti du dimanche attendra, point. »

Harry plissa les yeux vers le soleil.

« Elle a peut-être faim, elle a peut-être mal quelque part. Mais le pire, c'est de penser à quel point elle doit avoir peur.

— Alors elle fera une bonne épouse pour toi, si elle surmonte l'épreuve », dit Joseph avant de siffler à l'attention du kookaburra.

Harry le regarda sans comprendre. Joseph avait affirmé que le dimanche était son jour de repos, et le fait est qu'il était à jeun.

« Dans le temps, une femme aborigène devait affronter une épreuve composée de trois tests avant de pouvoir être mariée, expliqua Joseph. Le premier consistait à pouvoir contrôler sa faim. Il fallait qu'elle parte à la chasse ou qu'elle marche pendant deux jours, sans nourriture. Puis on la laissait tout à coup seule devant un feu où finissait de cuire un beau rôti de kangourou bien juteux. Elle passait ce test si elle arrivait à maîtriser sa gourmandise de sorte qu'elle ne mangeait qu'un peu afin qu'il y en ait pour tout le monde.

— On avait quelque chose qui ressemblait, quand j'étais petit, dit Harry. Ça s'appelait "les bonnes manières à table". Mais je crois que ça n'existe plus.

— Le second test portait sur la résistance à la douleur, dit Joseph en appuyant ses explications de gesticulations frénétiques. On traversait les joues et le nez de la jeune femme avec des aiguilles, et on lui faisait des marques sur le corps.

— Et alors ? Aujourd'hui, les minettes paient, pour ça...

— Écrase, Harry. À la fin, quand le feu était presque éteint, elle devait s'allonger sur le brasier, avec seulement quelques branches entre elle et les braises. Mais c'était le troisième test, le plus difficile.

— La peur ?

— Je veux ! Une fois le soleil couché, les membres de la tribu se rassemblaient autour du feu de camp, et les vieux échangeaient autour de la jeune femme des histoires horribles, à faire dresser les cheveux sur la tête, où il était question de fantômes et de *Muldarpe*, le Démon des Démons. C'étaient des trucs pas tristes, pour certains. Après ça, on l'envoyait passer la nuit dans un endroit désert, ou près de la tombe de ses parents. Puis les anciens se glissaient dans l'obscurité après s'être peint le visage à l'argile blanche et alors ayant mis des masques d'écorce...

— Ça ne fait pas un peu double emploi ?

— ... et faisaient des bruits pas sympa du tout. Excuse-moi de te le dire, mais tu es un public navrant, Harry. »

Joseph prit un air buté.

Harry se frotta le visage.

« Je sais, dit-il après un moment. Excuse-moi, Joseph. J'étais juste venu ici pour penser un peu tout haut et voir s'il n'avait pas laissé un petit indice qui m'aurait permis de savoir où il l'a emmenée. Mais on dirait que je n'arrive à rien, et tu es le seul sur qui je puisse m'épancher. Tu dois trouver que je me comporte comme un enfoiré cynique et insensible.

— Tu te comportes comme quelqu'un qui croit devoir se battre contre le monde entier, répondit Joseph. Mais si tu ne baisses pas ta garde de temps en temps, tu vas te fatiguer les bras et ils ne pourront plus frapper. »

Harry ne put réprimer un sourire.

« Tu es donc absolument sûr que tu n'avais pas un grand frère ? »

Joseph éclata de rire.

« Comme je te l'ai dit, il est trop tard pour demander à ma mère, mais je crois qu'elle me l'aurait dit, si j'avais eu un frère inconnu.

— C'est juste qu'à vous entendre, on jurerait que vous êtes frères.

— Ça fait plusieurs fois que tu me dis ça, Harry. Tu devrais peut-être essayer de dormir un peu. »

Le visage de Joe s'éclaira lorsque Harry passa la porte de Springfield Lodge.

« Bel après-midi, n'est-ce pas, M. Holy ? Vous avez d'ailleurs l'air en pleine forme, aujourd'hui. Et j'ai un paquet pour vous. » Il lui tendit un colis emballé dans du papier kraft, avec *Harry Holy* écrit en grosses capitales.

« De la part de qui est-ce ? demanda Harry, abasourdi.

— Je ne sais pas. Un chauffeur de taxi l'a apporté, il y a deux ou trois heures. »

Arrivé dans sa chambre, Harry posa le paquet sur le lit, enleva le papier et ouvrit la boîte qui était à l'intérieur. Il avait déduit presque à coup sûr qui avait envoyé le paquet, mais son contenu balaya tout vestige de doute : six petits étuis cylindriques en plastique, portant chacun une étiquette blanche. Il attrapa l'un d'eux, et y lut une date qu'il identifia instantanément comme celle du meurtre d'Inger Holter, et la mention « Poils pubiens ». Il n'y avait pas besoin d'être spécialement imaginatif pour penser que les autres tubes contenaient du sang, des cheveux, des fibres textiles, etc... Et c'était bien le cas.

Le téléphone le réveilla une demi-heure plus tard.

« Tu as reçu ce que je t'ai envoyé, Harry ? J'ai pensé que tu voudrais l'avoir le plus vite possible.

— Toowoomba.

— À votre service, hé, hé.

— J'ai bien reçu le paquet. Inger Holter, je présume. Je suis curieux, Toowoomba. Comment l'as-tu assassinée ?

— Oh, il n'y a pas de quoi en faire toute une histoire. Presque trop facile. J'étais chez une copine quand elle a appelé, un soir, tard. »

Otto est donc *une copine ?* faillit demander Harry, mais il se retint.

« Inger avait apporté de la bouffe pour le clebs de la propriétaire — de l'*ex*-propriétaire, devrais-je dire — de l'appartement. J'étais dans l'appartement, mais j'avais été tout seul toute la soirée, étant donné que ma copine était sortie en ville. Comme d'habitude. »

Harry sentit que la voix prenait un timbre plus tranchant.

« Tu n'as pas pris un risque un peu trop sérieux ? demanda-t-il. Quelqu'un aurait pu savoir qu'elle devait aller chez... euh, ta copine...

— Je le lui ai demandé.

— Demandé ? répéta Harry, incrédule.

— C'est incroyable, à quel point certaines personnes peuvent être naïves. Ils répondent avant d'avoir réfléchi, parce qu'ils se sentent en sécurité et ne pensent pas avoir besoin de gamberger. C'était ce genre de gentille fille innocente. « Non, personne ne sait que je suis ici, pourquoi ? » Hé, hé. Je me suis senti comme le loup, dans Le Petit Chaperon Rouge. Je lui ai donc dit qu'elle tombait particulièrement bien. Ou mal, plutôt ? Hé, hé. Tu veux entendre la suite ? »

Harry avait bien envie d'entendre la suite. Il voulait à tout prix tout savoir, jusqu'au plus infime détail, quel genre d'enfant avait été Toowoomba, quand il avait tué pour la première fois, pourquoi il n'avait pas suivi un rituel immuable, pourquoi, dans certains cas, il ne faisait que violer ses victimes, comment il se sentait après un meurtre, si l'extase cédait la place à l'abattement parce que cette fois non plus, ça n'avait pas été parfait ou parce que cette fois non plus, ça n'avait pas été conforme à ses rêves et à ses projets. Il voulait savoir combien, quand et où, les méthodes et l'outillage. Et il voulait comprendre les émotions, la passion, ce qui était le moteur de la folie.

Mais il n'en eut pas le courage. Pas maintenant. Pour l'heure, il se foutait bien de savoir si Inger Holter avait été violée avant ou après avoir été tuée, si la mort avait été une sanction parce que Otto l'avait laissé dans son coin, s'il l'avait nettoyée, ensuite, s'il l'avait tuée dans l'appartement ou s'il l'avait fait dans la voiture. Harry ne voulait pas savoir si elle avait imploré, pleuré, ni comment ses yeux avaient fixé Toowoomba quand elle était sur le seuil, avec la certitude d'une mort imminente. Il ne voulait pas le savoir parce qu'il ne pourrait s'empêcher de remplacer le visage d'Inger par celui de Birgitta, parce que ça l'affaiblirait.

« Comment as-tu fait pour savoir où je logeais ? demanda Harry, histoire de dire quelque chose, de relancer la conversation.

— Voyons, Harry ! Tu fatigues ? C'est toi-même qui m'as dit où on pouvait te trouver, la dernière fois qu'on s'est vus. Oui, c'était sympa, d'ailleurs, j'ai oublié de te le dire jusqu'à maintenant.

— Écoute, Toowoomba...

— En fait, je me suis demandé pourquoi tu m'avais appelé pour me demander si je pouvais t'aider ce soir-là, Harry. À part pour faire leur fête aux deux smokings aux hormones, dans cette boîte. Ça aussi, à la rigueur, c'était sympa, mais est-ce qu'on y allait bien pour que tu te rappelles au bon souvenir de ce péquenaud de mac ? Je ne suis peut-être pas un grand psychologue, Harry, mais je n'ai pas réussi à bien faire le lien. Tu es dans une enquête criminelle jusqu'aux yeux et tu perds ton temps et ton énergie dans des vétilles personnelles, suite à des manipulations un peu musclées, dans une boîte de nuit ?

— Eh bien...

— Eh bien, Harry ?

— Pas seulement. Il se trouve que la fille qu'on a retrouvée dans Centennial Park bossait dans ce club, et je m'étais dit que celui qui l'avait butée avait pu y passer dans la soirée, et attendre près de la sortie des artistes pour ensuite la suivre. Je voulais voir comment tu réagirais en apprenant où on allait. Et puis, n'oublie pas que tu es un type qu'on remarque, alors je voulais te montrer à Mongabi pour vérifier s'il t'avait vu ce soir-là.

— Pas de bol ?

— Peau de balle. Je parie que tu ne t'y es pas pointé. »

Il entendit Toowoomba rire.

« Je ne me doutais même pas qu'elle était strip-teaseuse. Je l'ai vue entrer dans le parc, et je me suis dit qu'il fallait que quelqu'un la prévienne que c'est dangereux, si tard le soir. Avec démonstration de ce qui peut arriver à l'appui.

— Bon, alors cette affaire-là est réglée, en tout cas, dit Harry sèchement.

— Dommage que tu sois le seul à t'en réjouir. »

Harry décida de tenter sa chance.

« Puisque personne ne se réjouit de quoi que ce soit, tu peux peut-être aussi me raconter ce qui s'est passé avec Andrew, dans l'appartement d'Otto Rechtnagel. Parce que c'était Otto, ta *copine*, pas vrai ? »

Un ange passa à l'autre bout du fil.

« Tu ne veux pas plutôt savoir comment va Birgitta ?

— Non », répondit Harry. Pas trop vite, pas trop fort. « Tu as dit que tu la traiterais comme un gentleman. Je compte sur toi.

— J'espère que tu n'essaies pas de me filer mauvaise conscience, Harry. Parce que si c'est le cas, ça ne sert à rien. Je suis un psychopathe. Tu savais que je le savais ? »

Toowoomba ponctua sa phrase d'un rire sourd.

« Effrayant, n'est-ce pas ? Nous autres psychopathes, c'est comme si nous ne devions pas savoir que nous le sommes. Mais je l'ai toujours su. Otto aussi. Otto savait que de temps en temps, il fallait que je les punisse. Mais Otto n'arrivait plus à tenir sa langue. Il avait déjà tout raconté à Andrew et il commençait à pédaler dans la semoule, alors il a fallu que j'agisse. L'après-midi où Otto devait donner une représentation au St George's, je suis allé chez lui après son départ, pour faire le vide de tout ce qui pouvait me relier à lui — photos, cadeaux, lettres, des trucs comme ça. Et puis, brusquement, quelqu'un a sonné à la porte. J'ai jeté un coup d'œil par la fenêtre de la chambre à coucher, et j'ai constaté à ma grande surprise que c'était Andrew. Mon premier réflexe, ça a été d'ouvrir la porte. Mais je me suis alors dit que ça ruinait mes projets initiaux. Parce que j'avais prévu d'aller voir Andrew le lendemain et de lui donner une cuiller, un briquet et une seringue en même temps qu'un petit sac de cette saloperie qui lui manquait tant, enrichi de mon petit mélange personnel.

— Un cocktail fatal.

— On peut le dire.

— Comment pouvais-tu être sûr qu'il le prendrait ? Il savait que tu étais un tueur, que je sache.

— Il ne savait pas que je savais qu'il savait. Tu me suis toujours, Harry ? Il ne savait pas que Otto s'était trahi. En plus, un junkie qui entre dans une période d'abstinence n'a rien contre la prise de certains risques. Comme par exemple compter sur un type pour qui il pense être comme un père. Mais après tout ça, ça ne servait plus à rien de continuer à se torturer. Il s'était barré de l'hôpital, et je l'ai vu devant la grille de l'immeuble.

— Alors tu as décidé de le laisser entrer ?

— Est-ce que tu sais à quelle vitesse fonctionne le cerveau humain, Harry ? Est-ce que tu sais que ces rêves qui racontent des histoires longues et tordues, dont nous pensons qu'elles durent toute la nuit, ne se sont en réalité déroulées qu'en l'espace de quelques petites secondes d'intense activité cérébrale ? C'est à peu près comme ça que l'idée m'est venue, que j'ai compris que je pouvais donner l'impression que c'était Andrew Kensington qui était derrière l'ensemble. Je te jure, je n'y avais pas réfléchi une seule seconde, avant ce moment-là ! Alors j'ai déclenché l'ouverture de la porte, et j'ai attendu qu'il soit arrivé en haut. Je me suis mis derrière la porte avec mon chiffon magique...

— ... Acétyl-éther.

— ... et ensuite, j'ai ligoté Andrew à une chaise, j'ai sorti mon petit nécessaire et le peu qu'il avait de drogue sur lui, et je lui ai filé le tout pour être sûr qu'il se tiendrait tranquille jusqu'à ce que je rentre du théâtre. Sur le chemin du retour, j'ai pu trouver encore un peu de drogue, et Andrew et moi nous sommes fait une chouette petite sauterie nocturne. Ouais, ça a fini par décoller pour de bon, et quand je suis parti, il était accroché au plafond. »

Encore ce petit rire sourd. Harry se concentrait pour garder une respiration profonde et calme. Il n'avait jamais eu aussi peur de toute sa vie.

« Qu'est-ce que tu entends par "il fallait que je les punisse" ?

— Hein ?

— Tu viens de me dire qu'il fallait qu'elles soient punies...

— Ah, ça... Comme tu le sais sans doute, les psychopathes sont souvent paranoïaques, ou bien ils souffrent de fantasmes paranoïdes. Le mien, c'est que mon rôle dans la vie, c'est de venger mon peuple.

— En violant des Blanches ?

— Des Blanches *sans enfant*.

— Sans enfant ? » répéta Harry, désarçonné. C'était un point commun entre les victimes auquel il n'avait pas fait attention pendant l'enquête, et ce n'était pas tout à fait anormal. Ça n'avait rien de surprenant que des femmes si jeunes n'aient pas d'enfant.

« Bien sûr. Non, vraiment, tu n'avais pas compris ? *Terra nullius*, Harry ! Quand vous êtes arrivés, vous nous avez déclarés "sans terre" parce qu'on ne semait rien dans la terre. Vous nous avez pris notre pays, vous l'avez violé et tué sous nos yeux. »

Toowoomba n'avait pas besoin d'élever la voix. Ses mots sonnaient suffisamment fort. « Eh bien, vos femmes sans enfant sont à présent ma *terra nullius*, Harry. Personne ne les a fécondées, et elles n'appartiennent donc à personne. Je ne fais que suivre la logique de l'homme blanc, je fais comme lui.

— Mais c'est toi qui en parles comme d'un fantasme paranoïde, Toowoomba ! Tu comprends quand même à quel point c'est dément !

— Bien sûr, que c'est dément. Mais la démence, c'est normal, Harry. C'est l'absence de pathologie qui est dangereuse, parce qu'à ce moment-là, l'organisme arrête de se battre, et il tombe rapidement en morceaux. Mais les fantasmes paranoïdes, Harry, il ne faut pas les sous-estimer. Ils sont précieux dans toute culture. Prends la tienne, par exemple. Dans le christianisme, on parle ouvertement de la difficulté qu'il y a à croire, du doute qui parfois ronge même le prêtre le plus avisé et le plus pieux. Mais reconnaître que l'on doute, n'est-ce pas exactement la même chose qu'avouer que la foi dont on suit la ligne de conduite est un fantasme paranoïde, la représentation d'une cohérence que le bon sens le plus élémentaire contredit ? On ne devrait pas abandonner ses fantasmes sur un coup de tête, Harry. À l'autre extrémité de l'arc-en-ciel se trouve peut-être une récompense. »

Harry se renversa sur le lit. Il tenta de ne pas penser à Birgitta, au fait qu'elle n'avait pas d'enfant.

« Comment pouvais-tu savoir qu'elles n'avaient pas eu d'enfant ? s'entendit-il demander d'une voix rauque.

— J'ai posé la question.

— Comment...

— Certaines d'entre elles m'ont dit qu'elles avaient des enfants, pensant que je les épargnerais si elles disaient avoir des enfants à charge. Je leur donnais trente secondes pour me le prouver. Une mère qui n'a pas sur elle de photo d'elle avec son enfant n'est pas une vraie mère, si tu veux mon avis. »

Harry déglutit.

« Pourquoi des blondes ?

— Ce n'est pas une règle absolue. C'est juste que ça réduit les chances qu'elles aient du sang de mon peuple dans les veines. »

Harry se contraignit à ne pas penser à la peau très blanche de Birgitta.

Toowoomba eut un petit rire.

« Je vois que tu veux savoir des tas de choses, Harry, mais ce n'est pas donné, de communiquer via un mobile, et les idéalistes comme moi ne roulent pas sur l'or. Tu sais ce qu'il te reste à faire. Et à ne pas faire. »

Il n'était plus là. Le crépuscule rapide avait laissé la pièce dans une pénombre grise, le temps qu'avait duré la conversation. Les deux antennes d'un cafard oscillaient sous la porte, et se demandaient si la voie était libre. Harry tira le drap sur lui, et se recroquevilla. Sur le toit, de l'autre côté de la fenêtre, un kookaburra solitaire avait démarré son concert nocturne, et King's Cross s'élançait vers une nouvelle longue nuit.

Harry rêva de Kristin. Il est possible que ça n'ait duré que les quelques secondes d'un sommeil paradoxal, mais il avait une demi-vie dans laquelle il pouvait piocher, et il se pouvait donc plus certainement que ça ait duré un peu plus longtemps. Elle portait le vieux peignoir vert de Harry, lui caressait les cheveux en le priant de venir avec elle. Il lui demanda où, mais elle se trouvait à ce moment-là dans la porte-fenêtre qui donnait sur le balcon, les rideaux flottant autour d'elle, et il n'entendit pas la réponse à cause du raffut que faisaient les enfants dans la cour intérieure. Le soleil l'aveuglait par instants à tel point qu'il ne la voyait plus du tout.

Il se leva et approcha pour entendre ce qu'elle disait, mais elle éclata de rire et sortit en courant sur le balcon, grimpa sur la rambarde et s'envola comme un ballon vert. Elle monta lentement vers le toit des maisons, en criant « Tout le monde vient, tout le monde vient ! » Plus tard dans son rêve, il courait partout en demandant à ceux qu'il connaissait où la fête devait avoir lieu, mais ou bien ils ne savaient pas, ou bien ils étaient déjà partis. Il descendit alors à la piscine de Frogner, mais il n'avait pas assez d'argent et dut escalader l'enceinte.

Une fois de l'autre côté, il découvrit qu'il s'était égratigné, et que du sang formait comme un sentier rouge derrière lui, sur l'herbe, le carrelage et toutes les marches qui menaient au grand plongeoir. Il n'y avait personne, alors il s'étendit sur le dos pour regarder le ciel, en écoutant les petits claquements humides que faisaient les gouttes de sang en atteignant le bord de la piscine, loin dessous. Tout là-haut, près du soleil, il lui sembla distinguer une silhouette flottante verte. Il imita une paire de jumelles avec ses mains, et la vit du même coup très nettement. Elle était incroyablement belle, presque transparente.

Il se réveilla une seule fois sur une détonation qui pouvait être un coup de revolver, et se mit à écouter la pluie qui tombait et le bourdonnement de King's Cross. Il se rendormit un moment après. Harry rêva alors de Kristin le reste de la nuit, à ce qu'il lui sembla. Ce n'était que par intervalles qu'elle avait les cheveux roux et parlait suédois.

20

Un PC, la Baie des Dames et comment fonctionnent réellement les téléphones cellulaires

Il était neuf heures.

Lebie appuya son front contre la porte et ferma les yeux. Deux policiers en gilet pare-balles noir se tenaient à côté de lui, sur le qui-vive, prêts à se servir de leurs armes. Wadkins, Yong et Harry étaient derrière eux, dans l'escalier.

« Là ! fit Lebie en retirant doucement le passe-partout.

— N'oubliez pas : ne touchez à rien si l'appartement est vide ! » chuchota Wadkins aux deux policiers.

Lebie se mit sur le côté de la porte et l'ouvrit, et les deux policiers entrèrent en tenant réglementairement leur arme des deux mains devant eux.

« Vous êtes sûrs qu'il n'y a pas d'alarme, ici ? chuchota Harry.

— On a vérifié auprès de toutes les boîtes de télésurveillance, et aucune d'entre elles n'a cet appartement dans ses listes, répondit Wadkins.

— Chhht ! C'est quoi, ce bruit ? » fit Yong.

Les autres tendirent l'oreille, mais ne remarquèrent rien de particulier.

« Ça fout en l'air la théorie de l'expert en explosifs », dit sèchement Wadkins.

L'un des policiers ressortit. « C'est bon », dit-il. Ils poussèrent un soupir de soulagement et entrèrent. Lebie essaya d'allumer la lumière dans le couloir, mais rien ne se passa.

« Étrange, dit-il en essayant dans le petit salon propre et bien rangé, sans plus de succès. Un fusible a dû lâcher.

— Ça ne fait rien, dit Wadkins. Il y a bien assez de lumière pour qu'on cherche. Harry, tu prends la cuisine. Lebie, la salle de bains. Yong ? »

Yong était devant l'ordinateur qui occupait le bureau, près de la fenêtre du salon.

« J'ai comme l'impression que... commença-t-il. Lebie, va voir avec ta lampe de poche sur le tableau électrique, dans l'entrée. »

Lebie disparut, et la lumière ne tarda pas à revenir dans le couloir en même temps que le PC revenait à la vie.

« Merde, dit Lebie en revenant dans le salon. Un fil était entortillé autour du fusible, et il a fallu que je l'enlève avant de remettre le courant. Mais je l'ai suivi le long du mur, et il entre dans la porte.

— Il y a une serrure électronique, n'est-ce pas ? Le fusible était relié à la serrure pour que le courant saute au moment où on a ouvert la porte. Ce bruit, que l'on a entendu, c'était le ventilo du PC qui s'éteignait, dit Yong en commençant à taper sur le clavier. Ce truc a un *rapid resume,* ce qui fait qu'on peut voir les applications qui étaient en cours d'utilisation au moment où il s'est éteint. »

Une image d'un globe terrestre bleu apparut à l'écran, et une petite mélodie joyeuse sortit des enceintes.

« J'en étais sûr ! dit Yong. Pas con, l'enfoiré ! Vous voyez, ça ? »

Il pointa une icône du doigt, sur l'écran.

« Yong, pour l'amour du ciel, ne perdons pas de temps à ce genre de conneries, lui intima Wadkins.

— *Sir*, est-ce que je peux vous emprunter votre portable ? » Le petit Chinois lui prit le téléphone Nokia des mains, sans attendre la réponse. « C'est quoi, le numéro, ici ? »

Harry lut tout haut le numéro inscrit sur l'appareil, à côté du PC, et Yong le composa au fur et à mesure. Puis il envoya l'appel. Au moment où le téléphone sonnait, un bourdonnement leur arriva du PC, et l'icône emplit subitement tout l'écran.

« Chht », fit Yong.

Un court sifflement aigu suivit quelques secondes plus tard. Yong se dépêcha de déconnecter le portable.

Une ride profonde était apparue entre les sourcils de Wadkins.

« Bordel, Yong, qu'est-ce que tu fabriques ?

— *Sir*, j'ai peur que Toowoomba nous ait bricolé une alarme. Et qu'elle se soit déclenchée.

— Explique-toi ! » La patience de Wadkins avait des limites bien nettes.

« Vous voyez le programme qui s'est lancé ? C'est un banal programme de répondeur automatique relié au téléphone via un modem. Avant de sortir, Toowoomba enregistre son annonce sur le PC, grâce à ce micro. Quand quelqu'un appelle, le programme se lance, passe l'annonce de Toowoomba et après le petit signal que vous venez d'entendre, la personne peut laisser son message directement sur le PC.

— Je sais ce qu'est un répondeur, Yong. Où veux-tu en venir ?

— *Sir,* avez-vous entendu une annonce, avant le signal sonore, quand j'ai appelé, il y a un instant ?

— Non...

— C'est parce que l'annonce a été enregistrée en mémoire, et pas sur le disque dur. »

La brume se dissipait chez Wadkins.

« Ce que tu m'expliques, c'est qu'au moment où le courant a été coupé et où l'ordinateur s'est éteint, l'annonce a disparu ?

— Exactement, *Sir.* » Yong avait parfois des réactions déconcertantes. Comme à ce moment précis : un grand sourire lui barrait la face.

« Et c'est comme ça qu'il s'est bidouillé une alarme, *Sir.* »

Harry ne sourit pas lorsqu'il perçut l'ampleur de la catastrophe. « Donc, il suffit à Toowoomba d'appeler ici et d'entendre que l'annonce n'existe plus pour être sûr que quelqu'un s'est introduit chez lui. Et ce quelqu'un, il doit bien se douter que c'est nous. »

Le silence s'abattit sur le salon.

« Il ne se pointera jamais ici sans appeler avant, dit Lebie.

— Merde, merde, merde, dit Wadkins.

— Il peut appeler n'importe quand, dit Harry. Il faut qu'on gagne du temps. Une suggestion ?

— Ouais, dit Yong. On peut appeler l'opérateur pour lui demander de suspendre la ligne, et de renvoyer un message d'erreur.

— Et s'il appelle lui aussi l'opérateur ?

— Rupture des câbles dans le secteur, suite à... des travaux.

— Ça a l'air louche. Il n'aura qu'à vérifier que le numéro du voisin est toujours en service, dit Lebie.

— Alors il faut bloquer tous les numéros du secteur, dit Harry. Vous pouvez le faire, Wadkins, *Sir ?* »

Wadkins se gratta derrière l'oreille.

« Quel putain de bordel ! Pourquoi, Bon Dieu...

— C'est urgent, *Sir !*

— Merde ! Passe-moi le téléphone, Yong. C'est McCormack qui va s'y coller. De toute façon, on ne réussira sûrement pas à bloquer les lignes de tout un quartier pendant très longtemps, Holy. Il faut qu'on se mette dès maintenant à penser au coup suivant. Merde, merde, merde ! »

Il était onze heures et demie.

« Rien, dit Wadkins avec résignation. Que dalle !

— Eh bien, on ne pouvait pas non plus s'attendre à ce qu'il nous ait laissé un mot expliquant où il la séquestre », dit Harry.

Lebie sortit de la chambre à coucher. Il secoua la tête. Yong, qui avait fouillé le sous-sol et le grenier, n'avait pas non plus quoi que ce soit d'intéressant à raconter.

Ils s'assirent au salon.

« C'est presque un peu bizarre, dit Harry. Si on fouillait les appartements les uns des autres, on trouverait toujours quelque chose. Un courrier intéressant, une revue porno douteuse, la photo d'une ancienne conquête, une tache sur le drap, quelque chose. Mais on ne trouve absolument rien qui indique que ce type, un tueur en série, ait une *vie.*

— Je n'ai jamais vu un appartement de célibataire aussi normal que celui-ci, dit Lebie.

— Il est *trop* normal, dit Yong. C'en est presque à vous filer la chair de poule.

— Il y a quelque chose qu'on ne voit pas, dit Harry, les yeux fixés au plafond.

— On a fait le tour complet, dit Wadkins. S'il a laissé des traces, ce n'est pas ici. Tout ce que fait ce type ici, c'est dormir, manger, regarder la télé, chier et laisser des annonces téléphoniques sur son PC...

— Tu as raison, le coupa Harry. Ce n'est pas ici que vit le meurtrier Toowoomba. Le mec qui habite ici est anormalement normal, et n'a aucune raison d'avoir peur qu'on vienne se mêler de ses petites affaires. Mais l'autre ? Il peut avoir une autre planque ? Un autre appartement, une résidence secondaire ?

— En tout cas rien qui soit à son nom, dit Yong. J'ai vérifié avant de venir. »

Le portable sonna. C'était McCormack. Il avait parlé avec l'opérateur. À son argument que des vies étaient en jeu, il avait répondu que ça pouvait également être le cas lorsque les gens du secteur essayaient d'appeler une ambulance. Mais McCormack, avec une petite aide de la mairie, avait obtenu que les lignes soient bloquées jusqu'à sept heures ce soir-là.

« Maintenant, plus rien n'empêche qu'on fume ici, dit Lebie en sortant un petit cigarillo. On peut foutre de la cendre sur la moquette et laisser de grosses traces de grolles dans le couloir. Quelqu'un a du feu ? »

Harry sortit une boîte d'allumettes de sa poche et lui donna du feu. Il se mit à contempler la boîte. Avec un intérêt grandissant.

« Vous savez ce que c'est, l'avantage de cette boîte d'allumettes ? » demanda-t-il.

Les autres, bon public, secouèrent bien gentiment la tête.

« Il est écrit qu'elle est étanche. "Pour vous qui allez souvent en montagne ou en mer", comme il est écrit. Est-ce qu'un seul d'entre vous se promène avec des boîtes d'allumettes étanches ? »

Nouvelles mimiques négatives.

« Est-ce que je me trompe si je prétends qu'on ne peut se les procurer que dans des magasins spécialisés, et qu'elles coûtent un peu plus cher que les boîtes courantes ? »

Les autres haussèrent les épaules.

« En tout cas, ce n'est pas un modèle très fréquent, c'est la première fois que j'en vois », dit Lebie.

Wadkins jeta un coup d'œil plus attentif à la boîte.

« Il me semble que mon beau-frère avait le même genre d'allumettes sur son bateau, dit-il.

— C'est Toowoomba qui m'a donné celles-ci, dit Harry. À l'enterrement. »

Ils se turent. Yong se racla la gorge.

« Il y a la photo d'un voilier encadrée dans le couloir », dit-il d'une voix hésitante.

Il était une heure.

« Merci pour ton aide, Liz, dit Yong avant de reposer le portable. On l'a trouvé ! Il est amarré à la marina de Bay Lady, enregistré sous le nom d'un certain Gert van Hoos.

— O.K., répondit Wadkins. Yong, tu restes ici avec les deux agents au cas où Toowoomba se pointerait. Lebie, Harry et moi, on prend la voiture tout de suite. »

Il y avait peu de circulation, et la Toyota de Lebie ronronna avec satisfaction lorsqu'ils quittèrent le centre-ville à cent vingt à l'heure par la New South Dead Road.

« Pas de renforts, *Sir* ? demanda Lebie.

— Trois hommes suffiront, s'il est là, répondit Wadkins. Selon les vérifications de Yong auprès des registres, Toowoomba n'a pas de permis de port d'arme, et j'ai la sensation que ce n'est pas le genre à agiter une arme. »

Harry ne put se contrôler plus longtemps.

« Et ça serait quoi, cette sensation, *Sir* ? Toujours la même, celle qui vous a dit que ce serait une bonne idée de s'introduire dans son appartement ? Celle qui vous a dit que la fille devrait porter l'émetteur dans son sac ?

— Holy, je...

— Je me permets de vous demander, *Sir*. Si on doit se fier à votre *sensation*, tout nous indique — compte tenu de ce qui s'est passé jusque-là — qu'il va justement se servir d'une arme. Ce n'est pas que... »

Harry se rendit compte qu'il avait haussé le ton, et la ferma. Pas maintenant, se dit-il. Pas encore. Il termina sa phrase plus doucement.

« Ce n'est pas que ça me dérange. Mais le cas échéant, je pourrai le remplir de plomb. »

Wadkins décida de ne pas répondre et se mit à bouder, le regard perdu au dehors, et ils continuèrent le trajet en silence. Dans le rétroviseur, Harry vit le petit sourire insaisissable de Lebie.

Il était deux heures.

« Lady Bay Beach, dit Lebie en pointant un doigt. Le nom convient, en plus. Il se trouve que c'est *la* plage gay de Sidney. »

Ils décidèrent de garer la voiture à l'extérieur de l'enceinte de la marina, et ils descendirent à pied une pente herbeuse vers le petit port de plaisance où les voiliers se succédaient des deux côtés d'un ponton flottant. À l'entrée, un gardien en chemise d'uniforme bleu délavé luttait contre le sommeil. Il retrouva un peu ses esprits quand Wadkins lui montra sa plaque, et il leur expliqua où trouver le bateau de Gert van Hoos.

« Il y a quelqu'un ? demanda Harry.

— Pas que je sache, répondit le gardien. Ce n'est pas évident de contrôler les allées et venues, en été, mais je crois que personne n'est allé sur ce bateau depuis deux jours, peut-être trois.

— Et avant ?

— Si ma mémoire est bonne, monsieur van Hoos est venu tard samedi soir. Il se gare souvent ici, près de la mer. Il est reparti plus tard dans la nuit.

— Et personne n'est venu sur le bateau depuis ? demanda Wadkins.

— Pas pendant que j'étais de garde. Mais heureusement, on est plusieurs à travailler ici.

— Il était seul ?

— Si je me souviens bien, oui.

— A-t-il apporté quelque chose sur le bateau ?

— Sûrement. Je ne me souviens pas. Mais la plupart amène des trucs.

— Pourriez-vous nous décrire brièvement monsieur van Hoos ? » demanda Harry.

Le gardien se gratta la tête.

« Eh bien, pas vraiment.

— Comment ça ? » demanda Wadkins, étonné.

Le gardien eut l'air un peu gêné. « Pour être honnête, je trouve que tous les Aborigènes se ressemblent. »

Le soleil brillait dans l'eau peu profonde du port, mais la houle roulait, énorme et lourde au large. Tandis qu'ils avançaient lentement sur le quai, Harry remarqua que le vent avait fraîchi. Il reconnut le bateau à son nom, *Adelaide,* et au numéro d'immatriculation qui était peint sur le côté. *Adelaide* ne faisait pas partie des plus gros bateaux de la marina, mais il semblait bien entretenu. Yong leur avait expliqué que seuls les voiliers d'une certaine taille et équipés d'un moteur devaient obligatoirement être enregistrés ; ils avaient donc eu pas mal de bol. À tel point que Harry avait la désagréable sensation d'en avoir épuisé le stock. L'idée que Birgitta pouvait se trouver à bord se mit à faire battre son cœur tellement fort qu'il en avait mal.

Wadkins fit signe à Lebie de monter le premier. Harry ôta la sécurité du pistolet et le braqua vers le panneau qui masquait le salon tandis que Lebie posait doucement les pieds sur le pont, à l'arrière. Wadkins faillit tomber en trébuchant sur la corde attachée à l'ancre et arriva lourdement sur le pont. Ils s'arrêtèrent et écoutèrent, mais n'entendirent que le vent et les vagues qui gloussaient en caressant le flanc du bateau. Deux panneaux avec cadenas bloquaient l'accès au salon et à la cabine, à l'arrière. Lebie dégaina son passe-partout. Au bout de quelques minutes, les deux cadenas étaient ouverts.

Lebie ouvrit le panneau du salon et Harry se hissa dedans. Il y faisait sombre, et Harry s'accroupit, son revolver pointé dans le vide devant lui, jusqu'à ce que Wadkins arrive et tire les rideaux. Le décor était simple mais de bon goût. Il comprenait un salon en acajou, mais hormis cela, il ne donnait pas dans l'excès. Une carte marine était déroulée sur la table basse. Au-dessus était accrochée une photo qui représentait un jeune boxeur.

« Birgitta ! cria Harry. Birgitta ! »

Wadkins lui posa une main sur l'épaule.

« Elle n'est pas ici », constata Lebie après avoir fouillé le bateau de long en large.

Wadkins avait la tête enfoncée sous l'une des banquettes, à l'arrière.

« Elle est peut-être venue ici », dit Harry en regardant la mer, loin devant lui. Le vent avait forci et au large, les vagues étaient surmontées d'écume.

« On va demander aux gars de la scientifique de venir jeter un coup d'œil, dit Wadkins avant de se redresser. Il faut croire qu'il a un autre endroit qu'on n'a pas encore trouvé.

— Ou... commença Harry.

— Arrête ! Il la cache quelque part, il ne nous reste qu'à trouver où. »

Harry s'assit. Le vent jouait dans ses cheveux. Lebie tenta de s'allumer un autre cigarillo, mais se découragea après deux ou trois tentatives.

« Alors, qu'est-ce qu'on fait, maintenant ? demanda-t-il.

— Il faut en tout cas qu'on quitte son bateau, dit Wadkins. Il pourrait nous voir de la route s'il arrivait.

Ils se levèrent, refermèrent derrière eux, et Wadkins leva le genou particulièrement haut pour ne pas trébucher une nouvelle fois.

Lebie ne bougea pas.

« Qu'est-ce qu'il y a ? lui demanda Harry.

— Eh bien... je ne m'y connais pas vraiment en bateaux, mais c'est normal ça ?

— De quoi ?

— D'avoir jeté l'ancre quand le bateau est amarré aussi bien à l'avant qu'à l'arrière ? »

Ils se regardèrent un instant.

« Aide-moi », dit Harry.

Il était trois heures.

Ils filaient sur la route. Les nuages filaient sur le ciel. Les arbres qui longeaient la route oscillaient et leur faisaient signe de continuer. L'herbe était couchée sur le sol des bas-côtés et la radio crépitait. Le soleil avait pâli et des ombres défilaient rapidement sur la mer en contrebas.

Harry se trouvait à l'arrière, mais ne remarquait pas la tempête qui enflait au dehors. Il ne voyait que la corde verdâtre et gluante qu'ils avaient sortie de l'eau en lentes tractions. Les gouttes étaient tombées de la corde dans la mer comme des morceaux de cristal luisants et, loin en dessous, il avait vu une silhouette blanche remonter lentement vers eux.

Un été, pendant les vacances, son père l'avait amené pêcher avec lui dans la barque et ils avaient pris une plie. Elle était blanche et incroyablement grande, et cette fois-là aussi, Harry avait eu la bouche sèche et les mains qui tremblaient. Ravies, sa mère et sa grand-mère avaient applaudi quand ils étaient entrés dans la cuisine avec la prise, et elles s'étaient emparées sans tarder de grands couteaux brillants pour découper le poisson froid et couvert de sang. Jusqu'à la fin de l'été, Harry avait rêvé de l'énorme plie avec ses yeux de poisson globuleux dans lesquels on pouvait lire un regard figé par le choc, comme si elle n'avait pas pu croire qu'elle était réellement en train de mourir. À Noël, on avait garni l'assiette de Harry avec quelques gros morceaux gélatineux et son père avait fièrement raconté comment Harry et lui avaient attrapé la gigantesque plie dans l'Isfjord. « On s'était dit qu'on voulait essayer quelque chose de nouveau, ce Noël », avait dit sa mère. Le repas avait été infect, et Harry avait quitté la table, les larmes aux yeux et contenant sa rage.

Et à présent, Harry était assis à l'arrière d'une voiture qui roulait à toute vitesse ; il referma les yeux et se vit, penché en avant et regardant dans l'eau, où ce qui ressemblait à une méduse faisait battre ses fils rouges en rythme avec les secousses de la remontée :

vers le bas, puis étendus vers l'extérieur pour une nouvelle brasse. Quand elle arriva à la surface, les fils se déplièrent à la manière d'un éventail, comme pour dissimuler le corps nu et blanc qui était dessous. La corde était enroulée autour du cou, et le corps inanimé avait paru complètement étranger à Harry.

Mais Harry le reconnut quand ils retournèrent le corps pour le mettre sur le dos. Ce fut le regard qu'il avait vu cet été-là. Des yeux ternis par la mort, étonnés et accusateurs, dans lesquels on pouvait lire une dernière question : C'est tout ? C'est vrai, que ça s'arrête tout simplement, comme ça ? La vie et la mort, c'est vraiment si banal ?

« C'est elle ? » avait demandé Wadkins, et Harry avait répondu par la négative.

Quand il avait répété sa question, il avait vu les omoplates pointer et tendre la peau rougie à l'endroit où le haut de son bikini avait laissé une bande encore plus blanche.

« Elle n'y a pas échappé, dit-il, déconcerté, en guise de réponse. Elle m'avait demandé de lui tartiner le dos. Elle m'a dit qu'elle me faisait confiance. Mais elle n'y a pas échappé. »

Wadkins était venu devant lui et avait posé ses mains sur les épaules de Harry.

« Ce n'est pas ta faute, Harry. Tu m'entends ? On n'aurait pas pu l'éviter. Ce n'est pas ta faute. »

Il faisait sensiblement plus sombre, et quelques violentes bourrasques faisaient bringuebaler les grands eucalyptus qui agitaient leurs branches et donnaient l'impression de vouloir s'arracher du sol pour aller chanceler alentour, comme les Trifides de

John Wyndham[1], réveillés par la tempête qui s'annonçait.

« Les lézards chantent », déclara tout à coup Harry depuis la banquette arrière. C'étaient les premières paroles depuis qu'ils étaient remontés en voiture. Wadkins se retourna, et Lebie le regarda dans son rétroviseur. Harry s'éclaircit bruyamment la gorge.

« Andrew a dit ça, une fois. Que les lézards et les hommes de la famille des lézards avaient le pouvoir de provoquer la pluie et l'orage par leurs chants. Il m'a raconté que le Déluge avait été déclenché par cette famille, qui, tout en chantant, s'était ouvert les veines avec leurs couteaux de silex, pour noyer le *platypus* — l'ornithorynque. » Il fit un petit sourire. « Presque tous les ornithorynques sont morts. Mais quelques-uns ont survécu. Et vous savez ce qu'ils ont fait ? Ils ont appris à respirer sous l'eau. »

Les premières grosses gouttes vinrent se disloquer sur le pare-brise.

« On n'a pas beaucoup de temps, dit Harry. Il ne se passera pas longtemps avant que Toowoomba découvre qu'on est sur ses talons, et à ce moment-là, il va rentrer à toute vitesse dans son trou. Je suis le seul élément qui nous lie à lui, et vous vous demandez si je vais pouvoir le gérer. Eh bien, que voulez-vous que je vous dise ? Je crois que j'aimais cette fille. »

Wadkins eut l'air mal à l'aise. Lebie hocha lentement la tête.

« Mais j'ai l'intention de respirer sous l'eau », conclut-il.

1. Auteur de science-fiction anglais.

Il était trois heures et demie, et personne dans la salle de réunion ne prêtait attention à la complainte du ventilateur.

« O.K., on sait qui est notre homme, dit Harry. Et on sait qu'il pense que nous ne le savons pas. Il croit probablement que je suis pour l'instant en train de collecter des preuves contre Evans White. Mais j'ai peur que ce soit une situation des plus temporaires. Il y a des limites au temps pendant lequel on peut laisser les autres foyers sans téléphone, et plus le temps passe, plus on peut se poser des questions quant à la nature de cette "panne".

« On a posté des mecs à nous au cas où il rentrerait chez lui. Même chose pour le bateau. Mais j'ai l'impression qu'il est bien trop prudent pour faire quelque chose de stupide avant d'être sûr à cent pour cent que la voie est libre. On peut raisonnablement penser que d'ici ce soir, il aura compris qu'on est passés chez lui. Ce qui nous laisse deux possibilités : on peut sonner le tocsin, lancer un avis de recherche via la télé, et espérer le choper avant qu'il ne s'évapore. L'inconvénient, là-dedans, c'est qu'un type qui s'est fabriqué une alarme de ce tonneau a évidemment vu un peu plus loin. Dès l'instant où il verra sa photo à l'écran, il risque de disparaître sous terre. Deuxième possibilité : exploiter le peu de temps qui nous reste avant qu'il nous sache derrière lui, et lui tomber dessus tant qu'il se croit... eh bien, *relativement* à l'abri.

— Je suis d'avis qu'on le chope, dit Lebie en ôtant — si, si — un cheveu de son épaule.

— Le choper ? fit Wadkins. On est dans une mégalopole, et on n'a pas le moindre soupçon d'idée de l'endroit où lui, il peut être. Bon Dieu, on ne sait même pas s'il est toujours à Sydney !

— Ne dites pas ça, dit Harry. En tout cas, il était à

Sydney pendant l'heure et demie qui vient de s'écouler.

— Quoi ? Tu es en train de me dire qu'on le tient à l'œil ?

— Yong. » Harry laissa la parole au toujours souriant chinois.

« Le téléphone mobile ! attaqua-t-il comme si on lui avait demandé de lire son exposé devant toute la classe. Toutes les conversations sur des mobiles transitent par ce qu'on appelle des relais qui reçoivent et envoient des signaux téléphoniques. L'opérateur peut déterminer l'abonné qui envoie les signaux reçus par les différents relais. Chaque relais couvre une aire d'environ vingt kilomètres de diamètre. Dans les zones où le réseau est bien développé, à savoir les agglomérations, un téléphone envoie ses signaux à au moins deux machins simultanément, à peu près comme les émetteurs radio. En d'autres termes, quand vous êtes au téléphone, l'opérateur peut vous localiser dans un rayon de dix kilomètres. Si la conversation transite par deux relais en même temps, la zone dans laquelle vous pouvez être est réduite à celle couverte par les deux relais. Si trois relais interviennent en même temps, la zone en est d'autant plus réduite, et ainsi de suite. Les portables ne peuvent donc pas déterminer une adresse donnée, comme un téléphone classique, mais ils donnent en tout cas un ordre d'idée, expliqua Yong. Nous sommes en ce moment même en rapport avec trois types des télécom qui ne suivent *que* les signaux qu'envoie le mobile de Toowoomba. On peut les raccorder à une ligne ouverte, ici, dans la salle de réunion. Jusqu'à maintenant, les signaux venaient de deux relais seulement, et la zone la plus réduite couvrait la City entière, le port et la moitié de Woolloomooloo. La bonne nouvelle, c'est qu'il se déplace.

— Et ce qu'on attend, c'est un peu de bol, intervint Harry.

— On espère recevoir un signal au moment précis où il se trouvera dans une zone couverte par trois relais, ou même plus. Si c'est le cas, on peut instantanément mettre tout ce qu'on a de voitures banalisées sur le coup, en espérant le trouver. »

Wadkins n'avait pas l'air convaincu.

« Alors il était au téléphone il y a peu, et il y a une heure et demie, et les deux fois, les signaux ont été repris par des relais de Sydney ? demanda-t-il. Et il faut absolument qu'il continue à jacter dans son putain de mobile, pour qu'on le retrouve ? Et s'il ne téléphone plus ?

— On peut toujours l'appeler ? suggéra Lebie.

— Exactement ! dit Wadkins, dont les joues s'étaient ornées de taches rouges. Génial ! On peut le rappeler tous les quarts d'heure, en prétendant être l'horloge parlante, ou je ne sais quelle autre connerie ! Juste pour lui faire piger que ce n'est pas une bonne idée de se servir d'un portable ?

— Ce n'est pas nécessaire, dit Yong. Il n'a pas besoin de se servir de son portable.

— Et comment...

— Il suffit que son mobile soit allumé, dit Harry. Apparemment, Toowoomba n'en a pas conscience, mais tant qu'un portable n'est pas éteint, il envoie automatiquement un petit bip, toutes les demi-heures, juste pour faire savoir qu'il est toujours en vie. Ce bip est pris en compte par les relais, de la même façon qu'une conversation.

— Alors... ?

— Alors il nous suffit de mettre en place cette ligne ouverte, de faire du café, de nous asseoir et d'espérer. »

21

Une bonne oreille, un direct du gauche et trois coups de feu

Le haut-parleur du téléphone fit entendre une voix métallique :

« Son signal est reçu par les relais trois et quatre. »

Yong indiqua l'endroit sur la carte de Sydney qu'ils avaient affichée sur le tableau. Des cercles contenant des chiffres y avaient été dessinés, représentant les aires couvertes par les différents relais.

« Pyrmont, Glene et un bout de Balmain.

— Putain de merde ! cria Wadkins. Trop grand ! Il est quelle heure ? Il a essayé d'appeler chez lui ?

— Il est six heures, répondit Lebie. Il a composé deux fois son numéro au cours des soixante dernières minutes.

— Il ne va pas tarder à piger que quelque chose couve, dit McCormack en se levant à nouveau.

— Mais pas tout de suite », dit Harry calmement. Il avait passé les deux dernières heures assis sur une chaise, tout au fond de la pièce, sans rien dire, et sans bouger.

« Du neuf, côté météo ? demanda Wadkins.

— Juste que ça va empirer, répondit Lebie. Avis de tempête, avec des rafales de type ouragan pour la nuit. »

Les minutes s'égrenaient. Yong alla chercher un peu plus de café.

« Allô ? » C'était le haut-parleur du téléphone.

Wadkins bondit de sa chaise. « Oui ?

— L'abonné vient juste de clore une communication. Elle a été reçue par les relais trois, quatre et sept.

— Attendez ! » Wadkins consulta la carte. « Ça couvre une partie de Pyrmont et de Darling Harbour, c'est ça ?

— C'est ça.

— Merde ! S'il était passé sur les neuf et dix en plus, on le tenait !

— S'il ne bouge plus, oui, dit McCormack. Qui a-t-il appelé ?

— Notre standard, répondit la voix métallique. Il a demandé quel était le problème avec sa ligne fixe.

— Merde, merde, merde ! » Wadkins sortait de ses gonds. « Il va nous échapper ! Alerte générale ! Plan rouge !

Un « Ta gueule ! » claqua. Le silence s'abattit sur la pièce. « Excusez le choix des termes, *Sir*, dit Harry. Mais je propose que nous attendions le prochain bip, au lieu de nous précipiter. »

Wadkins, dont les yeux semblaient vouloir quitter leurs orbites, regarda Harry.

« Holy a raison, dit McCormack. Assieds-toi, Wadkins. Dans moins d'une heure, les lignes seront débloquées. Ça veut dire qu'il nous reste un, au mieux deux bips avant que Toowoomba ne puisse se rendre compte qu'il n'y a que sa ligne qui reste coupée. Pyrmont et Darling Harbour ne représentent pas grand-chose sur la carte, mais on parle là des quartiers du centre de Sydney les plus peuplés le soir. Envoyer tout un tas de voitures là-bas ne ferait que provoquer un bordel monstre, dont Toowoomba se servirait pour disparaître. On va attendre. »

À sept heures moins vingt, un message arriva dans le haut-parleur :

« Le bip a été reçu par les relais trois, quatre et sept. »

Wadkins gémit.

« Merci, dit Harry avant de déconnecter le micro. Même zone que tout à l'heure, ce qui peut indiquer qu'il ne bouge plus. Alors où peut-il bien être ? »

Ils s'amassèrent autour de la carte.

« Il s'entraîne peut-être ? proposa Lebie.

— Excellente idée ! dit McCormack. Y a-t-il des salles de boxe, dans le coin ? Est-ce que quelqu'un sait où ce type s'entraîne ?

— Je vais vérifier, *Sir*, dit Yong avant de sortir.

— D'autres propositions ?

— Le secteur est bourré de trucs à touristes, qui restent ouverts tard le soir, dit Lebie. Il est peut-être aux Jardins Chinois ?

— Avec le temps qu'il fait, il restera sûrement à l'intérieur », dit McCormack.

Yong revint en secouant la tête.

« J'ai appelé son entraîneur. Il ne voulait rien dire, et il a donc fallu que je lui dise que c'était la police. Toowoomba s'entraîne à Bondi Junction.

— Charmant ! dit Wadkins. Combien de temps crois-tu qu'il faudra à l'entraîneur de Toowoomba avant qu'il ne l'appelle sur son portable, pour lui demander ce que la police peut bien lui vouloir ?

— On brûle, dit Harry. J'appelle Toowoomba.

— Et tu lui demandes où il est ? ironisa Wadkins.

— Et je vois ce qui se passe, dit Harry en décrochant. Lebie, vérifie que le magnéto tourne, et vous autres, fermez-la ! »

Tous se figèrent. Lebie jeta un œil sur le vieux magnétophone à bobines, et leva le pouce. Harry déglutit. Les doigts gourds, il composa le numéro. Toowoomba décrocha à la troisième sonnerie.

« Allô ? »

Cette voix… Harry retint son souffle et écrasa le combiné sur son oreille. Il entendait d'autres voix, en fond.

« Qui est à l'appareil ? » demanda Toowoomba à voix basse.

Un bruit dans le fond fut suivi de cris d'enfants excités. Puis du rire profond et calme de Toowoomba.

« Tiens, tiens, c'est toi, Harry ? C'est bizarre, que tu appelles maintenant, parce que j'étais justement en train de penser à toi. Apparemment, il y a un malaise avec mon téléphone fixe, et je me suis demandé si tu n'y étais pas pour quelque chose. J'espère que ce n'est pas le cas, Harry… »

Il y avait un autre son. Harry se concentrait, mais n'arrivait pas à l'identifier.

« Ça me rend nerveux, quand tu ne me réponds pas, Harry. Très nerveux. Je ne sais pas ce que tu veux, mais je devrais peut-être éteindre mon portable. C'est ça, Harry ? Tu essaies de trouver où je suis ? »

Ce bruit…

« Chiotte ! cria Harry. Il a raccroché. »

Il se laissa tomber sur une chaise.

« Toowoomba a compris que c'était moi. Comment il a fait, bon sang de bonsoir ?!

— Rembobine la bande, dit McCormack. Et va chercher Marguez. »

Yong sortit en courant pendant que les autres repassaient la bande.

Harry n'y pouvait rien : il sentit ses cheveux se dresser dans sa nuque en entendant à nouveau la voix de Toowoomba à travers les enceintes.

« En tout cas, c'est un endroit où il y a du monde, dit Wadkins. C'était quoi, cette explosion ? Écoutez, des enfants ! C'est une fête foraine ?

— Repasse-le encore une fois », dit McCormack.

« Qui est à l'appareil ? » répéta Toowoomba. Un bruit assourdissant et des cris d'enfants suivirent.

« Qu'est-ce que... ? commença Wadkins.

— C'est le bruit d'une assez jolie chute dans l'eau », dit quelqu'un depuis la porte. Ils se tournèrent. Harry vit une petite tête basanée faite de cheveux noirs bouclés, d'une petite moustache et de lunettes minuscules mais épaisses, le tout fixé sur un corps énorme qui semblait avoir été gonflé à la pompe à vélo. Il pouvait exploser d'une seconde à l'autre.

« Jesùs Marguez — les meilleures oreilles dans son domaine, dit McCormack. Et il n'est même pas aveugle.

— Non, mais il s'en faut de peu, murmura Marguez en rajustant ses lunettes. Qu'est-ce que c'est que ça ? »

Lebie repassa derechef l'enregistrement. Marguez écouta, les yeux fermés.

« Intérieur. Murs de béton. Et de verre. Aucune atténuation, pas de tapis ou de rideaux. Des gens, des jeunes des deux sexes, et probablement pas mal d'enfants en bas-âge.

— Comment sais-tu tout ça rien qu'en écoutant un peu de bruit ? » demanda Wadkins, soupçonneux.

Marguez soupira. Ce n'était a priori pas la première fois qu'il croisait des sceptiques.

« Est-ce que vous savez à quel point l'oreille est un instrument merveilleux ? demanda-t-il. Elle peut distinguer jusqu'à plus d'un million de différences de pression. Un million. Et un son donné peut être composé d'une dizaine de fréquences et de sous-éléments. On arrive à dix millions de combinaisons. Une encyclopédie banale ne contient qu'environ cent mille entrées. Dix millions de combinaisons ! Le reste, c'est de l'entraînement.

— Et c'est quoi, ce bruit, que l'on entend en permanence dans le fond ? demanda Harry.

— Celui entre cent et cent vingt hertz ? Difficile à dire. On peut essayer de filtrer les sons dans notre studio, pour ne retenir que celui-là, mais ça ne se fait pas en un claquement de doigts.

— Alors c'est trop long, dit McCormack.

— Mais comment a-t-il pu reconnaître Harry sans qu'il parle ? demanda Lebie. L'intuition ? »

Marguez retira ses lunettes et les essuya, en pensant à autre chose.

« Ce qu'on appelle si joliment intuition, mon bon ami, repose toujours sur ce que nos sens perçoivent. Mais quand la perception devient si infime que nous ne l'enregistrons que comme une impression, une plume sous le nez dans notre sommeil, et nous n'arrivons pas à mettre un nom sur les associations que fait le cerveau, alors on parle d'intuition. C'était peut-être la façon... euh, dont Harry respirait ?

— Je retenais mon souffle, dit Harry.

— Est-ce que tu l'as déjà appelé d'ici ? Peut-être l'acoustique... le bruit de fond ? L'homme a une mémoire étonnante, en ce qui concerne les sons, souvent bien supérieure à ce qu'il croit.

— Je l'ai appelé une fois d'ici... » Harry fixa le vieux

ventilateur. « Évidemment, dit-il. Comment n'y ai-je pas pensé...

— Hmm, fit Jesùs Marguez. On dirait que la personne que vous chassez est quelqu'un de très intéressant. Qu'est-ce qu'on gagne ?

— J'y suis allé, dit Harry, les yeux grand ouverts, toujours braqués sur le ventilateur. Évidemment. C'est pour ça que je reconnais le bruit de fond. J'y suis déjà allé. Ce bouillonnement... »

Il se tourna :

« Il est à l'Aquarium de Sydney !

— Hmm, fit Marguez en vérifiant que ses lunettes étaient propres. Ça correspond. Moi aussi, j'y suis déjà allé. Ce genre de bruit d'éclaboussure peut par exemple être produit par la queue d'un assez gros crocodile d'eau salée. »

Il releva les yeux et s'aperçut qu'il était seul dans la pièce.

Il était sept heures.

Ils auraient peut-être mis des vies de civils en danger, sur le court trajet entre l'hôtel de police et Darling Harbour, si l'orage n'avait pas débarrassé les lieux des voitures et des piétons. Lebie faisait quoi qu'il en soit de son mieux, et ce ne fut probablement que grâce au gyrophare sur le toit qu'un piéton bondit au tout dernier moment hors d'atteinte du véhicule et que quelques voitures qui arrivaient en sens inverse s'écartèrent. Wadkins, sur le siège arrière, jurait sans interruption, pendant que McCormack, à l'avant, appelait l'Aquarium pour les prévenir de leur intervention.

Lorsqu'ils arrivèrent devant l'Aquarium, les drapeaux sur Darling Harbour étaient raides comme des planches, et les vagues arrivaient jusque sur le quai.

Plusieurs voitures étaient déjà arrivées, et des policiers en uniforme couvraient les issues.

McCormack donna les dernières instructions.

« Yong, tu distribues le portrait de Toowoomba à nos gars. Wadkins, tu m'accompagnes au poste de surveillance. Il y a là des caméras qui couvrent l'ensemble de l'Aquarium. Lebie et Harry, vous commencez à chercher. L'Aquarium ferme dans quelques petites minutes. Voici les radios, mettez les oreillettes, fixez le micro à vos revers de veste et vérifiez tout de suite que vous avez le contact. On vous dirigera du poste de surveillance, O.K. ? »

Quand Harry sortit de voiture, une rafale l'attrapa et manqua de le renverser. Ils coururent comme des dératés se mettre à l'abri.

« Heureusement, il n'y a pas autant de monde que d'habitude », constata McCormack. Il respirait difficilement après ce petit sprint. « Ça doit tenir au temps. S'il est ici, on le trouvera. »

Ils furent reçus par le responsable de la surveillance, qui mena McCormack et Wadkins à son poste. Harry et Lebie contrôlèrent leur radio, passèrent les caisses et s'enfoncèrent dans la foule qui peuplait le couloir.

Harry vérifia que son pistolet était bien dans son holster. L'Aquarium lui semblait tout autre, avec toute cette lumière et tous ces gens. Il avait de plus l'impression qu'une éternité le séparait de sa visite avec Birgitta, comme s'ils étaient venus au cours d'une autre ère.

Il essaya de ne pas y penser.

« On est en place. » La voix de McCormack lui parvint par son oreillette, sécurisante et rassurante.

« On s'occupe des caméras. Yong est parti avec

quelques gars fouiller les toilettes et la cafétéria. On vous voit, d'ailleurs. Continuez à avancer. »

Les couloirs de l'Aquarium menaient le public le long d'un parcours circulaire qui les ramenait quasiment à leur point de départ. Harry et Lebie partirent en sens inverse, afin d'arriver face aux gens. Harry sentait son cœur battre. Il avait la bouche sèche, et les mains moites. Des idiomes étrangers bourdonnaient autour d'eux, et Harry avait l'impression de nager dans un maelström de gens que différenciaient la nationalité, la couleur et la tenue. Ils traversèrent le tunnel sous-marin où Birgitta et lui avaient passé la nuit ensemble — où des enfants avaient pour l'heure le nez collé aux vitres et regardaient la vie sous-marine suivre son petit bonhomme de chemin.

« Cet endroit me donne la chair de poule, chuchota Lebie. Il avançait en gardant une main à l'intérieur de sa veste.

« Promets-moi juste que tu ne tires pas ici, dit Harry. Je ne voudrais pas avoir la moitié de Jackson Bay et une douzaine de grands blancs aux fesses. O.K. ?

— Ne t'en fais pas », répondit Lebie.

Ils ressortirent de l'autre côté de l'Aquarium, qui était pratiquement désert. Harry jura.

« Ils ont fermé les caisses à sept heures, dit Lebie. Il n'y a plus qu'à attendre que les gens qui sont encore là sortent. »

McCormack leur adressa un message :

« On dirait malheureusement que l'oiseau a pu s'envoler, les gars. Vous n'avez qu'à revenir au poste de surveillance.

— Attends ici », dit Harry à Lebie.

Un visage connu surplombant un uniforme attendait devant le guichet. Harry se jeta sur lui.

« Salut, Ben, tu te souviens de moi ? demanda Harry. Je suis venu avec Birgitta. »

Ben se retourna et regarda la frange blonde surexcitée. « Bien sûr, répondit-il. Harry, c'est bien ça ? Oui, oui, donc, tu es revenu ? C'est le cas de la plupart. Comment va Birgitta ? »

Harry déglutit.

« Écoute, Ben. Je suis policier. Comme tu as sûrement entendu, on est à la recherche d'un type très dangereux. On n'arrive pas à le trouver, mais j'ai le sentiment qu'il est toujours ici. Personne ne connaît mieux cet endroit que toi, Ben... Est-ce qu'il a pu se cacher quelque part ? »

Le visage de Ben se couvrit de profondes rides pensives.

« Eh bien... Tu sais où loge Matilda, notre crocodile d'eau salée ?

— Oui ?

— Entre ce petit malin que l'on appelle Fidler Ray et la grosse tortue marine, c'est-à-dire, on l'a déménagée, maintenant, et on est en train d'aménager un bassin pour pouvoir recevoir quelques petits crocodiles d'eau d...

— Je sais où c'est. On n'a pas beaucoup de temps, Ben.

— Je comprends. Quelqu'un en forme et qui n'a pas peur de grand-chose peut sauter par-dessus la vitre de plexi, dans le coin.

— Chez le crocodile ?

— La plupart du temps, il somnole dans son bassin. Il y a cinq ou six pas entre le coin et la porte que nous utilisons pour nettoyer l'enclos et donner à manger à Matilda. Mais il faut faire vite, parce qu'un *saltie* est incroyablement rapide, il est sur toi de toutes ses deux tonnes avant que tu n'en aies conscience. Une fois où on allait...

— Merci, Ben. » Harry se mit à courir, et les gens s'écartèrent. Il releva le revers de sa veste et dit dans le micro :

« McCormack, ici Holy. Je cherche derrière l'enclos du crocodile. »

Il attrapa Lebie par le bras et le traîna. « Dernière possibilité », dit-il. Les yeux de Lebie s'agrandirent démesurément lorsque Harry s'arrêta devant l'enclos, avant de prendre un peu d'élan. « Suis-moi », dit Harry, avant de sauter pour agripper le dessus de la paroi de plexiglas et se rétablir de l'autre côté.

Au moment où ses pieds touchèrent le sol de l'autre côté, le bassin se mit à bouillir. De l'écume jaillit, et au moment où Harry allongeait le pas en direction de la porte, il vit une Formule 1 verte sortir de l'eau et accélérer vers lui, au ras du sol, en agitant de petites pattes de saurien tels des batteurs électriques. Il bondit et glissa dans le sable mou. Il entendit des cris, loin derrière lui, et vit du coin de l'œil que le capot de la voiture de course était grand ouvert. Il se remit sur ses jambes, courut le plus vite possible sur les quelques mètres qui le séparaient de la porte et attrapa la poignée. Pendant une fraction de seconde, Harry joua avec l'idée que la porte n'était pas le moins du monde ouverte. L'instant d'après, il était de l'autre côté. Une scène de *Jurassic Park* lui vint à l'esprit, et le fit verrouiller la porte derrière lui. Par acquis de conscience.

Il sortit son pistolet. Un mélange écœurant de détergent et de poisson avarié flottait dans la pièce humide.

« Harry ! » C'était McCormack, via la radio. « Premièrement, il y a un accès plus simple pour arriver où tu es, que de traverser la mangeoire de l'autre monstre. Deuxièmement, tu te tiens tranquille jusqu'à ce que Lebie ait fait le tour.

— Pas ent... très mauv... ception, *Sir*... dit Harry en grattant le micro avec un ongle, Je cont... ue seul. »

Il ouvrit la porte à l'autre bout de la pièce et arriva dans une tour cylindrique, munie en son centre d'un escalier en colimaçon. Harry se dit qu'en descendant, il arriverait du côté du tunnel sous-marin, et décida donc de monter. Une autre porte attendait au palier supérieur. Il regarda vers le haut de l'escalier, mais il ne semblait pas y avoir d'autre issue.

Il tourna la poignée et poussa doucement de la main gauche tout en pointant son pistolet devant lui. Il faisait noir comme dans un four, et l'odeur de poisson avarié était étourdissante.

Harry sentit un interrupteur sur le mur, juste à côté de l'ouverture, qu'il fit jouer de la main gauche, mais la lumière ne fut pas. Il lâcha la porte et fit deux pas prudents vers l'avant. Des craquements les accompagnèrent. Harry devinait ce que c'était, aussi revint-il silencieusement sur ses pas. Quelqu'un avait cassé l'ampoule qui était au plafond. Il retint son souffle, et écouta. Y avait-il quelqu'un d'autre dans la pièce ? Un ventilateur grondait.

Harry se faufila vers le palier.

« McCormack, chuchota-t-il dans son micro, je crois qu'il est là-dedans. Écoute, rends-moi un service et fais le numéro de son portable.

— Harry Holy, où es-tu ?

— Maintenant, *Sir !* S'il vous plaît, *Sir !*

— Harry, n'en fais pas une vendetta privée, c'est...

— Il fait chaud, aujourd'hui, *Sir.* Vous voulez m'aider, oui ou non ? »

Harry entendit McCormack respirer difficilement.

« O.K. Je fais son numéro. »

Harry poussa la porte d'un pied et se campa dans l'ouverture, tenant son pistolet des deux mains, dans l'attente de la sonnerie. Le temps lui rappela une goutte qui pend et ne tombe jamais. Deux secondes peut-être s'écoulèrent. Pas un bruit.

Il n'est pas ici, pensa Harry.

Puis trois choses se passèrent simultanément.

La première, ce fut que McCormack se mit à parler.

« Il a coupé... »

La seconde, ce fut que Harry se rendit compte que sa silhouette se découpait bien nettement dans l'ouverture, comme une cible dans un stand de tir.

La troisième, ce fut que le monde explosa en une pluie d'étoiles et de points rouges sur la rétine de Harry.

Harry avait encore en mémoire des bribes des cours de boxe qu'Andrew lui avait donnés lorsqu'ils étaient allés à Nimbin en voiture. Comme par exemple qu'un crochet décoché par un professionnel suffit en principe largement pour mettre K.-O. une personne non entraînée. En bougeant la hanche, il met tout le poids de son corps dans la frappe, et donne assez de puissance à son coup pour provoquer un court-circuit instantané du cerveau. Un uppercut qui arrive pile à la pointe du menton vous soulève du sol et vous expédie au pays des rêves. Satisfait ou remboursé. De la même façon, un direct du droit parfait, chez un boxeur droitier, vous laisse peu de chances de pouvoir rester debout. Et le plus important : si on ne voit pas le coup venir, le corps ne peut pas se préparer et ne peut pas esquiver. Un petit mouvement seulement de la tête pourrait amortir considérablement l'impact. Il est par exemple extrêmement rare qu'un boxeur qui se fait mettre K.-O. ait vu partir le coup fatal.

La seule explication qui pouvait justifier que Harry n'était pas tombé dans les pommes devait être que l'homme qui attendait dans l'obscurité s'était trouvé à la gauche de Harry. Étant donné que Harry était dans l'ouverture, son agresseur ne pouvait pas l'atteindre à la tempe par le côté, ce qui, d'après Andrew, aurait selon toute vraisemblance été suffisant. Il n'aurait pas non plus été en mesure de décocher un crochet efficace ou un uppercut, puisque Harry tenait son pistolet droit devant lui, des deux mains. Un direct du droit était aussi exclu, puisque l'agresseur aurait dû se positionner dans la ligne de mire de l'arme. Le seul coup encore possible était un direct du gauche, un coup qu'Andrew avait décrit avec mépris comme étant « un coup de gonzesse, davantage destiné à irriter, dans le meilleur des cas à attendrir l'adversaire ; à exclure dans un combat de rue ». Andrew avait peut-être raison, mais ce direct du gauche avait renvoyé Harry jusque dans l'escalier, où la balustrade l'avait heurté au niveau des lombaires, l'empêchant de justesse de basculer.

Quand il ouvrit les yeux, il était toujours en position verticale. Une porte ouverte, à l'autre bout de la pièce, avait certainement servi d'issue à Toowoomba. Mais il entendait également un cliquetis répétitif dans l'escalier qu'il identifia presque catégoriquement comme le bruit de son pistolet dévalant l'escalier métallique. Il opta pour le pistolet. Il s'érafla les avant-bras et les genoux dans son plongeon de kamikaze pour immobiliser l'arme au moment où celle-ci allait bondir hors d'atteinte, pour une chute de vingt mètres vers le fond de la cage d'escalier. Il se mit à genoux, toussa et constata qu'il venait de perdre sa deuxième dent depuis son arrivée dans ce foutu pays.

Il faillit perdre connaissance en se redressant trop vivement.

« Harry ! » cria quelqu'un dans son oreille.

Il entendit aussi une porte s'ouvrir violemment quelque part en dessous de lui et des pas pressés qui secouaient l'escalier. Harry pointa son épaule vers la porte qu'il avait devant lui, lâcha la balustrade, fit mouche, courut pour ne pas tomber la tête la première, visa la porte à l'autre bout de la pièce, fit presque mouche et arriva en chancelant dans la pénombre, avec la sensation que son épaule s'était déboîtée.

« Toowoomba ! » cria-t-il dans le vent. Il regarda autour de lui. Il avait la ville juste devant lui, et Pyrmont Bridge derrière. Il se trouvait sur le toit de l'Aquarium, et les rafales le forcèrent à se cramponner au sommet d'une échelle d'incendie. L'eau dans le port était comme battue en neige, et l'air avait un goût salé. Juste en dessous de lui, il vit une silhouette sombre descendre l'échelle. Elle s'arrêta un instant et regarda autour d'elle. Elle avait à sa gauche une voiture de police au gyrophare allumé, et devant, les deux réservoirs qui émergeaient de l'Aquarium de Sydney.

« Toowoomba ! » gueula Harry en essayant de brandir son arme. Son épaule refusa tout net, et Harry cria de douleur et de rage. La silhouette était arrivée au bas de l'échelle, et elle courut jusqu'à la clôture qu'elle commença à escalader. Harry comprit à cet instant ce que l'autre avait l'intention de faire — entrer dans un réservoir, sortir de l'autre côté et nager la faible distance qui le séparait du quai opposé. Arrivé là-bas, il ne lui faudrait que quelques secondes pour disparaître dans l'agitation de la ville. Harry dégringola plus qu'il ne descendit le long de l'échelle. Il arriva à toute bombe sur la clôture, comme s'il avait l'intention de la mettre en pièces, passa à grand peine par-dessus en s'aidant de son bras valide, et atterrit lourdement sur le béton de l'autre côté.

« Harry, au rapport ! »

Il arracha son oreillette et tituba vers le réservoir. La porte était ouverte. Harry courut jusque dans le réservoir, où il tomba à genoux. Sous la voûte devant lui, baignant dans la lumière que diffusait un néon suspendu à un câble d'acier au-dessus du bassin, se trouvait un bout enclos du port de Sydney. Un étroit ponton flottant divisait le réservoir en deux parties égales, et Toowoomba galopait plus loin dessus. Il portait un pull à col roulé et un pantalon noirs, et il courait avec autant de décontraction et d'élégance que peut le permettre un ponton flottant, instable et étroit.

« Toowoomba ! cria Harry pour la troisième fois. C'est Harry. Arrête, ou je tire ! »

Il tomba en avant, pas parce qu'il n'arrivait pas à tenir debout, mais parce qu'il ne parvenait pas à lever le bras. Il prit la silhouette noire dans sa ligne de mire et pressa la détente.

Le premier tir produit un petit plouf dans l'eau, juste devant Toowoomba qui courait avec désinvolture en levant très haut les genoux, et les mains grand ouvertes. Harry baissa un peu son arme. Un clapotis se fit entendre juste derrière Toowoomba. Il était à présent presque à cent mètres. Une idée absurde germa dans le crâne de Harry : c'était comme l'entraînement de tir, à Økern — la lumière au plafond, les murs qui répercutaient l'écho, le pouls qu'il sentait contre la détente et cette profonde concentration, à la limite de la méditation.

C'est comme l'entraînement dans la salle de tir d'Økern, se dit Harry avant de tirer pour la troisième fois.

Toowoomba bascula vers l'avant.

Harry raconta au cours de sa déposition qu'il avait pensé que le coup avait atteint Toowoomba à la cuisse gauche, ce qui n'était donc sûrement pas une blessure fatale. Tous savaient cependant que ce n'était qu'une simple supposition, personne ne pouvant déterminer où fait mouche une arme de service à cent mètres de distance. Harry aurait pu dire ce qu'il voulait sans que qui que ce soit ait pu prouver le contraire. Parce qu'il n'y avait pas de cadavre à autopsier.

Toowoomba avait le bras et le pied gauche dans l'eau, et il hurlait tandis que Harry courait vers lui. Harry avait la tête qui tournait, il avait la nausée, et tout se mit à se mélanger — l'eau, la lumière au plafond, et le ponton qui tanguait devant lui. Tout en courant, Harry se souvint qu'Andrew lui avait dit que l'amour était un mystère plus insondable que la mort. Et la vieille légende lui revint en mémoire.

Le sang sifflait par à-coups à ses oreilles, et Harry était Walla, le jeune guerrier, et Toowoomba était le serpent Bubbur, qui avait tué Moora, la bien-aimée. Et il fallait tuer Bubbur. Par amour.

McCormack, dans sa propre déposition, ne put préciser ce qu'il avait entendu crier Harry à travers son micro après les coups de feu.

« On a juste entendu qu'il courait en gueulant, probablement dans sa langue maternelle. »

Harry lui-même n'arrivait pas à rendre compte de ce qu'il avait crié.

Il avait couru de travers sur le ponton, dans une course contre la vie et la mort. Le corps de Toowoomba subit une secousse si forte qu'elle fit trembler tout le ponton. Harry pensa tout d'abord que quelque chose avait tapé la plate-forme, mais il se rendit bientôt compte qu'on était en train de lui voler sa proie.

C'était Le Grand Revenant.

Il sortit sa tête de mort blanche de l'eau et ouvrit la gueule. Tout se passa comme au ralenti. Harry était persuadé que Le Grand Revenant allait emporter Toowoomba avec lui, mais il assura mal sa prise et ne parvint qu'à entraîner le corps hurlant un peu plus loin dans l'eau, et dut plonger bredouille.

Pas de bras, pensa Harry en se remémorant un anniversaire chez sa grand-mère à Åndalsnes, très longtemps auparavant, lorsqu'ils avaient essayé de sortir des pommes d'un bassin plein d'eau en ne se servant que de la bouche. Sa mère avait tant ri qu'elle avait ensuite dû s'allonger un moment sur le canapé.

Il lui restait trente mètres. Il pensa qu'il y arriverait, mais Le Grand Revenant fut de nouveau là. Harry était si près qu'il put voir rouler ses yeux torves, comme en extase, en même temps qu'il exhibait fièrement ses doubles rangées de dents. Cette fois-ci, il réussit à saisir un pied et secoua la tête. L'eau jaillit, Toowoomba fut projeté en l'air comme une poupée de chiffons, et son cri fut rapidement étouffé. Harry était sur place.

« Enfoiré de fantôme ! Il est à moi ! » cria-t-il d'une voix étranglée par les larmes, avant de lever son pistolet et de vider la totalité de son chargeur dans l'eau. Celle-ci avait pris une teinte rouge transparent, presque comme de la grenadine, et Harry distingua en dessous la lumière du tunnel sous-marin dans lequel grands et petits se rassemblaient pour assister à la fin, à un authentique drame de la nature dans toute son horreur, un festin qui allait concurrencer « le meurtre du clown » parmi les événements marquants de l'année pour la presse people.

22

Le tatouage

Gene Binoche avait exactement la voix et l'apparence de ce qu'il était — un gars qui avait vécu une existence rock'n'roll jusqu'au-boutiste et qui n'avait pas l'intention de s'arrêter avant l'arrivée. Au moins.

« Je parie qu'ils auront l'utilité d'un bon tatoueur, en bas aussi, dit Gène avant de tremper son aiguille. Satan doit apprécier un peu de variété dans la torture, tu ne crois pas, mon pote ? »

Mais son client était pété comme un coing et il avait commencé à piquer du nez, vraisemblablement insensible aussi bien aux considérations philosophiques de Gene concernant la vie après la mort qu'à l'aiguille qui lui charcutait l'épaule.

Gene avait d'abord dit non à ce type qui était entré dans son petit magasin pour lui exprimer son désir d'une voix pâteuse marquée d'un accent étrangement chantant.

Gene lui avait répondu ne pas tatouer les gens en état d'ébriété, et lui avait conseillé de revenir le lendemain. Mais le type avait fait claquer cinq cents dollars sur le comptoir en lui demandant un tatouage estimé à cent cinquante dollars. Gene avait dû s'avouer que l'activité de ces derniers mois n'avait pas été frénétique, et il attrapa donc son rasoir Lady et son stick de déodorant Mennen avant de se mettre au travail. Mais il refusa poliment lorsque l'individu lui proposa une gorgée de sa bouteille. Gene Binoche tatouait des gens depuis vingt ans, il était fier de son métier, et défendait l'opinion qu'un professionnel consciencieux ne boit pas au boulot. En tout cas pas du whisky.

Quand il eut fini, il fixa un bout de papier hygiénique par-dessus la rose tatouée.

« Évite le soleil et ne lave qu'à l'eau pendant la première semaine. La bonne nouvelle, c'est que tu auras moins mal ce soir, et que tu pourras enlever ça demain. La mauvaise, c'est que tu reviendras me voir pour d'autres tatouages, dit-il avec un petit rire. C'est toujours le cas.

— Je ne veux que celui-là », dit le type avant de sortir en titubant.

23

Quatre mille pieds et une fin

La porte s'ouvrit et le rugissement du vent se fit assourdissant. Harry s'agenouilla près de l'ouverture.

« Tu es prêt ? cria une voix dans son oreille. Tire la poignée quand tu seras à quatre mille pieds, et n'oublie pas de compter, après. Si tu ne sens pas la secousse du parachute au bout de trois secondes, c'est que quelque chose merde. »

Harry hocha la tête.

« J'y vais ! » cria la voix.

Il vit le vent prendre possession de la combinaison noire du petit bonhomme tandis que celui-ci grimpait sur l'étai soutenant l'aile. Quelques mèches qui dépassaient du casque se mirent à battre. Harry jeta un coup d'œil à l'altimètre qu'il portait à la poitrine. Il indiquait un peu plus de dix mille pieds.

« Merci encore ! » cria-t-il au pilote. Celui-ci se retourna. « Je t'en prie, collègue ! C'est beaucoup plus marrant que de photographier des champs de marijuana ! »

Harry sortit le pied droit de l'appareil. Il eut la même impression que quand il était petit et qu'ils remontaient le Gudbrandsdal en voiture pour aller passer de nouvelles vacances à Åndalsnes, et qu'on lui donnait la permission d'ouvrir la fenêtre pour pouvoir tendre la main au dehors et « voler ». Il se souvint comment le vent soutenait sa main quand il relevait les doigts.

Hors de l'appareil, le vent avait une puissance formidable, et Harry dut faire un effort pour diriger son pied vers l'avant, puis sur l'étai. Il compta mentalement, comme Joseph lui avait conseillé — « Pied droit, main gauche, main droite, pied gauche ». Il se retrouva à côté de Joseph. De minuscules nuages flottaient vers eux, accéléraient, les croisaient et disparaissaient en l'espace d'une seconde. Un patchwork fait de différentes nuances de vert, de jaune et de brun s'étendait sous eux.

« *Hotel Check !* cria Joseph dans son oreille.

— *Checking in !* cria Harry avant de regarder le pilote dans son cockpit qui lui leva le pouce. *Checking out !* » Il regarda Joseph qui portait un casque, des lunettes et un grand sourire blanc dans un visage noir.

Harry s'allongea sur l'étai et leva le pied droit.

« *Horizon ! Up ! Down ! Go !* »

Puis il fut dans l'air. Harry eut l'impression d'être rejeté vers l'arrière tandis que l'avion continuait tranquillement son vol. Du coin de l'œil, il vit l'avion virer de bord, avant de se rendre compte que c'était en réalité lui qui tournait. Il regarda vers l'horizon, où la terre se courbait et où le ciel se faisait de plus en plus bleu jusqu'à toucher l'azur du Pacifique par lequel le Capitaine Cook était arrivé.

Joseph le secoua et Harry poussa ses hanches vers le bas pour trouver une position plus adaptée à la chute. Il regarda son altimètre. *Neuf mille pieds.* Seigneur, ils avaient du temps à revendre ! Il vrilla le torse tout en étendant les bras, et fit une demi-valse. Il était *fucking* Superman !

Devant lui, vers l'ouest, il vit les Blue Mountains, qui étaient bleues parce que les eucalyptus sécrétaient une poussière bleue qui était visible de loin. C'était Joseph qui le lui avait expliqué. Il avait aussi raconté que derrière elles se trouvait ce que ses ancêtres, le peuple des nomades, appelait leur maison. Les plaines infinies et sèches — *the outback* — qui couvraient la plus grande partie de cet impressionnant continent, un four impitoyable où il semblait impossible de survivre pour qui que ce soit, mais où le peuple de Joseph l'avait fait pendant plusieurs milliers d'années, jusqu'à ce qu'arrivent les Blancs.

Harry regarda vers le sol. Ça avait l'air tellement paisible et désert, une planète calme et accueillante, a priori. L'altimètre indiquait sept mille pieds. Joseph le lâcha, comme il avait été convenu. Une grave violation des règlements, mais ils avaient de toute façon joyeusement violé ce qu'il y avait de règles en prenant la décision de partir sauter seuls. Harry vit Joseph plaquer les bras le long du corps pour accélérer et disparaître vers le bas et vers la gauche à une vitesse hallucinante.

Et Harry se retrouva seul. Comme on l'est toujours. C'est simplement tellement plus évident lorsqu'on se trouve à six mille pieds du sol, en chute libre.

Kristin avait fait son choix dans une chambre d'hôtel par un lundi matin gris. Elle s'était peut-être réveillée, déjà épuisée par la journée qui commençait à peine, puis avait regardé par la fenêtre et s'était rendu compte que cette fois, ça suffisait. Quel était son état d'esprit à ce moment-là, Harry l'ignorait.

L'âme humaine était une forêt profonde et sombre, et tous les choix se font seul.

Cinq mille pieds.

Peut-être avait-elle fait le bon choix. Le flacon entièrement vide de médicaments indiquait en tout cas qu'elle n'avait aucun doute. Et un jour ou l'autre, il fallait bien que ça s'arrête, un beau jour, il était grand temps. Le besoin de quitter ce monde avec une certaine élégance démontrait de façon criante une vanité — une faiblesse — que seulement quelques-uns avaient.

Quatre mille cinq cents pieds.

D'autres n'avaient pour seule faiblesse que de vouloir vivre. Purement et simplement. Enfin, peut-être pas purement et simplement, mais tout ça, c'était pour l'heure loin en-dessous de lui. Quatre mille pieds, pour être exact. Il attrapa la poignée orange sur son flanc droit, tira dessus d'un coup sec et se mit à compter : « Une seconde, deux secondes... »

Le *modus operandi* est toujours le même : l'ablation de l'un des doigts des victimes et la présence d'un diamant en forme de pentagramme, symbole occulte plus connu sous le nom d'« étoile du diable ». La police doit se rendre à l'évidence : un tueur en série opère dans les rues de la capitale norvégienne... Intuitif, acharné, rongé par le désespoir, Harry Hole s'empare de l'enquête.

L'étoile du diable

Afin de récolter des fonds, les membres de l'Armée du Salut ont décidé d'organiser un concert public. Le soir du spectacle, un homme tue un membre de l'association avant de s'enfuir. Harry Hole se lance à sa poursuite dans les rues verglacées d'Oslo. Le jeu sanglant du chat et de la souris ne fait que commencer...

Le sauveur

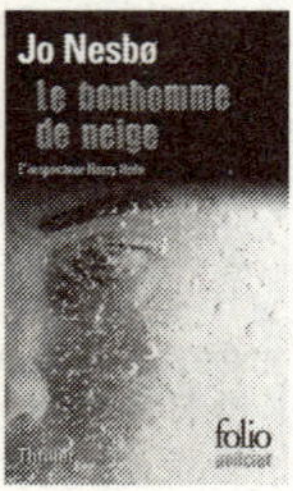

Des mères de famille disparaissent. Dans leur jardin, un bonhomme de neige fait irruption, comme sorti de nulle part. D'une sobriété étonnante, Harry Hole va se retrouver confronté, pour la première fois de sa carrière, à un tueur en série agissant sur le territoire norvégien et qui le conduira jusqu'au gouffre de sa folie...

Le bonhomme de neige

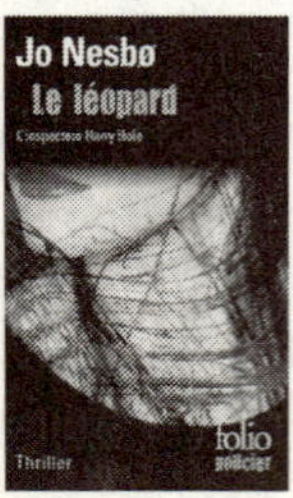

Brisé par son enquête sur le Bonhomme de neige, l'inspecteur Harry Hole a démissionné. Mais Oslo est le théâtre de crimes effroyables. L'inspectrice Solness vient lui demander de l'aider à élucider ces meurtres spectaculaires. Une traque qui va entraîner Harry Hole jusqu'en Afrique, au cœur des ténèbres...

Le léopard

DU MÊME AUTEUR

Chez Gaïa Éditions

RUE SANS-SOUCI, 2005, Folio Policier, n° 480.

ROUGE-GORGE, 2004, Folio Policier, n° 450.

LES CAFARDS, 2003, Folio Policier, n° 418.

L'HOMME CHAUVE-SOURIS, 2003, Folio Policier, n° 366.

Aux Éditions Gallimard

Dans la Série Noire

POLICE, 2014.

FANTÔME, 2013.

LE LÉOPARD, 2011, Folio Policier, n° 659.

CHASSEURS DE TÊTES, 2009, Folio Policier, n° 608.

LE BONHOMME DE NEIGE, 2008, Folio Policier, n° 575.

LE SAUVEUR, 2007, Folio Policier, n° 552.

L'ÉTOILE DU DIABLE, 2006, Folio Policier, n° 527.

Aux Éditions Bayard Jeunesse

LA POUDRE À PROUT DU PROFESSEUR SÉRAPHIN, vol. 1, 2009.

Composition: IGS -CP
Impression Novoprint
le 13 mars 2014
Dépôt légal: mars 2014

ISBN 978-2-07-045842-4./Imprimé en Espagne.

265167